Los pescadores

Hans Kirk

colección letrasnördicas

Los pescadores

Hans Kirk

Nørdicalibros
2021

Traducción de
Juan Mari Mendizabal

Título original: *Fiskerne*

Avda. de la Aviación, 24 - CP: 28054 Madrid
Tlf: (+34) 917 055 057 - info@nordicalibros.com
www.nordicalibros.com
Primera edición en Nórdica Libros: mayo de 2021
ISBN: 978-84-18451-66-9
Depósito Legal: M-10133-2021
IBIC: FA
Thema: FBA
Impreso en España / *Printed in Spain*
Impreso y encuadernado en Kadmos
(Salamanca)

Diseño de colección: Filo Estudio

Maquetación: Diego Moreno

Corrección ortotipográfica: Victoria Parra y Ana Patrón

En el extremo del embarcadero había un pequeño grupo oteando el fiordo en el cálido atardecer veraniego. Iban vestidos con elegantes trajes azul marino, botas brillantes y sombreros oscuros. Eran los pescadores de la costa oeste, que esperaban la llegada del barco en el que venían sus esposas e hijos.

Se había decidido que iban a establecerse allí y quedarse para siempre. Habían comprado derechos de pesca de anguila, y también redes de cerco. Povl Vrist llevaba varios años residiendo allí, estaba satisfecho y ganaba un buen dinero. Los demás acudían solo en temporada: llegaban en primavera, cuando empezaba la campaña del arenque, y volvían a la costa oeste en otoño, después de recoger las trampas para anguilas.[1] Pero esta vez iban a mudar de residencia. Mientras las familias vivieron en las comunidades de la costa oeste, su hogar estuvo allí. Pero ahora las cosas iban a cambiar.

Todos lucían una expresión solemne. No era difícil, pues iban vestidos con sus mejores galas, que solo se ponían para ir a misa o a funerales. Despedían un penetrante olor a solemnidad. Pero Anton Knopper dijo que era conveniente que vistieran sus mejores trajes, a fin de que las mujeres se dieran cuenta de que eran bienvenidas. Anton Knopper era así de considerado; y tenía razón, era un gran acontecimiento.

Cuando trataba de bromear, los demás sonreían por pura cortesía. Anton estaba soltero y no tenía responsabilidades en

[1] Una trampa para anguilas consiste en una red con forma de bolsa, que lleva en su interior otra red con forma de embudo que impide que los peces atrapados puedan salir. La red se fija al fondo con estacas cuando hay marea baja. *(Todas las notas de esta edición son del traductor).*

las que pensar. Pero ahora, de pronto, la empresa parecía muy arriesgada. En la comunidad de la costa oeste era difícil encontrar sustento. Si la pesca iba mal un año, surgían la penuria y los lamentos; pero recordaban con cariño el salitre del mar y los días de viento. Su destino en aquella costa extraña estaba ahora en manos de Dios.

Lars Bundgaard tenía preparada su lancha para poder desplazarse hasta la goleta en cuanto echara anclas. Su rostro orlado de barba oscura estaba quemado por el sol y el alquitrán. Era alto como un gigante, y tenía unas manos enormes y huesudas. Lars Bundgaard estaba callado e inquieto, y no le faltaban razones para ello. Malene estaba embarazada y a punto de dar a luz. Aunque tuvo sus dudas sobre si se atrevía a viajar, al final lo hizo.

El sol no se había puesto aún. De los prados se elevaba el dulce olor a heno. Unos mozos se bañaban en medio del fiordo, saltando desde un barco. Al nadar, sus cuerpos blanco-plateados relucían como el nácar. Una cálida placidez flotaba en el atardecer. Jens Røn estaba junto a Laust Sand. Casi ni recordaban cuánto tiempo llevaban pescando juntos. Ambos eran algo encorvados, pero aparte de eso no se parecían en nada. Jens Røn era ancho y fornido, su rostro de barba roja descolorida mostraba a veces un destello de picardía, a pesar de lo mal que lo había tratado la vida. Le habían tocado en suerte la pobreza, los años malos y todo tipo de contratiempos. Ahora lucía una sonrisa cauta y esperaba con ilusión la llegada de Tea. Había alquilado una casa, vieja y achacosa, pero esperaba poder tener su propia vivienda en el futuro. Y en cuanto a sus hijos, a Jens Røn le parecía que llevaba años sin verlos, aunque solo habían pasado cinco meses desde la última vez.

Laust Sand era alto y flaco, y de entre su oscura barba desgreñada asomaba un rostro deprimido. Sus ojos lagrimeaban con facilidad. Laust Sand era viudo, y esperaba a su hijastra, Adolfine, que iba a ocuparse de la casa.

Ninguno de ellos era un jovencito, pero tampoco eran tan viejos. Laust Sand era el mayor, y acababa de cumplir los cuarenta y cinco. El más joven era Povl Vrist, con treinta y cuatro años. Lars Bundgaard, Anton Knopper, Jens Røn y Thomas Jensen andaban por los cuarenta. Aún les faltaba mucho para llegar a la vejez, y no parecía que ninguno fuera a sufrir escasez. Dios proveería por ellos, pues sin Él no había progreso terrenal posible, bien que lo sabían.

Povl Vrist tenía buena vista, y fue el primero en divisar la goleta, un puntito en la parte oeste del fiordo.

—Me parece que ya viene —anunció. Y pronto se oyó el traqueteo de motores, que despertó un eco lejano en las colinas del sur.

Las mujeres, de pie en la proa, tenían la mirada fija en la tierra extraña. Hacia el sur, las colinas aparecían tapizadas de campos cuadriculados verdes y amarillos, y hacia el norte quedaba el pueblo con sus extensas granjas. En su patria chica la tierra estaba desierta, la bruma se adentraba en los campos arenosos y el viento resecaba y ennegrecía el grano. Aquí las granjas estaban rodeadas de grandes árboles verdes, y en los campos el grano se alzaba amarillo y prieto.

Malene, enorme, iba rodeada de sus niños. Se había cubierto la cabeza con el chal para protegerse del frescor nocturno. Su rostro decidido husmeaba la tierra cercana. Había que reconocer que tenía un aspecto de lo más fértil. La acompañaban Tea y Alma, la esposa de Thomas Jensen. Tea dijo que aquello era precioso, y Alma hizo un gesto afirmativo. Allí el viento del oeste no azotaba las casas. Entonces la campana de la iglesia repicó la puesta de sol. Era un buen augurio, dijo Tea, pero ¿cómo serían las gentes entre las que iban a establecerse? No era fácil saberlo. Tea estaba preocupada: ¿de qué valían las maravillas del mundo si no llevabas a Jesús en el corazón?

Adolfine se mantenía algo apartada y miraba a tierra. La puesta de sol imprimía a sus mejillas un brillo cálido, pero la flaca figura estaba extenuada por dentro. Se había mareado, se sintió morir, y deseó yacer en el frío lecho del fiordo. Los niños jugaban en cubierta. El navío parecía un nido de gorriones. Estaban por todas partes, en la carga, en lo alto del mástil, y el piloto se las veía y se las deseaba. Los había de todas las edades, chicas a punto de confirmarse, chicos bastante crecidos y sucios mocosos pisoteando las tablas de cubierta. Por la tarde estuvo a punto de ocurrir una desgracia. Uno de los hijos pequeños de Jens Røn trepó al bauprés y se creó una situación de peligro. El marinero tuvo que rescatarlo, mientras Tea gemía, presa de los nervios.

En la bodega no había sitio para el equipaje, y los muebles estaban apilados en cubierta. Ofrecían un aspecto extraño, pese a que todos conocían bien los viejos sofás, las camas pintadas de amarillo y las mesas marrones de pino, pulidas por el uso. Un espejo se había roto, y los cascos yacían diseminados por la cubierta y reflejaban el brillo rojizo de la puesta de sol, mientras el marco vacío mostraba su pobreza.

Ahora también los niños querían acercarse a la borda y dirigir la mirada hacia la tierra extraña. Tea se afanó en poner orden en los suyos. No iba a permitir que la avergonzaran. Para cuando la goleta echó anclas, Lars Bundgaard y Jens Røn ya estaban allí. Primero ayudaron a bajar a la lancha a Malene, quien, después de tender su mano floja a los hombres, se sentó con pesadez en popa y juntó las manos sobre su abultado vientre.

Laust Sand gritó desde el embarcadero con su aguda voz nerviosa:

—Adolfine viene con vosotras, ¿verdad?

No la había visto, ya que se encontraba detrás de las demás. Entonces ella se acercó a la borda, pero le faltó valor para hablar, con tanta gente cerca escuchando. Sacó el pañuelo y saludó con él a su padrastro. El semblante de Laust Sand se iluminó; todo iba como debía.

Desembarcar a los niños llevó su tiempo. Los pequeños lloraban, temerosos de que fueran a olvidarse de ellos, y la lancha tuvo que hacer tres viajes para desembarcar a todos. Las madres pasaron revista a sus proles; todas tenían a los suyos. Al final formaron grupos en el embarcadero, rodeados de viejas maletas, cajas y bultos de edredones y ropa. Los hombres fueron saludando a los recién llegados. Todos estaban algo cohibidos; incluso Alma, que siempre tenía algo que decir, parecía callada y reservada. Y es que estaban rodeados de gente del lugar que los miraba embobada, y casi no se atrevían a mirar alrededor.

Anton Knopper ya había amarrado la lancha, y subió al embarcadero con el bichero. No tenía a nadie a quien dar la bienvenida, pero se acercó a dos chicos y les preguntó si se habían mareado mucho. ¿Mareado? Los chavales se sintieron ofendidos: ¿cómo iban a marearse en las aguas del fiordo? Anton no deseaba herir los sentimientos de nadie, nada más lejos de su intención, pero es que estaban tan pálidos... Así fue como salió a la luz lo mal que lo había pasado Adolfine, claro que se trataba de una mujer. Adolfine bajó la vista y deseó que se la tragara la tierra. Aquello era como ser la comidilla del pueblo.

A Anton Knopper le pareció que tenía que hacer algo. No podían mirarse unos a otros como si fueran extraños. Y al instante blandió, chistoso, el bichero. Azuzó un poco a Tea, y, aunque algo inquieto, estalló en carcajadas. Tea se defendía y gritaba, y se ruborizó por haber gritado. Anton era un payaso, ¿qué iba a pensar la gente del lugar? Pero Anton Knopper se puso de lo más juguetón; había que azuzar a todas las mujeres, y se puso a correr de un lado a otro con el bichero, como un loco. Eran tonterías, pero no estuvo mal, porque la gente que observaba sonrió ante la extraña representación, y tomó nota de que aquellas personas no se dejaban intimidar.

Mientras caminaban por la calle del pueblo, las mujeres dirigían miradas discretas alrededor. Las casas eran sólidas, y sus jardines, bonitos y bien cuidados. Tea se llenó de confianza ante aquella opulencia; pero la gente no se comportaba como es debido. Se agolpaba en puertas y ventanas, mira que te mira. Una de las niñas pequeñas se tropezó y cayó, y Tea la reprendió en voz baja, pero también ella estuvo a punto de llorar. Vaya una manera de llamar la atención en público.

Povl Vrist abría la marcha. Todos iban a cenar en su casa. Era un hombre imponente, ancho de espaldas, con un rostro de rasgos angulosos, mirada penetrante y un hirsuto bigote castaño. Thomas Jensen llevaba en brazos a los dos más pequeños mientras hablaba a Alma de la campaña de primavera. Había sido aceptable, y ahora podría montar diez trampas más para anguilas. Thomas Jensen era un hombrecillo reposado de semblante grave y amable, de voz dulce y espíritu fuerte. Las palabras surgían apacibles de su boca, pero mostraban firmeza.

Povl Vrist vivía de alquiler en una vieja casa con jardín delantero, y tuvieron que pasar de uno en uno para no pisar los macizos de flores. Mariane los esperaba en la puerta para recibirlos. Povl Vrist les dijo que tendrían que conformarse con lo que había, que no esperasen gran cosa. Mariane era grande y vigorosa, con rasgos hermosos y alegres y recio cabello castaño. Era hija de un granjero del interior, y muy diferente a las apagadas mujeres de la costa oeste. Les dio la bienvenida en su extraño dialecto. Tanto a Tea como a Alma les pareció peligrosamente frívola, y bajaron la mirada al saludar.

—Tened la amabilidad de entrar en la sala —dijo la anfitriona con voz alegre—. Y conformaos con lo poco que podemos ofrecer. Quítate el abrigo, señora de Thomas Jensen; adelante, entra en la sala, señora de Lars Bundgaard. Debéis de estar extenuadas por el largo viaje. Los hombres llevan todo el día preocupados. Jens Røn empezaba a temer que la nave hubiera naufragado.

En la sala no había mucho sitio, pero las mujeres encontraron asiento, con los más pequeños en el regazo, y un poco de reposo no venía mal. Adolfine se dejó caer en la silla; seguía pareciéndole que el suelo se balanceaba. Los hombres habían ido en busca de edredones y ropa de cama. Mariane no tenía un momento de descanso. Había montado en la recocina una mesa para los niños. Los pequeños iban a cenar primero. Estaban derrengados y apenas podían mantener los ojos abiertos. Las mujeres salieron de su reserva. Era evidente que Mariane deseaba que se sintieran a gusto. La sala lucía bonita, con los suelos fregados, flores en las ventanas y muchos cuadros. Las mujeres se quedaron mirando los cuadros. Desde luego, no eran nada edificantes. «Tarde de domingo en la casa del pastor», ponía bajo uno de ellos; pero aquel clérigo, con su larga pipa, parecía ser grundtvigiano. Y «Barcos en el mar», pero ni una frase de las Escrituras ni una palabra piadosa. El Salvador no era muy popular allí.

Cuando los hombres volvieron, los adultos se sentaron a la mesa. Tres chicos de pelo blanco miraban desde la cocina, pero si alguien los miraba se escabullían tras la puerta como ratones asustados. Mariane trajo la cena, y se hizo un pequeño silencio. Era costumbre entre los niños de Dios leer algo antes de comer. Povl Vrist dijo a Thomas Jensen con calma:

—Tal vez quieras recitar un verso antes de cenar.

Thomas Jensen leyó la oración del libro de salmos:

Tú que nos das el pan de cada día
danos también tu Espíritu, Señor,
para que los unidos en la misma comida
sigamos comulgando en el mismo Amor.

Después les costó despedirse. Venía bien pasar un rato rodeado de amigos antes de entregarse a un entorno desconocido. Anton Knopper se balanceó un poco atrás y adelante, y preguntó:

—¿Cómo van las cosas por el pueblo? Seguro que tenéis mucho que contar.

Por supuesto, las mujeres sabían muchas cosas; sobre todo Tea, que además tenía buena labia. La mujer del pastor había enfermado, y la campaña de primavera les había ido mal a casi todos. Muchos pasaron apuros para lograr el sustento.

El rostro redondo de Tea se puso serio: ella ya sabía lo que significaba aquello. Pero luego tenía que hablar de la nueva tienda que habían instalado, con prospectos y objetos de ámbar para los turistas. Todo eso eran pequeñeces, pero había ocurrido algo grande. Hizo una pausa teatral para aumentar la emoción: Anders, el herrero, se había convertido, tras reconocer sus pecados ante el Señor.

Lars Bundgaard asintió en silencio: vaya, Anders, el herrero, había encontrado el camino. Y es que de nada servía dar coces contra el aguijón.

Tea miró de soslayo a Mariane, que entraba con el café. ¿Se habría sentido aludida? Pero Mariane estaba impertérrita, y Tea suspiró y habló de reuniones y hermosas celebraciones. Los hombres escuchaban en silencio. Sí, el pueblo era el pueblo. Aquí no iban a acostumbrarse a la nueva vida como para sentirse parte de ella. El bramido del mar, la niebla que se colaba en los campos arenosos, la tormenta, la muerte y la pobreza eran viejos conocidos. Pero aquí era impensable que nadie pudiera echar raíces.

—¿Y cómo es la gente de aquí? —preguntó Malene, con un suspiro.

Todas las mujeres miraron a Thomas Jensen. Aquel hombre apacible era un guía para los niños de Dios. Thomas Jensen vaciló un poco antes de contestar.

—Las cosas no marchan como debieran —respondió—. Los hay que han encontrado la salvación, pero la mayoría están muy lejos de ella. Cuando pasas por la posada un sábado por la noche, la gente está bailando en el interior. Y el pastor… Bueno, está mal decirlo, pero lo que predica no es la palabra de Dios.

Juntó las manos e inclinó la cabeza.

—Ahora que estamos lejos de casa, debemos recordar que llevamos al Salvador y su gracia en nuestro corazón pecador.

Uno a uno, los niños habían entrado sin ruido en la sala. Los más pequeños se tumbaron en el suelo y dormían.

Era imposible levantarse sin pisarlos. A veces, alguno se despertaba sobresaltado y miraba alrededor, confuso. Pero estaban acostumbrados al canto de salmos y a los duros suelos de madera. Los adultos siguieron todavía un rato cantando salmos bajo la luz amarillenta de la lámpara del techo.

Thomas Jensen se levantó con el frío amanecer. Llevaba tiempo despierto, sin poder encontrar sosiego. Se vistió con cuidado y pasó junto a las camas donde dormían sus hijos. Una niebla fría y húmeda cubría los campos, y los animales que pastaban parecían manchas negras en medio de la blancura. Pero por todas partes se oía el dulce trinar de los polluelos en sus nidos.

Atravesó el pueblo. Gotas de rocío colgaban de los tejados de paja, y delicadas telarañas centelleaban entre la hierba del borde de la carretera. Acababa de nacer el día, y se notaba la frialdad del aire al respirar. En medio del pueblo torció por un sendero hacia la iglesia. Esta se alzaba en una colina, y Thomas Jensen estuvo un rato junto al muro, mirando alrededor. En la calma chicha del fiordo se divisaban líneas centelleantes. Junto al embarcadero se veían pesadas lanchas, barcos verdes y azules, y trampas y cajas tiznadas de alquitrán. La tierra hacia el norte era llana y estaba atravesada por zanjas resplandecientes. Thomas Jensen sintió un amargo resentimiento en su corazón. En las comunidades pobres de la costa oeste la gente tenía necesidad de consuelo. Pero en esta hermosa y rica comunidad, la gente solo pensaba en el mundo y en sus tonterías. Se dirigió a la iglesia y miró por la ventana. El púlpito, con sus tallas refulgentes, brillaba entre las paredes encaladas. ¿Tomaría alguna vez Dios posesión de su reino?

Se arrodilló ante la puerta de la iglesia y rezó. Las palabras surgían laboriosas de su boca. Pidió a Dios que bendijera al pequeño grupo que había emigrado de sus hogares a lo desconocido. Mientras rezaba, sintió que crecía su fuerza interior.

Cuando se puso de pie, el sol estaba en lo alto del cielo. De las chimeneas brotaba el humo de turba, que hería el olfato como una especia penetrante. ¡Ahora Thomas Jensen ya sabía lo que deseaba el Señor! Nunca había sentido la bendición de la gracia con tanta intensidad como aquella límpida mañana.

En el camino de vuelta a casa, saludó con amabilidad a la gente que encontraba. El Señor obra con indulgencia, pero siempre acaba venciendo. Cuando llegó a su casa, se sentó en el cobertizo a reparar trampas. Pasó todo el día trabajando. Dios ya les enseñaría el camino, eso seguro.

También Tea había madrugado, no podía estar en la cama. Se levantó y anduvo por la casa, inspeccionándolo todo. No era ninguna maravilla. El tejado era viejo, y había entrado agua de lluvia. Las paredes estaban verdes y mohosas por la humedad. En la pintura aparecían muchos desconchados, y los suelos estaban negros como el mantillo. Tea atravesó ambos dormitorios y se dirigió a la cocina y recocina. En un pequeño cuarto había todo tipo de cachivaches, zapatos enmohecidos y trapos malolientes. Los habían dejado los anteriores inquilinos. Un gato flaco se le acercó y se arrimó a sus piernas, quejoso. Lo habrían olvidado. Desde luego, vaya gente, pensó Tea, no habían pensado ni en los pobres animales. Encontró un resto de leche en una botella y se lo sirvió al gato.

Entró en la sala y se sentó en un alféizar bajo, porque no había sillas. Se sentía desgraciada y maltratada, y rompió a llorar. ¿El cambio había sido para mejor? No, la casa que tenían antes era mucho más bonita, dentro de la sencillez. Las lágrimas le resbalaban mejillas abajo. Era una cruz que le había impuesto Dios, tener que luchar contra la pobreza y la miseria. Más le habría valido morir en la flor de su juventud, aunque fuera un pensamiento pecaminoso.

Jens Røn entró adormilado y la miró, aturdido.

—Pero ¡querida Tea! —protestó.

Tea no podía evitar enfadarse con su marido, aunque sabía que no debía hacerlo. Jens Røn estaba amable y tierno en sus calcetines grises de lana, y deseaba consolarla con palabras cariñosas. Pero Tea estaba furiosa. ¿Era acaso voluntad divina que aquel hombre fuera tan cachazudo?

—¿Echas de menos el pueblo? —preguntó Jens Røn, preocupado.

—Solo quiero la tumba, cuando el Señor lo desee —gimió Tea.

Los niños estaban levantándose. Pequeño Niels entreabrió la puerta del dormitorio y vio lo que sucedía. En un santiamén estaban los cinco en la sala. Los pequeños corrieron a refugiarse en las faldas de su madre sentada, y echaron a llorar. Lloraban a voz en grito, y de pronto Tea se calló y dijo, asustada:

—¡Shhh!! Pero ¿qué escándalo es este? ¿Qué van a pensar los vecinos, si os oyen?

Les secó las lágrimas con el pañuelo y fue a la cocina a hacer café.

Después de desayunar todos en la sucia mesa de la cocina, Tea pensó que de nada valía lamentarse. Era preferible aceptar las desgracias de la mano de Nuestro Señor sin quejarse. Jens había pedido prestados a un vecino su caballo y su carro para transportar los muebles a la casa. Los niños ya habían salido a sus extrañas expediciones. Pero Tabita y Martin, los dos mayores, debían ayudar.

Tea se arrodilló y empezó a fregar el suelo de la casa. Metía el cepillo en todos los rincones, y empezó a sudar. ¿Qué clase de personas habían vivido allí? Desde luego, no eran nada aseadas; pero ahora iba a ver la gente. Primero había que arrancar toda aquella porquería, y luego pintar, porque ella era pulcra, eso ya lo sabía. Y la pequeña Tabita lavaba las puertas con jabón como si le fuera la vida en ello.

Jens Røn llegó con los muebles. Anton Knopper lo había acompañado para echarle una mano. Tomaron café en la cocina, donde flotaba el perfume del jabón, y escucharon lo sucia que estaba la casa. Anton Knopper tuvo que ir a la sala a comprobar cómo se amontonaba la suciedad en los rincones. Pero estuvieron de acuerdo en que Tea era un hacha que sin duda lo dejaría todo resplandeciente.

—Debiste de nacer un día de tormenta, por lo que te gusta el agua —bromeó Jens Røn, y Tea hizo ademán de darle un puñetazo cariñoso en las costillas. El trabajo había hecho desaparecer la tristeza de Tea. Anton Knopper era presa de auténtica admiración.

—A eso lo llamo yo trabajar —la felicitó—. Desde luego, no paras quieta.

Eran palabras reconfortantes. Los pequeños cuartos estaban más o menos limpios, y a Tea le parecía que ahora la casa lucía más animada. Se arrepintió de haberse ofuscado tanto, y analizó su fuero interno. Era por su temperamento estricto. Estaba dispuesta a reconocer que en su interior no había mucha bondad, y no había sido una buena esposa para Jens Røn. La gente no andaba descaminada. Muchas veces dejaba a su marido e hijos sin atender mientras tomaba café en casa de las vecinas. Pero buscaba el reino de Dios con humildad, franqueza y rectitud, aunque tenía sus defectos y era una pecadora. No obstante, poniendo al cielo por testigo, prometía que en adelante todo iba a ir mejor. Iba a desterrar las malas costumbres, y se conmovió al pensar en lo buena que iba a ser para con su marido e hijos. Fiel en cuestiones grandes y pequeñas. Así deseaba Tea que fuera el futuro.

Colgó las cortinas y colocó los muebles en su sitio. Jens Røn tuvo que dejar las trampas y ayudarle con los trastos más pesados: el armario, las camas y la cómoda. Los muebles presentaban un aspecto extraño en sus nuevos emplazamientos. Era como si no se sintieran del todo a gusto. Tea acarició el viejo banco pintado de marrón. Cuántas veces se había sentado allí con buenos amigos. Pero después de colgar las frases bíblicas enmarcadas —«Dios bendiga tu paso por esta puerta» encima de la entrada a la sala, «Decid sencillamente sí o no» encima del banco, y «Jesús» y «Gracia divina» en el dormitorio—, Tea volvió a sentirse como en casa, y tuvo que dar gracias a Dios, que proveía por todo. ¡Qué bien quedaba encima de la cómoda la jarra para el chocolate con sus adornos dorados! ¡Y los cuadros de la pared con sus brillantes marcos!

Encontró tiempo para echar un vistazo al pequeño jardín delante de la casa. Algún día tendría que adecentarlo. Ahora estaba invadido por la hierba y la cizaña. Qué poco apreciaba la gente los regalos divinos. Recordaba que, cuando era niña, tenía en el jardín un pensamiento amarillo, y que todas las noches lo cubría con un tiesto para protegerlo de la bruma del mar y del frío nocturno. De todas formas, se murió. Pero aquí metías un palo en la tierra, y echaba raíces. Era algo evidente.

Los niños llegaron a casa, les dio de cenar y los acostó. Pero antes tuvieron que tocar los muebles y aspirar el olor a limpio. Cuando los niños estuvieron bien arropados en el cuartito, mandó a Tabita al cobertizo para preguntarle a Jens Røn si no habría que invitar a Anton Knopper a tomar café. Al fin y al cabo, les había ayudado.

—¡Qué bonito has dejado todo, Tea! —exclamó Jens cuando volvió con Anton Knopper.

—¿Lo dices en serio? —preguntó Tea, adulada.

Claro que lo decía en serio. Jens Røn siempre se asombraba de lo hábiles que eran los demás. Y Tea poseía riqueza espiritual, pero también manos diestras. Él, por su parte, era bastante torpe.

Tea suspiró, satisfecha; también a ella le parecía que había quedado bonito. Pero pensaba en otra cuestión importante. ¿Cuánta gente creyente había allí?

—No son muchos, no —explicó Anton Knopper.

—¿Y el pastor?

El semblante candoroso de Anton Knopper se ensombreció. Del pastor era mejor no hablar. Estaba muy lejos del verdadero camino. Pero, por lo demás, había mucha gente buena. El semblante de Anton Knopper se iluminó. Podría lograrse una buena cosecha cuando Dios estimara que había llegado la hora. Bien mirado, era un buen sitio.

Pero entonces Tea se puso bromista: ¿Anton no se había echado novia?

Anton Knopper sacudió la cabeza; la verdad era que nadie lo quería. A no ser que estuviera esperando a que Tabita creciera. Tabita hizo un gesto de rechazo con la cabeza, no quería saber nada de aquello. Pues si ni siquiera podía conseguir una pelirroja, dijo Anton Knopper, tendría que pasar toda la vida soltero.

Tabita estuvo a punto de echarse a llorar porque se reían de su pelo rojo. Anton Knopper se afanó en remediarlo. El pelo rojo era de lo más bonito que conocía, y en las grandes ciudades algunas mujeres se teñían el pelo de rojo para estar a la moda.

—A ti nunca te ha hecho falta eso —dijo Jens a Tea.

—No deberías compararme con esa clase de mujeres —contestó Tea, ofendida.

Pero Jens Røn se puso jovial. Al fin y al cabo, estaban pasando un rato entrañable tomando café. Anton Knopper tuvo que oír cómo lo perseguía Tea antes de hacerse novios. Ella recaudaba para la Misión Oriental,[2] y no lo dejaba en paz. Siempre aparecía con la lista de colaboradores en la mano, y al final Anton Knopper tuvo que proponerle matrimonio; de otro modo, habría ido a la quiebra.

—Cómo puedes decir esas cosas. —Tea enrojeció. Anton Knopper iba a creer que era verdad.

Jens Røn aseguró que era cierto, y le hizo cosquillas con cuidado a Tea, que se retorció, afectuosa; pero luego pensó que era una frivolidad.

—Venga, Jens, no hagas el tonto —lo amonestó con dignidad.

---

[2] *Østerlandsmissionen*: comunidad misionera danesa que desplegó su actividad en varias ciudades de Siria desde finales del s. XIX hasta que, a partir de 1946, año de la independencia del país, su actividad empezó a decaer.

Llamaron a la puerta. Lars Bundgaard y Malene venían de visita.

—Veníamos a ver cómo había quedado la casa. Está muy bien, pero la verdad es que nuestros maridos han alquilado unas casuchas bastante destartaladas.

—Así es —suspiró Tea—. Pero debemos tomar las cosas como vienen. Hay cuestiones más importantes que esa.

A Malene se le hacía extraño estar en una casa distinta. Tendría que acostumbrarse. Lars Bundgaard había pasado el día arrastrando muebles y armarios y colgando cortinas con elegantes pliegues. Malene se deshacía en elogios. Su marido tenía unas manos tan diestras que a ella no le quedaba otro remedio que sentarse a mirar.

Tea volvió a hacer café, y el tema de conversación recayó en Povl Vrist.

—Es un hombre bueno —dijo Jens Røn—. Tan servicial que es excesivo. Y un buen pescador. Es de los que caen bien a todo el mundo, y podéis estar seguros de que más pronto que tarde va a convertirse en un hombre grande, tal vez en el consejo parroquial, o en la cooperativa.

—Pero en la viña...[3] —comenzó Lars Bundgaard con voz grave.

—Ya —respondió Tea en voz baja—. Aun así, os diré una cosa: creo que Mariane tiene mala influencia sobre él.

Permanecieron un rato en silencio. Desde la carretera llegaban risas y pícaras voces de chica. Lars Bundgaard dijo:

—Aquí hay muchas cosas que deberían cambiar. Los jóvenes no piensan más que en bobadas. Están todas las noches mirando la carretera, fumando cigarrillos y tonteando con las chicas. Bueno, no hay que juzgar, pero creo que es por el pastor, que no hace su trabajo. Ha organizado una asociación de jóvenes, hacen las reuniones en el centro cívico. Y después muchas veces bailan.

[3] Referencia a la parábola de la viña del Señor (Mat 20, 1-16), aplicada aquí de forma más general en el sentido de trabajar para Dios.

—¡¿Bailan?! —exclamó Tea, escandalizada.

La sala estaba en penumbra, y el frescor vespertino se colaba por la ventana abierta. El macizo de jazmín despedía un aroma intenso, y Tea tuvo que cerrar la ventana. Malene, grande y amorfa sentada en la butaca, se fundía con la oscuridad. Solo se oía su pesada respiración.

Tea dijo que no estaba bien que tus propios hijos fueran a acabar así.

—Ya se encargará Thomas de cambiar eso —opinó Lars Bundgaard.

Respiraron, aliviados. Sí, Thomas Jensen conocía la solución. Era muy discreto siempre, pero Dios guiaba sus pasos. Nadie había oído nunca que Thomas hiciera nada malo. Era apacible, pero una llama ardía en su interior.

Thomas Jensen terminó sus labores y cenó. Alma quería acostarse temprano, y Thomas se dio un paseo hasta la casa de Laust Sand. Laust estaba cenando en la cocina cuando llegó Thomas.

—¿Llego en mal momento? —preguntó.

—No, no —respondió Laust con su sonrisa cansada—. Adelante, bienvenido. Siéntate en una silla y tómate un café.

—Bueno, ya estamos aquí con nuestros bártulos, Laust Sand —dijo después de que Adolfine sirviera el café.

Laust titubeó un poco.

—Nos hemos traído lo bueno, y seguro que lo malo nos pisa los talones —contestó en voz baja.

Thomas Jensen no supo qué decir, pues Laust solía ser presa de dudas religiosas. Se puso a hablar de la pesquería: había que tener preparadas las trampas a tiempo. Se echó a reír. Uno de los pescadores del fiordo había estado en su casa y vio sus grandes trampas nuevas. El hombre se quedó asustado. Aquí estaban acostumbrados a aparejos pequeños y anticuados.

Laust Sand se reanimó. ¡Los pescadores del fiordo! En cuanto levantaba un poco de viento ¡les daba miedo salir! Deberían probar la costa oeste con mar gruesa.

El cielo estaba tachonado de estrellas cuando Thomas Jensen regresó a casa. Había luz en las granjas, y tras los portones y setos se oían cuchicheos y risas.

La cosecha se inició durante los calurosos días de verano, con calima y chaparrones acompañados de truenos. Bamboleantes cargas de grano atravesaban el pueblo. La cosecha fue tan abundante que en los graneros apenas cabía la mies. Pero el calor era casi excesivo, el aire estaba pesado y centelleaba, las hojas de los árboles se mostraban amarillentas y agostadas, y las flores se resecaban en los jardines.

Para los pescadores fueron días de placidez. Desde la mañana hasta el atardecer reparaban viejas trampas o montaban las nuevas. Todo debía estar dispuesto para la primera oscuridad del otoño. Tiempo de placidez. Se sentaban en sus cobertizos, donde había penumbra y frescor, y podían reflexionar sobre muchas cuestiones, sobre Dios y el mundo, sobre la pesca y sobre la condición humana. Muchas veces visitaban al vecino para hablar de lo que habían estado pensando en soledad. No estaba nada mal.

Thomas Jensen lo tenía fácil, ya que sus dos hijos mayores tenían talento para el trabajo. Sus dedos ágiles eran de gran ayuda. Thomas Jensen era un hombre afortunado, se daba perfecta cuenta, y no se cansaba de agradecerlo. Alma era una esposa trabajadora, pese a ser de otra clase social y de ciudad. Era de constitución frágil, con un rostro pecoso y delgado, y cabello rubio-pelirrojo, pero tenía un hijo al año, y ¿podía pedirse más a una esposa, en el campo o en la ciudad? Thomas Jensen opinaba que no, aunque jamás se le ocurriría enorgullecerse de algo que era suyo.

El sol caía en franjas entre las tablas de la pared, y las redes embreadas brillaban, negras. Los rincones estaban a oscuras, pero, donde se sentaba Thomas Jensen, la luz que entraba por la puerta bañaba su figura.

Una tarde apareció Lars Bundgaard de visita. Hablaron un poco del tiempo y del calor.

—¿Qué te parece esta tierra, Thomas? —preguntó Lars Bundgaard.

Thomas Jensen no tenía razones para quejarse, no. Si la pesca marchaba bien, era un lugar magnífico para vivir.

Lars Bundgaard calló un momento.

—Pero el reino de Dios... —dijo.

Thomas Jensen dirigió la vista al suelo.

—He pensado mucho sobre eso —respondió—. Lars Bundgaard, ya sabes que es tan importante para mí como para ti. Pero estoy convencido de que Jesús nos enviará una señal.

—En eso llevas razón —reconoció Lars Bundgaard—. Pero creo que hay una cuestión de la que deberíamos ocuparnos. El pasado domingo llegaron los niños a casa con helados de cucurucho que habían comprado en la panadería. Me parece grave que el dueño no cierre la tienda los días de fiesta. Creo que convendría que fuéramos a hablar con él.

Thomas Jensen hizo un gesto afirmativo y se puso en pie. Fueron a la panadería y encontraron al dueño en la trastienda.

—Nos gustaría hablar contigo sobre lo de abrir la tienda los domingos —dijo Lars Bundgaard—. No es correcto que esté abierta.

El panadero no quería oír hablar de aquello.

—Pero es legal —dijo, haciéndose el ingenuo.

—No digo que hagas nada ilegal a los ojos del mundo —repuso Lars Bundgaard con mansedumbre—. Pero Nuestro Señor instituyó el día de descanso para que lo santificáramos, y venimos a pedirte que cierres la tienda los domingos.

El panadero, pequeño y fornido, juntó las manos a la espalda con dignidad.

—Pago mis impuestos —aseguró—, y eso hace que tenga mis derechos. Es posible que no os guste mi manera de llevar los negocios, pero guardáoslo para vosotros. Yo no os critico por vuestra manera de pescar. Eso a mí ni me va ni me viene.

—Deberías pensar bien el asunto —dijo Thomas Jensen con tono serio—. Ya sabes que en las Escrituras se menciona a quien causa escándalo. Y llegará un momento en el que te arrepentirás de haberlo hecho.

—Yo no soy de la Misión Interior[4] —respondió el panadero—. Y si hubiera algo malo en vender pan los domingos, lo habrían prohibido. Además, ya me gustaría saber qué pasa con los campesinos. ¿Tampoco pueden ordeñar sus vacas los domingos?

—Sí —aceptó Thomas Jensen—. No puede ser de otro modo. Pero si son niños de Dios, no llevan la leche a la central.

—¿Y el pescado que entra en vuestras trampas los domingos?

—Los días de fiesta no vaciamos las trampas, y no somos nosotros quienes decidimos las migraciones del pescado —explicó Thomas Jensen—. Pero te rogamos que cierres los domingos. Haces que caigan en la tentación otros con menos fuerza para resistirse. A ti te supone poco.

—Os voy a decir una cosa —contestó el panadero, enfadado—. Si tenéis alguna queja sobre el pan que hago, adelante con ella. Pero soy yo quien decide cuándo está abierta la tienda. Ya veo que sois de los que se mezclan siempre en todo y no dejan en paz a los demás. Pues no metáis las narices en mi panadería.

—Bien, ya vemos que no quieres —dijo Thomas Jensen, casi con tristeza—. Pero es tu responsabilidad, ahora estás avisado. Puede que el día que debas rendir cuentas no te resulte fácil.

El panadero estaba atrapado en las artes del mal y seguía en sus trece. Para Lars Bundgaard era duro ver a los niños luchar contra la tentación los domingos. Había reunido a su

---

[4] *Indre Mission:* movimiento danés por el despertar evangélico, fundado a finales del s. XIX y basado en una lectura fundamentalista de la Biblia. Los pescadores llegados de la costa oeste pertenecen a ese movimiento.

prole y les había inculcado el mensaje de la ley, pero aun así los pensamientos de sus hijos giraban en torno a las heladas delicias de la panadería. Al final, Lars Bundgaard fue a la ciudad, aunque perdiera un día por ello, y gastó un dineral en una máquina congeladora para hacer helados siguiendo un libro de instrucciones incluido en el precio. Y al domingo siguiente pasó toda la tarde dándole a la manivela haciendo helados para sus hijos.

Una máquina así era un invento extraordinario, y Tea y Jens Røn tenían que verla. Lars Bundgaard y Malene habían alquilado una casa junto al fiordo. Se entraba por una calleja, después de pasar junto a un establo, y Tea tuvo que reconocer que no había mejor lugar para vivir. Tuvieron que probar el helado; no estaba frío, pero sí dulce y rico. Malene se había acostado, se sentía débil y pesada, y esperaba dar a luz pronto.

—Ojalá sea buena la comadrona de aquí —dijo Tea, preocupada—. Porque puede ser una lotería.

Pero Malene estaba animada. Ya sabía lo que era tener hijos. Tenía tantos que era casi una especialista. Era una broma, pero Tea dudaba si era adecuada para un alma seria, y además en domingo. Malene era optimista. Había temido dar a luz en el fiordo, pero en una cama no había nada que temer, lo sabía. Los cuartos estaban limpios, y Lars Bundgaard se ocupaba de hacer café. Sara, la hija mayor, estaba acostando a los pequeños.

—¿Cómo puede Malene llegar a hacer tantas cosas? —preguntó Tea.

Lars Bundgaard explicó que Mariane les ayudaba mucho. Era una mujer hábil y de buen corazón. Acudía todos los días a ayudar. Lo único que podía objetarse era que cantaba todo el tiempo mientras trabajaba, y no eran canciones espirituales, sino melodías de baile.

La información ensombreció el ánimo de Tea. Pero tal vez no fuera tan terrible. Las letras podían ser bonitas, aunque las melodías fueran tentadoras. De todas formas, en el fondo de su corazón, Tea tenía dudas. Una cosa solía acompañar a la otra.

Una noche Lars Bundgaard tuvo que salir en busca de la comadrona. Con los años, se había acostumbrado, aunque cada vez que ocurría no se sentía él mismo. Pero Malene era una joya: todo había terminado para cuando él volvió, y Mariane ya estaba haciendo café. Era un niño grande y sano, y Mariane resplandecía de admiración. Al día siguiente, Lars Bundgaard estuvo dándole a la máquina de hacer helado hasta sudar. Los niños debían notar que era un día especial en la casa.

Era el décimo que se le concedía a Lars Bundgaard. Diez niños, sanos y bien proporcionados, ¡alabado sea el Señor por ello! Él podía ocuparse del sustento mientras tuviera salud y hubiera peces en el fiordo, pero les faltaba espacio en la casa de dos cuartos pequeños. Por la noche los niños yacían por todas partes, en sofás, en cajones de cómoda y cajas que había que recoger durante el día.

Y cuando Tea y Alma acudieron a visitarla, se enteraron de lo que Lars Bundgaard había estado pensando en secreto. Fue Malene quien lo desveló, aunque en realidad era demasiado pronto para hablar de ello: Lars Bundgaard pensaba comprar tierra y construir su propia casa.

La noticia dejó sin aliento a las mujeres. Era bueno que la gente del pueblo viera que no eran indigentes, que los llegados del oeste tenían recursos para convertirse en propietarios. Resultaba que Lars Bundgaard le había echado el ojo a una parcela de terreno al oeste del pueblo. No estaba lejos del embarcadero. Lars tenía dinero, porque había vendido a un buen precio su casa de la costa oeste. Mariane estaba entusiasmada. Ahora Malene debía ocuparse de que construyeran un sótano para poder conservar las cosas frescas. Y, respecto al jardín, no debía preocuparse, Mariane tenía hierbas aromáticas y flores de sobra, y bien podían trasplantarse si Malene las quería.

Aunque la noticia se desveló antes de tiempo, Lars Bundgaard no era hombre que criticase a una mujer que acababa de dar a luz. Fue y compró la parcela a un precio razonable, y al día siguiente cerró el trato con el albañil y el carpintero. La casa debía estar terminada para el otoño.

Y, junto a la cama de la parturienta, Mariane servía café a diario, fuerte y ardiente. Fue allí donde las otras mujeres fueron conociendo de verdad a Mariane. Reía y hablaba, y estaba siempre de buen humor, pero las cosas no podían ir tan bien en su interior. ¿No sería un sepulcro blanqueado? Las demás llegaban vestidas con oscura ropa fina, con la solemnidad debida, pero Mariane se ponía vestidos claros de corte demasiado llamativo, y no paraba de hablar mientras ofrecía café.

—¡Aquí tienes! ¡Toma otra taza! ¡Adelante, Alma! ¡Aunque seguro que cuando llegues a casa pensarás que el tuyo es mejor!

Y cuando se hablaba de asuntos serios, Mariane reía y decía cosas inapropiadas. Si hablaban de la posada, del baile y de la vida desenfrenada, ella decía sin complejos que no era para tanto. Pero una vez Tea habló con voz fina como la de un ruiseñor y dijo:

—Yo creo que el baile es algo pecaminoso, y no me gustaría nada que mis hijas se fueran de baile cuando crezcan.

—Puedes estar segura de que lo harán —dijo Mariane, burlona.

—No me gustaría verlo —advirtió Tea—. No es tanto el baile en sí como lo que ocurre después. Créeme, lo sé.

Mariane puso cara inocente y preguntó con suavidad:

—¿Y cómo es que sabes eso, querida Tea?

Pero Tea no temía reconocer su vergüenza y dar a entender que también ella había transitado por la senda equivocada. Respondió con tristeza:

—Lo sé porque de joven estuve dos veces en el baile. Eso fue antes de que encontrase a Jesús.

—¿Y qué ocurrió? —quiso saber Mariane.

¿Qué debía responder Tea? No había sucedido nada que pudiera horrorizar a las demás. Ojalá hubiera podido contar que alguien intentó besarla. Pero Tea nunca faltaba a la verdad.

Mariane lucía una sonrisa cuando preguntó:

—Pero no te pasó nada malo, ¿verdad?

—Sí, sí, tú habla —se quejó Tea con lágrimas en los ojos—. Pero yo detesto la lujuria. Y el baile no conduce a otra cosa que a la lujuria. Créeme, hay muchas que han caído en la desgracia en un baile.

—Pues yo de joven bailaba mucho —dijo Mariane con voz soñadora.

Ante aquello no había nada que decir. Pero la gente era libre de pensar lo que quisiera, y Tea y Alma se miraron. Más le habría valido a Mariane emplear el tiempo en otras cosas. Cada vez se entendía mejor por qué Povl Vrist no era de los niños de Dios.

Las semanas se sucedieron bajo un calor abrasador, un cielo azul inalterable y un sol cegador. Era achicharrante. Los niños retozaban en el fiordo, una multitud de críos desnudos chapoteando en el agua. En el cobertizo donde se afanaba Anton Knopper, eran días alegres. Anton solía estar sentado junto a la puerta con sus redes, hablando con los que pasaban por allí. Él estaba salvado, pero era un hombre sociable y muy hablador. Conocía ya a todo el pueblo y sabía quién estaba casado con quién y si un mozo tenía dinero o era padre natural. Al poco tiempo no había un chico del pueblo que no fuera amigo de Anton Knopper. Siempre andaba con bromas y chistes, a sus cuarenta primaveras seguía teniendo el corazón de un chaval. Pero era tímido y reservado con las mujeres, y no sabía qué decirles. El sexo femenino guardaba muchos secretos. Por ejemplo, la criada de la posada, que iba todos los días a la panadería a por pan y lo saludaba con la cabeza al pasar a su lado. ¿Era una chica frívola? ¿O solo era de temperamento amable? Se trataba de una moza grande de cabello recio y pecho generoso, por fuera no había nada que objetar. Anton se estremeció ante el atrevimiento de su idea.

A Jens Røn no le resultaba fácil trabajar con las trampas. Sus aparejos estaban viejos y gastados, era casi como remendar un calcetín. A pesar de ello, estaba animado. El año siguiente iba a comprar trampas nuevas si la suerte lo acompañaba. Dios nunca abandonaba a sus niños. Era fatigoso pasar demasiado tiempo inclinado en la silla, y el frío de la mar le había provocado un poco de reúma. Pero luego se ponía a pensar en los tiempos de penuria, cuando las capturas eran escasas y se veía obligado a trabajar en el dique. Se trabajaba a un ritmo terrible, la mayoría de sus compañeros eran jóvenes, y se lanzaban pullas sin parar. Jens Røn suspiró, satisfecho: el Señor había mostrado su bondad llevándolo a mejores pastos. Pescar en el fiordo era un juego de niños.

Un día el pastor fue a visitar a Laust Sand, y Adolfine se dirigió al edificio anexo en busca de su padrastro. El pastor era joven y amable, de semblante alegre y una voz profunda y melodiosa. Se sentó en el banco y habló sobre pesca, demostrando tener un gran conocimiento. Laust Sand apenas se atrevía a elevar su mirada atormentada del suelo, y Adolfine estaba pálida en un rincón. El pastor observó que era gente pobre, y se puso todavía más solemne y paternal.

—Y esta es su hija… —dijo.

—No, no, no es hija mía, sino de mi esposa, que murió. Su primer marido falleció en la mar.

—Tiene usted suerte de tener quien le ayude —lo felicitó el pastor—. No es fácil tener extraños en casa.

Laust Sand murmuró una respuesta y miró al suelo.

—Bien, bien —terminó el pastor, y se puso en pie—. He venido porque soy su pastor y debo apoyarlos a todos en la medida de mis posibilidades. Querido Laust Sand: si en un momento dado tiene alguna preocupación que le oprima el pecho, acuda a mí con toda confianza. Tal vez pueda ayudarle.

Tea había visto que el pastor se acercaba, y tuvo el tiempo justo de ponerse un delantal limpio. Lo recibió ruborizada y cohibida, porque un pastor era un pastor, aunque aquel fuera casi un pagano. El pastor Brink tomó asiento y miró alrededor.

—Tienen una casa muy bonita —comentó—. Ya se nota que son ustedes diferentes a la gente que estuvo antes aquí.

Eran palabras agradables, y Tea no pudo contenerse y relató lo mugrienta, por hablar en plata, que estaba la casa cuando entraron. ¿Quería el pastor una taza de café? El pastor Brink acababa de tomar uno antes de salir de casa, pero dijo que con gusto tomaría un vaso de leche.

¿Y dónde estaba su marido?

Sí, era una pena, pero estaba en el fiordo vaciando una trampa de bacalao.

—Ustedes, la gente de la costa oeste, son buenos cristianos —dijo el pastor—. Y acuden de buen grado a la iglesia.

En aquel momento Tea debería haber abierto la boca para decir lo que pensaba. Ese era su deber cristiano. Podría haber dicho unas palabras sobre bribones, aduladores y fariseos descreídos. ¡Eso sí que habría sido dar testimonio de su fe! Pero más tarde Tea tuvo que reconocer con pena y remordimiento que había abandonado a su Salvador, igual que Simón Pedro, mientras el gallo cantaba. Estrechó la mano del pastor para despedirse y encima le dio las gracias por la visita. Era como darle las gracias al Anticristo, y tendría que expiarlo el resto de sus días.

El pastor siguió caminando bajo el sol; se sentía tranquilo y satisfecho. En los jardines los manzanos rebosaban de fruta, y las gallinas se bañaban en la cálida arena. El mundo era bueno, y la gente que lo poblaba, una bendición. Era una maravilla pasear por allí al servicio del Altísimo.

El pastor encontró por su cuenta el cobertizo en el que estaba trabajando Thomas Jensen. Cuando entró, Anton Knopper estaba de pie con las manos en los bolsillos, mirando.

Thomas Jensen se puso en pie.

—Vaya, si es el pastor —exclamó.

—Solo estoy de paso —anunció el pastor—. Ya veo que está trabajando a gusto. Y Anton Knopper le hace compañía. Hoy tenemos un tiempo magnífico, a ver si dura.

—Sí —dijo Thomas Jensen, ausente—. Hace muy buen tiempo.

—Vamos a ver si dura —repitió el pastor, y sintió desazón. El aire del cobertizo era pesado y rancio, por el alquitrán y los viejos cordajes. El semblante de los dos hombres estaba medio oculto entre oscuras sombras. El sol entraba por la puerta con una brutalidad cegadora.

—Pastor Brink, ahora que está aquí, voy a decirle una cosa —dijo Thomas Jensen en voz baja—. ¡Lo que predica usted no es la palabra de Dios!

Anton Knopper se sobresaltó. Eran palabras duras, pese a ser ciertas. El clérigo se quedó callado. Anton casi sintió lástima por él cuando Thomas Jensen continuó:

—¿Cuál es la relación que tiene con Jesús, pastor?

—Soy pastor —respondió el clérigo—. Como comprenderá, hace tiempo que he meditado sobre la cuestión. Todo el mundo tiene su aposento privado para estar a solas con Dios. No se preocupe, tengo una confianza absoluta en nuestro Salvador. Pero pertenecemos a diferentes corrientes eclesiásticas.

Se secó el sudor de la frente con algo de nerviosismo.

—Eso de las corrientes no existe —sentenció el pescador—. Solo existen los que aman a Jesús y han encontrado la gracia, y los que están contra Él. La gracia y la conversión son ineludibles; lo sé por experiencia propia.

—Tampoco hay que ser intransigente —contestó el clérigo—. Muchos son los caminos que conducen al Señor. Pero ya hablaremos otro día. Me despido, querido Thomas Jensen. Me quedan visitas por hacer. Adiós, Anton Knopper.

Dio la mano a los pescadores y salió del cobertizo. Thomas Jensen reanudó el trabajo con aguja e hilo. Sus dedos se movían con rapidez, llevaba desde niño reparando redes. Anton Knopper rompió el silencio.

—Desde luego, lo has puesto contra la pared —dijo, algo preocupado.

—Preferiría que se hubiera quedado —respondió Thomas Jensen—. Un pastor puede ser de gran ayuda a Jesús.

Las palabras de Thomas Jensen al pastor no permanecieron en secreto. Casi todas las noches se reunía un reducido grupo de piadosos para edificar el espíritu. Leían las Escrituras y oraban y cantaban salmos a tal volumen que se oían en el vecindario. Y no era solo gente humilde. También acudía el viejo maestro Aaby, tan ilustrado como un obispo. Quienes habían estado en su casa eran testigos de que la tenía llena de libros, y ejercía un control férreo sobre los niños de la escuela. El responsable de la cooperativa también se había convertido y hacía lo que podía por el reino del Señor. Se negaba en redondo a comerciar con barajas de cartas y zapatos de baile. Era un hombre grande y pesado, paliducho y algo gordinflón, de facciones blandas. Cuando vendía jabón o levadura, incluía en el paquete un papelito con un pasaje de la Biblia. Los había hecho imprimir por su cuenta. Era algo hermoso.

Pero en la iglesia no se oía nada edificante. En los bancos delanteros se sentaban granjeros grundtvigianos para escuchar palabras indulgentes de labios del pastor. Se bautizaba a los niños y se enterraba a los muertos. La nave principal era pura blancura y frescor. En el retablo colgaba Jesucristo en su suplicio, pero en el púlpito se erguía un pastor impío sirviendo ajenjo a las almas sedientas.

La primera oscuridad otoñal llegó antes de que nadie pensara en ello, pese a estar marcada con una cruz en el almanaque. Era el momento de colocar las trampas, y, desde que despuntaba el día, carros cargados llegaban al arenal, donde estaba la olla con la brea. Los hombres, negros y brillantes de brea, se ponían de dos en dos junto al recipiente de cemento e introducían las trampas en la profundidad borboteante. Después extendían las redes brillantes sobre la hierba verde para que se secaran.

Reinaba una gran actividad. Cargaban redes y estacas en las grandes lanchas y las llevaban hasta los puntos de pesca. En millas a la redonda se oía el sordo estruendo de las mazas al clavar las estacas en el fondo. Los pescadores de la parte sur del fiordo también habían salido. El ruido de motores llenaba el aire, y una delgada película brillante e irisada de gasoil cubría la superficie del agua. Barcos de rojas velas remendadas surcaban las aguas al norte y al sur. El fiordo estaba vivo.

Los pescadores volvían a casa por la noche, encorvados por el cansancio. Negros y bronceados, con los brazos brillantes de brea, atravesaban el pueblo. Por la mañana temprano volvían al fiordo. Povl Vrist y Lars Bundgaard habían contratado varios mozos para los meses de otoño, y tenían buenas lanchas con motor. Para ellos era fácil. Los demás tenían que trabajar por parejas. Anton Knopper y Thomas Jensen tenían un barco de pesca de mar, viejo y panzudo, construido para hacer frente a las olas. Todas las mañanas necesitaban una hora para arrancar el motor. Tosía y escupía, pero, una vez puesto en marcha, no había mejor barco en el mundo. Jens Røn y Laust Sand remolcaban las lanchas con un barco de vela, y, cuando no soplaba viento, remaban. No navegaban a la velocidad del rayo, pero avanzaban.

Los campesinos humildes solían pescar en el fiordo con trampas viejas, precarias. Las anguilas tenían que retorcerse para entrar en ellas, bromeaba Anton Knopper. A norte y sur, este y oeste, hileras de estacas se alzaban sobre el agua. Clavar las estacas en el fondo era un trabajo duro. Había que estar de pie en la lancha, que se balanceaba con cada mazazo, y había que clavar bien las estacas; si no, las redes se retorcían con la primera tormenta. Thomas Jensen era el más hábil. Plantaba la estaca, daba un par de golpes con la maza, y se quedaba fija para siempre.

Cuando hacía demasiado viento para colocar las trampas, los pescadores se reunían en grupos en el embarcadero. Se sentaban en vigas embreadas y cajas de pescado a charlar y fumar. En casa no encontraban sosiego. Se suponía que la pesca debía aportar toda clase de bendiciones a los niños de Dios y a los pecadores según la sabiduría del Señor. El fiordo podía repartir riqueza y pobreza, indigencia o sustento diario. Pero no debería permitirse que el mundo y sus penas ocupasen tu mente y pensamientos. Esa era la opinión de los pescadores de la costa oeste y del resto de los salvados. Y es que algunos eran esclavos del mundo y solo hablaban de las buenas campañas, en las que la anguila entraba en las trampas como nunca se había visto. En ese punto, Anton Knopper no pudo reprimirse, y dijo que todos deberíamos entrar en una red, en la de Nuestro Señor. Lars Bundgaard añadió que había otra red que las personas no podían evitar: la tumba negra.

Sí, podían decirse muchas cosas sobre el tema cuando tenías el don de la palabra; esa era la opinión de Niels Væver, un pescador del fiordo, pícaro y delgado. Pero nadie sabía a ciencia cierta cómo era en realidad. La anguila debía terminar en la sartén, ese era su destino. La gente de la costa oeste asintió en silencio, y su mirada se ensombreció. Tal vez habría que arrojar también algunas personas al fuego. Y Anton Knopper lo dijo sin andarse por las ramas: el infierno era como aquella sartén.

Y no se habló más del asunto. Los pescadores de la costa oeste sabían lo que sabían. Dios los había azotado con el viento del oeste, la ruina y la pobreza. La pesca había ido mal año tras año, la arena invasora y la niebla marina causaron estragos en la zona, y hermanos y amigos se ahogaron delante de sus ojos. Solo una cosa era segura: la palabra de Dios. Solo una cosa fortalecía: la misericordia de Dios. Si no depositabas tu carga en los hombros de Jesús, la vida terrena era insufrible.

En la playa, los correlimos se acicalaban y las gaviotas volaban chillonas en busca de pescado. Los niños chapoteaban en la orilla y atrapaban gobios y espinosos con pequeñas trampas, y las vacas rumiaban pacientes en los campos. Un poco más lejos de la orilla crecían algas rojas y violeta, y las lanchas calafateadas brillaban negras al sol. Un chaparrón recorrió el fiordo, y los pescadores buscaron refugio en un cobertizo.

A veces, llegaba Kock paseando; era funcionario de aduanas y zapatero, un hombre ilustrado que tenía libros y a quien le gustaba discutir. Era inteligente y sabía de temas científicos y de teosofía. De modo que la conversación solía girar en torno a temas en los que era importante mantener un pensamiento lógico y no acalorarse.

Pero a Anton Knopper le costaba estar sosegado cuando Kock afirmaba que había que reformar la Biblia y volver a escribirla bajo auténticos principios científicos. Que muchas cosas se habían vuelto incomprensibles con el paso de los años.

A Anton le parecía que era una manera de hablar arrogante, y que Dios jamás consentiría que se alterasen sus sagradas palabras.

—Vaya —manifestó Kock, ajustándose las gafas—. Entonces, ¿un hombre sensato y persona inteligente debería creer la historia de Jesús, que hizo entrar a los endemoniados en dos mil cerdos junto al lago Tiberíades?

Anton Knopper dijo entre balbuceos y tartamudeos que cuanto ponía en la Biblia era cierto al pie de la letra. De otro modo, ¿por qué había de estar escrito allí? Los espíritus existían, tanto los de la luz como los de las tinieblas. Se hablaba muchas veces de las hordas del infierno.

Kock sonrió y no insistió. No había nada que hacer ante una ignorancia tan grande. Pero ¿lo de Jonás en el vientre de la ballena? Era un hecho científicamente comprobado que una ballena de aquel tamaño no podía tragar ni un gatito. ¿Había que creer que se había tragado entero a Jonás y luego lo había vomitado intacto? Y otra cosa: ¿cómo podía respirar Jonás en el vientre de la ballena?

Pero Anton Knopper seguía en sus trece. Lo que estaba escrito era incuestionable. Era posible que las ballenas de Judea fueran diferentes, y obrar milagros era potestad divina. La mirada de Anton Knopper se iluminó: ahora tenía una prueba. Si hubiera sucedido de forma natural, no habría sido milagro; pero el poder del Señor superaba toda comprensión.

Así no podía desarrollarse una discusión científica, y Kock sacudió la cabeza. Por suerte, no estaba obligado a discutir esos problemas con gente ignorante. No, iba a casa del pastor y hablaba con él y con su esposa sobre teosofía y religión, iba a tomar café por la tarde, comía pastas e intercambiaba puntos de vista como un hombre educado.

Sacaron las trampas para anguilas, pues iba a empezar su migración. Desde lagos y pantanos se abren al profundo mar. No es trabajo duro salir en barco cada dos días, soltar el cabo de la estaca principal y recoger las anguilas gris plateado y marrón bronce, que irradian tonos suaves y delicados. Pero hay muchas otras cosas que hacer: trabajo de mantenimiento del barco, reparar las redes para el arenque de la primavera y preparar trampas nuevas. A Lars Bundgaard no le faltaba trabajo con la casa. También echaba una mano. El carpintero Knud era un viejo cascarrabias que hablaba sin parar. Un tipo así viajaba mucho y sabía de gentes de otros pueblos. Pero era espantoso cuánto maldecía, y a Lars Bundgaard le dolía oír invocar al diablo allí, en su propia casa. Una mañana que Knud había jurado más que de costumbre, el pescador preguntó con cautela:

—¿Te alivia la vida?

—¿Aliviarme la vida? ¿El qué? —preguntó el carpintero.

—Todos esos tacos; los soltarás para algo, ¿no?

Knud se incomodó y cerró el pico. Lars Bundgaard dejó de estar informado de las costumbres y extraños destinos de gente desconocida.

La casa era fuente de muchos problemas y preocupaciones. Para empezar, estaba lo del nombre. Ahora era costumbre poner nombre a las casas, como si fueran un barco o un perro. Era comprensible, porque era práctico, tanto para el servicio postal como para la gente que buscaba una dirección. Al principio, a Lars Bundgaard le parecía una arrogancia pintar el nombre en la entrada, pero Malene creía que debería hacerlo. Quería ponerle de nombre «Belén». Era agradable pensar en los pequeños que podrían nacer allí con el paso de los años. Pero Lars Bundgaard dijo enseguida que no. Era un nombre demasiado importante para una morada terrena. Él había pensado en «Cafarnaúm». Pero antes le pidió consejo a Thomas Jensen.

Thomas Jensen hizo un gesto afirmativo; el nombre era hermoso, pero no era adecuado que los niños de Dios pusieran nombres bíblicos a piedras y paredes. Lars Bundgaard aceptó el argumento y pensó en «La Alegría de Malene». Pero a Malene no le gustó, era un nombre que podía parecer extraño a la gente. Al final eligieron «Rayo de Sol». Era un nombre bonito, que Lars vio una vez en una casa del pueblo, y pintó el nombre en una madera con letras negras afiligranadas.

La primera vez que se colocan las trampas, no suele entrar mucha anguila. No había mucho que hacer, y por eso les venía bien tener visita. Se llamaba Mads Langer; era el hijo de la hermana de Laust Sand, y un día llegó con una maleta en la mano, paseando las dos millas que había desde el pueblo más próximo con estación. Guapo no era, con aquellos tatuajes azules en manos y brazos, y el rostro curtido, pero hablaba hasta por los codos. No había anunciado su llegada, y Adolfine se puso roja como un tomate cuando lo vio en la sala, vestido con un elegante traje a medida, y preguntando si Laust Sand estaba en casa.

¿Quería sentarse el señor hasta que llegara Laust?

El sobrino se sentó en el sofá, y Adolfine fue en busca de su padrastro al embarcadero, donde estaba calafateando un barco. Apenas recordaba a Mads Langer, que se fue a la mar muy joven y se hizo fogonero. El rostro melancólico de Laust no se iluminó; aquella visita no era ningún consuelo.

Pero el marinero se encontraba a gusto y contaba un montón de historias extrañas. Había estado en puertos de todo el mundo, y hablaba con cierto acento inglés. De niño se cayó de un pajar y se dio un golpe en la cabeza, pero, desde luego, el golpe no había hecho de él un imbécil. Más bien parecía que lo había hecho más listo. Sabía de todo: barcos y ciudades extranjeras. Laust Sand deseaba ser amable con él; al fin y al cabo, era de la familia. Pero le costaba decir otra cosa que «no me digas», «claro» y «desde luego». Laust parecía cada vez más un crucificado: mejillas chupadas, piel cérea y un dolor punzante en la mirada. Al sentarse a la mesa se puso a rezar, y continuó hasta que se enfrió la comida, mientras Adolfine agachaba la cabeza. A Mads Langer le costó estar tanto tiempo callado.

Pero para Anton Knopper el fogonero fue un acontecimiento. Con él se aprendía mucho sobre países y ciudades de todo el mundo. Mads Langer pasaba horas en la sala de Anton Knopper, con una escupidera de latón entre los pies y mascando tabaco como si le fuera la vida en ello, pero sin dejar de hablar. Anton sacudía su arrugada cabezota y se estremecía cuando el fogonero revelaba su profunda sabiduría: ¡cuántos pesares y peligros encerraba el mundo!

¿Y esas chicas que vendían su cuerpo? ¿Es que no mostraban el menor arrepentimiento?

Mads Langer no sabía nada sobre eso por experiencia propia. Porque se había convertido y siempre tuvo buenos modales. Pero por lo que oía a los compañeros, no se arrepentían para nada. Mientras les sacaran dinero a los marineros, no les importaba, pero a menudo tenían feas enfermedades, tanto ellas como sus clientes.

Era el castigo de Dios, decía Anton, satisfecho. Se comprendía, era de justicia.

—Pero en las grandes ciudades hay demasiadas tentaciones para los jóvenes —dijo—. Recuerdo cuando hice el servicio militar en Copenhague, en los museos, en jardines e incluso en la calle había estatuas de mujeres desnudas que ni siquiera llevaban faldas. Dicen que es arte, y que la gente ilustrada puede tolerar ese tipo de cosas, pero nosotros, la gente sencilla… A mí no me gusta.

—Bueno. —Mads Langer soltó un escupitajo. Eso no era nada. Había fotografías que se vendían a escondidas en las tabernas del puerto; aquello era otra cosa. Enseñaban esto y lo otro, y no era solo la desnudez, *you know.*

Anton Knopper no se sintió bien al oír aquello. Su frente enrojeció un poco. Mirándolo de reojo, Mads Langer sacó del bolsillo su elegante billetero de cuero y extrajo de uno de los compartimentos un cuadernillo. Era la prueba de lo que decía. ¿Quería Anton echarle un vistazo?

Anton Knopper palideció y se ruborizó. Las palabras estaban en un idioma extraño que no entendía, pero las imágenes eran lo bastante claras. ¡Ay! ¡Qué mundo más terrible! Arrojó las desvergonzadas imágenes, y pasó un momento medio mareado por la repugnancia y el espanto.

—¿Cómo tienes eso en tu poder? —dijo con voz ronca—. Creía que eras un hombre íntegro.

Pero el fogonero tenía preparada la respuesta. Lo había comprado en Argentina, donde un misionero marino le pidió que lo trajera a Dinamarca. Lo quería para emplearlo como advertencia. Mads Langer no era de ninguna manera de los que llevaban consigo fotos indecentes para su disfrute personal. Anton Knopper pasó varios días sombrío, aquellas imágenes horribles lo acosaban en sueños y perturbaban su descanso. Dos noches tuvo que levantarse, encender la luz y leer las firmes palabras de las Escrituras. Y al final volvió a dominar al viejo Adán.

Disfrutaba de la compañía de Anton Knopper siempre que podía. Pasaban muchas horas hablando de rascacielos y vapores transoceánicos en los que entraba más gente que la de toda una parroquia. Y sobre la vida en las tabernas portuarias, donde se bebía, se corrían juergas y se asestaban cuchilladas hasta que la sangre cubría mesas y bancos. Pero Mads Langer se atenía a la Palabra y a su Salvador, y se sentía a salvo. También sobre eso tenía extrañas predicciones. Al cabo de unos años, el mundo iba a destruirse, y los pecadores y fornicadores serían arrojados al fuego. Los ojos de Mads Langer se desorbitaron, y habló del horno que solía atender. Él arrojaba paladas de carbón a sus llameantes fauces. ¡Así era el infierno!

En honor al visitante, se montaron tertulias en las casas de los pescadores de la costa oeste, como era costumbre, y en ellas se le escuchaba en piadoso silencio, como a un hombre de los grandes mares. Sus tatuajes hacían que los niños abrieran los ojos como platos, y tenía un reloj de oro y una cadena hecha a base de monedas de oro que valían varios cientos de coronas. A nadie se le escapó que se mantenía cerca de Adolfine. Ella actuaba con discreción y timidez, como era debido; nadie podía quejarse de su proceder. Pero estaría bien que pudiera casarse con un hombre tan estable, que podía mantenerla y era creyente y de buena familia. Sí, sería estupendo que Adolfine consiguiera el anillo.

Cuando los hombres estaban en el fiordo, las mujeres tenían sus tareas. Mariane hacía limpieza general en días alternos, fregaba los suelos, preparaba café y hacía sus visitas.

Siempre la envolvía una fragancia a ropa blanca limpia y a agua caliente jabonosa. Y cuando alguien necesitaba ánimos, siempre estaba dispuesta a darlos. Siempre tenía trabajo y siempre disponía de tiempo. Era diferente con Tea, que solo conocía la aflicción en esta vida terrena. Ya no recibía visitas del pastor, y no sabía quién estaba embarazada y quién estaba a punto de caer en grave pecado. No, Tea no sabía nada de aquella región y no se sentía a gusto allí. Por eso visitaba a Mariane y hacía cuanto podía por convertir aquella alma descreída. Pero Mariane se resistía, se lo tomaba a broma y no había manera de hacerla entrar en razón. Albergaba tanta vida y calidez como toda una parroquia.

Pero Tea podía demostrar por propia experiencia que la paz solo se encontraba en el regazo de Jesús. De joven, había sufrido incontables tentaciones. Adondequiera que fuese, los mozos le pisaban los talones, y Tea superaba la situación a duras penas, y solo gracias a la ayuda de la Providencia. Había tenido un gran desengaño. Un mozo que le gustaba mostró su lado feo, y Tea estuvo a punto de arrojarse al mar.

Mariane estaba conmovida por aquella historia. Comprendía de todo corazón las penas de amor, y sentía casi como una falta no haber conocido ese amargo dolor. Se reía de Tea y la miraba un poco por encima del hombro, pero no podía evitar el asombro ante su delicada alma. Tea contaba la historia una y otra vez con triste devoción.

Mads Langer se marchó al fin. El último día que pasó allí, confesó a Adolfine el amor que sentía por ella. Adolfine se echó a llorar, y solo dijo:

—No puedo casarme contigo.

El marinero se puso rojo, y una cicatriz de su frente emitió un pálido brillo. Sin decir palabra, le agarró la mano, la obligó a subirla y le colocó el anillo en el dedo. Era de oro, con dos manos que se estrechaban, y no había nada mejor en el mercado. Pero Adolfine apenas lo miró. Estaba pálida como una muerta, y un espasmo recorrió su semblante. Acompañó a Mads Langer hasta el coche de posta. Los demás pescadores llegados del oeste acudieron a despedirse, y el fogonero charlaba con una sonrisa en su extraño rostro devastado, mientras Adolfine permanecía a su lado, callada. Todos habían visto el anillo de su dedo, pero no era correcto comentar nada. En el último momento, Anton Knopper gritó:

—Bueno, ¿se puede dar la enhorabuena o qué?

El fogonero saludó con la mano y agitó la gorra en el aire, y su desgreñado cabello negro ondeó al viento; pero Adolfine escondió la mano tras el delantal. Cuando llegó a casa, se quitó el anillo y lo guardó en un cajón de su cómoda. Causó asombro que dejara de llevarlo.

Entre las destrezas que poseía el hombre cuyo sostén era Mariane destacaba saber pescar, y Povl Vrist llevaba a casa todos los días docenas de anguilas. A los demás tampoco les iba mal en las aguas que habían comprado a los granjeros: El Caballo Negro, El Bloque, La Playa Lisa, La Parcela Azul o como se llamaran sus zonas de pesca. El único a quien las cosas no le iban tan bien era Jens Røn. Remaba fatigoso hasta sus trampas, aunque nunca había gran cosa dentro. Pero aún quedaba tiempo hasta terminar la temporada de la anguila, y tampoco era cuestión de que Tea se amargara o se revolviera contra el Todopoderoso. El ojo humano apenas podía comprender cómo a Povl Vrist, que era casi un pagano, lo acompañaba la suerte, mientras que otros que se rendían ante la Palabra no levantaban cabeza. Pero Tea prefería morderse la lengua a usarla para quejarse.

En septiembre terminó de construirse la casa de Lars Bundgaard. Era un hermoso edificio de ladrillo rojo, tejado de pizarra y pintura y papel pintado con motivos floridos en las paredes. Pero Lars Bundgaard sacudía la cabeza: ¡lo que le había costado! Cada vez que volvía del fiordo, Malene había hecho mejoras, más estanterías en la cocina o colgadores de latón en el vestíbulo. Cuando todo estuvo listo y ordenado, invitaron a sus amigos, porque Malene quería enseñar la casa. Las mujeres inspeccionaron la sala de estar, donde el niquelado juego de café relucía en la mesita lateral y los elegantes muebles tapizados de felpa verde parecían inaccesibles. Pero lo que más le gustó a Malene fue el dormitorio principal, que era amplio y brillaba de blancura: allí pensaba que más almas jóvenes iban a abrir sus ojos al mundo.

En el edificio anexo habían dispuesto una habitación para Anders Kjøng, el pescador ayudante, así no tendría que estar más de patrona y vivir con desconocidos. Era un cuartito acogedor con una mesa y una silla, y Lars Bundgaard había colgado de la pared pequeñas estampas. Una representaba a Jesús en busca de la oveja descarriada. El ayudante debía ver aquello y sacar sus conclusiones. Y si no funcionaba, había otra imagen sobre la cama. En ella aparecía la destrucción de Sodoma en un mar de llamas. Tal vez pudiera inspirarle pensamientos edificantes.

A la gente le extrañaba que Lars Bundgaard diera trabajo a Anders Kjøng. Porque, para decirlo sin rodeos, era un blasfemo. No creía en nada, y era arisco e inaccesible por naturaleza. Pero Lars Bundgaard era indulgente con él y trataba de ganarlo para el Señor. ¿No se convirtió acaso Saulo en Pablo? Los domingos Anders Kjøng no iba a misa, sino que tomaba un bote y se adentraba en el fiordo. Allí se tumbaba en el fondo de la embarcación con la chaqueta hecha un bulto debajo de la cabeza y miraba el nítido cielo otoñal. La corriente arrastraba lentamente el bote. Anders Kjøng tampoco solía cantar salmos con los piadosos. Pero soñaba con muchas cosas. Si ahorrara de su sueldo podría estudiar Magisterio. Entonces la gente aprendería a respetarlo, y las chicas no lo evitarían. Anders Kjøng pensó en las chicas jóvenes del pueblo, en las casadas, fuertes y de anchas caderas, y en las chicas delgadas. Así la gente aprendería a prestarle atención.

Aquel otoño Jens Røn tuvo que reconocer que un bote sin captura se hace pesado a la hora de remar. Iba casi todos los días a vaciar las trampas. Cuando soltaba el cabo de la estaca principal e izaba el frente de la red hasta el bote, murmuraba por instinto una plegaria, solo un par de líneas. Pero de nada servía, las anguilas no entraban en sus redes, y el invierno llamaba a la puerta como un gélido fantasma. En invierno había que hacer acopio de leña y productos de ultramarinos, y no se podía subsistir a base de pan y pececillos. Laust Sand tampoco pescaba mucho, pero no se le notaba.

—¡Qué mala suerte tenemos, Laust! —exclamaba Jens Røn, con suavidad.

—Peores cosas hay en esta vida —respondía con voz grave Laust Sand, cabizbajo.

A Laust Sand le pasaba algo. Sus ojos estaban hundidos. ¿Qué lo carcomía? Laust Sand fue un hombre solitario toda su vida, como el árbol sin hojas o el cadáver en la tumba.

Los días se hicieron cortos, con predominio de la oscuridad y el aguanieve, y las pesadas nubes atravesaban el fiordo impulsadas por el viento. La lluvia azotaba el rostro cuando había que vaciar las trampas, y el oleaje penetraba en la barca. Una noche, la tormenta volcó todas las estacas de Anton Knopper. Tuvo que pedir a Lars Bundgaard que le prestara a Anders Kjøng por unos días. Durante una semana los dos hombres se afanaron en volver a clavar las estacas, y por la noche volvían a casa mojados y extenuados. Y al anochecer, cuando el pesquero azul se abría paso hacia la orilla, el fiordo se llenaba de horror y misterio. La espuma de las olas brillaba en la penumbra, y las aves volaban a casa entre chillidos. Los viejos del lugar sabían de gente ahogada que no ha encontrado sosiego en la muerte. Y Anders Kjøng contaba que más hacia el oeste había una cabeza que se deslizaba sobre el hielo en las noches de invierno gritando: «¡Ay, mi hígado! ¡Ay, mis pulmones!». Debía de ser un pecador que se cayó por el agujero del hielo cuando pescaba anguilas con tridente una Nochebuena.

Todos los sábados por la noche había baile en la posada para abstemios. Era un edificio blanco de poca altura y perfil escalonado. A distancia parecía una iglesia rural. Pero solo era una ilusión. No podía decirse nada bueno sobre el sitio. El dueño, Mogensen, era un hombrecillo hablador que había sido pintor y ahora hacía un intento en el ramo de la hostelería. Siempre tenía nuevos planes. En aquel pueblo podía funcionar bien un hotel balneario. El edificio estaba junto al fiordo. Pero de momento la gente debía contentarse con bailar.

Había conseguido una máquina de música; costaba trescientas coronas, pero valía la pena. Metías diez céntimos por una ranura y sonaba música. Llenaba todo un armario, funcionaba con rodillos y de ella surgían tambores, flautas y chirriantes violines. Un día fue a la ciudad, compró la máquina al contado y se la llevó a casa en una motora. La estrenó en el mismo embarcadero. Niels Væver gastó diez céntimos, y medio pueblo estuvo mirando. Tea había bajado con los niños. Un payaso saltaba de una compuerta y sacaba la lengua, hacía reverencias y agitaba los brazos, mientras la música retumbaba a ritmo de baile. Los niños nunca habían visto nada parecido, pero camino de casa Tea les explicó la verdad. Era el repugnante diablo del baile, que recurría a tretas para llevar a gente honesta a la perdición.

Pero la juventud se divertía por la noche en la posada. Los mozos bailaban el vals pegados a las chicas, mientras cantaban:

Oh, Susana, no llores más por mí,
vine desde lejos solo por verte a ti.

Cuando la máquina se paraba, enseguida metía alguien otra moneda. Mogensen estaba detrás del mostrador con una hoja de papel, donde largas columnas de cifras reflejaban la marcha del negocio de la caja de música. Entre baile y baile, los mozos sacaban rondas de café o cerveza. Las mesas estaban llenas a rebosar, las chicas debían sentarse en el regazo de los mozos. Les ardían las rojas mejillas, y llevaban el pelo desordenado. Pero en cuanto la máquina volvía a dar la matraca se ponían de pie y echaban a bailar hasta que las lunas de las ventanas tintineaban.

Tea tenía que ir a ver lo mal que iba todo. Con un chal echado sobre la cabeza, se acercó con cautela a las ventanas del salón y miró adentro. Sintió frío, calor y palpitaciones. Al girarse, casi se dio de bruces con Anton Knopper en la oscuridad.

—¿Eres tú, Tea? —preguntó—. No es un espectáculo digno, no.

Hablaba con voz exaltada, y Tea le dio la razón.

—¿Has visto a los mozos con las chicas sentadas en el regazo? —replicó Tea—. Esas cosas deberían estar prohibidas.

—Sí, es una vergüenza, una vergüenza —murmuró Anton Knopper—. Qué va a ser de esa pobre gente.

—Pero las chicas… Que estén dispuestas —dijo Tea con voz temblorosa—. Es que no tienen vergüenza. Te diré una cosa: si lo hubiera visto en nuestro pueblo de la costa oeste, no lo habría creído.

Agarró a Anton Knopper del brazo y señaló una figura oscura que estaba mirando por otra ventana.

—Es Anders Kjøng —susurró—. Dicen que acecha a las chicas por la noche.

El poder de Tea no era tan grande como su voluntad, y no podía evitar que la gente eligiera la ancha senda del pecado, por triste que fuera. El dueño dejaba que la máquina sonase, y pensaba en novedades que atrajeran clientela. Esta vez era una función de teatro. Consiguió que una compañía de actores hiciera una pequeña gira por la comarca, pero los cálculos no le salieron bien. El cartero rural, encargado de distribuir los carteles, era hombre creyente. Solo se los entregó a gente respetable.

—Ya sé que no soléis ir a esas payasadas —aseguraba, dejando el cartel sobre la mesa de la cocina—. Van a representar una obra que llaman *Jeppe en lo alto del monte.*[5] Este cartel no debería caer en malas manos.

Cuando llegaron los actores, la sala estaba medio vacía.

Los corazones piadosos también encontraban consuelo. Thomas Jensen había puesto en marcha una catequesis. El maestro Aaby prestaba una de las aulas de la escuela, ya que él se consideraba demasiado viejo para la tarea. Thomas Jensen no lo hacía para envanecerse, pero es que el pastor no pensaba en las necesidades de los jóvenes.

De modo que Thomas Jensen, pescador y niño de Dios, edificaba a los pequeños los domingos. Los niños se sentaban devotos en los bancos marrones y se ponían a escuchar. Si alguno se dormía y se le caía la cabeza sobre el respaldo del banco, lo despertaban con suavidad. Los hijos de Thomas Jensen ocupaban toda una fila. Era un reino de Dios en miniatura.

Por la noche, la pesada oscuridad se abatía sobre la tierra. Los días que caía aguanieve, el maestro Aaby solía pasear por la playa. Caminaba con su Biblia en el bolsillo y se sentaba a leer cuando encontraba un poco de abrigo. Era flaco como un pájaro viejo, y la ropa le colgaba del cuerpo. El otoño tiene su toque de advertencia.

---

[5] *Jeppe på bjerget* es una archiconocida comedia escrita por Ludvig Holberg (1684-1754), considerado el Molière danés.

Se habían acostumbrado al nuevo lugar, pero no se sentían a gusto. Muchas cosas eran muy diferentes a lo que habían conocido. Aquí no había la misma sensación de comunidad en la vida, en la muerte y en la fe que había en la parroquia de donde venían. Allí casi toda la gente era pobre, pero aquí los granjeros acomodados vivían en sus buenas fincas heredadas, con cerveza y aguardiente en la mesa, comiendo y bebiendo hasta la perdición. En este lugar no había habido grandes acontecimientos que la gente recordara. Los campesinos cultivaban la tierra, los pescadores se servían del fiordo, en la iglesia encontraban consuelo si les ocurría alguna desgracia. Nuestro Señor se ocupaba de sus cosas, y las personas, de las suyas, pero cuando estabas en un apuro siempre podías pedirle que echara una mano. Si honrabas a Dios y obedecías a las autoridades, las cosas nunca se torcían. Los jóvenes trabajaban y bailaban, algunos eran un poco alocados, pero la mayoría se portaban bien. Era una comarca chapada a la antigua. Estaba separada del resto de la región por unos prados de una milla de ancho, y los grandes movimientos espirituales habían pasado de largo. Por aquí y por allá había algún apóstol de la abstinencia, un bautista o algún piadoso, pero no significaba nada.

Durante el verano se sucedieron las reuniones, de casa en casa, de los pescadores de la costa oeste. En el pueblo, algunos habían encontrado el camino al arrepentimiento, la mayoría gente humilde de los pantanos o trabajadores. Pero se notaba poquísimo. Thomas Jensen era listo. Ya sabía por dónde iba la cosa, había aprendido de la vida. En la costa oeste ya había ocurrido que algunos emigrasen a otras comarcas, y al principio se mantenían fuertes en su fe, pero con el paso del tiempo se alejaban de Jesús. En cuanto mejoraban su situación social, olvidaban las costumbres del pueblo. Cuando se relacionaban con descreídos, su propia fe se enfriaba. Thomas Jensen sabía bien que desde luego que había que buscar a Dios en tu aposento privado, pero que también había que honrarlo en comunidad. Había reflexionado mucho sobre cómo podría contribuir a la causa de Jesús en aquel extraño lugar, y ahora el Señor le había enviado un aviso. Era algo raro, y no se lo mencionó a los demás. Soñó que echaba un vistazo al infierno. Allí veía a gente que conocía, envuelta en fuego y tormento. Entre otros, a su padre. Pero a los que veía con mayor nitidez eran el pastor y algunos granjeros de la comarca, gente que estaba muy por encima de él en riquezas y consideración. Alargaban las manos con los dedos retorcidos por el dolor, en gesto de súplica. Thomas Jensen sentía miedo y quería huir, pero las piernas no le respondían. Despertó desesperado y bañado en sudor, y pasó días sin poder olvidar el sueño. Para él estaba claro que era un aviso. Dios lo exhortaba a que se pusiera a evangelizar y salvar almas que de otro modo iban a perderse. Pero había una cosa que no entendía: por qué había visto a su padre en aquel lugar, cuando había muerto siendo una persona piadosa. Pero tal vez Dios quisiera recordarle que debía sentir el mismo amor por las almas necesitadas que por su propio padre.

Había llegado para Dios el momento de echar las redes. Ya no eran gente del oeste que venía en primavera y volvía a marcharse en otoño, sino personas establecidas cuyas palabras y actos tenían importancia para la comunidad. ¡Pero ese era el camino! No obstante, había que pensarlo, y pidió a Lars Bundgaard que tomara el mando e hiciera frente al pastor. Porque sin luchar contra el pastor y los descreídos no había manera de progresar. Lars Bundgaard sacudió la cabeza: era una tarea demasiado grande para él. Pero, por lo demás, la idea le parecía bien. Estaba el tema de la posada; las cosas no iban a mejorar mientras siguiera habiendo baile. Y en el centro cívico se celebraban banquetes que terminaban con baile. Era como si bajaran la cruz de la fachada y se pusieran a saltar a su alrededor. Y, lo primero de todo, había que inflamar los corazones. Sin eso no había nada que hacer. Debían celebrar reuniones a las que acudieran oradores buenos y de confianza. Lars Bundgaard se animó más de lo habitual; lo veía todo claro en su mente.

Y había otra cosa, añadió Thomas Jensen. Debían organizarse para que los creyentes tuvieran su propia casa.

Lars Bundgaard bajó la mirada.

—Estarás pensando que yo he construido una casa y que no he pensado en la casa del Señor.

—No, claro que no, Lars —respondió Thomas Jensen—. No tengo derecho a pensar nada así. Debes ocuparte de quienes tienes a tu cargo, y si Jesús hubiera deseado otra cosa, ya te lo habría hecho saber.

—Supongo que sí —suspiró Lars Bundgaard, tranquilizado.

Hablaron con los demás creyentes. Debían proceder con cautela, pensar con astucia, pero actuar sin miedo cuando llegara la batalla. Aquello supuso un alivio para Tea. El hecho de que la causa del Señor avanzase procuraba consuelo, aunque Jens Røn no tuviera fortuna con la pesca. Tea se imaginó los cuellos rígidos doblegados y las almas extraviadas llevadas al buen puerto de la castidad. Tal vez pudiera aún sentirse contenta en la tierra. Anton Knopper ardía de entusiasmo. La vida pecaminosa de la zona le oprimía el pecho también a él. Povl Vrist y Mariane se mantenían aparte. Cuando la conversación giraba en torno a Dios, su mirada se perdía y se quedaban callados. Era imposible hablar con ellos. La expresión de Mariane se endurecía; no, nunca iba a ser una piadosa.

Decidieron llamar al pastor Thomsen de la vieja comunidad de la costa, para que pudiera predicar en la iglesia. Era un predicador itinerante cuyo verbo desgarraba las almas. Pero no era conveniente que acudiera hasta pasadas las Navidades.

Antes de Navidad, los corazones estaban ocupados por las festividades inminentes; era mejor esperar hasta enero o febrero, cuando estuvieran en el duro y desolado invierno y les pareciera que faltaba una eternidad para la llegada de la primavera. Thomas Jensen fue a casa del pastor Brink. Era un crudo día de noviembre, con aguanieve y nubes correteando por el gélido cielo. Había que hacer trámites para que el pastor Thomsen pudiera hablar un domingo en la iglesia. Thomas Jensen se había puesto ropa de domingo, y le parecía que las botas le apretaban un poco los pies. El resultado de aquella visita era un tanto incierto.

Thomas Jensen pasó un buen rato restregando las botas contra el felpudo del pasillo antes de llamar a la puerta del estudio. Fue el propio pastor quien acudió a abrir. Miró al pescador desconcertado y con cierta aversión, pero le pidió con amabilidad que entrase. Tartamudeando un poco, Thomas Jensen le dijo que deseaba hablar con el pastor de una cuestión. Que esperaba no haber llegado en mal momento.

—En absoluto —le aseguró el pastor—. Estábamos tomando el café de media tarde. Tenga la amabilidad de acompañarnos, Thomas Jensen.

En la sala se encontraban la esposa del pastor y el agente de aduanas Kock sentados a la elegante mesa de café. Era una estancia luminosa y cálida, con suelo alfombrado y muebles de caoba tapizados de damasco rojo. Había guardapuertas en todas las puertas, y, en las paredes, cuadros con anchos marcos dorados. La gran estufa de porcelana blanca emitía una calidez entrañable, y el mantel del café estaba bordado con flores y adornos. Thomas Jensen se sintió extrañamente tosco y simple en aquella sala tan elegante. Recordó que las suelas de sus botas estaban cubiertas de tacos de hierro, así que caminaba con cuidado para no dañar la alfombra. Pero Kock se sentía como en casa, y estaba recostado en la silla con las piernas cruzadas.

—Haga el favor de sentarse, querido Thomas Jensen —lo invitó el pastor, y su voz tenía un toque de inseguridad que no pasó desapercibido al pescador—. Pruebe los bollos de mi esposa. Es posible que le gusten más que mis sermones.

—Sí, nos parecen demasiado almibarados —se le escapó a Thomas Jensen. Se arrepintió nada más decirlo. No había que ofender en su propia casa a un hombre que te había invitado a entrar en ella. Pero no pareció que el pastor lo hubiera oído. Permaneció impasible. Su señora sirvió en la taza alta y delgada. Era una mujer menuda y nerviosa de ojos castaños y mirada asustada.

El tema de conversación pasó a ser la pesca, y Thomas Jensen dio cuenta de cómo les iba. Podía decir con exactitud cuánto había pescado cada cual. Cuando llegó a Jens Røn, al pastor no le pareció que fuera gran cosa.

—Me da lástima esa buena gente necesitada —dijo la señora, compasiva—. Se cuenta que viven con estrecheces. ¿No puede hacerse algo para ayudarles?

—Bueno, bueno —dijo el pastor—. Tampoco puede irles tan mal. Ya verás como encuentran una solución. Jens Røn tiene amigos. Esa clase de cristianos no dejan a nadie en la estacada.

Tamborileó con los dedos sobre la mesa, y a Thomas Jensen le dio la impresión de que algo extraño flotaba en el ambiente. Le pareció que las palabras del pastor sonaban retadoras. Casi le venía bien: teniendo en cuenta la misión que lo llevaba allí, era mejor no ser demasiado buenos amigos antes de tiempo.

—Ya le ayudaremos tanto como podamos —dijo sin rodeos.

—Bien sé yo lo que es padecer penurias —dijo la esposa del pastor, y sonrió a Thomas Jensen—. El primer destino de mi marido era tan humilde que varias veces tuve que esconderme cuando venía el carnicero a casa con una factura demasiado abultada.

Thomas Jensen dirigió una breve mirada a los brillantes muebles de caoba. El pastor la registró.

—Bueno, tampoco fueron tantas penurias —terció, algo irritado.

—Aun así, nos *imaginamos* cómo puede ser —dijo su esposa—. Pero vamos, tome otro bollo. Los he hecho yo.

Thomas Jensen miró las manos de la señora, blancas y bien cuidadas. Aquella clase de gente parecía estar hecha de otra pasta. Miró de soslayo al pastor, fornido y opulento, todavía joven, con un principio de panza y aquel rostro casi sonrosado. No, aquella gente era de otra factura. Pensó en la casa del pastor de su pueblo costero. Desde luego, allí no había muebles elegantes ni alfombras en el suelo, sino niños, alboroto y cuitas por la falta de dinero. Al pastor Thomsen no le iba mejor que a cualquier simple pescador. Era un amigo, y un hermano en la lucha vital por la salvación. Y no invitaría a su casa a un librepensador como Kock. Thomas Jensen se sentía fuerte, y le entraron ganas de provocar un poco al pastor.

—Espero no haber interrumpido la conversación —dijo con una leve sonrisa—. Ya sé que al pastor le gusta hablar de cuestiones eruditas con Kock.

—No, no, en absoluto —dijo el pastor con acritud.

—De ninguna manera —le ayudó el funcionario de aduanas, serio—. Solo estábamos hablando de las últimas investigaciones psíquicas. Los recientes y asombrosos fenómenos…

Kock estaba inflado como un pavo. Se enderezó en el asiento y habló con mirada luminosa. Ahora era patente, y se iba a rumorear por la comarca, que pasó toda una tarde en el salón del pastor, hablando de cuestiones eruditas. Era el triunfo de la ciencia y de la ilustración. Para Kock había llegado la hora de mostrar hasta dónde alcanzaba su espíritu.

—Yo no tengo ni idea de esas cosas —dijo Thomas Jensen—. Mi cabeza no me da para entenderlas. Pero el pastor y usted…

Thomas Jensen hablaba con humildad, pero el pastor Brink captó la guasa. Se levantó e hizo un gesto con la cabeza a su mujer.

—Entonces, hablemos los dos —propuso—. Tendrá que volver otra vez, señor Kock.

El funcionario de aduanas se levantó, aturdido. ¿Lo estaban expulsando del paraíso y poniéndolo en la puerta? Sus ojos redondos miraron alternativamente a uno y a otro. ¿Qué estaba ocurriendo? Pero el enigma no tenía solución. Recogió los restos de su dignidad y se despidió con corteses reverencias. Thomas Jensen acompañó al pastor hasta su estudio, que estaba lleno de libros hasta el techo. El pastor Brink se sentía algo inseguro. Lo disgustaba que el pescador lo hubiera puesto a la misma altura que Kock, que era una persona con escasa instrucción. Thomas Jensen se preparó mentalmente para el combate. Pues era difícil de ignorar que el hombre era pastor y al fin y al cabo ostentaba un cargo sagrado. No había que olvidarlo. Debía decir la verdad, pero con palabras decorosas.

—¿Qué es lo que lo preocupa? —preguntó el pastor.

—Quería preguntarle si hay algún inconveniente en que el pastor Thomsen, el de nuestro pueblo, celebre una reunión en la iglesia —dijo Thomas Jensen—. Los que hemos venido de la costa oeste estamos acostumbrados a sus sermones, y nos gustaría mucho volver a oírlo predicar.

El pastor recorrió la estancia un par de veces. Allí, en su estudio, se sentía a gusto y dispuesto a pelear. Y el pescador bajito tenía un aspecto casi ridículo con aquel traje de los domingos y un cuello de camisa demasiado grande. El funcionario de aduanas se había marchado, y su esposa no podía decir tonterías. El pastor se preparó para una batalla espiritual.

—Ni puedo negarme ni voy a hacerlo —dijo, y detuvo sus pasos—. Pero seamos sinceros entre nosotros, Thomas Jensen. Ya me doy cuenta de adónde va a conducir esto. Van a traer al predicador evangélico más severo que encuentren. Si tuvieran tanto poder como voluntad, me expulsarían del púlpito.

—No andaríamos lejos —reconoció el pescador, con calma.

—Pero ¿es justo por su parte sembrar cizaña en una parroquia en la que la gente ha vivido hasta ahora en paz y tolerancia? —preguntó el pastor—. Porque ya conocemos las consecuencias de la envidia, el rencor y la maldad por ambas partes. Si quieren pelea, la tendrán, y tengo detrás a toda la parroquia y al consejo parroquial. Ustedes han sembrado vientos, y van a recoger tempestades. Pero escuche: cuando hablamos en verano, lo previne contra el espíritu intolerante, y repetiré mis palabras. No les reprocho que luchen por algo que para ustedes es una cuestión de salvación. Me duele cuando los veo sentados en la iglesia reprobando cada palabra que digo. Ustedes deben tener su opinión, pero déjennos a los demás interpretar el Evangelio a nuestra manera. Lo que propongo es: ¿no sería mejor que se acogiesen a otra parroquia? Al sur del fiordo tienen un pastor de la Misión Interior. Si cambiaran de parroquia, no les costaría ir allí los domingos en una motora.

Thomas Jensen sacudió la cabeza.

—Los piadosos debemos permanecer allí donde nos ha puesto Dios —respondió—. No es bueno cambiar de parroquia. Nos quedaremos en esta y seremos su sal. No voy a ocultárselo: estoy convencido de que en esta parroquia pueden ganarse muchas almas para el Señor.

—No conoce la comarca. Las viejas costumbres han enraizado en las mentes de la gente.

—Entonces habrá que luchar por arrancárselas.

El pastor, de espaldas a la ventana, miró al pescador. No, aquel hombre no era para nada ridículo. Era flaco y nervudo, ágil como un animal, y tenía aquel rostro extrañamente bondadoso y severo. Con aquel no había bromas. Era un guía, de indomable placidez e inflexible severidad, listo, lúcido y testarudo. El pastor sintió de pronto cierta debilidad.

—Tome asiento, Thomas Jensen —dijo, a la vez que se sentaba al escritorio—. Hablemos como dos cristianos. ¿De dónde le viene ese valor? ¿Cómo se atreve a condenar a quienes piensan diferente?

—Yo no condeno a nadie —dijo el pescador—. Ni siquiera sé si a mí me condenan. Solo tengo una cosa a la que atenerme, y es la voz de Jesús en mi interior. Creo que las enseñanzas que imparte usted llevan a la perdición. Yo solo sé una cosa: que he vivido la gracia y he encontrado a Jesús. Y me gustaría que todos pudieran conseguirlo.

—Sí, la vivencia —asintió el pastor, pensativo—. Lo comprendo, por supuesto, pero ¿cree acaso que yo no he tenido vivencias espirituales? No me interprete mal, no me refiero al saber contenido en los libros, eso tiene poca importancia, y, al fin y al cabo, ¿qué sé yo? Meto un poco la nariz en un barril, y un poco en otro, y olfateo el contenido, pero por lo general hay que confiar en el juicio y orientaciones de otros. El cristianismo, la pura relación personal con Dios es lo único en lo que no debemos seguir los consejos de los demás. Entiendo perfectamente la solidez de su punto de vista, pero es usted demasiado estrecho de miras. Nosotros tenemos nuestras experiencias, usted tiene las suyas. Tal vez experimentemos a Dios cada uno a su manera.

—Pero yo no sé nada de sus experiencias, solo conozco las mías. Y olvida una cosa: el necesario arrepentimiento. Debemos entregarnos a Jesús con vida y bienes y todo cuanto tenemos. Ya tengo dicho que creo que lo que usted predica no es cristianismo, y lo mantengo. Debemos renunciar al mundo.

—Jesucristo no renunció al mundo, lo tomó en su bondadosa mano. No era ningún amargado enemigo de la vida. Recuerde las bodas de Caná, donde transformó agua en vino.

—Pero en la cruz solo le dieron de beber vinagre con una esponja.

El pastor volvió a ponerse en pie y comenzó a caminar por la habitación. Tenía la embarazosa sensación de no terminar de dar la talla. Estaba acostumbrado desde niño a encontrar amabilidad y comprensión. Lo habían venerado sus padres, su esposa, su parroquia. Sí, el pastor Brink era una persona luminosa que se encontraba a gusto con buen tiempo, y era la confianza de los demás lo que le daba fuerza. Se detuvo frente al pescador y le puso una mano en el hombro.

—Dígame, Thomas Jensen, ¿cómo ha vivido usted la salvación?

—Es una larga historia —contestó el pescador—. A los demás no les parecerá gran cosa. Pero a mí me parece la más hermosa que conozco. Mi padre era muy contrario al nuevo despertar evangélico, y a los niños no nos dejaba acudir a reuniones de piadosos. Y puedo decirlo sin pesar, ya que se salvó antes de morir. Sé lo que significa; he visto a mi propio hermano ahogado y arrastrado a tierra por las olas, y no estaba salvado. Yo tenía ya unos veinticinco o veintiséis años y era un buen mozo sin miedo a trabajar, si se me permite decirlo. Pero sentía en mi interior malos impulsos. No era tanto por lo que hacía, porque era honrado y vivía entre gente decente, como por las cosas horribles que tenía ganas de hacer. Aquello acechaba en mi interior, yo sabía bien que era algo malo, pero ¿con quién iba a hablar de ello? De modo que un atardecer paso por una fábrica de ladrillos que había cerca de donde trabajaba por aquel entonces. El fuego del horno crepitaba, y me quedé un rato mirando. Al principio pensé: debe de ser duro morir quemado, y me eché a temblar. De pronto, me di cuenta: el fuego del infierno es mil veces peor, y arde eternamente. Fue como si viera ante mis ojos los tormentos de los pecadores. Rompí a sudar, y pensé: si te mueres ahora, vas a ir ahí. Y de pronto me arrojé al suelo y pedí a Jesús que me socorriera. Lloré y recé en la oscuridad delante de aquel fuego brillante, y de repente sentí que Jesús me había aliviado la carga de mis pecados. Cada vez que el mal me asediaba, acudía al Salvador, y él me ayudaba con su extraordinaria gracia. Al poco tiempo conocí a Alma, que ahora es mi esposa; ella también estaba salvada. Y le aseguro que desde aquel día solo he tenido paz y alegría en el alma, y nunca podré y nunca estaré lo bastante agradecido. ¡También usted debería seguir ese camino, pastor Brink! ¡Acuda a Jesús, pastor Brink!

Thomas Jensen estaba ronco de tanto hablar, y su mirada adquirió un brillo seco y ardiente. El pastor sintió al mismo tiempo atracción y repugnancia por el ardor fanático que irradiaba el pescador.

—Pastor Brink —dijo Thomas Jensen—. ¿Quiere que recemos juntos?

El clérigo estaba asombrado. Aquel hombre era listo, y le había tendido una trampa. Pero él era igual de listo, y no se dejó engañar. Desde luego que no iba a abandonar a la gente piadosa que confiaba en *su* doctrina y compartía su alegría por una vida inocente y el mensaje feliz del Evangelio.

—Cuando reces, que sea en la soledad de tu habitación —dijo.

—Pues rezaré por usted —repuso el pescador con firmeza, y le dio la mano para despedirse.

En el pequeño círculo de piadosos se habló de la reunión con el pastor. Thomas Jensen dio cuenta de cómo había transcurrido. ¡Les esperaban días de lucha! Remitieron una carta al pastor Thomsen, y esperaron impacientes la respuesta. Al final, llegó. Iba a poder acudir a predicar a finales de enero. Era un mensaje de alegría. Anton Knopper cantó salmos a pleno pulmón. Colgaron en todas las casas una fotografía de la iglesia del pueblo. Tenía un marco parecido a un flotador salvavidas, y reconfortaba mirarla en momentos de tristeza. Y ahora era como si la propia iglesia fuera a desplazarse hasta ellos.

El invierno no tenía prisa por aparecer; siguió lloviendo, pero no hubo heladas, tan solo fango negro y cornejas grises volando sobre los campos.

Jens Røn había ahorrado para el alquiler de la casa; los demás lo ayudaron como pudieron, pero tenían muchos gastos. Había que poner a punto los barcos y comprar redes nuevas para la campaña de primavera. No había dinero. Jens Røn pescaba algo de anguila con su tridente, pero le habría ido mejor si el fiordo hubiera estado helado.

Lo peor era lo de la comida. Jens Røn tuvo que recurrir al encargado de la cooperativa para pedirle un poco de crédito hasta que llegaran tiempos mejores. Entró en la tienda, algo cabizbajo, era una triste misión. El encargado estaba al otro lado del mostrador, pesando bolsas de grano.

—Hombre, Jens Røn, adelante —lo invitó a pasar.

Entraron en el despacho, y el encargado se sentó en la silla de su escritorio. De la pared colgaba un cartel enmarcado con la frase: «Busca primero el reino de Dios y su justicia, ¡todo lo demás te será dado en añadidura!». Y encima de la vieja caja fuerte se leía: «¡El oro y la plata pertenecen al Señor!». Aquello dio más valor y confianza a Jens Røn; eran hermosas palabras en un momento de dificultades.

El encargado hojeó en su libro y se puso las gafas sobre la frente.

—Debes mucho dinero ya, Jens Røn —dijo.

—Sí —reconoció el pescador—. Este otoño apenas ha entrado la anguila en las trampas. Pero por supuesto que voy a pagar en cuanto el Señor me dé un respiro.

El encargado movió la cabeza arriba y abajo, serio.

—Es un problema seguir dándote crédito. Para cuando te das cuenta, la deuda se ha disparado, y ya sabes que no *debemos* hacerlo. No está permitido.

—Claro —dijo Jens Røn, desanimado.

—Además, me parece que no ahorráis como debierais. Por ejemplo: el otro día, los niños vinieron a por miel para llevar a casa. Bien podíais tomar las gachas sin miel ahora que no tenéis dinero; la sobriedad es una hermosa virtud.

Jens Røn no supo qué responder. No estaba bien que se empapuzaran de miel, claro. Pero es que era muy fácil pasarte sin darte cuenta.

Pero el encargado era un hombre razonable. Su voz adquirió un tono amable, y reconoció que la mala suerte podía golpear a cualquiera. Y si pudiera conseguir avalistas, dos hombres buenos y responsables, de buena gana le vendería a crédito a Jens Røn y confiaría en él. El encargado cerró el libro mayor. Por supuesto, el aval debería cubrir también lo que debía ya.

De modo que Jens Røn tuvo que recurrir otra vez a los viejos amigos: Lars Bundgaard y Thomas Jensen. Ellos querían ayudarle, pero le costó recurrir a ellos. Al llegar las Navidades la situación empeoró. Pudieron conseguir un par de cargas de turba, pero había que ahorrar, y Tea empleaba redes viejas para el fuego. Aquellos montones de algodón embreado ardían en un santiamén, era trabajoso mantener la llama viva. De vez en cuando venían los compañeros de la costa con algo de carne, una gallina o un par de docenas de huevos. También les llevaban café. Mariane solía dejar media libra en la estantería de la cocina cada vez que acudía de visita. Sí, Mariane, aquel corazón amable, era un consuelo en la penuria. Les llevaba tocino salado, ropa para los niños y patatas, sin darle importancia, y siempre tenía algo nuevo que contar.

Tea correspondía como podía. Trataba de salvar el alma descarriada de Mariane, y no escatimaba esfuerzos. Pero Mariane era terca. Tea consiguió llevarla una sola vez a una reunión de los piadosos, pero mientras cantaban salmos Mariane se durmió. Se había levantado temprano y no lograba mantenerse despierta, por muchos codazos que le diera Tea.

El agua había creado charcos fríos y pequeños estanques en los prados. Las casas del pueblo parecían apoyarse unas en otras bajo el cielo encapotado. El humo de turba de las chimeneas descendía pesado hasta la carretera. No ocurría nada, los días se sucedían sin cambios. Habían recogido las últimas trampas, y llegaba una vez más el momento de reparar las redes, que estaban verdes y pegajosas de algas y hierba.

Los hombres se sentaban inclinados sobre las redes, pero en invierno no era ninguna broma. La humedad reinante te oprimía el pecho, y no resultaba fácil tener las redes sucias en la sala. Pero lo peor era cuando te consumían las preocupaciones. Y a Jens Røn no le faltaban penas. Ahora estaba de fiado, debía dinero y también debía dar las gracias, no estaba nada claro cómo se las iba a arreglar. No podían esperar unas Navidades felices. No porque Tea exigiera lujos. Pero el tendero los trataba de forma muy severa. Cuando Tabita iba a la cooperativa a por cosas, el encargado tomaba el papel que ella llevaba y lo repasaba con rigor. Nada de café, ni harina refinada americana, ni dulces para los niños. Un día, el encargado observó la nota con reprobación: ¡ponía «uvas pasas»! La gente decente no comía pasas con el dinero de otros.

Pero había otras cosas que podían llevar. Cuando algún saco de harina se enmohecía, Tabita lo llevaba a casa en su cesta. El encargado decía que los dones de Dios no había que desperdiciarlos, y el precio estaba rebajado. Era un desastre, y Tea lloraba. Otras personas que había en la tienda oían cómo los trataba el encargado, y aquello les daba mala fama. Un par de semanas antes de Navidad, Tea enfermó y se vio obligada a guardar cama.

Así que Tabita tuvo que llevar la casa y cocinar. Sus hermanos pequeños se enteraron de lo que era autoridad. Tabita era un ama de casa severa, y antes de ir a la escuela los restregaba sin compasión hasta dejar sus pieles enrojecidas de puro limpias. Los más pequeños no cesaban de quejarse: «Cuando me peina me deja la cabeza sangrando», decía Pequeño Niels llorando, y Tea levantaba su cabeza cansada de la almohada y lo consolaba.

Tabita no paraba quieta a sus quince años, flaca y dura, pero íntegra. Cuando al atardecer su padre volvía del fiordo, se ocupaba de él con un orgullo propio de un ama de casa. Él pasaba allí casi todo el tiempo, tumbado en una balandra de fondo plano, pescando anguilas con tridente. Volvía a casa molido y empapado; la captura no solía ser gran cosa, pero debían conformarse con lo que había. Tabita le servía patatas cocidas y arenque en salazón. Cuando el pan que cocía no estaba bueno, no era por su culpa. No podía remediar que la harina estuviera enmohecida.

Mariane iba de visita todas las tardes, y Tea parecía mejorar un poco. Tomaba una gota de café y escuchaba los comentarios mordaces de Mariane. Algunos de los mozos jóvenes del pueblo pescaban con red en los islotes del fiordo y vivían en una cabaña que habían construido con tablas y tejado de turba. Pero la soledad los había enloquecido, consiguieron una botella de aguardiente, y a uno de ellos lo calentaron a base de bien. Y había más: dos chicos habían cortejado a la misma chica en la posada, y se pelearon. Pero la chica cayó redonda al suelo entre espasmos mientras le salía espuma por la boca. La ingresaron en el hospital, y estaba como loca. Se llamaba Laurine y era de los pantanos orientales.

Tea tampoco se quedó callada: era la lujuria que se vengaba, ya lo verían. Pero a Mariane no le pareció tan terrible, la enfermedad podía atacar a cualquiera. Echó una risotada y no pudo contenerse: «¡Hasta tú estás enferma!». La mirada de Tea perdió brillo, lo suyo era diferente. Era consciente de que no podían acusarla de algo así. Y la enfermedad podía llegar de manera natural. Mariane no se amilanó:

—Claro, por supuesto. ¡Pero las convulsiones pueden ser naturales cuando los mozos se pegan por una!

Tea no podía discutirlo, y dijo brevemente:

—Del pecado y la lujuria no puede decirse que sean naturales, porque son algo malo por naturaleza.

Anton Knopper llegó de visita, y traía regalos. Se ruborizó al ver a Tea en la cama, tan guapa con su camisón de encaje. Al fin y al cabo, estaba soltero y en estado de inocencia. Tea se dio cuenta y se sintió algo halagada, pero, por supuesto, no estaba bien tener esos pensamientos. Anton Knopper había comprado bollos y, como le daba vergüenza ser caritativo, tomó a Niels en brazos y empezó a retozar con él. El chico se ponía loco de contento cuando Anton lo volteaba en el aire.

Pero lo mejor eran las tardes en las que Mariane y Alma tenían tiempo para visitarla. El ambiente del pequeño dormitorio solía estar cargado y sofocante, pero pasaban un par de horas allí cantando salmos junto al lecho de Tea. Alma tenía una hermosa voz, y vocalizaba muy bien, con acento de la ciudad. Y cuando estaban juntas, hablaban de cómo iba a ser cuando llegara el pastor Thomsen. ¿Escucharían los lugareños su voz reprobatoria? A Tea la aliviaba pensar en el gran acontecimiento que se avecinaba. En la sala, los niños estaban sentados debajo de la lámpara, haciendo los deberes, se oía un murmullo de versos, tablas de multiplicar y años. Pequeño Niels estaba en la cama, pero no quería dormir con tanta gente en casa, y piaba los salmos con su vocecita de polluelo.

Aquella Nochebuena llovió como si fuera noviembre. En los bancos amarillos de la iglesia los salvados se sentaban junto a los descreídos. Olía a humedad y a ropa mohosa. Los viejos habían salido de sus rincones para oír una vez más el Evangelio navideño en la iglesia iluminada llena a rebosar, y los niños dirigían su mirada asombrada a las numerosas velas cuyas llamas vacilaban en la corriente de aire.

Povl Vrist y Mariane habían acudido a la iglesia y cantaban con toda su alma, y se vio que Mariane sí que sabía cantar salmos cuando tocaba hacerlo. Pero los piadosos se sentaban en las hileras de bancos del fondo y dirigían miradas sombrías a los granjeros y a sus mujeres, vestidos de gala. No era bueno que las viejas diferencias de clase se mantuvieran en la casa de Dios. El sermón del pastor fue como el resto: no contentó a nadie.

Tea se había levantado de la cama un par de días antes de Navidad. No estaba curada, pero no podía permanecer indiferente cuando había tanto trabajo con el horno y la limpieza de la casa, de cara a la festividad. Como mínimo, la casa debía estar limpia, y ahora podía asegurar que se había hecho una limpieza a fondo.

En el exterior de la iglesia los vecinos se deseaban una feliz Navidad antes de volver a sus casas en pequeños grupos. Las ventanas irradiaban calor y paz, no había jóvenes alborotando en la calle, todos estaban sentados en acogedoras salas. En casa de Jens Røn les llegó para comprar un pequeño abeto, y Tabita hizo con filtros de café unas cestitas para colgarlas del árbol, y las llenó de paciencias especiadas. Mariane les había dado un cesto lleno de todo tipo de delicias, e incluso el encargado de la cooperativa se enterneció por las Navidades. Como detalle, dejó una bolsa de caramelos en la cesta de la compra de Tabita, pero la joven tenía su orgullo, y volvió a dejar el cucurucho en el mostrador.

—¿Qué pasa? —dijo el encargado—. ¿Es que has crecido tanto que ya no comes caramelos?

—No —repuso Tabita con voz aguda—, ¡pero no necesitamos sus limosnas!

Y es que, en medio de su miseria, Tea tenía la satisfacción de que sus hijos sabían comportarse con dignidad en los lugares adecuados.

Mientras la comida se hacía en el fogón, Tea tuvo que ir a casa de Laust Sand. La sala se encontraba a oscuras, y Laust estaba sentado junto a la ventana, mirando al exterior.

—Qué solo estás —dijo Tea—. ¿No quieres encender la luz?

—No —respondió Laust—. Para pensar no hace falta más luz.

Tea se dirigió a la cocina. Era evidente que Laust Sand se encontraba deprimido. Adolfine se inclinaba frente al fogón, y sus mejillas habían adquirido un tono sonrosado.

—¿No habéis estado en la iglesia? No me ha parecido veros.

—No —replicó Adolfine—. La verdad es que no teníamos ganas.

—Vaya, no creía que hicieran falta ganas para oír la palabra de Dios —declaró Tea con un suspiro, y miró al suelo con humildad.

—A veces, sí —dijo Adolfine en voz baja.

—Espero que no sea nada grave —repuso Tea.

Adolfine se giró de pronto y la miró a los ojos.

—¿Por qué habría de ser algo grave? —preguntó.

—En el pueblo no habríais dejado de ir a la iglesia en fecha tan señalada —repuso Tea—. A pesar de ser un pastor descreído, debemos acudir a la casa del Señor. Es como si quisierais separaros del resto de nosotros.

Pero Adolfine volvía a estar ocupada removiendo la olla.

—Vale, Adolfine —dijo Tea—. Solo quería saber si alguno de vosotros había caído enfermo o si os había ocurrido algo malo.

Jens Røn estaba recién bañado y se había recortado la barba, y, vestido con aquel elegante traje oscuro, parecía de lo más digno. Leyó el Evangelio con voz suave antes de que se sentaran a la mesa, y aquella noche el rezo fue más largo y fervoroso de lo habitual. Pero luego se sentaron a la mesa. Los niños estaban serios, Tabita los había restregado a fondo, de forma que sus rostros estaban surcados por rayas rojas de lo limpios que estaban.

Encendieron las velas del árbol, que no era muy grande y cabía dentro de un tiesto mediano. No pudo haber regalos, pero Tabita y los niños tenían una sorpresa preparada. Una pipa para Jens Røn, corta, pero con una buena cazoleta. Ella y los niños habían estado ahorrando céntimo a céntimo del escaso dinero que entraba en la casa. Jens Røn se quedó conmovido de alegría, montó un alboroto y chupó afanoso de la boquilla para comprobar que tiraba bien. Sí que tiraba bien, nunca había tenido una pipa como aquella.

Tea sacó los libros de salmos, y se pusieron a cantar mientras las velas se apagaban poco a poco. Se oían los salmos navideños de las casas vecinas. Todo el pueblo cantaba. Vaya, pensaba Tea con amargura, una vez al año la gente se volvía hacia el cielo, pero por lo demás tenían problemas para seguir el camino de la cruz. No había mucha entereza en aquella religión, porque adormecía la conciencia, bien lo sabía Tea.

Cuando iban a encender la lámpara otra vez, se dieron cuenta de que el petróleo se había terminado, no quedaba una gota en la casa. Tea juntó las manos y empezó a quejarse. ¿Iban a pasar la santa velada a oscuras? Jens Røn propuso acudir a alguno de los vecinos y pedirlo prestado, pero Tea dijo que no, que no lo haría por nada del mundo, que una vergüenza así era algo insoportable.

—¿Por qué? —observó Jens Røn—. ¿Por pedir prestada una botella de petróleo?

—No —gimió Tea—. Entonces empezarían las habladurías, que si soy una perezosa que no puede acordarse de algo así.

Aún le quedaba algo de orgullo.

Solo había una vela en la caja, y la encendieron con cuidado y la colocaron en la mesa. La sala se llenó de profundas sombras oscuras, y los rostros de los presentes adquirieron extraños tintes irreales. Los niños estaban atareados con las paciencias especiadas, y Martin extendió el puño cerrado: pares o impares. Pequeño Niels pensó un poco, y dijo que pares. Entonces Martin le dijo que había perdido, porque había cinco paciencias.

Jens Røn se volvió hacia ellos, asustado.

—¿Qué estáis haciendo? —dijo—. El juego es inaceptable en una noche sagrada como la de hoy. No volváis a hacerlo.

Algo azorado, Martin se metió las paciencias en el bolsillo, y Tea añadió:

—Martin, tienes que prometerme que siempre evitarás el juego, por muy inocente que pueda parecer.

Y Tea recordó de sus tiempos escolares la historia de la chica que estaba hilando un día de Navidad cuando vio en la ventana una mano ensangrentada, al tiempo que una voz despiadada cantaba:

Mira lo que gané
cuando en Navidad hilé.

Pequeño Niels miró angustiado a la ventana y se apretujó contra su madre.

—Pero si nos atenemos a la gracia divina, nada malo nos ocurrirá —lo consoló Tea.

Cuando la llama se apagó, dejando una mecha humeante, descorrió las cortinas de las ventanas. Había escampado, y en el cielo claro brillaban las estrellas. Jens Røn tomó a Niels en su regazo y le habló del Niño Jesús, que nació en un pesebre allá por tierras lejanas. Y llegaron los Reyes Magos y los pastores de alrededor, guiados por la estrella que Nuestro Señor puso en el cielo.

El niño señaló el azulado cielo nocturno, y preguntó:

—¿Dónde está ahora, padre?

—Ahora ya no está —respondió Jens Røn—. Porque nuestro Salvador ha vuelto a subir a los cielos.

Pero Tea tomó la palabra y explicó que la estrella de Belén seguía brillando para las almas pecadoras. La voz de Tea se volvía cariñosa cuando hablaba sobre temas sagrados, no le faltaba mucho para llorar. Pero los niños debían oír palabras edificantes en ocasiones festivas, para no terminar siendo unos paganos. Los pequeños estaban sentados en las rodillas de Jens Røn, y los mayores, Martin y Tabita, escuchaban desde el banco. En la estufa refulgían las brasas de turba, y el corazón de Tea se llenó de bondad y amabilidad: si eras tan pobre que dabas lástima, entonces había una riqueza que no era de este mundo.

Se oyó un golpe quedo en la puerta, y Tea salió a abrir. Era Anton Knopper. Había estado en casa de Lars Bundgaard, y ahora quería pasar a desearles unas felices fiestas.

—Pero ¿por qué estáis a oscuras? —preguntó—. Creía que os habíais acostado ya.

—Estamos buscando la estrella anunciadora —parloteó Niels—. ¿La encuentras tú, Anton Knopper?

Anton Knopper se puso a pensar.

—Sí, es bueno saber dónde está esa estrella —dijo, y dio un leve codazo de asombro en las costillas a Tea. Aquel niño estaba bien dotado: así era como hablaba Dios por boca de los inocentes.

Tea explicó avergonzada que no tenían petróleo y no querían pedir prestado, pero que en cuanto metiera un poco de turba en el fogón podrían tomar café.

Hizo café, y Anton Knopper estuvo sentado en silencio, mirando la débil luz del fogón. Los niños hablaban en voz baja, en el exterior reinaba la noche, y había una especial solemnidad en la sala oscura.

—El mundo es maravilloso —dijo de repente Anton Knopper.

Fueron unas Navidades con lluvia y bruma abundantes, días embarrados en los que era mejor no salir de casa. Además, al fin y al cabo eran días de fiesta, y después de haber estado en la iglesia no parecía apropiado ir de visita. Se quedaban sentados a la mesa, vestidos con ropa oscura, sin nada que hacer. Solo Anton Knopper, que vivía solo, salía a pasear. Y llevaba consigo la alegría. Aunque había que mantener la seriedad en aquellos días solemnes, le costaba contenerse, retozaba con los niños y andaba siempre bromeando. Tabita sacudía la cabeza y parecía Tea: aquel Anton Knopper era demasiado frívolo.

Pero Jens Røn tenía tiempo para pedir prestados periódicos, y solía estar leyendo con las gafas puestas. También hojeaba los libros de texto de los niños, era conveniente refrescar sus conocimientos de juventud. Muchas cosas las había olvidado durante sus travesías por tierra y mar. No obstante, el que más leía era Povl Vrist. Tenía muchos libros, y se empapaba de conocimientos sobre todo tipo de cosas. Cuando tenía de visita al viejo maestro Aaby, se exaltaba, por ejemplo, con la Inquisición: era una vergüenza cómo trataba a la gente, haciéndole sufrir el suplicio de la rueda y quemándola viva. ¿Aquello era verdad?

El maestro Aaby asentía con un gesto: en aquellos tiempos la gente era así, pero el mundo había avanzado desde entonces.

—Me sulfuro cuando leo esas cosas —dijo Povl Vrist—. Que maten lo puedo comprender, pero torturar a gente viva…

—No lea tanto —dijo Aaby—. No trae nada bueno.

—¡Vaya palabras extrañas en labios de un maestro de escuela! —rio Povl Vrist—. Usted ha leído todos los libros que puedan imaginarse.

Aaby sacudió la cabeza con tristeza.

—Pero la verdad he tenido que buscarla en otra parte —afirmó.

Povl Vrist no contestó, pero tras una pausa cambió de tema. No quería hablar de religión. Tenía sus ideas, y otros tenían las suyas, aunque podían ser buenos amigos y vivir en paz. Pero en cuanto pasaron las Navidades Povl Vrist respiró aliviado y volvió al trabajo. Había mucho que hacer, ¡con la primavera llegaba la pesca! A Povl Vrist le encantaba trabajar y pescar, y la suerte lo acompañaba. Desde la mañana hasta el anochecer se afanaba con las redes para la campaña de la primavera, y amarraba piedras y corchos a las enormes redes de cerco. Mariane le ayudaba a menudo. Todo era más fácil cuando ella se sentaba junto a él en el cobertizo. Había llevado una estufa de petróleo para caldear la estancia. Aquella mujer pensaba en todo.

Anton Knopper era también buen trabajador, pero tenía tiempo para hablar con la gente. Hacía lo que podía para informar a las personas sobre el gran acontecimiento que se avecinaba. Acudir a aquella reunión iba a resultar provechoso para el alma de todos. Anton Knopper no era hombre de verbo fluido, y no podía ganar almas para el Señor. Pero hacía lo que podía. Por ejemplo, en el caso de Katrine, la sirvienta del hotel. Anton Knopper empezaba a tartamudear cuando ella iba a la panadería y se ponían a charlar. Katrine llevaba una cruz de plata colgada del cuello con una cinta, y era una buena señal. Pero Anton Knopper no podía evitar mirar una y otra vez aquella cruz que descansaba tan segura en el opulento pecho. Él se quedaba sin aliento y enrojecía cuando el pecho subía y bajaba. ¿A Katrine no le parecía que era una delicia que los días fueran alargándose? Sí, la chica debía reconocerlo. Entonces Anton Knopper pasó a hablar de cosas más serias: ¿no era una barbaridad lo del baile de la posada? Una vez pasadas las Navidades, volvía a haber baile los sábados. Pero Katrine hizo un gesto de desacuerdo y su voz sonó algo dura: no había ningún mal en ello.

—No, claro —dijo Anton Knopper—. Puede que un buen día cambies de opinión. Creo que eres una chica decente.

Katrine se marchó tras una breve despedida; se sentía ofendida. No podía ocultarse que tenía unas recias piernas bien torneadas bajo la falda corta. Anton Knopper se lanzaba de cabeza a los peores trabajos que se le ocurrían, para mantener a raya las ideas pecaminosas. Ay, el mundo estaba lleno de peligros, y la noche, de extraños sueños.

Pero al final el pastor Thomsen llegó. Los últimos días habían transcurrido llenos de nervios y apresurados preparativos. Iba a vivir en la nueva casa de Lars Bundgaard, donde había una habitación para invitados, pero todos querían invitarlo a comer o, al menos, a una taza de café. Thomas Jensen organizó las cosas de modo que nadie se sintiera ofendido o rechazado. Después de la misa del domingo, el pastor Brink anunció la reunión que iba a celebrarse en la iglesia. Tea escuchó su voz con atención, pero no había nada especial en él. Sabía controlarse. Habían puesto pequeños carteles en los postes telefónicos de toda la comarca, escritos con buena letra por el encargado de la cooperativa. Todo el mundo se encargó de hacer algo. Las últimas semanas, Thomas Jensen y Lars Bundgaard fueron de casa en casa a hablar con la gente humilde y los jornaleros. Hablaban del viento y del tiempo, de la política local y del jornal, y solo al final mencionaban la inminente reunión. ¿No querían participar? No costaba nada, y Thomsen era un magnífico predicador que sabía cómo llegar a las almas. La gente humilde del lugar no estaba acostumbrada a que la invitaran. Muchos prometieron acudir.

Los pescadores llegados de la costa se habían reunido en el embarcadero. Thomas Jensen fue en motora a buscar al invitado a una de las ciudades del fiordo; era un par de horas de travesía, pero más fácil que por tierra. Estaban serios y un poco nerviosos; al fin y al cabo, era la primera visita que recibían de algún paisano en su nuevo asentamiento. Por fin apareció la motora. El pastor iba sentado a popa junto a Thomas Jensen. Cuando vio a los hombres del embarcadero, agitó su sombrero en el aire.

Kresten Thomsen era un hombre corpulento y ancho de espaldas. Lucía un poblado bigote oscuro y unos ojos inteligentes y penetrantes en un rostro sano curtido por la intemperie. Su voz era profunda y resonante como el restallido de un sargento dando órdenes a sus hombres. Sus manos eran grandes y peludas, y el vello le salía por nariz y orejas. Su ropa era basta y de factura simple, y calzaba unas botas toscas y pesadas. Parecía más un bravo patrón de pesca o un comerciante de pescado que un pastor de almas. Los reunidos le dieron la mano y no dijeron gran cosa. Pero lo invadió una extraña sensación de seguridad.

En casa de Lars Bundgaard las habitaciones estaban llenas de mujeres y niños. El pastor Thomsen hizo su entrada como si desfilara a los sones de trompetas. Saludó a todo el mundo sin olvidarse de nadie, incluso recordaba los nombres de los niños. ¡Y es que era así! No había cosa que no acaparase su interés. ¿Cómo les iba la pesca? y ¿estaban a gusto en la comarca? Después tuvo que contar también cómo iban las cosas en el pueblo. Su hijo mayor estaba ya en el instituto y se portaba bien. En la parroquia las cosas marchaban como siempre, los pocos cambios ya los conocían por la correspondencia. ¡Ahora se sentían como una gran familia! Kresten Thomsen tenía más educación que ellos, era su pastor y guía espiritual, pero era uno de los suyos. Participaba de la vida de ellos y los hacía partícipes de la suya, era pobre, con tantos niños como le había concedido el Señor, pero andaba sobrado de fe. Era como si los visitara un familiar querido. Estuvo viendo al hijo menor de Lars Bundgaard, que dormía en la vieja cuna de mimbre.

Le gustaban los niños, y sonrió a aquella carita roja. En la sala, se puso a dos de los pequeños en las rodillas. El corazón de Tea se hinchó de júbilo: uno de ellos era su Niels. El pastor contaba y preguntaba cosas. Thomas Jensen dijo que el pastor Brink había mencionado que sería adecuado que el invitado se albergara en su casa. Pero había pensado…

—Claro —lo interrumpió el pastor—. Te lo diré sin rodeos, Thomas: la verdad es que no he venido a visitarlo a él. Hablaba de tú a los hombres, y ellos se dirigían a él con una cordialidad curiosamente sumisa. No debían abusar de su confianza.

»Pero ¿dónde está Povl Vrist? —preguntó el pastor, a la vez que miraba alrededor—. También vive aquí, ¿no? ¿Está quizá enfermo?

Se produjo un breve silencio, y los presentes bajaron la mirada.

—Bueno, no es de los niños de Dios —dijo finalmente Thomas Jensen—. Habrá pensado que no deseaba estar presente en una ocasión como esta.

El rostro del pastor se puso serio. Asintió en silencio y no siguió con el tema.

Tomaron café, y el pastor se interesó por el espíritu que reinaba en la comunidad. Había mucho que contar. Fueron sobre todo Thomas Jensen y Lars Bundgaard quienes llevaron la palabra, y las mujeres se mantuvieron en un segundo plano. No era apropiado que hablaran demasiado en una ocasión tan seria. Pero Tea no pudo contenerse. Con su tono de voz más refinado observó que lo del baile en la posada era lo peor. El pastor Thomsen la escuchó con atención. Su rostro estaba sombrío y pensativo. Captaba cada palabra que se decía, a fin de hacerse una idea del lugar al que había llegado. ¿Había muchos grandes propietarios? No, no tenían tanta tierra, aunque muchos eran dueños de prósperas granjas. Pero había mucha gente humilde en los pantanos, y en el pueblo había pescadores, carpinteros, albañiles, jornaleros y pequeños agricultores.

El pastor se aclaró la garganta con un relincho de caballo. En su opinión, había buenas perspectivas para la causa del Señor.

—Pero vosotros debéis ser la levadura —continuó—. Se trata de que alguien vaya por delante, pero sepa contenerse. Tenéis que seguir y seguir, y recordar que es la gota la que agujerea la roca.

Les dio unos buenos consejos, que ellos escucharon llenos de veneración e impresionados. Era la hora del Señor. En el exterior estaba oscureciendo, pero nadie pensó en encender la luz.

Malene se afanaba en la cocina, y las mujeres fueron a echarle una mano. Pero de vez en cuando tenían que ir a oír las palabras de los hombres. Entonces Malene dijo que la cena estaba servida. El pastor Thomsen juntó las manos y bendijo la mesa con voz retumbante. Comió con gran apetito. No se habló mucho mientras cenaban, pero flotaba en el ambiente una cálida y serena exaltación del espíritu. Era como una comunión en la antigua iglesia del pueblo costero. Aquel pastor no solo era una magnífica persona, considerado y sencillo, sino que se percibía que el espíritu divino moraba en él.

Acompañaron al pastor a la iglesia en el anochecer oscuro y embarrado. Thomas Jensen estaba inquieto. ¿Y si no acudía la gente? ¿Habrían hecho mal su trabajo? Muchas cosas dependían de aquella noche, la salvación de muchas almas estaba en juego. Pero ya camino de la iglesia se encontraron con grupos de gente, y, cuando entraron en el templo iluminado, estaba medio lleno. Los piadosos ocuparon las primeras bancadas, donde estaban los mejores asientos. Era como si la gente del lugar se sintiera insegura y prefiriera mantenerse a cierta distancia. Tea sintió con alegría que había llegado la hora. Ahora eran los amigos de Dios quienes se sentaban con expresión humilde bajo el púlpito, mientras los descreídos se escondían en los rincones.

Poco a poco, la iglesia se llenó hasta el último banco. Muchos tuvieron que permanecer de pie junto a la puerta.

Thomas Jensen se giró y contempló a los congregados mientras cantaban el salmo de introducción. Había cantidad de gente conocida. Primero, el grupito de los piadosos, con sus rostros alegres y esperanzados. Después, toda la gente que él y Lars Bundgaard habían visitado. Estaban algo apagados, sin saber muy bien qué pensar. Como era de esperar, no había muchos granjeros. Solo unas pocas de sus esposas. Y tampoco se veía mucha juventud. Pero en la última fila vislumbró al pastor Brink. Sí, tampoco iba a venirle mal a él la palabra dirigida al alma.

Cuando terminaron el salmo, en la iglesia se hizo el silencio. La luz de las arañas del techo proyectaba sombras vacilantes en las paredes encaladas, y las oscuras bóvedas encima del coro estaban a oscuras. Durante el cántico, el pastor se había arrodillado frente al altar, y ahora estaba en el púlpito, vehemente y peligroso con su hábito negro. Casi se oía el respirar de la gente en la espaciosa nave. Por un momento, observó con fijeza a los presentes sin moverse. Su mirada se deslizaba de unos a otros. Aquello generó una extraña tensión en el ambiente. La gente bajaba la cabeza ante aquella mirada cáustica. El silencio se prolongó un buen rato, nadie se atrevía a moverse, parecía que fuera a retumbar un trueno y echar todo por tierra.

Pero cuando por fin se puso a hablar, lo hizo a media voz, casi con amabilidad. Aquello relajó el ambiente tenso de un modo demasiado violento. Sus palabras llegaban hasta los rincones más recónditos, y la gente se sentía dolorosamente insegura. Habló de la paz de Jesús. Los llegados de la costa seguían sus palabras con los ojos bien abiertos y la mirada extasiada. Sí, aquella era la verdad, así era la gracia divina, una paz infinita, un hermanamiento entre Dios y las personas. Tea notó que las lágrimas le resbalaban por las mejillas; no se había sentido tan feliz y emocionada desde que llegó de la costa.

De manera imperceptible, el pastor fue elevando el tono de voz. Ahora hablaba del engaño y la maldad propios de la naturaleza humana. Era como un aguardiente abrasador. Las mujeres, con la mirada baja, sintieron un escalofrío de horror cuando habló de la lujuria. El pastor conocía cada instinto oculto, cada añoranza secreta y desvergonzada de las profundidades del alma. Ponía a la gente honrada frente a un espejo en el que se veían con horribles formas distorsionadas y el diablo aparecía detrás, riendo. Recitó con voz atronadora: bebida, baile, cartas, ateísmo, adulterio, y alzó sus puños cerrados como si fuera a reducir el púlpito a astillas, pero en lugar de rugir, susurró: *el infierno.* La palabra sonó con un aire siniestro. Una mujer dio un chillido ahogado. Y entonces el pastor comenzó a hablar con una voz que retumbaba y resonaba en las bóvedas. Azotaba a los presentes con tormentas de azufre y fuego. Su rugiente elocuencia golpeaba a la gente como si fueran hachazos en la cabeza. Les clavaba con maliciosa habilidad un punzón allí donde más dolía. Los cohesionaba como ovejas asustadas cuando hay tormenta. Las mujeres gemían en voz baja o lloraban. Los hombres, con la mirada fija, se balanceaban inquietos atrás y adelante. Los tenía a su merced. Los exhortaba como un brujo hasta que no les quedaba voluntad ni entendimiento y olvidaban por completo quiénes eran. Los piadosos se encontraban en un estado de gran excitación. El rostro de Tea estaba encendido, sus ojos, semicerrados, y su boca, abierta. Anton Knopper sudaba tanto que las gotas le resbalaban por el rostro. Adolfine se retorcía las flacas manos, y tenía la boca contraída como si fuera a gritar. Cada uno de los creyentes sentía el horror y el arrebato como una sacudida en el alma. El pastor nunca había hablado como aquella noche. El espíritu del Todopoderoso jamás había atronado con tanta fuerza. El pastor calló de repente tras una rugiente invocación que hizo vibrar el aire. Se oían los sollozos de las mujeres y el seco carraspeo de los hombres. De los afligidos corazones surgían profundos suspiros. La estancia blanca con sus velas de llamas vacilantes parecía flotar en una neblina. Conmocionados y sin aliento, pero con un deje de profunda alegría en su interior, todos estaban expectantes por lo que fuera a suceder.

Pero el pastor estaba ahora tranquilo, y con voz dulce hablaba de la compasión y de la paz de Jesús. «Arrepentíos y acudid a Jesús». Se expresaba con palabras sencillas, casi con ingenuidad, y se refería a cada uno de los presentes como su semejante y su hermano. Tras el horror compartido, llegó la sensación de alegría y paz compartidas.

Cuando el último salmo retumbó en la nave, sonó con especial fervor. Las familiares palabras se habían renovado y adquirían un significado especial.

La iglesia fue vaciándose poco a poco. La gente no se miraba, era como si estuvieran un poco avergonzados. Pero alguno que otro se quedó sentado, con la cabeza gacha. Era gente que había decidido buscar a Dios. El pastor habló con ellos, uno por uno. Su semblante había recuperado su habitual expresión serena, les estrechó la mano afectuosamente y les dio un par de buenos consejos. Thomas Jensen se quedó sentado en su sitio y se fijó bien en quiénes eran. Lo más sensato sería hablar con ellos en los próximos días.

El sacristán estaba ya apagando las velas, y el pastor se había puesto el abrigo. Los pescadores de la costa oeste se habían marchado. Solo quedaba Thomas Jensen esperando.

—Vaya, Thomas —dijo el pastor, y le dio un golpecito en el hombro.

—Ha sido una hermosa experiencia —afirmó el pescador—. Creo que va a tener gran importancia en la parroquia. Y quería darle las gracias, Thomsen. Creo que ha sido el sermón más edificante que he escuchado en toda mi vida.

Salieron al atrio. El pastor Brink, sentado en el banco, los esperaba. Se puso en pie, algo cohibido, y se presentó.

—Quería saludarlo —dijo—. Me pregunto si le gustaría acompañarme a mi casa. Mi mujer está avisada.

—Gracias —repuso el pastor Thomsen—. Pero suelo vivir siempre con mis amigos. Ya comprenderá: son mis antiguos feligreses, y tenemos mucho de que hablar.

Se produjo una breve pausa. Parecía que el pastor Brink quería decir algo, pero no sabía cómo empezar. El atrio estaba medio a oscuras. En el exterior se divisaban las nubes moviéndose y la visión fugaz de una luna amarilla flotando. El pastor de la Misión Interior esperó sin decir palabra.

—Me adelantaré un poco —dijo Thomas Jensen, que notaba la tensión.

La repulsa que sentía el pastor Brink estaba a punto de hacerlo estallar. Él soñaba con dominar a sus fieles y guiarlos con cariño. Elevarlos hasta la felicidad suprema para después arrojarlos a la profundidad. Poseer el poder del espíritu. Pero qué era él comparado con el exaltado que tenía delante, que parecía un hombre sencillo consumido por el trabajo. No, él carecía de habilidades para captar lo más primitivo de la gente. Pero, por otra parte, también debía exigirse una cierta rectitud, intelectual y religiosa, cierta cautela humana y cristiana. Aquello era violencia pura y dura.

El pastor Thomsen se formó enseguida una opinión de Brink. No había sido creado para ser una fuerza en manos del Señor. Y por puro instinto sentía una intensa aversión hacia aquel hombre. Indeciso y débil, ropa elegante y manos blancas, y una lengua educada. Por automatismo, el pastor Thomsen endureció más aún su actitud, su voz sonó más bronca y rústica.

—Bueno, disculpe, quizá sea entrometerme un poco —observó el pastor Brink—. Pero deseaba agradecerle su testimonio. Como sabe, pertenezco a una corriente más amplia, pero su palabra me ha aportado algo a mí también; al menos me ha enseñado a entender la valiosa fuerza convincente de su sermón. Pero…

—¿Pero…? —preguntó el pastor Thomsen al verlo vacilar.

—Me produce cierto temor la gran presión persuasiva que ejerce sobre quienes lo escuchan —continuó el pastor Brink, algo inseguro—. Creo que las consecuencias pueden llegar a ser peligrosas.

—Presión persuasiva —dijo el pastor Thomsen, cortante—. Recuerde, pastor Brink, que soy un hombre sencillo. Llamo a Dios Dios, y al diablo por su nombre. Eso es lo que sé.

El pastor Brink se aclaró la garganta, nervioso, sin saber qué responder. Pero el pastor Thomsen le puso la mano en el hombro, sin decir palabra, y lo condujo a la puerta de la iglesia. Señaló el altar, donde las velas seguían encendidas.

—Mire —dijo con aspereza—. Ahí está Jesús en la cruz. ¡Usted es su representante! Es lo único que tengo para decirle.

El pastor Brink se quedó un momento con la mirada fija en la nave medio a oscuras. Iba a decir algo, pero Thomsen le dio la espalda diciéndole un breve «buenas noches» y se reunió con Thomas Jensen junto al portillo de la verja de la iglesia.

Atravesaron el pueblo en silencio. El pastor estaba cansado, y Thomas Jensen no se atrevía a molestarlo. Aunque había muchas cosas sobre las que le gustaría pedirle consejo.

El pastor Thomsen era hombre madrugador. Le gustaban las primeras horas del día, en las que el mundo lucía su fresco esplendor. Estaba afeitándose, semidesnudo, en la pequeña habitación de los invitados. Oyó que en la habitación contigua Malene ponía la mesa del desayuno. Hizo su gimnasia matutina mientras las tablas del suelo crujían, y se echó agua fría sobre el musculoso cuerpo velludo. Muchas veces sentía una necesidad imperiosa de ponerse a hacer algún trabajo duro, corporal. Pero no le estaba permitido, un pastor era un hombre de espíritu y no podía trillar grano ni hacer salto de potro; el pastor Thomsen era consciente de la seriedad y responsabilidad de su misión, y se contentaba con la gimnasia matutina.

Por la mañana pasó un par de horas hablando con Thomas Jensen y dándole consejo; era un hombre sabio, Thomas Jensen debía reconocerlo de buen grado. Después de hablar sobre la situación de la comarca sin olvidarse de nada, el pastor le preguntó por sus hijos. Quería verlos antes de marcharse. Los mayores estaban en la escuela, pero Thomas Jensen hizo llamar a los tres pequeños, y el pastor también los recordaba. Alma irradiaba satisfacción.

Luego fue a visitar a Laust Sand. Laust estaba pálido y atormentado como nunca, y Adolfine, asustada, se mantenía en un segundo plano. Claro que siempre había sido tímida. El pastor miró inquisitivo al pescador y arrugó el entrecejo.

—A ti te pasa algo, Laust —dijo.

Laust Sand dio un suspiro, pero de sus labios no salió palabra.

—Deberías descargar tu corazón en Jesús —lo reprendió el pastor.

—Estoy tan perdido que no creo que sirva para nada —susurró Laust Sand.

El pastor se levantó de la silla y se dirigió hacia él.

—Lo que has dicho es casi blasfemo —declaró con gravedad—. Has debido de olvidar lo del ladrón de la cruz. No puedes tener tantas dudas religiosas que Jesús no pueda aligerar tu carga. Su compasión es infinita. Si Jesús puede cargar con todo tipo de pecados, también puede acarrear los tuyos.

Laust Sand alzó su desesperado rostro hacia el pastor.

—¡Es que el diablo se ha adueñado de mí! —dijo con voz ronca.

Sorprendido, el pastor retrocedió un paso, pero no tuvo tiempo de decir nada. Adolfine cayó desvanecida sin hacer ruido.

—Pero ¡en nombre del Señor! —exclamó, temeroso—. Laust Sand, no debes decir esas cosas, vas a llevar a la tumba a tu hija. Date prisa, avisa a alguna vecina.

Laust Sand salió corriendo, y el pastor acomodó el cuerpo inerte en el sofá. Cuando tras varios intentos le aflojó el corpiño, la joven abrió los ojos.

—¡Oh! ¿No le puede ayudar? ¿No le puede ayudar? —gimió.

—Querida niña —respondió el pastor, inquieto—. Jesús puede ayudar. ¡Muestra el camino a Laust! ¡Reza por él! Sigue leal a Jesús hasta que te ayude…

Laust entró con un par de mujeres que llevaron a la chica a acostarse. El pastor se despidió, y Laust Sand lo acompañó a la puerta.

—Quiero darte un consejo, Laust —dijo—. Sean cuales sean tus dudas o tentaciones, no debes encerrarte en ti mismo. Habla de ello con los demás niños de Dios. De lo contrario, va a corroerte cada vez más, y un día te habrá destruido el alma. ¡Y reza, reza, reza! mientras queden palabras en tu boca.

El pastor prosiguió su camino en la niebla gris. Laust Sand era de carácter sombrío y difícil. Pero no quedaba otro recurso que la oración ni otra esperanza que la compasión.

Almorzó en casa de Lars Bundgaard, y después visitó a Tea y a Jens Røn. Tea llevaba puesto desde la mañana el vestido de los domingos, y cuando Jens se disponía a trabajar con las redes, ella se opuso. ¿No le daba vergüenza? ¿Es que no tenía sentimientos? ¿Acaso no era día de fiesta cuando los visitaba su antiguo pastor? Jens Røn se lavó y, en mangas de camisa blanca, se sentó a esperar en la mesa alargada. Los niños no habían ido a la escuela. Era algo que no debían perderse: ver con sus propios ojos a un auténtico hombre de Dios. Y Aaby sabría disculparlo. Estaban haciendo tiempo con sus libros y sus juguetes. Tea había puesto agua a hervir para el café. El pastor querría comer algo en casa de buenos amigos. Además, había hecho aquellas pastas que sabía que le gustaban.

Tabita montaba guardia junto a la carretera, amoratada por el frío con aquel abrigo delgado encima.

—¡Aquí viene! —Se acercó, corriendo.

Tea estaba arreglándose el pelo, y dirigió una mirada rápida a la sala. Sí, todo estaba en orden.

—¡Corre, Jens, ponte la chaqueta! —lo apremió—. Y ahora portaos bien, niños, que el pastor vea que sois formales.

Cuando el pastor llamó a la puerta, el rostro de Tea era pura dicha y alegría. Su voz adquirió un tono cariñoso mientras le mostraba las habitaciones y le explicaba cómo les iba. Jens Røn apenas decía nada. Iba tras ellos y estaba sorprendido por la elocuencia de Tea; desde luego, él no tenía ese talento. Mientras tomaban café, el pastor les preguntó al detalle por su situación. Tea le dijo la verdad, es decir, que les iba mal, pero también hizo saber que, teniendo a Jesús en su corazón, la vida era pura alegría.

—Así es —dijo el pastor Thomsen, sonriendo—. Pero también hay que comer.

Luego la conversación tornó de forma natural hacia el reino de Dios y su expansión.

—¡No seáis demasiado diligentes! —dijo el pastor con calma.

A Tea no le gustó que empleara aquella palabra.

—Pues a mí me parece, si se me permite decirlo, que en esta cuestión una nunca puede ser lo bastante diligente.

—Sí, claro. —El pastor hizo un gesto afirmativo. No debía interpretarlo mal, pero había que ser duro consigo mismo. No convenía asustar a los vacilantes mostrando severidad. La amabilidad y la inflexibilidad deben ir de la mano, y debe haber un tiempo para cada cosa.

Tea agachó la cabeza y se sintió algo insegura. Si el pastor pensaba que era una exagerada y que juzgaba a los demás, entonces era una mujer infeliz. Porque Tea era consciente de que nunca guardaba rencor a nadie, excepto en nombre de Jesús. Pero el pastor la tranquilizó.

—Ya sé que sois gente buena y creyente —dijo—. No hay ninguna mala intención en lo que digo. Pero si la fe ha de prevalecer, entonces, si hay alguien que puede ser un instrumento, ese alguien es Thomas Jensen. Ya se lo he dicho a Lars Bundgaard, y os lo digo a vosotros también: no hagáis nada sin oír su consejo. Es fácil que surjan desavenencias y malestar si no hay alguien que lleve las riendas. Mientras no tengáis un pastor creyente en el pueblo, debéis considerar a Thomas Jensen como servidor del Señor, y confiar en él. Los piadosos podemos hacerlo, porque somos como hermanos y hermanas y no ambicionamos dominar a los demás.

—Sí —dijo Tea con mansedumbre y agachó la cabeza—. Thomas Jensen es de lejos el más listo entre nosotros, y tiene a Alma a su lado, y ella es también una mujer capaz y razonable.

Así era Tea, podía ver las virtudes de otros y nunca hablaba mal de nadie. Pero había una cosa que deseaba pedirle con urgencia. Tal vez fuera pedir demasiado y no fuera posible, pero la cuestión la preocupaba. ¿Podría hablar un poco con Mariane? Y Tea explicó sin rodeos cómo era Mariane. Una persona de buen corazón, dispuesta a ayudar y considerada con los demás, pero una pagana y una blasfema, y para Tea era difícil de aceptar que pudiera descarriarse. Pero es que también retenía a Povl Vrist, de manera que este no se unía de corazón a sus compañeros ni en su fe ni en ninguna otra cosa.

—Por supuesto —respondió el pastor—. Es hermoso por tu parte que estés preocupada por tus buenos amigos, Tea. Pero ya había decidido ir a visitar a Povl Vrist. Al fin y al cabo, lo conozco desde joven. Era un mozo de buena pasta, pero se marchó pronto de casa y llegó a costas peligrosas. No te preocupes, Tea, hablaré con Mariane.

Tea sintió una gran alegría al oírlo. Ahora Mariane tendría que reconocer que había gente más lista que ella. Tea tenía ganas de pedirle permiso para acompañarlo, pero no era aceptable. Si conseguía hacer tambalearse el aplomo de Mariane, sería motivo de alegría. Juntas iban a cantar elogios y alabanzas si encontraba la paz.

El pastor se despidió y se marchó. Cuando el portillo del jardín se cerró, Tea tenía lágrimas en los ojos. ¡Aquello sí que era un pastor! Amable y sencillo, nunca le faltaba una palabra de consuelo para el necesitado. Pero no dudaba en reprender a quienes lo merecían. Además, había tomado dos tazas de café y comido sus pastas muy a gusto. Ay, había de pasar mucho tiempo hasta que Tea volviera a tener una alegría como aquella. Y de pronto vio ante sí su pobreza y su desgracia como si fuera un fantasma amenazante. Se sentó y rompió a sollozar.

—Pero Tea, Tea… —dijo Jens Røn, sorprendido.

—Es que somos tan miserables… —dijo Tea entre llantos—. ¿Qué va a ser de nosotros? Ya verás, Jens, vamos a terminar en el asilo de los pobres, y nadie va a hacernos el menor caso. Nunca pensé que fuéramos a vivir con estas estrecheces.

Consciente de su culpa, Jens Røn agachó su cabeza angulosa. Porque la culpa era suya. No tenía suerte. Era un mal trabajador incapaz de proveer de sustento a su familia. Los niños estaban callados y desanimados. Entonces, Pequeño Niels dijo con su lenta voz de niño:

—No llores, madre. Podemos hablar con Jesús.

Tea alzó su rostro surcado por las lágrimas y volvió a oír la voz de la Providencia y la verdad en labios de un inocente. En efecto, ¡Jesús estaba de su lado! ¿Qué importancia tenían el pan y el sustento diarios en la breve vida terrena? Los esperaba la dicha en las costas de la eternidad.

En la austera habitación de soltero de Anton Knopper solo había una silla y una cama. El pastor tomó asiento en la incómoda silla, y Anton se sentó en la cama, donde se hundió en el mullido y pesado edredón. Se sentía inquieto y no sabía cómo empezar la conversación. Pero el pastor fue directo al grano.

—Dime, Anton Knopper, ¿cómo te va con las tentaciones de la carne?

Anton Knopper se puso rojo como un tomate. Aquel pastor era un tipo sabio. Nadie se le podía resistir. Te leía el interior del corazón y conocía tus más secretos pensamientos.

—Bueno, a decir verdad —empezó con voz cándida—, tengo muchas tentaciones, y no sé cómo va a terminar esto. Me cuesta mucho no pensar en mujeres, aunque me esfuerzo en ello. Y cuando estoy dormido, el mal se cuela en mis sueños. Me gustaría mucho recibir un buen consejo. Para un hombre sin estudios no es fácil saber qué puede hacer.

—No debes rendirte al pecado —dijo el pastor—. Es lo primero que debes recordar, lo más importante. No te permitas ni siquiera pensamientos impuros, son lo mismo que el adulterio…

—No —respondió Anton Knopper, y bajó la vista—. Pero puedo decirlo con la conciencia tranquila. No me he acercado a una mujer ni una sola vez en mi vida, y pronto cumpliré los cuarenta. Y vigilo mis pensamientos todo lo que puedo.

—Anton Knopper, no es bueno que no estés casado. Recuerda lo que dice Pablo sobre el matrimonio. Y casarse no es solo un recurso de urgencia; es algo que agrada a Dios. Debes casarte y traer niños al mundo, Anton, hace mucho que deberías haberlo hecho.

—Así será, pero es que se me hace más difícil cada año que pasa. Soy capaz de echarme a temblar cuando se me acerca una mujer. Muchas veces se me trastorna el juicio. Creo que soy demasiado viejo, esas cosas hay que hacerlas en los años mozos, cuando uno es más descarado y directo. Pero quiero ser sincero con usted, pastor Thomsen. Me temo que hay una joven en el pueblo a la que miro mucho.

—¿Está salvada? —preguntó el pastor.

—No, por desgracia debo decir que no.

—Entonces, al menos una cosa está clara. Primero debes guiarla hasta Jesús. Nada bueno sale de un matrimonio entre los niños de Dios y los descreídos. Y entonces el matrimonio no es lo que debería ser. Pero también hay buenas mujeres devotas. Los piadosos no tenemos que preocuparnos demasiado por esas cosas de enamoramiento y amor. Reza a Dios y pídele consejo, y haz lo que te diga, que ya se encargará Él del amor terrenal.

—Sí, es verdad —admitió Anton Knopper—. Lo dejaré en manos de Dios. Así todo irá como es debido.

Anton Knopper acompañó al pastor Thomsen hasta la casa de Povl Vrist. Se despidieron junto a la verja del jardín, y el pastor llamó a la puerta. Povl Vrist lo había visto desde el cobertizo y se acercó, un poco avergonzado, y le estaba dando la bienvenida cuando Mariane abrió la puerta.

—Buenos días, Povl Vrist —dijo el pastor Thomsen—. Pensaba haceros una visita, ahora que estoy en el pueblo. Vaya, es tu esposa, supongo…

Dirigió a Mariane una rápida mirada evaluadora. Sí, era una mujer diestra, y dura como el pedernal, la buena de Tea no se había equivocado. Llevaba los brazos remangados, y tenía las mejillas enrojecidas y acaloradas. Venía de hacer la colada.

—No deseo molestar —dijo cuando entró en la sala, donde todo estaba limpio y ordenado—. Pero, por otra parte, traigo saludos de la familia de Povl Vrist, tanto de tu hermana como de tu tía. Bueno, ya sabes que tu madre está bastante mayor, y la verdad es que no se encuentra muy bien. Pero es una anciana devota que conoce el camino a su Salvador y lo recorre decidida.

Mariane, que había salido a cambiarse, entró ataviada con un vestido negro y con el cabello bien peinado. Se sentó a cierta distancia de los hombres y se quedó escuchando con expresión vigilante. Povl Vrist se había animado, y preguntaba afanoso por gente del pueblo. Mariane salió un momento para hacer café y puso la mesa. El clérigo no paraba de hablar, su profunda voz uniforme sonaba como una rueda avanzando por el camino. Mariane no se fiaba mucho de él. Seguro que había venido por alguna cosa, y pronto la soltaría con la mayor seriedad. Pero qué más daba, ella tampoco era una mosquita muerta, bien que lo sabía. Después de tomar café, se produjo un pequeño silencio. Lo va a soltar ahora, pensó Mariane, y se preparó.

—¿Anoche no estuvisteis en la reunión? —preguntó el pastor.

—Sí, claro —aseguró Povl Vrist con voz cauta. Que habían estado, pero que había poco sitio y tuvieron que sentarse en la última fila. Pero por supuesto que habían estado.

El pastor miró con calma a Povl Vrist, y, cuando este se calló, se quedó un buen rato en silencio. Solo se oía el acompasado tictac del reloj. El clérigo se mantenía callado y los miraba a turnos. Povl Vrist se rascó nervioso la barba de días. Pero Mariane seguía mirando al frente con el breve destello de una pequeña sonrisa en la comisura de los labios. El pastor se puso en pie y se dirigió hacia ella, junto a la ventana.

—¡Entrega tu corazón a Jesús, Mariane! —dijo con firmeza.

—¡Ni hablar!

También ella se había levantado, y estaban frente a frente. Mariane le sacaba media cabeza al pastor, pero por lo demás eran bastante parecidos. Proporcionados, de complexión sólida, con sanos rostros enérgicos y el mismo brillo obstinado en la mirada.

—Entonces vas a perderte —dijo el clérigo con voz grave.

—No seré la única si las cosas van como decís —repuso Mariane—. Y si los demás pueden soportarlo, también podré yo.

El pastor se quedó mirándola a los ojos un buen rato. Le daban ganas de asir a aquella mujer testaruda con sus manos de campesino y zarandearla hasta que gritase. El reloj dio la hora, Povl Vrist se sobresaltó, pero Mariane siguió mirando impertérrita al clérigo, que, abatido, volvió a sentarse en la silla.

—Voy a deciros una cosa a vosotros dos —anunció—: deberíais pensar que va a llegar el momento en el que vais a necesitar a Jesús. Y puede que entonces Jesús no os necesite. Puede que os consideréis tan grandes que no tengáis en cuenta las palabras de un miserable pastor de la Misión Interior. He visto a gente igual de terca suspirar y lamentarse por no haberse rendido a Jesús mientras estaban a tiempo. ¿Es que no crees en absoluto en Dios, Mariane?

—Sí —respondió Mariane—. No soy ninguna pagana, creo en Él a mi manera.

—¡Y tenéis niños! ¿No os dais cuenta de que es una enorme bendición de Dios? ¡Unos niños sanos, salud y una buena situación!

—Tampoco nos quejamos —se defendió Mariane—. Pero bueno, al fin y al cabo tenemos que valernos de las manos para conseguirlo.

—¡¿Quejaros?! —bramó el pastor mientras daba un golpe en la mesa—. ¿Cómo vais a quejaros cuando tenéis de todo? ¿Estáis ciegos, o qué?

»Ahí —dijo, señalando la puerta—, al otro lado de la puerta, están la desgracia, la aflicción y la enfermedad aguardando a entrar. La enfermedad os va a fulminar y la aflicción acecha para arrancaros el corazón. Pero estáis en vuestra cálida sala y no os dais cuenta de nada. ¿Quién va a ayudaros cuando llegue la mala hora, y qué va a ser de vosotros el día del Juicio Final? Cuando te llamen desde el trono y el Señor diga: «Vaya, si es Mariane; ¿qué has hecho en la vida, Mariane?», tú responderás: «Oh, he sido una esposa decente, he cuidado de mi hogar y me he portado bien». El Señor te mirará y sacudirá la cabeza: «Todo eso está muy bien, pero ¿has sido una hija de Dios y te has redimido de tu pecado?». Y no podrás responder a eso. Y mirarás a Jesús en busca de ayuda, pero él mirará a otro lado sin conocerte, porque mientras vivías no quisiste conocerlo. ¿No crees que te arrepentirás de haber desafiado y resistido a Jesús? ¡Responde, Mariane!

Mariane había estado mirando al frente mientras el pastor hablaba. Ahora lo miró a los ojos, y las comisuras de sus labios volvieron a estremecerse un poco.

—La verdad es que no entiendo cómo puede saber lo que va a pasar en el otro mundo —dijo con calma.

El clérigo la miró, asombrado.

—Que cómo puedo saber…

Se quedó callado un momento. Con aquella mujer no se podía tratar.

Povl Vrist intentó cambiar de tema, pero al poco tiempo el pastor se despidió.

Thomas Jensen llevó al pastor al lado sur del fiordo, donde iba a dar una conferencia en una parroquia de la Misión Interior. Fue triste ver desaparecer la motora en la semipenumbra de la llovizna. Thomsen había llegado como un recuerdo de los viejos tiempos, y ahora iba a pasar una buena temporada hasta que volvieran a tener una visita como aquella para reconfortar el espíritu. Por la tarde, Tea hizo una visita a Mariane. La curiosidad le quitaba el aliento. El pastor Thomsen los había visitado; ¿qué les dijo?

Desde luego, Mariane estaba encantada, era un pastor serio. Y tampoco era tan peleón como se decía de él. Tomó café con ellos y habló de la familia de Povl que se había quedado en el pueblo. Fue muy entrañable.

Algo decepcionada, Tea preguntó si no había dicho nada más.

—¿Qué más iba a decir? —preguntó Mariane, burlona—. Los pastores dan un sermón en cuanto pueden, están tan acostumbrados que no pueden evitarlo. Ni siquiera recuerdo sus palabras exactas. Pero querida Tea, ¿sabes qué? Caminaba con tanta ligereza que creo que sería un buen bailarín de polka.

Era una broma subida de tono, y Tea se despidió, ofendida. El pastor Thomsen y el baile no podían mencionarse juntos. Lo sintió como un puñal en el corazón, porque la intención de Mariane había sido burlarse. No le cabía duda alguna.

Los vendavales del este y las heladas irrumpieron con fuerza; el viento cortante penetraba hasta la médula, y era imposible estar abrigado tanto en casa como fuera. Los hombres debían trabajar dentro de la casa con las redes. Pero por lo demás era una época feliz, los campos estaban abonados, la simiente estaba germinando. Las palabras del pastor Thomsen no habían caído en terreno pedregoso, y la gente empezó a acudir en masa a las reuniones de los piadosos. No había sitio en las pequeñas salas de los pescadores, donde entraban a lo sumo veinte personas. Thomas Jensen habló con Aaby, y acordaron celebrar las reuniones en la escuela. Aaby pagaría la iluminación y la calefacción de su propio bolsillo.

Thomas Jensen no se daba reposo, y visitaba con frecuencia las casas del pueblo. En muchos sitios le dirigían palabras vacías, pero a otros solo les hacía falta un pequeño empujón. Thomas Jensen llevaba en el bolsillo un fajo de folletos, y se los daba gratis a quien los necesitara. Una vez a la semana se oían salmos en la escuela. Las reuniones solían estar muy concurridas. Los salvados se ponían en pie y daban testimonio, y los pecadores admitían cómo se habían descarriado y se quitaban la carga de encima. Aquello le iba a Tea, sus mejillas se encendían, su vida volvía a adquirir sentido, el mundo volvía a la sensatez.

La mayoría eran gente modesta, y muchos veían con inquietud y hostilidad el despertar evangélico. ¿Qué tonterías eran aquellas? Ya había habido misioneros itinerantes en el pueblo, pero nadie se tomaba en serio lo que venía de fuera y les era desconocido. Ahora las reuniones eran acaloradas, y los tibios se derretían en ellas. Las mujeres sollozaban, los hombres mantenían el rostro tenso y pensativo cuando el misionero describía los horrores y dolores del infierno y cuando un recién convertido hablaba quejumbroso del cenagal en el que se habían revolcado sus apetitos. La gente estaba acostumbrada a ser cuidadosa y discreta, se encontraba sujeta a multitud de reglas secretas, en cada rincón del mundo había un ojo espiando. Ahora aquellas cadenas se soltaban. Había libertad y desahogo. Todo podía decirse cuando era en nombre de Jesús. Y la posición y la riqueza no eran nada comparadas con el ardiente corazón fiel. Los niños de Dios luchaban como hermanos y hermanas contra las ilusiones del mundo y sus afiladas espinas.

Los campos estaban duros como la piedra, y el viento soplaba helado. El sol se dejaba ver muy de vez en cuando, el interminable invierno oprimía el pecho y deprimía el alma. Las reuniones de la escuela eran una apertura en el hielo.

El pastor Brink no se encontraba a gusto. Cuando hablaba desde el púlpito, notaba la gelidez que se alzaba ante él en las filas de la gente de la Misión Interior y lo hacía sentirse inseguro. Sus sermones ya no tenían ese alegre resplandor, como si fueran mensajes del país del Paraíso. Se sentía cansado, pero caminaba erguido al atravesar el pueblo. No iban a doblegarlo. Respondía de su visión personal de la vida, era tan adecuada como la de ellos, y había luchado por conseguirla. La campaña de evangelización iba a remitir, del mismo modo que el sol funde el hielo en primavera. El bien sale victorioso. La primavera sigue al invierno.

En las granjas la gente desempeñaba pequeñas tareas, atendían establos y edificios anexos, y pasaban el tiempo como podían. Las noches eran largas. La asociación de jóvenes tenía un potro y un plinto en el centro cívico, pero no ofrecía mucha variación. Luego estaba el hotel. Era una tentación al acecho, con sus tejados a dos aguas como las iglesias y su máquina de música. Thomas Jensen habló con Mogensen y trató de que eliminara el baile del programa, pero el dueño sacudió la cabeza: había hipotecas que pagar; ¿iba a liberarlo Thomas Jensen de pagarlas? No era posible. Entonces, ¿los piadosos querían hacer sus reuniones allí, con café después de los discursos? Thomas Jensen dijo que no. Que la palabra de Dios no podía escucharse en una posada. Entonces Mogensen no tenía ninguna solución.

—Voy a decirle una cosa con franqueza —dijo Thomas Jensen—. Si no respeta la hora de cierre, lo denunciaremos a la Policía. Queremos que se cumpla la ley, estamos en nuestro derecho. Luego no diga que no se lo advertí.

Los sábados por la noche, lloviera o nevara, llegaban grupos de mozos y mozas de las granjas del pueblo. Había un alboroto de música, y el suelo temblaba bajo las fuertes pisadas. Una noche los mozos se pusieron incontrolables. Habían comprado licor y estaban en grupos en el jardín, bebiendo en la noche oscura. Luego entraron tambaleándose en la sala de baile, anduvieron como locos de un lado a otro, sacaron a bailar a las chicas y volvieron a salir para beber. Katrine andaba apurada. Se balanceaba con bandejas llenas de tazas de café y vasos de refresco entre aquella gente enloquecida. Los brazos trataban de alcanzarla. Mogensen sacudía la cabeza, horrorizado, y veía cómo se rompían las tazas al caer. Katrine tenía el rostro ardiendo y se defendía con palabras cortantes.

A medida que avanzaba la noche, el desenfreno de los mozos iba en aumento. Aquello era demencial, rugían como fieras y bebían demasiado. Cuando terminaban las botellas, las arrojaban contra la pared exterior y, con los ojos inyectados en sangre, volvían a entrar. Las chicas formaban grupos temerosos, y no querían bailar más, pero los mozos estaban cargados de energía, dirigían miradas furiosas y movían sus miembros con pesadez. Era como antes de una tormenta, cuando el cielo se torna oscuro y peligroso. Y entonces estalló.

Un mozo acalorado abrazó a Katrine. Ella gritó y se deshizo de él, y otro saltó sobre el malhechor y le dio un puñetazo en la cara. Los dos mozos rodaron por el suelo, entrelazados, y al instante la sala de baile se transformó en campo de batalla. Las chicas, chillando, se apelotonaban en la puerta, mientras los mozos se revolcaban por el suelo con rostros ensangrentados. Los golpes caían, sordos, y los hombres se desplomaban. Los sobrios se escabulleron, y un par de hombres sensatos salieron corriendo en busca del alguacil.

La gente se amontonaba fuera para mirar por las ventanas. Katrine había salido corriendo al jardín y fue a parar a los brazos de Anders Kjøng.

—Van a matarse —exclamó sin aliento.

—Habrán bebido —repuso Anders Kjøng, dando una patada a una botella vacía—. Es que no saben hacer cosa mejor.

Katrine se apretó contra él sin querer, tenía palpitaciones, y la respiración agitada. Anders Kjøng la llevó hasta un banco y la sentó en su regazo. La pesada chicarrona se apoyó en él y sollozó un poco.

—No me dejaban en paz —se quejó entre lágrimas.

—Tranquila —la consoló el mozo—. No te lo tomes a pecho. Al fin y al cabo, no ha pasado nada grave. Déjalos que se maten entre ellos.

Estuvieron un rato callados, escuchando el alboroto procedente de la sala de baile. Un hombre saltó por una ventana y desapareció en la oscuridad, por un instante se vio un rostro arañado, ensangrentado, en una franja de luz. Se rompió una luna, los cascos de cristal tintinearon contra la pared. Fuera, en el camino, la gente iba de un lado a otro, las mujeres llevaban pañuelos en la cabeza y trataban de ver algo de la pelea. Los chicos se atrevían a acercarse a las ventanas, mientras los mayores esperaban en grupitos a que llegara el alguacil. Algunos llevaban palos y cuerdas en las manos; las cosas podían ponerse feas.

Katrine emitió un pequeño chillido.

—No, Anders Kjøng, déjame en paz.

Anders Kjøng la asió con más fuerza y adelantó su boca hacia el cuello de ella. Katrine sintió su cálido aliento y trató de zafarse.

—Suéltame —le rogó.

—¿Me dejas pasar la noche contigo? —susurró el joven con voz ronca.

—Vamos, déjame —se quejó la chica—. Voy a gritar socorro. No.

Anders Kjøng había perdido la cabeza. Apretó con fuerza la mano contra la boca de ella para impedir que gritase.

—¿Dónde está tu cuarto? —preguntó—. Esta noche iré a verte.

—En la planta baja —susurró Katrine, medio sofocada—. Pero no puedes venir antes de que se apaguen las luces. Cuando llames a la ventana te dejaré entrar.

Señaló una ventana de la fachada, y, tras un tórrido beso, Anders Kjøng la soltó.

Katrine se alejó, mientras Anders Kjøng caminaba sin prisa por la carretera. ¡Él sí que era un mozo! Había seducido a una chica, y esta noche iba a acostarse con ella. Anders Kjøng se pavoneó por instinto, y deseó que la gente se lo notara.

El alguacil llegó corriendo, seguido de un grupo de hombres jadeantes. Mogensen estaba en la puerta y les hacía señas.

—¡Daos prisa! —gritó—. ¡Han perdido la razón!

Las sillas y mesas de la sala estaban destrozadas. Unos mozos yacían en el suelo, otros se apoyaban en la pared. El alguacil golpeó el suelo con el bastón.

—¡¿Qué está pasando aquí?! —gritó.

Alguien rugió:

—¿Qué coño te importa a ti?

El alguacil se dirigió hacia el hombre y le pegó un bastonazo en la cabeza.

—Para que te enteres.

Dos o tres se le echaron encima y lo golpearon repetidas veces. Pero la mayoría de los camorristas se escaparon rápido por las ventanas, y los que quedaban fueron pronto reducidos. Tres mozos inmovilizados yacían en el suelo, y el alguacil abarcó la sala con la mirada.

—¿Qué mosca les ha picado? —preguntó.

—De pronto, se han puesto tontos —se quejó Mogensen—. Han estado bebiendo en el jardín, había como una veintena de mozos soplando coñac como si fuera agua, y luego se han enfadado, claro. Y me han destrozado el local.

—Debe de ser cosa del invierno —dijo el alguacil—. Acumulan una energía que luego no emplean en nada. Pero será mejor que nos llevemos a estos.

Pusieron de pie a los tres mozos maniatados y los llevaron a sus casas para que durmieran la mona. La gente se acercó al campo de batalla, y Tea y un par de mujeres que habían estado en la carretera se aventuraron también.

—Menudo charco de sangre hay en el rincón —comentó Tea, sin poder retirar la mirada de allí—. Cualquiera diría que eran fieras salvajes.

Estaba pálida, y explicó entre jadeos:

—Es que no soporto ver sangre.

Anders Kjøng caminaba carretera arriba y abajo, no le apetecía irse a casa. ¿Y si se quedaba embarazada? Anders Kjøng sintió un dulce bienestar de solo pensarlo. La gente lo miraría y pensaría que era un donjuán. Y seduciría a más chicas. Había aprendido el arte.

No estaba tranquilo, pero entró a hurtadillas en el jardín de la posada. Lloviznaba, y para cuando se dio cuenta estaba calado hasta los huesos. Detrás de las negras ventanas, una luz se movía de cuarto en cuarto. Debía de ser Mogensen, que hacía una última ronda. Se tumbó en un banco y dirigió la mirada a las nubes cargadas de lluvia. Mientras estaba tendido allí, se puso a temblar en la noche fría. El tiempo transcurría lento, pero Anders Kjøng estaba decidido a aguantar. Se sentía a gusto y animado. Tal vez se casase con Katrine, que era una chica grande y guapa, no lo descartaba en absoluto. Tampoco se consideraba un monstruo.

Por fin el hotel quedó a oscuras; se acercó y llamó a la ventana con suavidad, esperó un poco y volvió a llamar. Alguien se dio la vuelta en la cama, oyó con claridad el crujido de muelles, la sangre se le subió a la cabeza y llamó con más fuerza. La ventana se abrió. Y apareció Mogensen.

—¿Qué pasa? —preguntó, somnoliento—. ¿Esta noche habéis perdido la razón, o qué?

Anders Kjøng salió corriendo del jardín. Estaba a punto de llorar de rabia. Y volvió a su habitación como un perro apaleado.

Había llegado el arenque. Por la mañana temprano, mientras el aire estaba aún gris, los hombres salían a vaciar las redes. El agua del fiordo estaba oscura y brillante, las nubes nocturnas se reflejaban en ella con frialdad. Pero cuando izaban el arenque al barco, irradiaban gran riqueza de colores. Plata y púrpura, sombras rojizas y azuladas, y del montón rebosante de vida de la cubierta se elevaba una lluvia de relucientes escamas. Era un pedazo de arco iris lo que habían capturado en sus redes.

La niebla colgaba blanca y vaporosa sobre los prados, y en el pueblo las chimeneas despedían humo. El exportador estaba en el embarcadero pesando el arenque y metiéndolo en cajas, ayudado por un par de adolescentes. Era isleño y hablaba con un acento singular, pero tenía buena voz para cantar salmos. Mientras cubría de hielo los arenques y clavaba las tapas de las cajas, su voz retumbaba hacia el cielo. Cantaba y blandía el martillo, y los chicos se tambaleaban bajo el peso. De la lancha de fondo plano fueron izando cubo tras cubo de reluciente arenque.

Desea el espíritu del mundo sonsacarme
en su camino cubierto de rosas,
donde bajo el manto de flores
no se ve la serpiente oculta,
si mi mente se atiene al mundo
cuando veo tu condición,
y cuando solo pienso en ti,
pronto se desvelan las intrigas del diablo.

Jens Røn no conseguía llenar sus redes de arenques, y por eso el salmo que entonaba el exportador sobre sus cajas de arenque era bastante breve. Pero estaba contento, mientras le llegara para la comida y el pago de su considerable deuda. Volvió a ser una buena época para él: tuvo dinero en sus manos, pagó lo que debía en la cooperativa y compró ropa para los niños.

Se husmeaba en el aire la abundancia en ciernes. La escarcha de los campos se evaporaba con la tibieza de la tarde. También la causa del reino de Dios crecía sin pausa, y los campos del Señor reverdecían. Cada vez participaba más gente en las reuniones, la escuela solía estar a rebosar las noches de los sábados.

Thomas Jensen hizo gestiones para arreglar el asunto de la sede de la Misión, y volvió con buenas noticias. Iba a ser posible aquel mismo verano. Y empezaron a hacer colectas en las reuniones. Cada uno daba su donativo según su parecer y sus posibilidades.

Anton Knopper se había vuelto taciturno e introvertido. Ya no estaba ansioso por hablar de las maravillas del mundo y la omnipotencia de Dios, sino que se ocupaba sobre todo de sus asuntos y pasaba la tarde-noche en su habitación. Pero a menudo tenía cosas que hacer en el pueblo, ir a la cooperativa o a la panadería. Y a veces se encontraba con Katrine. Cada vez que ocurría, se ruborizaba y bajaba la mirada, y si intentaba decir algo, no fallaba: siempre salían de su boca palabras inadecuadas.

Un día se dio cuenta de que le hacían falta troncos de abeto para hacer estacas. No tenía mucha prisa, pero lo que puedas hacer hoy no lo dejes para mañana. Se echó al hombro un hacha de leñador y se dirigió a una plantación de abetos con cuyo dueño había llegado a un acuerdo por el cual podía talar según sus necesidades. Era una tarde de niebla. Los abetos estaban como cubiertos de fina lana blanca, parecían animales agazapados. El sol no era más que un pálido resplandor, el musgo y la hierba estaban verdes y brillantes de humedad.

Anton Knopper retiró las ramas de los troncos mientras los pensamientos se agolpaban en su cabeza. Las personas son árboles, y un día llega la muerte con su hacha. Una parte se convierte en madera de construcción en el palacio del paraíso, y la otra es leña menuda, solo apta para arrojarla a las ardientes llamas. Y tanto justos como pecadores llevamos nuestras estacas o espinas clavadas en la carne[6*]. El pecado original también había clavado en él sus garras. Cuando acabó, se encaminó a su casa. Por la carretera apenas veía unos metros más allá de sus narices, pero no tenía prisa. En la cooperativa había oído a Katrine dejar caer que hoy iba a ir a casa, y, si no se equivocaba, la joven debía pasar por allí. Anton Knopper se sentó con un suspiro a esperar en el borde de la carretera. Era la primera vez que corría tras una chica, pero ahora iba a ocurrir lo que le había recomendado el pastor Thomsen. Anton Knopper estaba decidido a hablar con ella y oír cómo iban las cosas de su alma y de su fe.

En la plantación los gorriones trinaban, y más a lo lejos oyó a un mozo que araba dar voces a sus caballos. Por lo demás, el mundo estaba tranquilo, como envuelto en algodón. Se puso en pie y anduvo un poco atrás y adelante, y volvió a sentarse. La niebla le venía bien, nadie iba a ver sus intenciones. Claro que nunca había creído que fuera a acechar a mujeres en la vía pública. Era posible que Katrine le hubiera dado a propósito la señal. «Tengo que volver a la posada por la tarde», le había dicho, aunque no lo dijo mirándolo a él; pero con las mujeres nunca se sabía.

Se acercaba alguien caminando. Anton Knopper salió a la carretera y esperó. Cuando Katrine apareció de entre la niebla, emitió un grito sofocado.

---

[6] *Espinas o estacas:* «Y para que no sea orgulloso por la sublimidad de las revelaciones, me han clavado una espina en el cuerpo, un ángel de Satanás, que me abofetea para que no me vuelva soberbio». (2 Corintios 12, 7).

—Vaya, eres tú —dijo—. Menudo susto me has dado. Esta niebla es muy traidora, si no conociera la zona me habría perdido. He sido una tonta por no tomar el otro camino, pero es que es más largo.

Anton Knopper no supo qué decir. Estaba fascinado por la chicarrona que caminaba a su lado. Katrine irradiaba una calidez que lo dejaba ardiendo y helado a la vez. Un coche retumbó al pasar a su lado, los orificios nasales del caballo despedían vapor. Se hicieron a un lado, y Katrine se sentó sobre un montón de ramas de abeto.

—Debo decirte las cosas como son —tartamudeó Anton—. He venido por aquí para encontrarte. Estaba seguro de que tomarías este camino, y hay una cosa de la que te quiero hablar.

—Espero que no nos vea nadie… —murmuró la chica—. La gente es de lo más cotilla.

—Entiéndeme bien, Katrine, mis intenciones son decentes…

Anton Knopper se sentó junto a ella y tomó su mano grande, gastada por el trabajo.

Katrine se recostó un poco contra él. Le gustaba el fornido pescador. Y aunque tenía sus años, no era ningún anciano, ganaba dinero y no dependía de nadie.

—Para mí es algo serio —aseguró Anton Knopper—. ¿Te parecería bien, si creemos que es la voluntad de Dios, que vivamos juntos?

—Sí —susurró la chica.

Callaron un rato. Anton Knopper sentía su corazón martilleándole el pecho. Bueno, tampoco había sido para tanto. Ahora tenía novia y era dueño de una chica de verdad. Pero ¿qué ocurría en el alma de Katrine? No había que olvidarlo.

—¿Llevaremos anillo? —preguntó la joven, alzando hacia él la mirada.

—Sí —respondió Anton—. Esa es mi intención. Pero hay una cosa que debo preguntarte, y es casi lo más importante:

¿cómo te llevas con Jesús? ¿Crees que puedes entregar tu corazón al Redentor?

—No lo sé —reconoció Katrine—. No soy piadosa. Pero si crees que puedo llegar a serlo, lo intentaré.

—Entonces estás en la buena senda, aunque todavía camines en la niebla —repuso Anton, pensativo.

Katrine se estrechó más contra él, y su respiración se agitó un poco. Si ahora estaba prometida y tenía novio, lo apropiado sería que la besara y la poseyera. Anton Knopper sintió la tibia calidez del cuerpo de la chica e intuyó sus formas suaves y rotundas. Pero ni aunque le fuera la vida en ello se sentía capaz de tocarla. El pavor le hacía sentir frío en el alma, y se echó a temblar.

—Sí, claro, lo primero es el anillo —dijo la chica, algo decepcionada.

Oyeron a un hombre acercándose por la carretera. Tosía y golpeaba con fuerza el bastón en la tierra. Al final, emergió de la niebla. Era el maestro Aaby. Parecía un harapiento, la niebla le colgaba en retazos. Se detuvo y saludó.

—Vaya, gente conocida de paseo —exclamó—. Esta niebla no les conviene a mis pulmones. Pero después de pasar tanto tiempo sentado en la escuela, hay que hacer ejercicio. ¿Cómo van las cosas por los pantanos, Katrine?

—Ah —contestó la chica—, dicen que el viejo Mikkel Frost va a morirse.

—Entonces debe de haber empeorado —suspiró Aaby—. A todos nos llega la hora. Tampoco es ningún chaval. Me pregunto si sufrirá mucho.

—Debe de ser bastante doloroso. Tiene cáncer, y el médico ha dicho que no va a durar más allá del fin de semana.

—Sí, la muerte es dura —dijo Aaby, y soltó una tos seca cubriéndose la boca con una mano flaca y encorvada—. No eres consciente de ello mientras tienes vigor, solo te enteras cuando te conviertes en un viejo cuervo solitario en un campo agreste. Pero tenemos a Jesús. Digo que *tenemos* a Jesús, por eso no hay peligro.

Golpeó el suelo con el bastón para reforzar sus palabras.

—Pero todos debemos terminar bajo tierra —añadió con un suspiro.

Hizo un gesto con la cabeza y se sumergió de nuevo en la niebla. La pareja siguió caminando hacia el pueblo. Todo era extrañamente lejano e irreal, y a Anton Knopper le parecía un sueño.

Corrió la voz de que Anton Knopper se había comprometido con la camarera del hotel. Tea no dejaba de lamentarse, ni Mariane de burlarse.

—Entonces Anton tendrá que aprender a bailar —decía.

—No —respondía Tea, enfadada—. Pero si Anton ha escogido a esa chica, será porque hay en ella una base sólida, por lo que puede salvarse del pecado en el que ha vivido.

Pero a Tea no le gustaba aquello. No era intención del Creador que sus hijos se casaran con pecadoras y camareras. Pero, por lo demás, la chica se comportaba con decoro. En las reuniones solía mantener la cabeza gacha, y tenía buena voz para el canto.

Katrine dejó su trabajo, Mogensen se lo tomó con calma: pensaba encontrar una chica nueva en el pueblo. El destino había sido duro con él. La gente, enloquecida, le había destrozado la máquina de música, y tuvo que llamar a un mecánico para repararla. Durante el resto de la primavera ya no hubo más bailes: no se atrevía con aquellos mozos intratables. Mogensen tenía nuevos planes: iba a montar un hotel de playa. Estaba entusiasmado, y andaba de un lado para otro con botes de pintura y brochas para mejorar la decoración. Porque el hotel estaba junto al mar, y a la gente de la ciudad le gustaba bañarse.

Kock sacudió la cabeza: la gente de la ciudad no era tan fácil de engatusar como pudiera pensarse, ya sabían lo que querían. Y nunca iban a ir a un sitio donde no sirvieran alcohol.

—Ya, pero ¿y los abstemios? —objetó Mogensen—. A esa gente también le gustará ir al campo, ¿no?

—La gente que puede pagar raras veces suele ser abstemia —explicó el funcionario de aduanas—. Esa es la razón.

Pero Mogensen no se dejó intimidar. Tenía que hacerlo. Una noche tuvo una idea, y pasó muchas horas levantado para escribir un poema. Esa era la manera de atraer a la gente al hotel. Al día siguiente leyó los versos a cuantos se le acercaron:

Donde el fiordo refleja el tilo,
y suena el canto del ruiseñor,
vivo la belleza del estío,
y disfruto de su calor.

—¿El tilo, dice? —preguntó Kock.

—Sí, ya sé que aquí no hay, pero suena más poético —respondió Mogensen—. ¿Tal vez debería escribir el último verso «así es por Jutlandia, mi amor»? ¿Qué opina usted, Kock?

—Prefiero la primera versión —contestó Kock—, despierta en el lector ciertas expectativas.

El poema se publicó en varios diarios: Mogensen era ya dueño de su hotel de playa.

Las mañanas eran frescas, y todo aparecía mojado por el rocío y la lluvia nocturna. Los primeros rayos de sol hacían que la tierra emitiera vapores, el ganado joven mugía en los corrales, los sauces florecían, brotaba la vida: había llegado la primavera. La luz lo inundaba todo, caían chaparrones sobre los prados. Los molinos de viento destellaban a la intensa luz solar. El diente de león y el botón de oro relucían entre la hierba recién brotada. El mozo al cargo del arado se quedaba ensimismado y había que despertarlo de un bastonazo. Los ruiseñores parecían pequeñas manchas bajo el cielo azul pálido, y el correlimos entonaba en la playa su dulce canto. La gente mayor salía de los rincones y aspiraba la primavera.

Los arenques formaban bancos relucientes en el fiordo. Jens Røn ya había pagado la deuda a la cooperativa, y aún le sobró algo de dinero. Ahora el tendero ya no les daba harina enmohecida: ladeaba la cabeza y hablaba con dulzura. Pero Tabita no se fiaba de él.

—Quiero harina, pero no de la enmohecida —decía, aunque el tendero se ponía a charlar y quería olvidar todo aquello. Y Tabita salía de la tienda con la frente erguida.

Una tarde Alma fue a la casa de Laust Sand y encontró a Adolfine en el comedor. Tenía una rebanada de pan en la mano.

—Buen provecho, Adolfine —saludó Alma.

La chica se volvió, asustada, y se le cayó el pan al suelo.

—Hola, Alma —se apresuró a decir—. Adelante, entra en la sala. Es que tenía hambre.

—Se te ha caído el pan —dijo Alma, y se agachó a recogerlo. Se quedó mirándolo, asombrada. La rebanada estaba cubierta de una gruesa capa de jabón verde.

—Por el amor de Dios, Adolfine, ¿qué estás haciendo?

Dirigió una mirada escrutadora a la chica y se dio cuenta de que estaba embarazada. Era raro que nadie se hubiera dado cuenta. Adolfine estaba hundida en la silla de la cocina, mirando al frente con expresión vacía. Alma sintió un leve mareo y se apoyó en la pared.

—¿Cómo has llegado a esto? —preguntó sin severidad.

Adolfine se inclinó hacia delante y rompió a sollozar sin control. Sonaba como un animal enfermo. Alma la asió con fuerza de los hombros para que dejara de llorar. La chica se calmó de inmediato.

Alma pensó en el marino que los había visitado el otoño anterior, y preguntó:

—¿Es Mads Langer quien se te ha acercado demasiado?

—No puedo decir nada —repuso Adolfine, balanceándose atrás y adelante—. No puedo decir nada.

—Oh, Adolfine —se lamentó Alma—. Pero ¿qué has hecho, criatura de Dios?

El rostro de Adolfine se contrajo por el llanto, y las lágrimas cayeron hasta su regazo. Era como si el terrible e inevitable destino se apiadara de sí mismo. Alma la tomó por el talle y la acompañó a la cama. La chica se durmió casi enseguida. Alma miró un momento aquel semblante atormentado y pensó en qué debería hacer. No podía dejar a la chica sola. Era capaz de cometer alguna barbaridad. Dio un suspiro: habría que decir a los demás qué había ocurrido, pero no iba a mencionar lo del jabón. Adolfine no estaba en sus cabales cuando lo hizo.

Al llegar a casa, Alma se confió a Thomas Jensen. Este la escuchó, serio y en silencio.

—¿Qué vamos a hacer? —preguntó Alma, sumida en la duda.

—Debemos decir la verdad —respondió Thomas Jensen—. Ojalá no hubiera pasado, porque ¿qué va a decir la gente cuando algo así le ocurre a una chica creyente? Y también va a ser duro para Laust Sand, si no se dio cuenta a tiempo. Tiene tendencia a la melancolía.

Por la noche, Thomas Jensen reunió a los venidos de la costa. Cruzaron unas palabras sobre la campaña y otras cuestiones mundanas. Después habló Thomas Jensen.

—Tenemos que hablar de un asunto. Voy a decir las cosas como son, con claridad: Adolfine ha caído en la desgracia y se ha confiado a Alma.

No se oía una mosca en la estancia. Tea tenía los ojos como platos, y Anton Knopper lucía una expresión melancólica que lo hacía parecer otro. La luz de la lámpara caía amarilla y suave sobre los reunidos.

—Sí, Adolfine va a tener un hijo —afirmó Thomas Jensen—, y no quiere decir quién la ha seducido.

Desde la cocina llegaba el borboteo del hervidor en la económica, y de los dormitorios llegaban adormiladas voces infantiles. Tea suspiró con inquietud.

—Pobre chica —murmuró Mariane.

—Pues yo creo que a Adolfine debería darle vergüenza —soltó Tea cuando logró calmarse un poco—. Ha venido a reuniones y se ha hecho la santa mientras hacía las cosas más horribles. Ya sé que no debemos juzgar, pero me da vergüenza ajena.

—Cuidado con lo que dices, Tea —sonó la voz profunda de Jens Røn.

—¿Y el padre? —preguntó Anton Knopper—. Me resisto a creer que haya sido Mads Langer quien se ha propasado con ella.

Thomas Jensen habló con voz sosegada:

—No puede ser nadie más. Ella está trastornada, y creo que deberíamos ayudarle a recuperar la gracia de Dios. Pero ha de confesar quién la ha hundido en la desgracia.

—Nunca me he fiado de Mads Langer —declaró Tea, enfadada—. No, señora. Siempre hablando por los codos, y tenía unas opiniones extrañas, y se daba aires con su cadena de oro y su pitillera; se veía a la legua que no era de fiar. Y Laust Sand debería haberlos vigilado más; al fin y al cabo, es el padrastro de Adolfine.

Nadie reaccionó, excepto Mariane.

—Menos mal que están prometidos —dijo—. Porque se supone que Mads Langer va a casarse con ella.

—¿Tú crees? —intervino Tea—. Cuando los mozos han llevado a una chica a esa situación, suelen olvidarse de sus promesas. Además, aunque se casen, ella ha fornicado. Jamás lo habría pensado de Adolfine.

—Tendremos que estar con ella al principio —dijo Alma—. La chica no está bien de la cabeza, y bien podría ocurrir alguna desgracia. Y Thomas cree que debería reconocer que ha sido Mads Langer, para que Laust pueda escribirle y exigirle que se comporte como un hombre decente.

Aquella noche no hubo ninguna alegría al cantar los salmos, y todos se retiraron a sus casas temprano. El día siguiente, Alma fue a casa de Adolfine. Laust Sand había partido temprano para el fiordo, y aún no había vuelto.

—¿Lo sabe? —preguntó Alma.

—Sí —contestó Adolfine—. Lo sabe todo.

Alma se quedó callada. Luego dijo:

—He tenido que decírselo a los demás, tarde o temprano se habrían dado cuenta. Y todos queremos ayudarte, pero debes decir quién es el padre.

Adolfine se tapó el rostro con las manos.

—Ojalá estuviera muerta —se lamentó—, ojalá estuviera muerta. No podré superarlo.

Malene, Tea y Mariane llegaron de una en una. Tomaron de la mano a Adolfine sin apretar y sin mirarla.

—En menudo lío te has metido —dijo Mariane, compasiva—. Pero vamos a ayudarte todo lo que podamos.

—Nadie puede ayudarme —repuso Adolfine con voz apagada.

Tea dio un suspiro.

—No permitas que el mal se adueñe de ti, Adolfine —dijo—, porque sabemos que no hay cosa que no podamos pedir a Jesús.

Adolfine alzó un momento su lloroso rostro gris, y le dirigió una mirada dolorida. Después volvió a hundirse en la silla.

Malene le tomó la mano entre las suyas.

—Lo que has hecho es un pecado grave —dijo—. Pero no debes perder la fe. Nadie puede decir que te hayas entregado con ligereza. No, no lo creemos, aunque hayas pecado. Si te arrepientes, serás perdonada. Pero debes confesar quién es el padre de la criatura.

—No puedo decirlo —gimió la chica—. Prefiero arrojarme al fiordo, así tendré paz.

—Tonterías, querida Adolfine —la consoló Mariane con voz amable—. Otras chicas han sido seducidas antes que tú. No tienes más que casarte con el mozo, y enseguida olvidarás todo. ¿Se lo has dicho a él? De lo contrario, Laust Sand tendrá que escribirle y contarle lo que ocurre. Y si es de los que seducen a una chica decente y después se largan, entonces no debes llorar por él.

A Tea no le gustó nada el tono despreocupado de Mariane. Debían ser compasivos, pero tampoco había que tomarse el pecado a la ligera. Adolfine se lo había buscado.

—Han ocurrido cosas lamentables —sentenció—, que creo que nunca debemos pasar por alto.

—Venga, cállate —la riñó Mariane con aspereza—. No es de buenos cristianos acusar a una pobre chica.

Tea enrojeció y jadeó en busca de aire. Mariane era una atolondrada, sin duda. Miró a Malene y a Alma en busca de apoyo, pero ambas bajaron la vista.

—¿Es Mads Langer? —preguntó Alma, insistente.

Adolfine se arrojó de la silla. Su cabeza golpeó el suelo, y se puso a chillar como una persona a punto de morir. Mariane y Malene se apresuraron a tomarla de los brazos y ponerla en pie. Tenía el rostro manchado de sangre, y los ojos, abiertos y desorbitados. Entre las dos la llevaron al dormitorio y la tendieron en la cama. Se durmió al instante.

—Nos turnaremos para estar con ella —cuchicheó Mariane—. Yo haré el primer turno, si os ocupáis de Povl y de los niños. De nada sirve presionarla. Es una persona enferma.

Las otras mujeres volvieron en silencio a casa, a ocuparse de sus labores. Tea estaba triste; se arrepentía de haber sido tan severa con Adolfine. Aunque había pecado, se veía que estaba destrozada por el remordimiento.

—Ay, con este corazón mío nunca llegaré a ser una niña de Dios como es debido—dijo a Jens Røn.

—A todos nos cuesta —la consoló su marido.

—Si Mariane me hubiera dado una bofetada, sería bien merecida —gimió Tea—. Casi debería darle las gracias. No merezco otra cosa.

—No lo tomes a la tremenda —dijo Jens Røn—. Cualquiera puede acalorarse en un momento dado.

Las mujeres se turnaron durante dos días al cuidado de Adolfine. Apenas comía nada, se limitaba a estar acostada mirando fijamente el techo. Si alguien le hablaba, ella respondía con una mirada asustada. Las mujeres se movían con calma a su alrededor, y nadie le preguntó qué le había ocurrido. Laust Sand andaba callado y atormentado cuando no estaba pescando en el fiordo. Cada vez que entraba en el dormitorio de Adolfine, ella levantaba la cabeza de la almohada y lo seguía con la mirada. Él se sentaba un rato en la cama y le daba palmadas en la mano. Los dos respiraban jadeantes y se miraban a los ojos. Cuando Laust Sand se levantaba, el sudor perlaba su frente.

Al tercer día, Adolfine estaba con Alma. Laust Sand se encontraba en el cobertizo reparando redes, pero por la tarde entró en el dormitorio. Alma se sintió incómoda. Laust se movía con pesadez, y cuando se acercó al lecho se inclinó sobre Adolfine y se quedó mirándola en silencio. Alma contuvo el aliento, presa de un extraño pavor. Sin decir palabra, Laust Sand dio la vuelta y salió. Adolfine se incorporó en la cama y gritó:

—¡No, Laust! ¡No lo hagas!

Alma la obligó a meterse de nuevo bajo el edredón, evitando así que saltara al suelo, y Adolfine se giró hacia la pared, gimiendo.

Laust Sand tomó su sombrero en el zaguán y atravesó el pueblo. Caminaba erguido y movía los brazos atrás y adelante de forma mecánica. Se detuvo ante la casa de Thomas Jensen, y su mirada vagó por la carretera blanca por el sol. Unos niños jugaban un poco más allá, y de una de las casas llegaban los gritos de regañina de una mujer. En un árbol blanqueado por el polvo del camino piaba una bandada de gorriones.

—¡Dios mío! —gimió—. ¡Dios mío!

Estuvo un rato como si esperase que sucediera algo. Luego entró en el cobertizo, donde Thomas estaba trabajando.

—Hola, Laust —dijo Thomas Jensen, mientras hacía un gesto con la cabeza a sus dos hijos.

—¿Podéis salir un momento hasta que os llame?

Los chicos soltaron la trampa que estaban reparando y salieron al momento, tras dirigir una mirada rápida al rostro desencajado del visitante.

—Vengo para decirte que fui yo quien sedujo a Adolfine —dijo Laust Sand con voz cansada.

A Thomas Jensen se le cayó lo que tenía en las manos y se quedó mirándolo, perplejo.

—¿Fuiste tú, Laust? —susurró—. Pero en el nombre del Señor...

—La culpa es solo mía —insistió Laust Sand.

—Con tu propia hijastra —murmuró Thomas Jensen—, a la que debías proteger como un padre.

—Fue como por arte de brujería, no pude resistirme —reconoció Laust Sand con voz apagada—. Pedí ayuda, pero fue en vano. Y desde la primera vez el remordimiento me ha atormentado tanto que me sentía morir. Nos arrodillábamos en el suelo y rogábamos a Jesús que nos protegiera. El Maligno me subyugó, y en mi caída arrastré conmigo a la pobre chica.

Laust Sand se tambaleó y estuvo a punto de rodar por tierra.

—He estado poseído por el Maligno —gimió—. Y el Redentor no me ha ayudado. Ahora el Señor puede hacer conmigo lo que desee. Pero os ruego que cuidéis de Adolfine.

—Pero ¿cuál es tu intención? —preguntó Thomas Jensen, asustado—. No estarás pensando en causarte daño, ¿verdad?

—No —repuso Laust Sand—. Voy a dejar que las cosas sigan su curso.

—Oh, Laust —suplicó Thomas Jensen—. ¡Reza a Jesús! Por mucho que hayas pecado, te concederá la gracia. ¡Bastará con que te arrojes a sus pies y supliques su perdón! Estoy seguro de que escuchará tu plegaria.

Laust Sand sacudió la cabeza.

—No hay redención para mí —dijo—. Me aferré a Jesús, pero el Maligno ha vencido. He echado por la borda mi salvación.

Giró sobre sus talones y se marchó. Thomas Jensen ocultó el rostro entre sus manos. Estaba conmocionado, como si le hubiera ocurrido una gran desgracia. Conocía a Laust Sand desde hacía muchos años, había navegado con él, había pescado con él, y había sido su hermano en el Señor. Se adueñó de él una terrible parálisis, una sensación de miedo glacial. Si los piadosos podían caer tan bajo, el mundo era un cenagal de pecado. El diablo y los espíritus maléficos arrasaban las almas, y solo quedaba un remedio: hincarse de rodillas e implorar la gracia.

Al rato, se puso en pie y salió a la parte trasera de la casa, donde jugaban sus hijos pequeños. Tomó en brazos a uno de ellos y le habló con suavidad. Le dijo que había un pájaro posado en el árbol. El chiquillo lo señaló con una mano sucia y asintió en silencio, con seriedad.

La sede de la Misión iba a llamarse Monte Tabor.[7] Los peones empezaron a trabajar tan pronto como la tierra dejó de estar helada, y los piadosos seguían semana tras semana la construcción de las paredes. Todos habían aportado su grano de arena para la casa del Señor. Ahora iban a tener un lugar en el que compartir su fe.

En las tibias noches de verano se reunían en pequeños grupos en la casa en construcción. Solo le faltaba el tejado, y en su interior olía a cal y a madera recién cepillada. El pastor aparecía todos los días cuando daba su paseo. Fruncía la frente y apoyaba el bastón en el suelo con fuerza. Pastores y misioneros extraños iban a conquistar su parroquia. ¿O era la época del año la que hacía que mucha gente no fuera ya a la iglesia? Una tarde que había reunión en la escuela, pasó con sigilo junto a las ventanas iluminadas y miró el interior. Vislumbró un hombre en la tribuna y semblantes serios escuchándolo en la estancia, y se apresuró a alejarse para que no lo vieran.

El espíritu de la discordia había sembrado su semilla, y la maledicencia y la estrechez de miras crecían en los prados. La esposa del pastor suspiraba cuando volvían a casa de una iglesia semivacía.

—Qué poco fiable es la gente —decía—. Antes solían gustarles tus sermones.

—Así es —respondía el pastor Brink—, pero parece ser que ahora prefieren escuchar a sastres y pescadores que apenas

[7] El monte Tabor (575 metros) está situado en Galilea, y es conocido también como Monte de la Transfiguración, por ser allí donde tuvo lugar la transfiguración de Jesús.

son capaces de leer la Biblia. La saludable simplicidad está en decadencia, pero seguro que llegan tiempos mejores; y, sea como sea, me mantengo firme en la libertad de pensamiento.

—Pues es una pena —se lamentaba su esposa—. Con el talento que tienes. Y es que sabes muy bien cómo tratar a la gente humilde y cómo ayudarle.

—Pero no pienso abandonar la lucha —declaró el pastor—. Recuerda las palabras: el más fuerte es el que está solo.

Al llegar a la parroquia, el pastor Brink había fundado una asociación para jóvenes, y lo nombraron presidente. La asociación había ido languideciendo, pero ahora el pastor le insufló vida, y organizó una serie de conferencias divulgativas. El director de una academia popular, que estaba dando un ciclo de charlas, disertó sobre la cordialidad y la profunda personalidad cristiana de Sócrates. «Conócete a ti mismo», era uno de sus consejos, y el pastor Brink asentía con la cabeza y miraba a los congregados. La mayoría de ellos eran jóvenes, y después había baile en el hotel. El pastor leyó del *Catilina* de Ibsen y dio cuenta de la relación que tenía la personalidad humana con la conciencia. Kock estaba sentado en primera fila.

—¿Qué le ha parecido? —le preguntó el pastor después de la reunión—. ¿Ha quedado claro el mensaje que deseaba transmitir?

—Sí —respondió Kock—. Pero es una equivocación que no haya debate después de las conferencias. Había ciertas cosas que se deberían explorar y establecer con más detalle. Me habría gustado hacer algún comentario.

—Vaya —dijo el pastor—. De modo que ¿no ha sido de su gusto?

—Había multitud de conceptos importantes —opinó el funcionario de aduanas—, pero habría sido deseable una exposición algo más en profundidad.

—No debe olvidar que se trataba de una charla divulgativa —replicó el pastor Brink, con cierto enfado, y se despidió de él.

Kock asintió con aire de triunfo: había arrinconado al pastor. Donde las dan, las toman. Kock no había olvidado su encuentro con Thomas Jensen en casa del pastor antes de Navidad.

Empezaron a correr rumores sobre Laust Sand y Adolfine, la gente hablaba en voz baja de lo que había ocurrido, y pronto se enteró todo el pueblo de su pecado. Cuando las mujeres pasaban junto a su casa, dirigían la mirada hacia las ventanas, cuyas cortinas solían estar corridas. Era como si dentro hubiera algún muerto. Pero era algo más espeluznante que la muerte. Adolfine era la hijastra de Laust Sand, y lo que habían hecho estaba penado con la cárcel. Laust se encaminaba cabizbajo al fiordo y se ocupaba de su trabajo. Había envejecido, su espalda estaba encorvada y desviaba la mirada. Ya nadie lo saludaba con un grito alegre o simplemente con un gesto. Si pasaba junto a un grupo de hombres de tertulia, se callaban y miraban para otro lado. Su rostro delataba que había pecado y que Dios lo había castigado. Era como un leproso para la gente.

Cuando el pastor Brink recibió la noticia, estuvo dudando qué debía hacer. En realidad, su obligación como pastor era visitar a Laust Sand y tener con él una conversación seria. Se puso a reflexionar. Laust Sand era piadoso. El episodio no iba a beneficiar a sus adversarios. La gente iba a sentirse asustada y ofendida, y se iba a dar cuenta de la cantidad de podredumbre moral y adoración divina superficial que se ocultaba tras aquel estricto pietismo.[8] Justo lo que le había dicho al pastor Thomsen: consecuencias de la violenta presión persuasiva. El pastor Brink veía que tenía razón, y explicó la situación a su esposa.

—¿Qué vas a hacer ahora? —preguntó la señora Brink—. ¿No puedes hablar con esa pobre gente y darles algún consuelo?

[8] *Pietismo:* corriente de la Iglesia luterana que, en contra de la ortodoxia, daba más importancia, al igual que la Misión Interior, a una vida piadosa y ascética, exigía el arrepentimiento y condenaba todo tipo de diversiones mundanas.

En este momento, unas palabras amables y cariñosas pueden significar mucho para ellos.

—En efecto, debo hacerlo —contestó el pastor, y se pasó la mano por el cabello—. Desde el punto de vista psicológico, seguramente es el momento adecuado, ahora que sus amigos les han dado la espalda. Creo que es mi deber oficial, aunque personalmente no me siento impulsado a hacerlo.

Estuvo pensando en lo que iba a decirles, y decidió hacerles una visita enseguida. Cuando llegó a la casa de Laust Sand, se detuvo un momento, y luego continuó hasta el embarcadero. Necesitaba respirar aire fresco y pensar bien lo que iba a decir. Estaba a punto de anochecer, y la niebla se extendía sobre los prados. Un par de chicos llegaron pedaleando a gran velocidad y lo evitaron mediante un brusco giro de manillar. En el propio embarcadero apareció un hombre solitario. Era Laust Sand. Su figura se recortaba oscura y pesada contra el agua y el cielo pálido del fondo, y el pastor se detuvo por instinto.

Cuando el pescador se le acercó lo bastante, Brink lo saludó.

—Buenas tardes, Laust Sand. He venido a hablar con usted. Ya me he enterado de lo que ha ocurrido, y pensaba…

Laust alzó su rostro descompuesto y lo miró como si estuviera muy lejos.

—Es el pastor —murmuró.

—Sí —respondió el pastor Brink, y notó que le temblaba la voz—. He pensado que tal vez pudiera ayudarle. Es posible que lo alivie hablar, y…

Se calló y no pudo decir más. En la mirada de Laust Sand había un desesperado terror que nunca habría esperado.

—No-no sé —tartamudeó—. Tal vez esté mal decirlo, pero me gustaría ayudarle.

Laust Sand miró al suelo.

—Se lo agradezco. Pero no puedo esperar ninguna ayuda.

Y continuó su camino.

El pastor se quedó confuso por un momento, mientras lo veía alejarse. Camino de su casa, se dio cuenta de que había estado a punto de hacer algo psicológicamente incorrecto. Aquel hombre se encontraba en una desgarradora crisis espiritual, y no era nada prudente intervenir antes de que se hubiera tranquilizado y volviera a intentar rehacer su vida. El pastor Brink se sintió aliviado, y desistió de hablar con Adolfine. Al fin y al cabo, su primera obligación era no causar daño a la gente. La presión persuasiva, pensó, es justo lo que se debe evitar.

Nadie hablaba con Laust Sand, que había abandonado a su Salvador. Los llegados de la costa estaban tristes y decepcionados: ¿en quién se podía confiar? Se trataba de aferrarse a la misericordia divina y no dejarla escapar. En las reuniones de la escuela, había mucha gente que agachaba la cabeza ante la severa actitud de quienes tomaban la palabra. Las mujeres seguían ayudando a Adolfine, que continuaba en la cama, pero evitaban su mirada y no le hacían preguntas. Solo Mariane se sentaba en su lecho y charlaba con ella lo mejor que podía.

Mariane no tenía mucho descanso. Cuando estaba en casa, lavaba y lavaba hasta que la espuma cubría sus brazos enrojecidos, o mangoneaba con los niños y estaba de un humor diferente al habitual en ella. Se arrodillaba, empuñaba el cepillo de fregar y frotaba puertas y paredes, y no le quedaba tiempo más que para la limpieza. Cuando iba a casa de Adolfine, hacía café y obligaba a la chica a tomarse una taza. Mariane sabía lo que hacía. El café era bueno contra la enfermedad y la desgracia, y nunca hacía daño.

—Pronto tendrás que empezar a levantarte, querida Adolfine —la animaba—. En cuanto tengas cosas que hacer, verás la vida con otros ojos.

—¿De verdad? —preguntaba Adolfine con una pequeña sonrisa desesperada.

—Pues claro que sí —le aseguraba Mariane.

—No deberías tratarme con amabilidad —decía la chica—. No soy la persona por la que me hacía pasar. Toda la culpa es mía, ojalá pudiera confesarlo delante de todos. Créeme, Mariane, mi ser entero está lleno de maldad, pecado y fornicación. Si solo supieras los pensamientos que he tenido, jamás me dirigirías la palabra.

Mariane sirvió una taza de café y la obligó a tomarla.

—En realidad, no eres peor que las demás —la consoló—. Te aseguro, querida, que hay mucha maldad en todos nosotros, incluso en quienes parecen tan bonachones. Lo que debes hacer es dejar atrás las preocupaciones, y todo se arreglará.

Cada vez entraba menos arenque en las redes, y al final no merecía la pena ni echarlas al agua. El desgaste que sufrían era mayor que la ganancia que obtenían. Povl Vrist fue el primero en recoger sus redes, pero los demás no tardaron en seguir su ejemplo, antes de que las redes se rompieran. Desde que su pecado se hizo público, Laust Sand se ocupaba de las redes solo. A nadie le gustaba estar en el barco con él. La gente se preguntaba cómo podía arreglárselas sin ayuda, pero lo cierto era que siempre volvía con pescado a tierra. Un día estaban Jens Røn y Anton Knopper recogiendo las redes. Era una mañana temprano, y soplaba una leve brisa. La embarcación trazaba una línea brillante en la superficie del agua, y por el este se encendía la aurora. Subieron al bote, y Anton Knopper fue recogiendo la pesada red poco a poco, mientras Jens Røn iba sacando de ella el pescado. La captura fue escasa, y terminaron pronto.

—Mañana voy a guardar las redes —dijo Jens Røn—. Espero que me eches una mano, Anton. No quisiera pedírselo a Laust Sand después de lo que ha pasado.

—Claro. —Anton Knopper asintió en silencio—. ¿Qué crees que va a ser de Laust, Jens?

—No es fácil saberlo —contestó Jens Røn—. No van a poder evitar el castigo por el crimen que han cometido. Pero supongo que Povl Vrist irá a la ciudad a hablar con un abogado. Les pueden dar permiso para casarse si se lo piden a las autoridades. Es lo que ha dicho Aaby.

—¿Y qué va a decir Mads Langer? —preguntó Anton Knopper—. Para él va a ser duro oír cómo se ha portado su novia.

—Lo que no entiendo es que Povl Vrist se mezcle en eso —dijo Jens Røn—. Seguramente es más bien Mariane…

—Mariane es una mujer hacendosa —afirmó Anton Knopper.

—Desde luego; una mujer buena y trabajadora —reconoció Jens Røn sin problema—. Y Povl es uno de los pescadores más hábiles del fiordo. Siempre lo acompaña la suerte, pero también sabe valerse de ella. Este año ha hecho un montón de dinero pescando; es difícil de imaginar cómo lo hace. Es como si la suerte lo bendijera más que los demás, a pesar de no ser creyente y oponerse con energía al reino de Dios.

Jens Røn se calló. Raras veces hablaba tanto, pero es que aquello lo tenía asombrado.

—Hay muchas cosas que uno no puede entender —dijo.

—Pero sabemos que las cosas van como deben, y que todo tiene sentido. Y no debemos entrometernos en cosas que superan nuestra inteligencia.

Cuando volvieron, Laust estaba en su bote de fondo plano junto al embarcadero, separando platijas y bacalaos pequeños del montón de arenques. Thomas Jensen y Lars Bundgaard estaban también en el embarcadero; habían pesado sus capturas, y el exportador estaba atareado clavando las tapas de las cajas. De pronto, Laust Sand arrojó al agua un pez reluciente y observó su mano.

—Habrá sido un salvario —murmuró Anton Knopper. Se volvió hacia Laust Sand y le preguntó—: ¿Te ha pinchado?

—Sí —respondió Laust Sand, y alzó la cabeza.

Los pescadores se miraron. Había ocurrido. Había llegado el castigo. Y Jens Røn le dijo con voz sosegada:

—Chupa el veneno todo lo que puedas, Laust. Si no tienes trementina, ven a casa y te daré un poco.

—No pienso hacer nada de eso —repuso Laust Sand, y empezó a recoger el arenque para pesarlo.

Cuando se fue a casa, llevaba la mano bien hundida en el bolsillo. Los demás lo vieron marchar. Dios había dictado sentencia.

Laust Sand pasaba la mayor parte del tiempo en casa, dejaba sus redes en el fiordo y se quedaba en el cobertizo sin hablar con nadie. Cuando las mujeres estaban con Adolfine, a veces lo oían revolviendo en la cocina, seguramente en busca de algo que comer. Se quedaban en absoluto silencio escuchando sus pasos, pero sin atreverse a ir allí. Nadie había contado a Adolfine lo que había ocurrido. Adolfine, por su parte, pensaba sobre todo en el bebé que iba a nacer unos meses más tarde. Se lamentaba ante Mariane.

—¿Qué va a ser de una criatura que viene al mundo de esta manera? —decía—. Ojalá se muera.

Y asentía con la cabeza para sí.

—Sí, ojalá nos muramos los tres, y después no quede nada.

Mariane la asió con fuerza del brazo.

—Vuelve a tus cabales, Adolfine, estás diciendo insensateces. Lo peor que puedes hacer es tomártelo así. Debes mantener la frente alta y sobreponerte a esto por tu hijo. Además, hay muchas cosas que no sabes todavía. En cuanto hayas tenido el niño, te va a importar un bledo lo que digan los demás.

Llamaron a la puerta. Tea venía de visita. Dio la mano a Adolfine, pero sin mirarla a los ojos, y, cuando se sentó, suspiró con preocupación. Antes, Tea no se tomaba las cosas con tanto escrúpulo, pero ahora, cuando visitaba a Adolfine, se ponía el vestido negro, aunque debía usarlo con moderación. No era porque quisiera alardear de ropa, pero las visitas al dormitorio de Adolfine estaban revestidas de una oscura solemnidad. Tea sabía que tenía cierta responsabilidad en el pecado que se había cometido. Muchas veces había bromeado con Adolfine y se había tomado las cosas con despreocupación, en vez de estar alerta y recordar la maldad que albergan las personas. Tea tenía una culpa por la que pedir perdón, y era apropiado que también su aspecto externo reflejara la gravedad de la situación.

Mariane hablaba y hablaba, hablaba demasiado, y Tea, con toda su melancolía, se sentía superior. Si dijera una palabra piadosa y seria, Mariane se pondría hecha un basilisco y diría cosas a las que Tea jamás sería capaz de responder. Pero si se limitaba a suspirar con tristeza y estar sentada, abatida, con las manos en el regazo, era ella la vencedora. El pecho de Tea emitía profundos suspiros, pero Mariane hablaba por los codos y se desternillaba de risa. Hablaba de cosas que había oído de niña, una larga historia sobre un viejo tío suyo que se daba a la bebida, y una noche, al llegar a casa, se equivocó de camino y se dio de bruces con el carnero. La granja despertó con rugidos y un fuerte estruendo, y cuando entraron en el establo, el carnero estaba encima de su tío y casi lo había matado a cornadas.

Mariane notó que Adolfine prestaba atención, y siguió contando. En la parte del fiordo de donde era ella, había una islita con solo un par de pequeñas granjas. En una de ellas vivía una pareja de ancianos achacosos, y en la otra, una pareja joven. Un día la mujer se puso de parto, y mandaron llamar a la comadrona; esta llegó a tiempo, pero fue un parto difícil. El marido también tuvo que ayudar. Al final, la comadrona exclamó:

—Bueno, ¡ya ha llegado! ¡Es un niño!

—Vaya, ¿es un niño? —comentó el marido—. Pues gracias por todo.

—No des las gracias aún —respondió la comadrona—, porque vienen más.

—Bueno, otro chico —dijo el marido—. Muchas gracias.

—No des las gracias aún —replicó la comadrona—, porque vienen más.

—Aquí viene otro chico —dijo el marido—. Ahora sí que puedo darte las gracias, ¡pero ya basta!

No había mucha vida en aquellos niños, y un día que el pastor estaba en la isla para hablar con la mujer mayor de la otra granja, el joven marido se acercó con los hijos en una cesta, y le pidió que los bautizara. El pastor era un señor mayor, y no puso ninguna objeción. El marido depositó los bebés sobre una cama y se los llevó uno a uno. El pastor los bautizaba tan rápido como podía, pero, cuando llegó al séptimo, se quedó algo sorprendido, y preguntó cuántos eran.

—Solo son tres —dijo el marido—, pero los he mezclado, y ahora no sé cuáles están bautizados y cuáles no.

—En la vida había oído nada parecido —exclamó Adolfine—. Pero ¿es verdad?

—Sí, sí —le aseguró Mariane—, lo oí cuando era niña.

Tea miró a Adolfine: la joven lucía una pequeña sonrisa en su semblante descolorido, y se encontraba bien en medio de su desgracia. Bastaba con que Mariane charlara con frivolidad y contase historias que se burlaban de la santidad del bautismo para que el pecado y la culpa quedaran olvidados, borrados.

—Yo creo… —empezó a decir con calma, pero Mariane no la dejó terminar la frase.

—¿Qué crees, querida Tea? —preguntó con un destello peligroso en la mirada—. Que no se te olvide dar tu opinión, porque de lo contrario el mundo va a dejar de dar vueltas.

Tea inclinó la cabeza y se ruborizó. Pero le faltaba audacia para entablar un combate abierto con Mariane, que era tosca y desconsiderada, y no tenía pelos en la lengua.

—Nada, nada —dijo Tea con un suspiro—. No quiero interrumpirte cuando estás contando historias, debes creerme.

La voz de Tea sonaba almibarada, y dejaba entrever que consideraba a Mariane una persona frívola que no hacía más que cotillear. Pero Mariane no debió de darse cuenta.

Estaba contando otra historia cuando se oyó un ruido en la puerta. Mariane se calló y fijó la mirada allí. Era Laust Sand. Su rostro ardía de fiebre, y apenas era capaz de hablar.

—Tengo que meterme en la cama. No me encuentro bien. Llamad, por favor, a Thomas Jensen, y decidle que venga.

Adolfine dio un respingo en la cama.

—¡Laust! —gritó—. No estarás enfermo, ¿verdad?

—Túmbate, Adolfine, y cálmate —dijo Laust Sand, mientras escondía la mano mala tras la espalda—. Las enfermedades pueden curarse.

Hizo un gesto de saludo a las mujeres y entró en su dormitorio. Tea se puso en pie y miró desafiante a Mariane.

—Más vale que vaya en busca de Thomas Jensen —dijo con voz humilde y cariñosa—. Así podrás seguir contando historias a Adolfine.

Tea volvía a sentirse segura, sabedora de cómo iban las cosas. Había caído un rayo del cielo, y un pecador había sido condenado.

Cuando llegó Thomas Jensen, Laust Sand estaba acostado, con el rostro enrojecido y sudoroso, y la mirada apagada. Enseñó a Thomas su mano, perforada por las espinas venenosas del salvario. Estaba hinchada e infectada, y unas rayas rojas surcaban su brazo.

—¡Válgame Dios! —exclamó Thomas Jensen, asustado—. Eso está muy mal, hay que llamar al médico. Es una septicemia.

—Está como debe estar —contestó Laust Sand con voz ronca—. Ya sabrás que el salvario me ha pinchado por algo.

—Ay, si te arrojaras a los pies de Jesús —se lamentó Thomas Jensen—. Entonces liberaría tus hombros de esa carga pecaminosa. Has hecho lo peor que puede hacer una persona, y, aunque fueras mi propio padre, no sería capaz de perdonarte. Pero Jesús puede perdonarte, si acudes a Él.

Laust Sand giró la cabeza.

—Ya no puedo rezar. El diablo me ha clavado sus garras demasiado hondo. Ahora acepto el castigo. He mirado mi mano todos los días y he visto cómo se iba contrayendo.

—Pero si vas a morir, ¿no piensas en el tormento eterno? —susurró Thomas Jensen.

—No —respondió Laust Sand, cansado—. Ya no puedo más, que Dios me juzgue como quiera; ya me doy cuenta de que no va a haber piedad para mí. Si al menos pudiera perdonar a

Adolfine. Eso sí quiero pedirte, Thomas: que recéis por ella y le ayudéis con buenas palabras.

Volvió a hundirse en la almohada y cerró los ojos.

—Quiero morir —gimió.

Thomas Jensen mandó llamar al médico, que llegó en su coche y dijo que había que llevar a Laust Sand al hospital cuanto antes. Pero el pescador no quería, y nadie podía obligarlo. Sudaba, sentía frío y dolores, y luego cayó en un letargo. Los días se sucedieron. Adolfine se había levantado de la cama y estaba con él en su dormitorio, gruesa y desesperada. Pero no podía hacer nada. Mariane se encargó de ir en busca de una mujer de la parroquia que solía cuidar enfermos. Laust Sand estaba flaco y consumido, con la barba sin afeitar, y tenía los ojos hundidos. Fuera, había llegado el verano. Las avefrías volaban en los prados. Los correlimos cantaban, y una bandada de patos aterrizó en el agua poco profunda junto a la playa.

Una vez más, había llegado el momento de meter las trampas en el agua, antes de que llegara la oscuridad del otoño. Todas las mañanas la gente se levantaba al amanecer y observaba el tiempo. Eran días soleados, y el viento soplaba cálido.

Llevaban las redes en carro hasta el embarcadero y las depositaban en las lanchas. Las ruedas de los carros retumbaban sobre las tablas del embarcadero, los hombres arrojaban con estruendo las estacas a las lanchas, gritaban y corrían calzados con ruidosos zuecos, los motores restallaban, el pueblo resonaba con las pisadas de los caballos y el crujido de las ruedas de los carros. El trabajo había empezado.

Anton Knopper y Thomas Jensen se afanaban en el hoyo del arenal, embreando las últimas trampas. Anton Knopper vestía un gran delantal de tela de saco, y llevaba la cabeza envuelta en un andrajoso trapo de lana. Gotas de sudor surcaban sus mejillas. Le escocían los ojos por la brea, y el calor se expandía de la olla burbujeante. Anton se ocupaba de la polea, y metía y sacaba la red de la brea hirviendo. Thomas Jensen iba vestido con ropa vieja, que le colgaba en harapos, y sus brazos brillaban de brea hasta los codos. Se cubría la cabeza con un sombrero de paja de ala ancha para protegerse del sol. Llevaba las redes a la olla, y después las ponía a secar en la hierba. Trabajaban duro y sin hablar, pero a veces, cuando el calor y la peste de la brea se hacían intolerables, Anton Knopper debía alejarse del fuego y respirar aire fresco.

Se oyó un chillido agudo, y Thomas Jensen se giró rápido. Un niño pequeño rodaba por el talud empinado, levantando tras él una nube de arena. Thomas se plantó allí de un salto y levantó al niño, mientras lo palpaba para ver si había sufrido daño. Luego lo tomó en sus brazos y le secó las lágrimas.

—Pero ¿cómo se te ocurre jugar aquí, pequeño? —le reprochó—. Podía haberte pasado algo, y ya sabes que no debes gatear por el talud. Siéntate a jugar, y la próxima vez anda con cuidado.

Sentó al niño sobre un montículo cubierto de hierba y le dio unos cantos rodados para que jugase con ellos. El niño estaba sucio de arena y sollozaba, pero pronto se puso contento, hablando con las piedras. Eran vacas y caballos, y se suponía que iban a pastar, eso iban a hacer.

De la herrería llegaba el alegre sonido del hierro al trabajarlo, y en el campo más allá del fuego un labrador guiaba a gritos su pareja de caballos. Las horas transcurrían a paso de tortuga, como gente aletargada por el calor. Los hombres sudaban junto a la olla de brea, y, pasado el mediodía, el viento amainó del todo. Llegaron más carros con redes y trampas, que introducían en la brea y después extendían sobre la hierba. Los hombres se habían quitado la ropa y solo vestían pantalones y camiseta de lana; sus rostros ennegrecidos resplandecían de sudor, y sus brazos parecían estar hechos de brillante ébano.

Charlaban y reían. Los gritos llegaban hasta los pescadores que pasaban cerca, los viejos se acercaban renqueantes a ver cómo iba el trabajo. Los niños jugaban, y el tufo de la brea lo impregnaba todo. Los herrajes de las ruedas del carro relucían, el humo del fuego se alzaba negro sobre la tierra. Era un día de trabajo, un momento sudoroso y radiante de sol.

De vez en cuando aparecía alguna mujer para decir a su marido que la mesa estaba puesta. No había tiempo para el descanso. A lo sumo, para fumar una pipa y echar una siesta de cinco minutos con la chaqueta cubriendo la cabeza justo debajo del talud, donde hacía sombra.

Katrine se dio una vuelta por el hoyo del arenal para ver a Anton Knopper. Él la saludó con cierta timidez, pero en su fuero interno sintió orgullo. Su novia venía a visitarlo. Había que reconocer que la chica no podía estar sin él mucho tiempo. Anton Knopper se olvidó por completo de Laust Sand, que agonizaba en su lecho, y se sentó un rato en la hierba con Katrine.

—Me da vergüenza que me veas así, parezco un monstruo —dijo, y se pasó la mano por la cara tiznada de brea—. Pero ha sido muy amable por tu parte venir a verme.

—Es que pasaba por aquí —replicó Katrine, y bajó la vista.

—¿Qué te parece Katrine? —preguntó Anton Knopper cuando se marchó la chica, y Thomas Jensen hizo un gesto de conformidad. La verdad era que no se le podía reprochar nada. Ahora trabajaba con un granjero creyente, y ya no iba al baile, y en las reuniones escuchaba la palabra y cantaba a pleno pulmón.

—Va por el camino correcto, sin duda —dijo Thomas Jensen, y se secó el sudor de la cara.

—Sí —concluyó Anton Knopper—. Tan pronto como encuentre de verdad a Jesús, tendremos que empezar a pensar en casarnos.

Al atardecer, un chico llegó corriendo al hoyo de arena. Laust Sand había empeorado, y Adolfine le pedía a Thomas Jensen que acudiera enseguida. Todos dejaron de trabajar y se miraron. ¡De manera que Laust Sand iba a emprender el gran viaje a la otra vida y al Juicio Final! Thomas Jensen hizo un gesto afirmativo y sacó de la olla la última trampa recién embreada. El chico debía ir a avisar a Lars Bundgaard, si es que había vuelto de pescar.

—Vendrás conmigo, ¿no, Anton? —preguntó Thomas Jensen, y extendió la trampa sobre la hierba.

Anton Knopper lo miró asustado.

—Preferiría no ir —declaró—. Para mí es muy duro ver sufrir a Laust Sand. Además, soy hombre de pocas luces, no voy a encontrar palabras que puedan ayudarle.

Thomas Jensen no perdió tiempo yendo a cambiarse de ropa, y salió corriendo hacia la casa de Laust Sand. No había nadie en la sala ni en la cocina, y entró en el dormitorio. La enfermera estaba inclinada sobre la cama, y en un rincón estaba Adolfine, sentada, tapándose el rostro con sus flacas manos.

—¿Está muy mal? —susurró Thomas Jensen, y la cuidadora asintió con la cabeza.

Reinaba en la sala una atmósfera pesada, un tufo a muerte y descomposición que le oprimía el pecho e hizo que se pusiera a jadear. La cortina estaba corrida, y el rostro de Laust brillaba en la penumbra, blanco y dolorido. Thomas Jensen se dirigió al lecho.

—Estás mal, Laust —dijo. Pero el enfermo estaba inconsciente y solo abría los ojos de vez en cuando para mirar al frente, febril. La cuidadora le hizo sitio, y Thomas Jensen se sentó en el lecho mortuorio. Luego preguntó—: ¿Ha estado el médico?

—Sí —susurró la cuidadora—. Ha dicho que no iba a llegar a mañana.

Por instinto, ambos miraron a Adolfine, y las lágrimas acudieron a los ojos de Thomas Jensen.

Llamaron con suavidad a la puerta, y entró Lars Bundgaard.

Tampoco él había tenido tiempo de cambiarse cuando recibió el recado, de modo que estaba sucio de brea y fango de las estacas. El hombretón se quedó un rato junto a la cama y miró al enfermo.

—¿Habéis mandado llamar al pastor? —preguntó.

—Ha estado por la tarde, y ha intentado hablar con él. Pero Laust no le entendía nada. Me ha parecido conveniente llamaros, ahora que se acerca el momento, porque Adolfine está como ida.

—Pobre chica —murmuró Thomas Jensen—. Espero que no pierda el juicio.

Lars Bundgaard se dirigió al estante de la pared y tomó la vieja Biblia gastada. Después de encender la luz, se sentó en la cama y leyó en voz alta. Su voz sonaba lenta, y se esforzó por pronunciar con cuidado las sagradas palabras. Leyó sobre los sufrimientos y la muerte de Jesucristo, y sobre el ladrón al que Dios perdonó en su hora postrera y después llevó al paraíso. Desde la calle llegaba el ruido de cascos de caballos y el traqueteo de las ruedas de los carros, sonaban los timbres de las bicicletas y los niños se gritaban unos a otros. Pero Lars Bundgaard iba hilando frase tras frase en la cama del moribundo. Los demás escuchaban con la cabeza gacha. A veces Thomas Jensen se acercaba y secaba el sudor del rostro cadavérico de Laust Sand. La voz de Lars Bundgaard empezó a sonar ronca y seca, y se le trababa la lengua. Thomas Jensen se acercó para relevarlo. Cuando tomó la Biblia en sus manos, dijo:

—Miradla. Da pena verla.

Lars Bundgaard miró algo reacio a Adolfine.

—No debes decir eso, Thomas —repuso—. El pecado que ha cometido es tremendo.

Lars Bundgaard entró en la otra estancia para lavarse y comer un bocado, y Thomas Jensen retomó la lectura donde Lars la había dejado. Tuvo que ponerse las gafas: la brea y la intensa luz del sol hacían que le escocieran los ojos. Leyó con calma, y las severas palabras sonaban más dulces en sus labios. Las profecías se convirtieron en advertencias, y, tan pronto como terminó el capítulo, siguió hojeando hasta llegar al Sermón de la Montaña. Leyó sin prisa las palabras con su amable voz suave, y la intensidad del texto hizo que las lágrimas acudieran también a sus ojos. Tal vez hubiera, después de todo, misericordia para Laust Sand. Tuvo que detenerse un instante para controlar la emoción. Alma había llegado y se quedó un rato en silencio junto a la cama.

—Tómate un respiro, Thomas —dijo—. Tienes comida en el comedor.

—Tú sigue leyendo mientras tanto —respondió Thomas Jensen, mirando por encima de las gafas—. Al fin y al cabo, no sabemos si va a volver en sí y oír, aunque sea un poco.

Alma tomó la Biblia y se sentó en la cama. Leyó con su hermosa voz sosegada, pronunciando cada palabra con cuidado. La luz caía sobre el rostro del enfermo, y el sudor perlaba su frente. Su semblante había perdido expresión, y la respiración surgía de su interior pesada y borboteante.

Al cabo de media hora, los hombres volvieron a entrar en el cuarto. Habían estado en la recocina para asearse un poco, y sus rostros estaban encendidos por el fregoteo. Alma se puso en pie de inmediato.

—¿No deberíamos cantar un poco? —susurró Thomas Jensen, y acababa de tomar los libros de salmos del estante cuando entró Aaby, el viejo maestro. Su rostro expresaba inquietud, y su mirada vagaba de uno a otro. Tras él venían Jens Røn y Tea, serenos y ceremoniosos. Tea avanzó un par de pasos hacia Adolfine, pero se detuvo al ver su semblante pálido y demacrado. Sintió una punzada en el corazón.

Lars Bundgaard repartió los libros de salmos, y se pusieron a cantar, al principio con voz tenue, pero el canto adquirió fuerza, como si se tratara de despertar al enfermo antes de que llegara la muerte. Mientras cantaban, tenían la mirada fija en la cama.

Oh, Dios mío, mi temeroso corazón
hacia Ti eleva sus suspiros,
conoces la fuente de sus penas,
sabes por qué se angustia,
ves nuestro pesar, de nuestra alma el pavor,
escucha nuestra plegaria, ¡apiádate de nosotros!

Si el sol su brillo y calor perdiera,
toda la carne se consumiría,
si tus piadosos brazos se cerraran,
¡nuestra alma perecería!
Lo sentimos con angustia y pavor,
y a Dios rogamos: ¡apiádate de nosotros!

Lars Bundgaard rezaba con las manos juntas frente a sí. Las antiguas palabras de la Biblia se mezclaban con fragmentos de sermones y expresiones de uso diario, y recitaba las palabras con un tono quejoso especial. Los ojos de Thomas Jensen se llenaron de lágrimas, y el maestro Aaby estaba pálido y cruzó sus manos temblorosas en el pecho. Jens Røn dirigió su mirada en calma y algo embotada hacia la cama. Laust Sand había sido amigo suyo desde la infancia, llevaban años trabajando juntos, compartiendo capturas y barco de pesca. Lars Bundgaard dijo amén, y por un momento se hizo el silencio en la estancia. Los ojos del enfermo se habían abierto, y su mirada vacía estaba dirigida al techo.

—Aún está con nosotros —susurró Aaby con voz ronca.

—Cantemos de nuevo —propuso Thomas Jensen, y rompió a cantar.

Ni dignidad ni honor,
ni perfección semejante
puede haber bajo el sol
que esté libre de pecado.
Nadie debe el mal obrar,
pues hoy puede sostenerse,
pero puede caer mañana
y llamarse desgraciado.

Nadie puede evitar, oh, Jesús,
la desdicha y el pesar,
que Tu mirada se dirija
al pobre hombre caído.
Él ha notado que veías
cuanto en su corazón había,
y la culpa que en él anida,
y con llanto recuerda Tu palabra.

La voz de Tea destacaba por encima de la de los demás. Sus ojos, muy abiertos, brillaban, y sentía un escalofrío en su interior.

Algo peligroso acechaba en el sofocante dormitorio sumido en la penumbra: a saber, el espíritu maligno oculto, que esperaba arrebatar el alma de Laust Sand cuando abandonara su pobre y ruinosa morada. Lars Bundgaard se acercó al lecho y se puso de rodillas, y los demás se arrodillaron y formaron un semicírculo en torno a él. Solo Adolfine se quedó sentada en su rincón con los ojos cerrados y la cabeza apoyada en la pared. Nadie podía ver si estaba dormida.

Lars Bundgaard rezó un padrenuestro en voz alta y firme, desafiante. Después se calló un momento y comenzó a rezar en voz queda usando sus propias palabras. Poco a poco, su voz fue creciendo y llenando la habitación; rugía, gritaba e invocaba con palabras tremendas, luchaba por un alma ante Dios y contra los poderes malignos. La oración era caótica, las frases tropezaban entre sí, y de su boca salía la saliva como una llovizna. Su mirada estaba clavada en el semblante lívido de Laust Sand, el resto no existía. Tea sollozaba con voz ahogada, y Alma se tapaba el rostro con las manos. El maestro Aaby gemía en voz baja con los ojos cerrados; solo Adolfine seguía sola, sin darse cuenta de nada, al parecer.

—¡Jesús! —gritó Lars Bundgaard, y alargó como en éxtasis las manos hacia el techo—. Jesús, acude a nosotros y ayúdanos a arrancar esta alma perdida de las garras del diablo. Si no, va a arder para siempre en el fuego eterno. ¡Oh, Jesús, ten piedad! Antes te perteneció, y seguro que lo recuerdas, aunque después se descarrió y cometió un pecado terrible. ¡Oh, Jesús, en nombre de tu sangre, ayúdanos a expulsar a Satanás! Está ahí dentro.

Lars Bundgaard se medio incorporó, como si estuviera hablando a alguien.

—¡Estás ahí dentro, Satanás! —gritó—. ¡Lo sé! Has tomado morada en Laust Sand, estás en su interior, al acecho, para llevarte su alma. Pero yo te digo, en nombre de Jesús: ¡sal! Cuando Jesús derramó su sangre por los pecadores, fuiste vencido. ¡Sal!

»Oh, indulgente y amado Redentor, te pedimos con todas nuestras fuerzas que arranques a este desdichado de la oscuridad y lo libres del infierno. Es un pecador, y, si no te apiadas de él, se perderá. Pero deja que recobre la conciencia por un instante para poder invocar Tu nombre y aferrarse a Ti. ¡Oh, Jesús, Jesús, Jesús!

Tea ya no podía esconder su agitación, y lloraba y gemía en voz alta. Aaby gimoteaba con su voz de anciano atormentado, y Jens Røn se balanceaba atrás y adelante mientras murmuraba: «¡Jesús, Jesús!». Thomas Jensen rezaba en voz baja pidiendo reconciliación y clemencia. Pero, por encima de sus súplicas se alzaba la voz de Lars Bundgaard como una muela de molino, ora gimiente y quejosa, ora burlona, furiosa y amenazante. Empezó a incorporarse y estalló en insultos contra el enemigo, se postró en el suelo otra vez e imploró perdón y ayuda. El sudor salado surcaba su rostro, que estaba escaldado por la brea y quemado por el sol.

Laust Sand temblaba descontrolado, y sus gemidos se convirtieron en resuellos. Pareció que trataba de levantar la cabeza de la almohada, y Lars Bundgaard se inclinó sobre él y le gritó al oído:

—¡Jesús! ¡Laust Sand, piensa en el Redentor!

Un débil espasmo cruzó su lívido semblante, parpadeó un poco y de su pecho brotaron estertores. La lucha con la muerte había comenzado.

—Se nos va —susurró Aaby, retorciéndose las manos.

Se quedaron un rato observándolo en silencio, y vieron cómo se le consumía la vida. Sus tensas y atormentadas facciones se fueron relajando. Lars Bundgaard se acercó sin ruido a Adolfine y le puso la mano en el hombro.

—Adolfine —dijo—. Laust Sand ha vuelto a su Creador.

Adolfine despertó con un respingo y dirigió su mirada vacía más allá de él. Pero cuando comprendió las palabras fue corriendo a la cama y se arrojó sobre el muerto.

—¡Oh, Laust! ¡Oh, Laust! —gimió, deshecha en llanto.

Thomas Jensen rezaba. Su voz era suave y sosegada, teñida de una extraña solemnidad.

—Oh, amado Jesús —susurró—. Te damos las gracias por tu misericordia y por tu santa sangre, tan cierto como que somos tus hijos. Porque, si es tu voluntad, puedes tomar bajo tu cuidado esta pobre alma pecadora. Si puedes, no le sueltes la mano, no vamos a alzarnos en contra de tu sabiduría. Sabes lo débiles que somos, y cuánta maldad se esconde en nuestros corazones. Cuida de ella, que pecó con él, y desvíala del camino del pecado. Borra su mala acción con tu gracia. En nombre de Nuestro Señor Jesucristo, amén.

Se pusieron de pie y se quedaron un rato junto al lecho mortuorio. Adolfine se había deslizado hasta el suelo y sollozaba entre espasmos. Tea y Alma se inclinaron sobre ella y la llevaron a su cama. Thomas Jensen se quedó mirándola. Las lágrimas surcaban sus mejillas.

—Ya no sufrirá más —susurró Aaby, incapaz de apartar la mirada del muerto.

Alma volvió a entrar en la estancia.

—Es mejor que me quede —dijo a su marido—. No podemos dejarla sola. Podría hacerse daño.

Thomas Jensen asintió en silencio.

Salieron al camino en la noche tibia, y anduvieron un rato sin cruzar palabra.

—¿Creéis que Laust Sand va a ser condenado? —preguntó Thomas Jensen, y se detuvo.

Jens Røn no respondió, pero Lars Bundgaard dijo con voz seria:

—Yo no sé nada. Pero creo que sí.

Adolfine se movía por la casa, hinchada e incómoda, pero sin quejarse. Tenía la mirada un poco alterada, y nadie sabía qué decirle. Pero Mariane y Alma la visitaban a diario, y Malene había empezado a buscar entre su ropa de niño. Ya tendría algo para el bebé cuando llegara la hora.

Solo los pescadores del oeste acudieron al entierro. Una única persona había viajado desde su pueblo de la costa: la hermana de Laust Sand, Dorre. Era mayor que su hermano, tenía el pelo blanco, y rasgos afilados como los de un ave. Su destino había sido difícil. Su marido fue condenado por robar en barcos naufragados, y no pudo soportar la vergüenza. Cuando regresó de la cárcel, se ahorcó. Ella se quedó un poco trastornada, y veía señales; de hecho, también había sabido que iba a ocurrir aquella desgracia.

Un carro transportó el ataúd por la carretera polvorienta hasta la iglesia; detrás iba la comitiva, con ropa negra, pesada. Hacía un calor agobiante, y la iglesia lucía un blanco cegador a la luz del sol. La gente de las casas salía a la puerta para ver pasar el cortejo. Al fin y al cabo, todos sabían cómo había sido el final de Laust Sand. Los hombres descargaron el ataúd del carro y, después de atravesar la verja marrón del cementerio, lo acarrearon hasta la tumba. Había un acuerdo tácito para que Laust Sand no entrase en la iglesia. Los pescadores fijaron la mirada en el suelo mientras hablaba el pastor Brink. Sus palabras fueron bastante simples. Debería haber hablado de la mano dura del Señor, de venganza y del horror del pecado. Pero el pastor solo habló de la muerte que redime.

La tierra golpeó el ataúd con un sonido sordo: ¡polvo eres, en polvo te convertirás, y del polvo te alzarás de nuevo!

Laust, a quien todos habían conocido y respetado, yacía bajo tierra con su pecado. Pero una mañana iba a levantarse y dirigirse al Juicio con su libro de cuentas. Somos pecadores, la perdición nos acecha, y el infierno con sus llamas permanece abierto.

Cantaron un salmo, y los asistentes se dispersaron, serios y en silencio. Nadie acudió a la casa del difunto, donde Adolfine se paseaba inquieta de un lado a otro. No podía sentarse a descansar, su mente estaba muy lejos, y su rostro, tenso y ceniciento por la desesperación. La anciana Dorre la acompañaba de habitación en habitación.

—¿Qué va a ser del niño cuando llegue? —preguntó con su profunda voz rasposa.

Adolfine la miró con expresión ausente, y al final comprendió la pregunta.

—No sé nada —contestó.

—Así es, no sabemos nada —murmuró Dorre—. Pero seguro que sale mal. He visto señales.

—¿Has visto señales? —preguntó Adolfine, de pronto muy presente.

La anciana asintió con la cabeza: sabía lo que sabía.

—¿Qué has visto? —preguntó Adolfine.

Dorre sacudió la cabeza; lo más prudente era callar.

Pero al día siguiente apareció Mariane, que era como un puchero borboteante, hablaba y hablaba, y no dejaba en paz a Adolfine. ¿No habían quedado en hacer limpieza en la casa? Era lo que solía hacerse después de una enfermedad. Tiró de Adolfine, fregaron y enjabonaron, orearon la ropa de cama y sacaron brillo a cuanto había de níquel y latón en la estancia. Por la noche, Adolfine se acostó exhausta, y a la mañana temprano ya estaba allí Mariane otra vez. Y cuando terminaron la limpieza, Mariane miró alrededor y asintió, satisfecha: una cosa menos que hacer.

—Pero ¿y la ropa para el bebé?

—Sí, la ropa para el bebé —repitió Adolfine con apatía.

Mariane dio una palmada y gritó:

—¡En la vida he oído nada parecido! ¿Es que no piensas en el niño, ahora que se acerca el momento? Tenemos que ponernos a coser, ¡y deprisa!

Obligó a Adolfine a acompañarla a la cooperativa para comprar tela y lo que hiciera falta. Recorrieron todo el pueblo. Adolfine caminaba cabizbaja y muda, mientras Mariane hablaba sin parar. En la cooperativa, el encargado se aclaró la garganta, inseguro, pero Mariane se mantuvo firme y lo miró con cierta aspereza, y no se oyó ni una palabra que pudiera ofender a Adolfine. Pero, a la hora de envolver las compras, el encargado no pudo controlarse más; ladeó la cabeza, pensativo, y miró a Adolfine.

—He metido dentro una nota escrita. Son palabras que no hacen daño a nadie —dijo.

Mariane tomó rápido el papel, lo estrujó y lo arrojó al suelo.

—Hemos venido a comprar —dijo, enfadada—. Y nos importa un rábano su notita.

—No era más que un texto de las Escrituras —explicó el encargado.

—Eso es asunto del pastor —dijo Mariane—. No hemos venido aquí a por eso.

—Sí, ahora soy una persona salvada —contestó el encargado, y agachó la cabeza—, y querría hacer algo para ayudar al prójimo.

Mariane asió el paquete.

—No sé si es usted un idiota o un granuja —dijo—. Pero cuando lo descubra, vendré a decírselo.

Un día, Adolfine se acostó para dar a luz. Fue un parto difícil. Mandaron llamar al médico, que sacó al bebé con fórceps. Alma sintió escalofríos cuando vio el reluciente instrumental. Dorre continuaba en la casa; mientras duró el parto, se movía inquieta de un lado para otro. Las mujeres entraban y salían corriendo con ropa blanca y agua, y al final el recién nacido vio la luz del día. Era un chico grande, sano y proporcionado. Mariane lo depositó en brazos de Adolfine.

Adolfine entreabrió los ojos, seguía estando amodorrada.

—¿Le pasa algo? —gimió.

—No —contestó Mariane, animosa—. Es como debe ser. Un chico grande y fuerte, Adolfine.

—Oh, gracias a Dios —suspiró la joven—. Menudo miedo he pasado. Dios también podía haberlo castigado a él.

Tan pronto como Adolfine tuvo a su hijo, fue como si hubiera despertado. Cuando otros le hablaban, bajaba la mirada y apenas era capaz de responder, pero cuando daba el pecho al bebé, siempre había una sonrisa en sus labios. Y el niño era guapo y hermoso. Alma, Malene y Tea estaban extrañadas de que pudiera ser fruto del pecado.

Thomas Jensen escribió a Mads Langer justo después de morir Laust Sand, pero la carta tardó en llegarle. El recién nacido tenía un mes cuando de forma inesperada el fogonero entró en la sala de Adolfine. Ella dio un respingo del susto, y estuvo a punto de que se le cayera el niño al suelo.

—¿Qué quieres? —preguntó.

—Sí, buena pregunta —respondió él—. Por lo demás, soy yo quien merece explicaciones. ¿No eres mi novia?

Adolfine miró al suelo. El anillo seguía en el cajón de la cómoda, pero en realidad Mads Langer estaba en su derecho. Adolfine había pecado contra él. Debía de creer que ella había accedido a ser su esposa.

—Pero ahora vas a venir conmigo —dijo Mads Langer.

Adolfine estuvo a punto de chillar, creyó que su corazón había cesado de latir. El fogonero estaba en medio de la sala y le dirigía una mirada malvada: sí, tenía que irse con él.

Mads Langer se paseó por el pueblo, visitó a sus buenos amigos y comunicó su decisión. En todas partes cosechaba elogios: era un acto propio de un auténtico cristiano. Tomaba indulgente a la pobre desgraciada y la llevaba de vuelta al sendero seguro.

—¿Cómo crees que Laust Sand llegó a hacer una cosa así? —le preguntó en confianza Anton Knopper.

—No lo sé —repuso Mads Langer—. Supongo que desearía a Adolfine.

Anton Knopper se quedó cohibido, sin saber qué decir, y el fogonero añadió con voz sombría:

—¡Pero ahora el fuego eterno consume su deseo!

Anton Knopper se sobresaltó un poco, y estuvo a punto de decir que eso lo decidía solo el Señor. Pero se calló. Era comprensible que Mads Langer se sintiera ofendido.

—¿Dónde has estado esta vez? —preguntó, y Mads Langer habló de Nueva York, donde había visto cómo pegaban a un hombre hasta que su cráneo se partió como un huevo de gallina cuando se te cae al suelo. El cerebro gris blancuzco asomaba entre el pelo ensangrentado.

Mads Langer fue al pueblo a hablar con el abogado y el notario. Arreglarlo todo llevó su tiempo. Adolfine debía tener una parte de la herencia de su madre; por lo demás, Dorre era el familiar más cercano para heredar. Mads Langer habló con ella y le explicó que lo más razonable era que dejara su parte al hijo de Laust Sand. Dorre estuvo de acuerdo en todo y firmó los papeles que le había llevado. Mads Langer asintió, magnánimo.

—Me he prometido con Adolfine —declaró—. Y no voy a huir de mis obligaciones. Y voy a confiarte una cosa, Dorre: si las autoridades preguntan demasiado acerca del padre del niño, cargaré con la culpa.

Laust Sand había dejado poco dinero: algo en la caja de ahorros, redes y aparejos, lancha y derechos de pesca. Mads Langer negoció y vendió. Los pescadores de la costa oeste compraron a escote la parte que Laust había tenido en los derechos de pesca. Lo compraron a crédito; era gente de confianza, pero Mads Langer quería el dinero enseguida, porque Adolfine y él debían establecerse. Mads Langer había conseguido un empleo como fogonero en tierra, estaba cansado de la vida viajera.

La pálida sonrisa de Adolfine había desaparecido, y, cuando estaba en la sala con Mads Langer, se echaba a temblar. Un día le dijo a Alma, llorando:

—¡Qué miedo me da!

Alma tomó su mano y trató de consolarla. Al fin y al cabo, Mads Langer era un hombre bueno, creyente, que deseaba lo mejor para ella, qué habría sido de ella sin él. En aquella parroquia lo único que podía esperar era vergüenza. Y añadió sin mirarla:

—Y si vuelves tu corazón hacia Jesús y te arrepientes de tu pecado, seguro que tu alma se sosiega.

Era más fácil decirlo que hacerlo. Y es que a Adolfine le faltaba valor, llevaba mucho tiempo sin rezar. Era demasiado insignificante para llamar a la puerta de la compasión. Laust Sand yacía en su tumba, no tenía a nadie en quien confiar.

El niño no dejaba de mamar, y era casi imposible separarlo del pecho. Semana a semana ganaba peso, pero Adolfine estaba cada vez más flaca. Mariane nunca había visto un niño tan precioso; ella, cuyos hijos eran hermosos y proporcionados, estaba llena de júbilo y asombro. ¿Cómo iba a llamarse el chico?

Adolfine se lo pensó, y preguntó desanimada si sería inapropiado llamarlo Laust. Mariane se puso seria: ese nombre no podía ser. Era mejor llamarlo como algún miembro de la familia de Mads Langer. Así se encariñaría con el chico, según Mariane.

Adolfine se puso en pie y empezó a caminar de un lado a otro con el bebé en brazos.

—¡No podré aguantarlo! —gimió.

Mariane la consoló.

—Verás como todo te va mejor cuando te alejes del pueblo —dijo—. Aquí no van a dejarte nunca en paz. Pero cuando te marches con Mads Langer, allá donde vayáis nadie va a saber de quién es el niño. Aquí van a hacerte la vida imposible, querida Adolfine.

—Ya lo sé —repuso Adolfine, llorando—. Pero él me da miedo, es una persona terrible. Oh, Mariane, eres la única que se porta bien conmigo, dime qué puedo hacer, por favor.

Mariane la tomó del talle.

—Debes pensar en el niño —dijo—. Si no te casas con Mads Langer, puede pasar algo horrible, es capaz de acudir a las autoridades y denunciarte. Pero voy a decirte una cosa: no ha nacido el hombre que una no pueda dominar si se empeña. Debes intentarlo por el niño; pero si no te sientes capaz, vuelve aquí, que nosotros te ayudaremos.

Mads Langer andaba sobrado de tiempo, y no pensaba marcharse hasta pasadas dos semanas. La anciana Dorre seguía deambulando por la casa, y, cuando Mads estaba en la sala, no le quitaba el ojo de encima.

—Es un espectáculo extraño —comentó el fogonero a Anton Knopper—. Está completamente trastornada. No hace más que mirarme.

Pero Anton sacudió la cabeza: Dorre sabía muchas cosas que los demás ignoraban.

—Vio avisos de lo de Laust Sand —dijo.

—¿Tú crees en esas cosas? —preguntó Mads Langer con arrogancia.

—¡Creo que hay muchas cosas que no sabemos! —contestó Anton Knopper—. Y tampoco debemos rompernos la cabeza con eso. Pero Dorre tiene el don de ver cosas que están ocultas.

—¡Ja! —rio Mads Langer—. Menuda vieja chiflada. Alguien tendría que abrirle los ojos. Pero entonces también podrá ver dónde para Laust Sand ahora. Porque debe de ser algo que salta a la vista.

Anton Knopper se puso serio y dijo con tristeza:

—Esperemos que también haya salvación para él.

—No —dijo Mads Langer—, no la hay. Está achicharrándose en la caldera. ¿Crees que se va a librar? ¿Para qué está el infierno, entonces? No, eso no funciona así, viejo.

Mads Langer habló otra vez, con ojos brillantes, del infierno y de eternos suplicios. Se puso a hablar en voz alta, a gritar, y a Anton Knopper no le gustó lo que oía, a pesar de que seguramente era verdad.

Con el paso de los días, no obstante, Mads Langer empezó a aburrirse. La gente estaba pescando en el fiordo, y Mads era un estorbo en los barcos. El verano pasó, empezaron las lluvias y el viento, y Mads Langer debía ir a su nuevo trabajo. Cuando habló a Adolfine de marcharse, ella se echó a llorar.

—Oh, por favor, déjame quedarme —se lamentaba—. No sé qué va a ser de mí donde vayamos.

Mads Langer la tomó con fuerza del brazo.

—Vaya, crees que puedes librarte tan fácil. Pues de eso nada.

Un anochecer que Anton Knopper volvía tarde de pescar, vio a Adolfine acurrucada en una caja de pescado vacía junto al embarcadero. Había envuelto al niño en un chal y lo apretaba con fuerza contra sí. Anton Knopper vislumbró su figura en la oscuridad, y pensó que algo iba mal. Se dirigió hacia ella.

—Pero ¿qué haces aquí, Adolfine?

Entonces se dio cuenta de que la joven estaba llorando. Trataba de ocultar su rostro tras el chal, pero sus ahogados sollozos lo traspasaban. Anton Knopper se asustó.

—Pero, criatura —dijo—, no puedes estar aquí con tu hijo, expuesta al frío de la noche. No estarás pensando hacer alguna locura, ¿verdad?

—Sí —dijo Adolfine, y retiró el chal de su rostro—. Ya no aguanto más.

Anton Knopper no supo qué decir. ¿Qué consuelo podía ofrecerle? Se sentó, indeciso, y miró al niño, que tenía los ojos abiertos. Después le acarició con cuidado la barbilla.

—¿Y no piensas en el pequeño? —preguntó con tristeza.

—Sí que pienso —gimió ella—. Iba a llevarlo conmigo.

—¿Cómo puedes decir algo así, Adolfine? —balbuceó Anton Knopper—. Eso es pecado mortal, y no debes olvidar que eres también responsable de su vida. Ven, te acompañaré a casa.

Anton Knopper tomó al niño en brazos e hizo levantarse a Adolfine. El niño estaba caliente y a gusto en su abrazo, y el pescador caminaba con cuidado, temeroso de que el bebé fuera a hacerse daño. No estaba acostumbrado a cosas tan frágiles.

La siguiente mañana temprano, Adolfine se dirigió con sigilo al cementerio para visitar la tumba de Laust Sand. Parecía descuidada y abandonada entre las elegantes lápidas y cruces, y en el suelo solo había un par de coronas marchitas. Adolfine se hincó de rodillas y dio unas palmadas a la tumba con sus flacas manos.

Dorre regresó a la costa oeste, y algo después fue Mads Langer quien se fue con Adolfine y el niño. Había alquilado un camión para transportar muebles y demás enseres hasta la estación de ferrocarril más cercana. Todos los conocidos fueron a despedirlos; Mariane, con lágrimas en los ojos. Mads Langer ordenaba la carga, discutía con el conductor y hablaba con la gente. No era fácil disponer bien todo aquello, y le había costado un buen dinero transportarlo hasta tan lejos. Pero en cuanto llegaran a la capital y encontrasen donde vivir, Adolfine y él iban a casarse, de manera que tenían que llevarse los muebles.

Cuando terminaron de despedirse, se sentaron junto al conductor en el amplio asiento. Mads Langer agitó el sombrero, pero Adolfine iba acurrucada, con el niño en el regazo, camino del mundo.

La sede de la Misión era una estancia enorme con una tribuna y desnudas paredes encaladas. Solo en una pared frontal había una imagen grande. Representaba a Jesús en el templo. El encargado de la cooperativa le había comprado barato el cuadro a un pintor creyente en una ciudad con estación, y lo cedió para la sede.

Ahora el Señor tenía su casa, y cada vez acudía más gente a ella. Algunos de los granjeros respetados se habían convertido en niños de Dios. Pero con los jóvenes siempre era difícil. Cuando la asociación de jóvenes del pastor celebraba un acto con lectura de textos y conferencia en el centro cívico, después los jóvenes bailaban al son del acordeón. Y ahora eran incontables las actividades que apoyaba el pastor. Una noche hubo una proyección de cine, y Tea y Mariane acudieron. Su enemistad había quedado atrás.

El hombre que iba de pueblo en pueblo con las películas había puesto carteles anunciando que iba a proyectar películas sobre el trabajo de los misioneros en India y China. ¡Magníficos lugares para evangelizar! Cuando se llenó la sala, el hombre se puso en pie y explicó que, debido a un error, no había metido en el coche la película del trabajo de los misioneros, pero que en su lugar iba a proyectar una película llamada *La colina de los elfos*, que era famosa en todo el país.[9] Era un hombre elegante de larga barba canosa y levita negra, pero bien podría ser un lobo disfrazado de cordero. En la

[9] *Elverhøj:* drama romántico de Johan Ludvig Heiberg (1791-1860). En la pieza se combinan el texto hablado, el canto y la danza, y es la obra de teatro que más se representa en el Teatro Real de Copenhague.

película aparecía gente que no hacía más que besarse. Mariane se divertía y reía con afectación, casi se adivinaba qué estaba pensando. Tea habría preferido marcharse, de haber podido hacerlo sin llamar la atención. Pero a sus espaldas había mozos y mozas riéndose ante las gastadas imágenes. Camino de casa, se encontró con Anton Knopper y le contó qué clase de película era.

—Esas cosas no sirven de mucho —sentenció Anton Knopper.

—¿Servir? —bufó Tea—. ¡Lo que hacen es atraer a gente inocente a la lujuria!

—Así es —repuso Anton Knopper con calma—. Por eso, uno debe estar atento para no caer.

Anton Knopper sabía sin duda de qué hablaba. Katrine solía estar cabizbaja en las reuniones, pero se susurraba por todas partes que tonteaba mucho con el peón de la granja donde servía ahora. Anton Knopper no era suspicaz, y tenía una firme confianza en Katrine. Sabía que se comportaba con ella como debía, y no la besaba ni la abrazaba. Tampoco era de los que ofenden a una chica con maneras desvergonzadas. ¡Pero quien marcha erguido debe cuidar de no caer! Anton Knopper acordó con Katrine que sería mejor posponer la boda hasta la primavera, para que pudiera estar segura de que su lugar estaba entre los piadosos.

Una noche, después de terminar de trabajar, fue a visitarla. No había nadie en la vivienda de la granja. Katrine lo invitó a su cuarto. Solo había una silla, y Katrine estaba sentada en la cama. Su vestido se deslizó un poco pierna arriba, y Anton Knopper no pudo evitar ver sus rodillas anchas y redondas y sus firmes piernas. La sangre se le subió a la cabeza, se levantó, casi sin saber lo que hacía, y se sentó junto a ella en la cama. Desenfrenado y confuso, la agarró y la tumbó en la cama, y a punto estuvo de ocurrir lo irremediable. Pero cuando le tocó el pecho notó algo duro y frío al tacto y dio un respingo del susto. Era la cruz de plata. Se tapó el rostro con las manos, y, cuando volvió a mirar a Katrine, la ardorosa chica se le apareció envuelta en una neblina.

—Perdona, Katrine —balbuceó—. No sabía lo que hacía.

—Pero si estamos prometidos —susurró Katrine.

—Así es —replicó Anton Knopper—. Pero eso no me da derecho a comportarme como una bestia. Ojalá el demonio no se hubiera apoderado de mí. ¿Qué vas a pensar de mí ahora? Pero te lo prometo: no tengas miedo, ya me ocuparé de mantener a raya mis instintos pecaminosos.

Anton Knopper tenía lágrimas en los ojos y la respiración agitada. Katrine, ruborizada y excitada, estaba sentada en la cama. Su pecho se hinchaba y se hundía con rapidez.

—No tiene importancia —dijo.

—Eres muy amable al perdonarme, Katrine —dijo Anton Knopper, conmovido—. La mayoría de las mujeres se habrían sentido insultadas y no lo habrían olvidado. Voy a pedirte que te arrodilles junto a mí y recemos a Jesús, para que me perdone el pecado que he estado a punto de cometer. Y debemos agradecérselo muchas, muchas veces, porque ha sido Él quien ha hecho que la cruz tocara mi mano cuando iba a propasarme contigo.

Katrine no respondió, y en su lugar se arrojó gimiendo sobre la cama, y Anton Knopper se quedó mirándola, desconcertado. La chica apretaba el cuerpo contra el edredón, mordía la almohada y agitaba las piernas, era un espectáculo terrible; y Anton Knopper entendió entonces el sobresalto que había provocado. La chica estaba fuera de sí, cosa que no era de extrañar después de haber visto que su propio novio casi la poseía por la fuerza. El rostro curtido de él estaba arrugado por un sincero remordimiento, y su bigote colgaba triste sobre su labio superior.

—Katrine —dijo, y la zarandeó—. Vamos, sé razonable. No lo haré otra vez, te lo prometo. ¡Vuelve a tus cabales, Katrine!

Katrine se levantó y secó las lágrimas de su rostro enrojecido.

—Además, me importa un bledo —dijo.

Anton Knopper se quedó aturdido, sin saber qué hacer. No había quien entendiera a las mujeres. Katrine primero se ponía a gritar, y después le importaba un bledo, aunque era lo que menos podía esperarse en un asunto tan serio. Anton Knopper no entendía nada. Asió el sombrero.

—Será mejor que me vaya —declaró, lleno de remordimiento.

—Sí, más vale que te vayas —dijo Katrine entre dientes—. Es lo que mejor se te da.

Las trampas se llenaron de anguilas, y las vendieron a un buen precio. Jens Røn tuvo suerte y se embolsó un dinero, y Tea pudo mirar confiada al futuro. Ya no echaba de menos su casa de la costa oeste; se sentía bien aquí, donde había encontrado amigos creyentes y donde Jens Røn y ella eran gente respetada. Y los niños eran obedientes. Martin trabajaba de criado en una granja durante el verano, y Tabita echaba una mano en la casa cuidando a los pequeños. Pero Tea recibió un golpe donde menos lo esperaba: Tabita, que empezaba la catequesis el siguiente invierno, se cortó el pelo en un arranque de arrogancia. Se lo cortó un domingo por la mañana con unas tijeras, y se presentó con la cabeza descubierta ante Tea en la cocina.

Tea juntó las manos y casi se desploma.

—¡Pero ¿te has vuelto loca, mujer?! —gritó.

Tabita la miró, angustiada, pero apretó los labios. ¡Le importaba un rábano! Llevaba meses pensando si sería capaz, y ahora lo había hecho. Tabita había seguido el ejemplo de la hija del director de la central lechera, que iba a la escuela de la ciudad y llevaba el pelo corto, y ella no iba a ser menos, aunque le había quedado un poco desigual por detrás.

—¡Jens! —gritó Tea—. ¡Ven, corre!

Jens Røn se precipitó a la cocina, pensando que había ocurrido alguna desgracia.

—Mira lo que se ha hecho —gimió Tea.

—Pero ¿qué has hecho, Tabita? —preguntó Jens Røn, perplejo—. ¿Has perdido la cabeza?

Tea le dio una bofetada y cayó llorando sobre la silla de la cocina.

—¡Vaya facha tienes! —gimió—. La gente va a pensar lo peor de nosotros, viendo que nuestros hijos solo piensan en acicalarse. Desde luego, no esperaba eso de ti, Tabita.

—En la ciudad van así, y…

Pero Tea no la dejó terminar.

—¡En la ciudad pueden ir como quieran! —gritó—. Pues has de saber que has traído la vergüenza a tus padres. Oh, ¿qué va a decir la gente ahora? Pero ¿es que no piensas?

Tabita lloraba, y Tea caminaba taciturna por la casa cuando apareció Mariane por la tarde. Evaluó el aspecto de Tabita y le arregló un poco el pelo con unas tijeras de bordar, hasta que le pareció cómodo y bonito, sin aquellas largas trenzas.

—Ya me gustaría a mí llevar el pelo así —dijo Mariane pensativa, con la mirada lejana—. Pero a Povl no le gustaría. Además, soy demasiado vieja. Pero a ti te sienta bien, Tabita.

Mariane no se tomaba las cosas en serio, pero Alma y Malene le dieron la razón a Tea.

—Deberías vigilar más a Tabita —le sugirió Alma—. Si empieza con esas cosas, puede acabar mal.

El rostro de Tea enrojeció un poco.

—Tabita es una buena chica —dijo—. Al fin y al cabo, no son más que travesuras.

La gente acudía a la sede de la Misión desde las afueras. Y en las reuniones con coloquio posterior Thomas Jensen y Lars Bundgaard llevaban la voz cantante. Estaban acostumbrados a dar testimonio y a hablar desde el alma. La riqueza o la reputación terrena no contaban allí. La misericordia no hacía distingos. Constituían una sociedad de hermanas y hermanos en el Señor.

Entre los conversos se encontraba el padre de Katrine, Esben el Muerto, el de los pantanos. Vivía en una casita a la que llamaban «la Casa del Muerto». Muchos años atrás, un hombre se colgó allí de una viga del techo. Esben se casó con la viuda. El apodo producía cierto pavor, pero se trataba de un hombre honrado, incapaz de matar una mosca. Era un anciano bajito y huesudo que mostraba una actitud distante, de tanto vivir solo. Su esposa murió, y Katrine llevaba trabajando desde que se confirmó. A Esben le gustaba hacer vida social, y cada vez que iba al pueblo, después pasaba mucho tiempo pensando en cada palabra dicha y oída. Uno le había estrechado la mano con amabilidad, y lo había saludado: «¿Cómo te va, Esben?». Y otro lo había invitado a tomar café. Esben asentía con la cabeza y era todo sonrisas ante tanta amabilidad.

Esben acudía a menudo a la sede de la Misión; allí estaba calentito y se sentía seguro y a gusto entre la gente. Una tarde Thomas Jensen se acercó adonde estaba, en el banco del fondo, y le preguntó con mansedumbre:

—¿Cómo te llevas con Jesús, Esben?

Esben no podía decir gran cosa, sentado allí, pero consiguió decir:

—Puede que no tan bien como debiera.

—Pues si eso es así —dijo Thomas Jensen—, entonces debes buscar tu camino a la salvación y llevar la paz a tu alma. Porque somos pecadores, mucho más de lo que creemos.

¿Cómo se llevaba Esben con su Dios y Creador? Seguramente no mucho mejor que el resto de los salvajes paganos que vivían en la desolación de los pantanos. Había plantado flores y arbustos que aún conservaban las hojas en las tormentas de otoño. Pero su alma no iba tan bien. Thomas Jensen y el resto de la buena gente deseaban que le fuera mejor. Varias veces se puso en camino hacia el pueblo, pero dio media vuelta, porque tampoco quería abusar. Cuando llegaba a casa, entraba en el establo; era mejor que la gente no lo supiera, pero Esben pasaba allí sus mejores horas. En el establo encontraba calor y sosiego, y las dos vacas disfrutaban el calor mientras rumiaban.

Por fin, un día llegó hasta el pueblo. El viento soplaba con fuerza, y el agua del fiordo lucía blanca de espuma. Esben pasó junto a la casa de Thomas Jensen, pero le faltó decisión para entrar. ¿No iba a parecer extraño molestarlo? Y tomó el camino de vuelta; tendría que dejarlo para alguna vez que se encontrasen por casualidad. Cuando estaba a punto de llegar a casa, decidió dar la vuelta y visitar a Thomas Jensen de todas formas. Podría suceder que le pareciera extraño que no apareciera. Esben deshizo el camino andado, pero, al llegar a la puerta de la casa de Thomas Jensen, pensó que sería mejor ordeñar las vacas antes. ¿Aquellas pobres criaturas debían estar tensas, temerosas y doloridas mientras él buscaba la paz con Jesús? Esben debía volver, porque estaba anocheciendo.

Así que era ya la hora de acostarse cuando llamó a la puerta de Thomas Jensen. Estaba levantado, y tomaron café.

—¿Añoras a Jesús? —preguntó Thomas Jensen. Esben reconoció que deseaba tener paz en casa y en su alma, y estar en paz con todas las personas y criaturas. Pero ¿cómo se conseguía la paz?

—Primero has de confesar tu pecado al Señor —contestó Thomas Jensen—. Si no lo haces, nunca conseguirás la paz, ni aquí ni en el otro mundo.

Esben se quedó pensativo. Era un pecador, no podía negarse. Pero era difícil saber qué debía confesar a Dios. Esben se sentía a gusto cuando tenía compañía. La lámpara era de latón reluciente, provenía de un naufragio. ¡Vaya luz daba! ¡Vaya luz daba!

En la casa todos se habían acostado. De todas partes le llegaba la respiración sosegada de los niños. Todo estaba en calma. Esben se encontraba a gusto en aquel mundo cálido. Allí se sentía en paz con Jesús. Se ponía amable y contento, y se arrepentía de sus pecados, por supuesto.

La voz amistosa de Thomas Jensen surgía de la profundidad de su interior, dotada de una insistencia especial.

—Arrepiéntete —decía—. Arrepiéntete y la paz llegará a tu alma; entrega la cruz al Redentor, puede cargar con esa cruz y con muchas más.

Esben vio ante sí un mundo bello y piadoso. Jesús, hijos y trabajo. El trabajo da alimento, y Jesús otorga paz, y los hijos son el bendito grano de los sembrados del mundo.

Cuando Esben llegó a su casa, entró en el establo y se quedó un rato sentado en el viejo arcón para el pienso. Hacía una temperatura agradable, y las vacas se restregaban el morro contra las mangas de su abrigo. El Niño Jesús había venido al mundo en un establo, rodeado de simples animales. Su diminuto rostro se había reflejado en sus ojos. Los animales lo olfatearon y le lamieron el cuerpo.

Los tejados de la casa estaban envueltos en niebla y aguanieve, y un viento gélido barría el fiordo. Las noches eran oscuras, con nubes rasgadas y una luna espectral que vagaba sin rumbo. Los cuervos aleteaban en los campos, y en los árboles desnudos los gorriones piaban, extenuados. Las lanchas cabeceaban amarradas al embarcadero, y el agua salpicaba fría y gris los costados de las embarcaciones. Pero por la noche brillaba la cálida luz de la sede de la Misión. Se acercaban clérigos de pueblos vecinos y atronadores misioneros rurales; la gente apacible y los pastores de voz retumbante eran testigos de la gloria en la que el alma encontraba refugio.

El pastor Brink daba paseos, inquieto, pensando sus sermones al detalle. Hubo elecciones al consejo parroquial, y resultaron elegidos Thomas Jensen, el maestro Aaby y un granjero de la Misión. ¿Debería cambiar de profesión? No, nadie iba a echarle en cara que cediera ante una fuerza superior. Pero no era fácil encontrar conferenciantes para la asociación de jóvenes: no había mucho dinero en caja, y ni los directores de instituto más idealistas hablaban gratis. El pastor tuvo que bajar el nivel más de lo que habría deseado. Y era un juego peligroso, bien que lo sabía: en caso de ocurrir algo malo, la responsabilidad iba a ser suya. Algunos de los piadosos acudían a menudo al centro cívico a escuchar la conferencia. El pastor lo percibía como si sus enemigos estuvieran al acecho en todas partes, como si las miradas de sospecha lo persiguieran, como si mentes odiosas pesaran cada palabra que salía de sus labios.

Una noche vio a Thomas Jensen en uno de los bancos del fondo de la sala. El conferenciante era un hombre larguirucho con una calva enorme en la coronilla y unos ojos saltones e inquietos. Hablaba de espiritismo. El pastor estaba disgustado, la charla era superficial, pero el hombre había pedido una suma humilde a cambio. Fue fruto de la mala suerte que Thomas Jensen fuera a aparecer justo aquella noche.

Cuando terminó la conferencia y los asistentes abandonaron la sala, Thomas Jensen se dirigió al pastor Brink.

—Quería preguntarle una cosa, pastor —dijo en voz baja y sosegada—. ¿Está de acuerdo con el conferenciante?

—Bueno, de acuerdo… —contestó el pastor Brink, evasivo—. No me parece que haya que rechazar del todo el espiritismo; al fin y al cabo, la Biblia habla una y otra vez de espíritus.

—Yo tenía entendido que no debemos ocuparnos de invocar a los muertos —dijo Thomas Jensen—. Y, por lo que veo, eso es lo que hace el espiritismo. Y no entiendo muy bien que el pastor reúna a los jóvenes para oír hablar de esas actividades.

—¿Me está hablando como miembro del consejo parroquial? —preguntó el pastor—. Aunque así sea, no acepto su crítica. No respondo de ninguna manera de esta charla, pero no comprendo que pueda ser nocivo para los jóvenes recibir información sobre los movimientos espirituales que existen hoy en día. Usted no puede obligarme a tener una predisposición espiritual concreta, no deseo ni puedo permitir que me encasillen en ningún sistema.

El pastor Brink estaba rojo de ira, y su respiración era agitada. ¿Sería la señal para el combate abierto? Esperaba que lo fuera, y estaba preparado.

—Nadie quiere obligarlo a nada —respondió Thomas Jensen con calma—. No creo que nadie tenga esa intención. Pero digo lo que pienso: a los piadosos no nos gusta esa clase de oradores, y no creemos que el trabajo del pastor consista en organizar charlas impías. Y hay una cosa que se le olvida: después de escuchar aquí las charlas, los jóvenes van directos a bailar al hotel.

La voz del pastor Brink tembló un poco al responder.

—Thomas Jensen, es usted un intransigente. Puede pensar lo que quiera, pero no voy a negar a los jóvenes una inocente diversión. También yo bailaba de joven. No me hizo ningún mal.

—¿Sabe usted a cuántas chicas lleva el baile a la perdición? —dijo Thomas Jensen—. Claro, de eso no sabe nada. De lo contrario, no aceptaría esa responsabilidad.

—Sé de gente que decía que eran creyentes y niños de Dios, pero cuyos actos no aguantaban la luz del día —respondió el pastor con pasión—. En todas partes cuecen habas.

Thomas Jensen lo miró fijamente.

—No debe juzgar a Laust Sand —dijo en voz baja—. Recibió con humildad el castigo divino.

Por Navidades, Thomas Jensen recibió una visita. Se trataba de un hombre flaco y delgado con un bigote fino amarillento y unos dientes que sobresalían de su boca. Dejó junto a la entrada una vieja bicicleta, llamó a la puerta y saludó con cierta timidez a Alma, que exclamó:

—Pero si eres Peder Hygum, ¿no?

El hombre se inclinó ante ella con una sonrisa humilde: en efecto, se trataba de Peder Hygum en persona.

—Pero ¿qué haces tú por aquí? —preguntó Alma—. Creía que estabas de misionero en Oriente.

Peder Hygum era todo sonrisas y explicaciones. El terrible clima de las tierras paganas había estado a punto de destruirlo. Y añadió con calma:

—Ahora sirvo a la buena causa en nuestro propio país.

Alma le pidió que entrara en la casa y le dio de comer. Peder Hygum era primo de Thomas Jensen, y el pescador lo saludó cordialmente cuando volvió del fiordo. Peder Hygum fue en busca de un pequeño bolso de mano que llevaba en la bicicleta, y Thomas Jensen le pidió que se quedara unos días antes de continuar su camino. Peder Hygum era vendedor ambulante de libros y buscaba suscriptores para un semanario cristiano. Su mujer residía en un pueblo lejano con sus padres. Eran tiempos difíciles, y a Peder Hygum le costó encontrar un medio de subsistencia cuando regresó a la madre patria.

Fue un invierno gris y embarrado: un día nevaba, y al siguiente llovía, con viento del este, frío y barrizales. El cielo aparecía pesado y gris sobre el horizonte. En la otra orilla del fiordo, las colinas negras eran como una muralla. El agua inundaba los amplios prados de la orilla norte del fiordo.

Anton Knopper había perdido su equilibrio interno. Su desasosiego lo hacía estar en continuo movimiento: parloteaba sin cesar, hablaba y reía, pero su rostro estaba envejecido. Cuando iba de visita, jugaba con los niños de la casa, y los hacía girar en el aire hasta que chillaban de alegría. Pero a veces se quedaba amodorrado, incluso delante de la gente, y su mirada brillaba con un fulgor especial. No lo veían mucho con Katrine. Tea sospechaba que había ocurrido algo entre ellos, y deseaba dirigirle alguna palabra de consuelo. Ella, que tuvo que pasar por muchas cosas en su juventud, podía hablar sobre el amor y la tristeza. Pero cada vez que empezaba a hablarle con cautela, Anton Knopper se cerraba a cal y canto. Debía de soportarlo mejor a solas.

Empezó a helar y a soplar viento, y la ventisca formaba montones de nieve, que se colaba por todas las rendijas, y en las caldeadas salas la humedad impregnaba las paredes. Después de helar varios días, el fiordo se cubrió de hielo, y los amplios prados eran como un terreno polar en el que la nieve azotaba el suelo y se elevaba formando nubes. La gente luchaba contra la tormenta. El viento acerado desgarraba los pulmones y hacía que la piel escociera. El domingo anterior al día de Navidad no hubo mucha gente en la iglesia. Thomas Jensen había comulgado, y se dirigía a casa con dificultad entre montones de nieve que alcanzaban un metro de altura al abrigo del viento. Justo delante de la sede de la Misión había una figura blanca, inmóvil. Reconoció a Anton Knopper.

—¡Hay tormenta! —gritó, pero Anton no lo oyó.

Se acercó a él.

—Pero ¿qué diantre haces aquí? —preguntó.

Anton Knopper giró la cabeza hacia él. De su barba colgaban carámbanos, y estaba blanco de frío.

—¡¿Qué dices?! —gritó.

—¿Qué haces en medio del camino con este tiempo espantoso? —preguntó Thomas Jensen—. Lo más sensato es ponerse a cubierto.

—Es que he estado pensando en una cosa —contestó Anton Knopper—. Fíjate en cómo cae la nieve sobre el tejado.

Thomas Jensen alzó la vista al tejado del edificio, donde los copos de nieve revoloteaban en torno a la cruz.

—Sí, ya veo que hay tormenta de nieve, pero eso no es nada extraordinario por aquí —dijo.

—No debe de serlo, no, no puede serlo —dijo Anton Knopper con aire distraído—. No, he visto la cruz y me he puesto a pensar.

Emprendieron juntos el fatigoso camino a casa mientras la nieve azotaba sus rostros. Cuando llegaron a la casa donde vivía Anton Knopper, este se detuvo un rato junto a la puerta.

—Tengo miedo de volverme loco, Thomas —dijo en voz baja.

—A las personas siempre nos pueden pasar cosas —repuso Thomas Jensen, algo extrañado—. Y si te puedo ser de ayuda, has de saber que estoy dispuesto. Pero comprendo que si estabas delante de la Misión mirando la cruz, tus pensamientos han tomado el camino correcto.

Anton Knopper dio un respingo y se apresuró a despedirse. Thomas Jensen caminó pensativo hasta su casa. ¿Qué podía turbar a aquel hombre desenvuelto?

Apenas había atravesado la puerta cuando Peder Hygum llegó corriendo de la sala y le ayudó a quitarse el abrigo. Al fin y al cabo, el vendedor ambulante tampoco podía salir con aquella nevada. Se había tomado un descanso, y por la noche solía leer en voz alta los libros que tenía en su bolsa. Peder Hygum era una persona apacible, que procedía con humildad y era agradecido con quienes le mostraban afecto.

—Me parece que tenemos mal tiempo para rato —declaró Thomas Jensen al entrar en la sala—. Y, como siga la ventisca, vas a tener que pasar las Navidades aquí. Supongo que tu intención sería ir a visitar a tu esposa para celebrar las fiestas con ella.

Peder Hygum sacudió la cabeza, apenado. Su deseo de reunirse con sus seres queridos no iba a poder cumplirse. Su suegro era un descreído, y le había prohibido la entrada en su casa.

—Debe de ser duro —dijo Thomas Jensen, comprensivo.

—Justo ahora, en la santa Navidad, me desgarra un poco el corazón —replicó Peder Hygum—. Vivo una existencia azarosa, como un pájaro al que unas malas personas han arrojado del nido que tenía en lo alto del árbol. Por supuesto que no acuso a nadie, pero mi corazón se entristece por la vida que debo sufrir. Pero entonces pienso en las palabras del salmo:

No siempre logro la calma
donde reina la felicidad
muchas veces me he esforzado,
y cuántas más me esperan.

Por la noche, Thomas Jensen habló con Alma. ¿Y si invitaran a la esposa e hija de Peder a pasar las Navidades con ellos? Si se organizaban, podían alojarlos a todos. Alma no tuvo inconveniente. Era razonable que Thomas invitara a sus familiares. A Peder Hygum le saltaron las lágrimas cuando Thomas Jensen se lo propuso, y de su boca brotaron palabras de agradecimiento. El único problema era que pudiera suspenderse el tráfico ferroviario. Pero, unos días antes de Navidad, la tormenta de nieve remitió, y quedó un cielo despejado, brillante y helado.

Peder Hygum había pedido prestado un trineo a uno de los granjeros, y fue a la estación a buscarlas. Cuando volvió, estaba de buen humor y caminaba de un lado a otro hablando sin parar, se sentaba un rato y volvía a levantarse. En las comidas, tenía a su hija en el regazo.

Laura Hygum era una mujer flaca y algo cohibida de pelo rubio, casi incoloro. Cuando hablaba con la gente, miraba más allá de su interlocutor, como si dirigiera la atención hacia algún objeto de la estancia. Era callada por naturaleza, y parecía actuar con cierta frialdad ante su esposo. La hijita estaba un poco regordeta, y por lo demás se parecía a su madre.

—Espero que estés a gusto entre nosotros —dijo Thomas Jensen a Laura—. Si puedes apañarte, eres bienvenida.

—Gracias —repuso Laura—. Espero no causaros muchas molestias.

—Claro que no —interrumpió Peder Hygum—. Intentaremos no estorbar demasiado. Os habéis mostrado como buenos familiares y hermanos en la fe; si toda la gente fuera así, sería más fácil transitar por el mundo. Me viene a la cabeza un verso corto:

Parece que en su tormento
Dios olvidó a los suyos,
pero seguro que obtendré su ayuda
cuando me llegue la hora.

—Juiciosas palabras —dijo Thomas Jensen.

—Sí, y le van como anillo al dedo a mi situación —repuso Peder Hygum con voz seria—. He pasado muchas horas sintiéndome solo y abandonado, y he creído que Dios se había olvidado de mi existencia. Y todas las veces el Señor me ha mostrado su misericordia y me ha ayudado a ponerme en pie.

Peder Hygum calló. Luego se volvió hacia su hija, tomó sus manos y las juntó con suavidad.

—Has crecido, pequeña Kirstine —dijo—. Sí, te has hecho mayor. Veamos si recuerdas el salmo que solíamos leer juntos.

La niña recitó rápido con voz susurrante:

¿Quién está en las puertas del Paraíso?
Un querubín con la espada del Señor.
¿Por qué se transforma todo rápido?
Ay, porque Adán abandonó a su Dios.

Pues había sido creado a imagen de Él,
pero perdió su inocencia.
¿Qué queda de su brillo ahora?
Una neblina en su mente.

¿Qué lo cegó, a él, tan sagaz?
Su propia esposa lo engañó.
¿Por qué se hundió ella?
Por la malicia de la sierpe.

¿Hasta dónde llegan sus consecuencias?
Hasta todos sus descendientes.
¿Cuál es el origen?
Haber dado la espalda a Dios.

¿Quién dice, pues, que Dios está enfadado?
Lo dice nuestra conciencia.
Pero ¿y cuando está velada?
Entonces debemos despertarla.

Thomas Jensen se giró hacia sus hijos, que rodeaban a Alma y miraban a la niña desconocida.

—Vosotros no sois tan espabilados. Haríais bien en aprender de Kirstine.

—Este salmo es muy apropiado para los niños —dijo Peder Hygum—. Habla del pecado original y deja bien claro que sin misericordia no hay salvación. Creo que deberíamos enseñar a nuestros hijos desde pequeños a valorar la conciencia y a mantenerla despierta. Recuerdo, hace un par de años, cuando Kirstine no tenía más de cuatro, un día me dijo: «Qué contenta estoy, padre, porque Jesús ha redimido mi pecado». Son palabras hermosas en boca de un niño. Cuando estuve en Oriente, conocí a un misionero que enseñó a decir a su hijo como primera palabra, no «padre» o «madre», o lo que aprendan los niños, sino «Jesús». Aquel niño salió al mundo, por así decir, con el Redentor en los labios. Kirstine, veamos si te sabes el padrenuestro.

La niña empezó:

—Padre nuestro que estás en los cielos…

Pero Laura se levantó y la atrajo hacia sí.

—Será mejor que se acueste, me temo que está muy cansada del viaje.

En Nochebuena fueron a la iglesia. Thomas Jensen no podía concentrarse en las palabras del pastor porque pensaba en Laust Sand, que estaba enterrado fuera. Nadie había adornado su tumba para la ocasión. Miró alrededor. Vio caras conocidas por doquier. Gente que iba a las reuniones y estaba salvada. En el momento de cantar salmos, oyó la aguda voz de Tea por encima de las demás, y vislumbró en un rincón a Lars Bundgaard y a Malene, pero Anton Knopper no estaba.

Caía una buena helada, y en el profundo cielo oscuro brillaban las estrellas. De todas las casas se alzaba el cántico de salmos, excepto de la de Anton Knopper, que estaba solo en su cuarto. No sentía el frío, a pesar de que en los cristales de las ventanas habían empezado a formarse flores de escarcha.

Laura ayudaba de buena gana a Alma en la casa, pero no era muy habladora. Kirstine andaba por su cuenta y no congeniaba con los demás niños. Al fin y al cabo, estaba acostumbrada a estar sola. Pero Peder Hygum se mostraba alegre y animado. Durante los días señalados, estuvieron de visita en casa de Lars Bundgaard y de Jens Røn, y Peder Hygum les pareció simpático a todos. Una noche habló en la sede de la Misión para describir el trabajo en tierras paganas.

Cuando pasaron las Navidades, el desasosiego se apoderó de él. Las temperaturas seguían bajo cero y caía nieve abundante, pero un día hizo un paquete con sus libros y comunicó que iba a salir a intentar vender algo.

—No vas a poder andar en bicicleta tal como están las carreteras.

—Claro que sí —repuso el vendedor ambulante—. En peores me las he visto. Y algo hay que hacer para ganar el pan para sí y los suyos. La gente no quiere gastar dinero ni siquiera en lecturas piadosas. Tampoco acuso a nadie, la mayoría no se lo pueden permitir. Pero creo que debo partir a cumplir con mi deber. Muchas veces pienso que un librito de estos puede ser de ayuda para un alma necesitada. Recuerdo un pequeño verso:

Aunque parecéis sufrir,
vuestra alma está alegre.
Si debéis pedir pan,
entre hambre, riñas y odio,
muchos descubrirán en Ti,
a pesar de todo tu oro,
en el cielo más claro verás
que Dios es tu tesoro.

Peder Hygum salía a vender todos los días. Thomas Jensen se ocupaba de su trabajo y Laura se quedaba sola con Alma. Cuando hablaba de volver, Alma le quitaba importancia. No había ninguna prisa, y de momento no podían permitirse tener su propia casa, ¿verdad?

Laura sacudía la cabeza: eso tendría que esperar. Había estado en Oriente con Peder Hygum, y contaba cosas de allí, pero por lo demás no era muy comunicativa. Alma tenía entendido que el padre de Laura tenía una tienda de zuecos y objetos de madera, y que era un hombre acomodado.

—¿No está salvado? —preguntó Alma.

—No —replicó Laura—. Es adventista. Y no se lleva bien con Peder.

—¿La enemistad es por causa de la fe?

—No —respondió Laura, vacilante—. Hay muchas otras cosas. Peder ha traído la mala suerte consigo desde que volvimos de Oriente. Durante un tiempo fue director de un hogar del marino, pero no pudo quedarse, no era trabajo para él. Desde entonces ha probado de todo. No es tan fácil con su temperamento, tiene muchas cosas en contra.

—Bueno, bueno... —la consoló Alma—. Tranquila, a Peder Hygum también le llegarán tiempos mejores.

Anton Knopper ya no acudía a la granja donde servía Katrine, y la gente los veía raras veces juntos. Se murmuraba que el compromiso estaba a punto de romperse, y las mujeres dirigían miradas escrutadoras a Anton Knopper. La transformación de su personalidad se hizo cada vez más evidente. Se mantenía callado, ensimismado y aislado de los demás.

La capa de hielo del fiordo se había hecho tan gruesa que se podía caminar encima. Los pescadores salieron con hachas y tridentes, y el hielo resonaba sordo bajo sus pies. Anton Knopper y Thomas Jensen caminaban juntos. El cielo lucía despejado y helaba. Hacia el sur, las colinas se alzaban blancas y relucientes, y por el norte los prados se fundían con el fiordo cubierto de hielo. El aire estaba helado, y el aliento salía de la boca en forma de vapor.

—¡Qué espectáculo más bonito! —exclamó Thomas Jensen—. Si tuviéramos patines, podríamos atravesarlo.

—Sí —contestó Anton Knopper, como si tuviera la mente muy lejos.

Thomas Jensen estaba de pie con su tridente junto al agujero abierto en el hielo, y Anton Knopper estaba tan cerca de él que podía seguir sus movimientos. De pronto, lo vio clavar el tridente en el agua, y, a la vez, tirar del mango y arrojarlo sobre el hielo. Luego empezó a caminar tambaleante hacia tierra firme.

—¡Anton! —gritó Thomas Jensen—. No te pasa nada, ¿verdad?

Anton Knopper no se volvió, continuó caminando vacilante, como si se sintiera mal, y Thomas Jensen corrió tras él, mientras el hielo crujía bajo sus pies. Cuando llegó a su altura, le dijo, jadeante:

—No estás enfermo, ¿verdad, Anton?

Anton Knopper giró su rostro gris hacia él.

—No sé qué me pasa —dijo.

—¿Por qué has dejado el tridente y te has marchado? —preguntó Thomas Jensen—. Alguna razón tendrías.

—No es fácil de entender —respondió Anton Knopper mientras le castañeteaban los dientes—. Pero cuando iba a lanzarlo al agujero, me ha entrado un miedo mortal. Ya no me atrevo a pescar anguila con tridente.

—Pero hombre, no hay ningún peligro en eso —razonó Thomas Jensen.

—No, ya lo sé, y tampoco entiendo qué me ocurre. Pero no estoy nada bien. Si quieres escucharme, Thomas, te pediré consejo, porque, después del pastor Thomsen, eres el hombre más sabio que conozco. Tengo que decir las cosas como son. El otoño pasado estuve a punto de ponerle las manos encima a Katrine. En el último instante, mi mano tropezó con una pequeña cruz de plata que lleva en el pecho, y debí de comprender la señal, y no pasó nada malo. Así que, como puedes imaginar, me entraron remordimientos, e hice cuanto pude por lavar mi pecado.

—¿Y recibiste el perdón? —preguntó Thomas Jensen en voz baja.

—No, las cosas me fueron de mal en peor. No podía dominar mis deseos lujuriosos. Y entonces sí que me hundí, como comprenderás. Cada vez que rezaba, se me aparecían imágenes impúdicas; y al final no podía ver una cruz sin que me asaltaran los pensamientos más pecaminosos.

Thomas Jensen se detuvo, espantado.

—Pero ¿qué estás diciendo?

—¿Recuerdas el día que me encontraste frente a la sede de la Misión, mirando a la cruz en lo alto? Pasaba al lado, y casualmente alcé la vista hacia la cruz; y el mal se apoderó de mí de inmediato y no me soltaba. No sé cómo va a terminar esto. Porque cuando la cruz en la que murió nuestro Salvador despierta pensamientos impúdicos en mí, solo puede ser porque el diablo anda por medio. Si me muriese ahora, iría derecho a las llamas del infierno.

—No debes hablar así, ¿me oyes, Anton? —lo regañó Thomas Jensen—. Debe haber una solución. ¿Estás seguro de que no te dejaste seducir por deseos carnales cuando te prometiste a Katrine?

—Creía que podría convertirse en una niña de Dios —contestó Anton Knopper.

—Eso creías, pero ¿estás seguro de que no estabas engañándote? Me temo que no supiste ver lo que te impulsaba. No tengo ninguna confianza en esa chica, a pesar de que su padre es creyente, y creo que lo que ha pasado es que la lascivia ha hecho que te olvidaras de Jesús. Y ahora Dios te está dando un aviso. Quisiste poner las manos en la chica, ¡y tu mano encontró la cruz! Ahora debes elegir qué es lo que quieres.

Habían llegado a la orilla, donde el hielo quebradizo crujía bajo sus pies. Anton Knopper caminaba con la cabeza gacha.

—Creo que tienes razón —dijo—. Y quiero darte las gracias, Thomas. Yo solo nunca lo habría solucionado. No soy hombre de muchas luces.

Anton Knopper fue a ver a Katrine con el corazón en un puño. La chica se enfureció y lloró, pero Anton Knopper se mantuvo firme: debían romper su relación. Entonces Katrine se puso terca y adoptó una actitud soberbia.

—Mira, me importas un bledo, puedo conseguirme otro novio. Eres de lo peor que le puede tocar a una chica.

—No debes guardarme rencor —dijo Anton Knopper—. Ya sé que no me he portado contigo como debía.

El tiempo cambió, llegó el deshielo, la nieve se derritió y la tierra volvió a estar visible. Una noche el hielo del fiordo se agrietó con un sordo estruendo, las estacas se rompieron como si fueran palillos, y un pedazo de embarcadero se desgajó. La carretera se convirtió en un mar embarrado, y las cunetas se desbordaron de agua. Peder Hygum no pudo salir con su bicicleta. Él y su familia seguían disfrutando de la hospitalidad de Thomas Jensen, y cada vez que hablaban de partir, terminaban sin concretar nada. Era razonable que se quedaran mientras Peder Hygum pudiera vender algo en la comarca. En sus salidas debía de ganar también algo de dinero. Pero no era gran cosa, decía el vendedor ambulante con un suspiro.

Era orador en la Misión, y solía hablar de sus viajes por la comarca. Había pasado por posadas en las que se oían gritos y rugidos en la oscuridad. Había oído hablar de bebida, de lascivia y de clérigos descreídos. De su boca salía un chaparrón de saliva cuando se animaba.

En una reunión, Anton Knopper se sentó junto a una mujer que nunca había visto. Era alta y fuerte, larguirucha, y tenía profundas marcas de viruela en la cara, pero sus ojos eran bonitos, y sus labios, rojos y carnosos. Cantaba con voz aguda, un poco chillona. Cuando Anton Knopper volvió a casa con Thomas Jensen, le preguntó quién era.

—Se llama Andrea —repuso Thomas Jensen—. Su padre tenía una pequeña granja, y ahora viven en una casa en la parte este del pueblo. Ella hace poco que se convirtió. Si hay que decir la verdad, tiene una hija. Su padre es anciano, tendrá unos ochenta años, y dicen que está algo demente; y su madre murió.

—Así que tiene una hija —comentó Anton Knopper.

—Sí, pero, por lo demás, oigo que es una mujer hacendosa.

Anton Knopper andaba atareado, bregaba con el arenque desde la mañana hasta la noche, sin permitirse el menor descanso. La maldad acechaba, la sentía, y una mirada a una mujer podía llevarlo a la perdición. En la iglesia y en la Misión se sentaba en el primer banco, donde no tenía a nadie delante. Pero cuando veía la cruz del altar, debía cerrar los ojos y se mareaba.

Cuando las condiciones permitieron transitar por las carreteras, Peder Hygum sacó su bicicleta del cobertizo. Le había llegado una nueva remesa de libros y folletos, y se vendían bien. Alma solía darle un bocadillo para el camino. Por lo general, regresaba tarde a casa, y a veces no volvía durante varios días. Una noche, Alma oyó voces y llanto en la habitación de los invitados, sonaba como si Laura gimiera. Al día siguiente, Peder Hygum dijo que su esposa había tenido dolor de muelas y no había podido dormir. Alma la miró; estaba sentada mirando al suelo, algo pálida, pero dio un respingo cuando llamaron a la puerta y entró Anton Knopper. Le ofrecieron sentarse.

—He recibido carta de Mads Langer —anunció con calma.

—No me digas —repuso Thomas Jensen, preocupado—. No ocurre nada grave, ¿verdad?

—Será mejor que leas la carta —dijo Anton Knopper, y le entregó un sobre.

Thomas Jensen se puso las gafas y leyó:

Estimado amigo:

Si recibes esta carta mía, es porque Adolfine, con quien me casé, ha muerto. En un desvarío, se ha arrojado al agua en el puerto y se ha ahogado. Todo empezó cuando el niño se puso enfermo en otoño; y cuando murió, Adolfine se volvió loca. Estuvo en un asilo, pero no podían tenerla más tiempo, y creían que podía estar en casa. Pero era imposible hablar con ella, y, si le decías algo, se ponía como una posesa. Sé que me mostré tolerante ante ella, porque me decía a mí mismo: está loca, debes tratarla con consideración. He gastado mucho dinero en ella, y te pido a ti y al resto de los buenos amigos que me enviéis el dinero de los derechos de pesca que me comprasteis. La enfermedad y el entierro cuestan dinero, y me he endeudado. Escrito está que el gusano no muere y que el fuego no se apaga; son palabras apropiadas para Laust Sand, que es quien tiene la culpa y deberá rendir cuentas el Día del Juicio. Arrastró a Adolfine en su caída, y yo he hecho lo que he podido para alejarla del pecado, pero en vano. No voy a contar cómo se comportaba muchas veces; tenía un fondo de maldad porque estaba loca, y por eso se arrojó al agua en el puerto. Pero os pido una vez más que me enviéis el dinero, porque mi deuda es elevada, y me hace falta.

Saludos para todos los buenos amigos, y también para ti, amigo mío, en nombre de Jesús, nuestro Salvador y Redentor, en quien encontraremos ayuda tanto aquí como cuando llegue la hora.

Mads Langer.

Cuando acabó la lectura en voz alta de la carta, se hizo el silencio en la sala.

—Adolfine ha encontrado al fin la paz —dijo Thomas Jensen.

Sí, Adolfine había muerto, se había quitado la vida. Mariane lloró al oír la noticia.

—Nunca debí dejar que se marchara con él —se lamentó—. Era un insensato, y ella le tenía miedo. Creí que las cosas irían bien cuando tuviera el niño.

—Ahí se ve adónde conduce la lujuria —sentenció Tea. Pero le había puesto una corona a Laust Sand. ¿Dónde estaría enterrada Adolfine?

Hubo una reunión en la Misión, un pastor que no conocían habló, y después un hombre tomó la palabra para dar testimonio. La puerta se entreabrió, y una corriente de viento frío se coló dentro e hizo que las llamas de las velas vacilaran. La gente de los bancos del fondo se volvió. Era Peder Hygum. Llevaba dos días fuera.

Renqueaba un poco cuando avanzó por el pasillo central, y parecía pálido y cansado. En el primer banco la gente se apretó para hacerle sitio. Pero para cuando Thomas Jensen preguntó si alguien más deseaba tomar la palabra, Peder Hygum estaba ya en la tribuna. Algo malo le pasaba. Sus ojos vidriosos miraban fijamente la sala, y se balanceaba atrás y adelante como un árbol al viento. Empezó a hablar con un ronco susurro. La gente se inclinaba hacia delante para oír, pero nadie captaba lo que decía. Su boca rezumaba saliva. Thomas Jensen se dirigió a él y le puso la mano en el hombro.

—Estás enfermo, Peder. Más vale que te sientes.

Lo golpeó el tufo de alcohol. Peder Hygum estaba bebido.

Thomas Jensen y Anton Knopper lo sacaron. Les costó arrastrarlo, y los labios del vendedor ambulante se movían como si estuviera dando una charla.

—Es extraño que haya podido mantener el equilibrio en la bici —comentó Anton Knopper, alterado.

—También se ha caído —repuso Thomas Jensen—. Me he dado cuenta enseguida de que tenía la ropa manchada.

Lo llevaron a casa entre los dos y lo acostaron. Laura lo observaba todo, tiesa y pálida. Había llevado a su hija a la cocina con Alma.

—Será mejor que nos acompañes —dijo Thomas Jensen sin mirarla—. Aquí no podemos hacer nada más.

Entraron en la sala, y Laura se quedó mirando por la ventana. Fuera llovía y soplaba el viento. Se oía el frío bramido del fiordo, que seguía lleno de placas de hielo. Alma entró y se sentó sin decir nada.

—¡Ahora ya lo sabéis! —dijo Laura, y se giró—. Cuando le da por ahí, no puede dejar de beber. Por eso lo enviaron de vuelta cuando era misionero. Se gasta todo el dinero que consigue en beber.

—Oh, Dios mío —exclamó Anton Knopper, compadecido—, pobre hombre.

Por un instante todos se callaron. Después, Thomas Jensen habló:

—Laura, es duro para ti que no pueda controlarse. Por lo demás, es buena persona. Espero que sea lo bastante fuerte para superar su mala inclinación.

Laura se apoyó en la pared. Anton Knopper se despidió, y Thomas Jensen se ausentó un rato de la sala. Alma se levantó del sofá y se dirigió hacia Laura. Tenía lágrimas en los ojos, y depositó con suavidad la mano en su brazo.

—Ya ha pasado antes que esa clase de conductas se hayan enderezado —dijo—. Pero ya sé cómo es. Mi propio padre era dado a la bebida. Pero al final lo superó.

—Cada vez que se emborracha, gime y se lamenta, y promete dejar la bebida —dijo Laura con voz apagada—. Pero no tiene solución.

—No debes decir eso —replicó Alma con su suave danés de ciudad—. No debemos enfrentarnos al destino, sino acarrear la cruz que nos haya tocado.

—No soy de las que pueden perdonarlo todo —dijo Laura, y su semblante adquirió una expresión de fría serenidad—. No me fío de él, y no me creo sus palabras y promesas. Nadie puede exigir que lo perdone, y no voy a hacerlo. Ay, si supieras las que me ha hecho pasar.

A la mañana siguiente, Peder Hygum se levantó tarde. Alma le preparó café en la cocina, y él lo sorbió con rapidez mientras la miraba de reojo. Cuando lo terminó, salió al cobertizo, donde Thomas Jensen, envuelto en su abrigo, remendaba redes de cerco con dedos fríos y rígidos.

—Anoche debí de causarte una mala impresión —dijo Peder Hygum con tono desenfadado—. Y entiendo perfectamente que esperes una explicación. El caso es que contraje unas fiebres en Oriente, fiebres tropicales, las llaman, y pueden atacarme en cualquier momento. Anoche tuve un ataque mientras estaba en una casa, temblaba, estaba medio inconsciente y a punto de desvanecerme. Me tumbaron en un sofá y alguien me dio a beber un buen trago de aguardiente. Querían llevarme en coche hasta casa, pero, como me veía algo recuperado, pensé que podría arreglármelas solo. Sin embargo, cuando me monté en la bici se me subió el aguardiente a la cabeza, porque no estoy acostumbrado a bebidas fuertes… y la fiebre…

Thomas Jensen lo miró con fijeza, mientras la voz de Peder Hygum perdía aplomo por momentos. Cuando calló, se hizo un silencio prolongado. Thomas Jensen no dejaba de mirarlo.

—Deberías acudir a Jesús —dijo—. Y pedirle que te ayude. Y no me mientas. Me he comportado contigo como una persona decente.

—Claro, por supuesto —dijo Peder Hygum con humildad—. He rezado al Señor, y me he aferrado a Él… Pero soy débil, y a veces caigo… Lo sé de corazón… No soy más que un pobre fracasado… Conocerme no beneficia a nadie… Más vale que me vaya… Debo intentar recuperarme y recobrar la paz…

—No te critico porque hayas caído —dijo Thomas Jensen—. No debo juzgar. Pero lo has ocultado, y me has hecho creer que eras mejor de lo que eres. Creo que debemos separarnos sin malas palabras; no obstante, más vale que te marches en cuanto puedas.

Pero antes de marcharse Peder Hygum, se oyeron cosas muy feas sobre sus idas y venidas. Había frecuentado las posadas de la comarca y bebido aguardiente. Eso decían las malas lenguas. El caso es que el vendedor ambulante fue haciendo visitas a los amigos del pueblo para despedirse. Después de decir que se marchaba, dejaba el paquete de libros sobre la mesa, y no resultaba fácil decir que no. Peder Hygum vendió casi todos los libros, y aceptó con humildad todas las indirectas. Tea compró un librito sobre las misiones en China, costaba una corona, y era demasiado. Pero Peder Hygum se llevó una advertencia para el camino.

—¿Eres un auténtico niño de Dios? —preguntó Tea en voz baja, con severidad.

Peder Hygum suspiró y sus ojos se llenaron de lágrimas. Solo era un pobre pecador que libraba su lucha en secreto. Era lo más miserable que podía ser una persona.

—El aguardiente es algo malo que lleva a la persona a la perdición —declaró Tea—. Pero ¿es ese tu único pecado, Peder Hygum? También he oído contar cosas que no quiero ni imaginar. Dicen que te pusiste impertinente con una chica en la posada de Voldum.

Las lágrimas surcaron las magras mejillas sin afeitar de Peder Hygum. Tea sintió lástima por él, pero la lujuria merecía castigo.

—Ya sé que soy un pecador —reconoció Peder Hygum—. Todo lo que he hecho ha sido en contra de mi voluntad. Cuando el diablo del aguardiente me absorbe, pierdo la cabeza. ¿Habré caído tan bajo como para faltar el respeto a una chica en la posada de Voldum? Es extraño, no recuerdo a ninguna chica en la posada de Voldum. ¿Quizá debiera ir allí a reparar el daño que causé en mi estado lastimoso?

—No —dijo Tea—. Si vuelves a la posada, podrías volver a hacer alguna locura. Creo que preferiría que te arrepintieras.

—Nadie se arrepiente de sus pasos en falso como yo —gimió Peder Hygum—. Al fin y al cabo, tengo esposa e hija, y me gustaría ser una persona piadosa. Pero si rezáis por mí, entonces quizá me quitéis esa cruz de encima.

—Rezaré, Peder Hygum —dijo Tea, conmovida—. Puedes estar seguro de eso.

Peder Hygum volvió a sacar el paquete de libros y pidió a Tea que tomara un librito de recuerdo. Se llamaba *La senda del pecado*, y trataba de las tentaciones del mundo, y podía llevárselo gratis, como pago por sus consejos. Pero Tea reflexionó, no podía aceptar regalos de un hombre pobre.

—Si me llevo el libro, voy a pagar por él —dijo.

—Bueno —suspiró Peder Hygum—, el libro vale lo que cuesta, solamente corona y media.

Laura tenía un padre a quien recurrir, y Peder Hygum quería acompañarla allí y después buscar fortuna en otra parte del país. Embarcaron en una pequeña balandra a motor que iba a navegar a lo largo del fiordo, y Thomas Jensen y Alma los acompañaron al embarcadero. Laura iba tiesa y callada en cubierta, asida de la mano de su hija. Cuando el barco zarpó del embarcadero, Peder Hygum se puso a cantar. Su frágil voz aguda se oía por encima del ruido del motor y el viento.

El peligro acecha mi senda,
mi alma debe pensar siempre
que Satanás interviene
con las cadenas dispuestas.
Su oculto fuego infernal
puede traerme la perdición
cuando estoy en mi bastión.
El peligro acecha mi senda.

Mi senda rebosa de adversidad,
contra el pecado he de luchar,
si Dios va a castigarme,
lo soportaré paciente.
A veces no veo ningún camino

por el que transitar,
cuando me rodea la niebla,
mi senda rebosa de adversidad.

Thomas Jensen escuchó el salmo mientras la embarcación desaparecía en el día brumoso.

Las redes para el arenque estaban echadas; las nubes corrían por el cielo, y soltaban chaparrones cuando iban a recogerlas. Pero era primavera. El sol ganaba fuerza y brillaba amarillo en charcos y cunetas, destellaba en los molinos de viento, y nubes blancas surcaban el cielo azul claro. El arado volteaba la brillante tierra húmeda, y las gaviotas bajaban chillando hasta los surcos.

En Semana Santa se confirmaron Tabita y Maren, la hija mayor de Thomas Jensen. Tabita parecía una mujercita con su ropa negra, y Tea vio lo fina y elegante que lucía entre los demás confirmandos, de formas más bien grandotas y toscas. Tabita había llegado a una edad en la que debía salir a ganarse el sustento. Thomas Jensen ya había encontrado un puesto para Maren: iba a ser niñera en una granja de la zona. Pero Tabita quería ir a la ciudad a trabajar, insistía en ello, y Tea no pudo oponerse.

Cuando los hombres iban al fiordo las mañanas lluviosas, solía hacer frío. La espuma de las olas brillaba blanca en la penumbra, y el motor emitía un extraño sonido frío. Salían a la parte más ancha del fiordo, desde donde apenas se divisaba tierra firme. Pero cuando izaban las redes de cerco, los arenques brillaban en cubierta con un fantástico resplandor plateado y púrpura. Los pescadores muchas veces terminaban empapados a pesar de las botas y de la ropa impermeable, pero de todas formas aquello no tenía nada que ver con el mar de verdad cuando había una tormenta de primavera. ¡Ay, el mar!

Nadie había vuelto al pueblo de la costa desde que se marcharon de allí. Era un viaje largo y caro, y ya tenían otras cosas en las que gastar el dinero. Pero Thomas Jensen propuso hacer una excursión al mar cuando terminase la campaña del arenque. Solo eran seis millas por carretera, y no podía costar mucho alquilar un camión grande a algún transportista en la ciudad con estación más cercana. Los hijos deberían ir también, para que no se olvidaran de su patria chica. Ultimaron los detalles del plan. Todos deseaban ver el mar y volver a respirar el aire salado.

Anton Knopper seguía estando triste y no decía ni mu. No contaba ningún chiste, y, cuando no pescaba en el fiordo, solía estar en su casa reparando redes. Muchas noches Alma enviaba a alguien en su busca, y cuando él llegaba casi siempre se encontraba a Andrea de visita. Alma estaba a menudo con ella últimamente, y Thomas Jensen sin duda tenía sus planes para ella y Anton Knopper. Por regla general, Andrea solía estar con su hija. La niña se había encariñado con Anton Knopper, a quien le gustaba tenerla en el regazo.

Andrea era reservada por naturaleza, y se diría que algo se había roto en su interior. Cuando le hablaban, alzaba la vista con una mirada asustada: pero Anton Knopper se sentía a gusto en su compañía. Se daba perfecta cuenta de por qué los invitaban juntos, no estaba ciego. Y reconocía de buen grado que Andrea era una buena esposa para él. No despertaba en su pecho ni impetuosidad ni deseo. A ella podía mirarla sin que le vinieran a la mente ideas espantosas, y ninguna cruz de plata de su pecho llevaba sus pensamientos al pecado y a la perdición.

Una noche que estaba en casa, en su dormitorio, Katrine fue a visitarlo. La sangre se le subió a la cabeza a Anton Knopper, y la chica se detuvo, cohibida, en el umbral de la puerta.

—No es nada adecuado que me visites aquí, Katrine —dijo—. Piensa en lo que puede decir la gente.

—¿Todavía estás enfadado, Anton? —preguntó Katrine, y bajó la mirada.

—No, no, querida Katrine —dijo Anton Knopper con vacilación—. No tengo razón para estar enfadado; y ya hemos hablado largo y tendido sobre lo que hubo entre nosotros.

—Entonces, ¿no podemos volver a ser novios? —preguntó la chica.

Anton Knopper la miró, desconcertado. Nunca le había pasado que una chica lo cortejara. Y Katrine era grande y bien proporcionada. Anton Knopper asió con fuerza el poste de la cama, sin poder apartar la mirada de la cruz del pecho de la chica. Con qué seguridad descansaba entre sus pechos, la plata fría contra la cálida piel bronceada. La sangre le subió a la cabeza, se puso a jadear, y se aferró a la cama hasta hacerla crujir para no saltar sobre la chica y abrazarla. Pero si caía y se entregaba a los placeres de la carne, iba a contaminar la sagrada cruz y hundirse en el fuego eterno. Hincó los dedos en la madera y concentró sus pensamientos en Andrea, que era una niña de Dios y una esposa apropiada. Al final, consiguió dominarse.

—Te aprecio mucho, Katrine —susurró—. Y te deseo todo lo mejor. Pero lo nuestro no puede funcionar.

—He hecho todo lo posible por hacerme piadosa —dijo Katrine con humildad.

—Es que la culpa es mía —repuso Anton Knopper—. Te miro con una mirada impúdica, y ya sabes lo cerca que estuve de pecar contra ti. No puedes remediar que yo sea un hombre lascivo, así que te ruego con toda mi alma que te marches. El solo hecho de verte despierta en mí todo lo pecaminoso.

Katrine se volvió sin decir palabra y se fue. Anton Knopper vio desde la ventana a la joven caminar por la carretera, y estuvo a punto de salir corriendo tras ella y traerla a casa.

Al día siguiente, medio pueblo sabía ya que Katrine había visitado a Anton Knopper, y Tea miró a ver si el anillo había vuelto a su dedo. Suspiró, aliviada. Anton Knopper había superado la tentación. En opinión de Tea, Katrine era una joven calculadora que se hacía pasar por piadosa para engañar a un hombre bueno y casarse con él.

—Pues yo creo que ya es hora de que Anton se case —opinó Mariane.

—Pero no con una descreída —repuso Tea.

—Venga —dijo Mariane—. No creo que haya mucha diferencia entre los piadosos y los que no lo somos cuando se trata de esas cosas.

Tea se sobresaltó.

—No deberías decir eso, Mariane —replicó, enfadada—. Porque hay una diferencia entre tratar a la gente con decencia cristiana y ser como los paganos, que solo piensan en los placeres de la carne…

—Llámalo como quieras —dijo Mariane—. Pero yo creo que a todo el mundo le pasa lo mismo.

Tea se enfadó.

—Es porque no quieres entenderlo, porque si no, ves la diferencia entre el amor cristiano y los pecaminosos placeres de la carne. Siempre pretendes ser peor de lo que eres.

—No creas, soy bastante mala —sonrió Mariane—. Los hijos que tengo no han llegado porque sí.

Jens Røn entró en la sala, y Tea no pudo responder. Estaba enardecida: Mariane era una mujer sensual. Pero Tea conocía una felicidad mucho mayor que la que hay en el deseo terreno. Comprendía a Anton Knopper, que había hecho la elección acertada, y así se lo dijo un día que estaban a solas.

—Lo digo como lo siento —dijo, vacilante—. Y no creas que es por entrometerme. El caso es que me alegro de que lo tuyo con Katrine haya quedado en nada.

—¿Lo dices en serio? —preguntó Anton Knopper.

—Ya lo creo, es tan cierto como que estoy aquí —dijo Tea—. Créeme, las tentaciones pueden presentarse bajo forma humana. Es maravilloso que te hayas resistido.

Anton Knopper bajó la vista.

—Creo que te equivocas. Katrine es buena por naturaleza, aunque no estábamos hechos el uno para el otro. Y tampoco soy tan íntegro como me consideras. No, soy el peor de los dos.

La curiosidad abrió los ojos de Tea. Sospechaba que había ocurrido algo, pero no se decidía a preguntar. ¿Habría caído Anton Knopper? En tal caso, debería dar un paso al frente y reconocer su culpa.

—Sí, hay mucho pecado en el mundo —dijo con aire triste—. Pero no voy a pensar nada malo de ti, Anton, nadie conseguirá que lo haga.

Anton Knopper guardó silencio. Tea sintió amargura y decepción. Le parecía que Anton Knopper estaba dándole vueltas a algo. ¿De qué valía la fe cuando una cosa así se guardaba en secreto?

En mayo fueron por fin de excursión al mar. Se apuntaron todos los pescadores llegados de la costa oeste, así como algunos de los lugareños piadosos; alquilaron tres camiones grandes, que llegaron temprano por la mañana. La niebla se extendía aún blanca y fría sobre los extensos prados, pero cuando se alejaron más del fiordo el tiempo se suavizó, salió el sol y soplaba una brisa tibia. Todos llevaban el libro de salmos, y en el primer camión echaron a cantar en la fresca mañana húmeda de rocío.

Cuando atravesaban pueblos grandes y prósperos donde el sol se reflejaba en las ventanas de las casas elegantes, Thomas Jensen volvió a entonar un salmo, mientras la gente se asomaba a las ventanas y los perros arremetían ladrando contra los camiones. Pasaron junto a posadas y centros cívicos donde sin duda no reinaba el espíritu divino, pero en otros lugares había sedes de la Misión con cruces en lo alto y frases de la Biblia en el dintel de la puerta. No todo era maldad.

No tardaron en llegar a zonas en las que solo había páramo y dunas. Las casas bajas azotadas por el viento tenían precarios tejados de paja negros. Unas pocas ovejas desperdigadas pastaban mientras las chillonas gaviotas revoloteaban sobre sus cabezas. Por encima del ruido de los motores se elevaba el bramido del mar, y los camiones avanzaban a trompicones entre dunas por la carretera cubierta de arena.

Los vehículos se detuvieron en una hondonada rodeada de grandes dunas, todos se bajaron y caminaron el último trecho a pie. Pero los que venían del oeste no tenían paciencia para esperar. Con Thomas Jensen a la cabeza, treparon a una duna y otearon el horizonte. ¡Sí, allí estaba el mar! Su sonido ensordecedor era como música para ellos. Se quedaron embelesados mirándolo.

—Bueno, hemos conseguido volver a ver el mar —declaró con voz sosegada Thomas Jensen.

Bajaron a la playa. Los hombres iban en grupos, y las mujeres detrás, de dos en dos. Los originarios de la costa oeste, por instinto, se mantenían algo apartados. Era como si caminaran más erguidos, y los recuerdos de excursiones en barco del pasado acudieron a sus mentes.

—¡Qué tiempos aquellos! —exclamó Anton Knopper—. ¡Cómo me gustaría que volvieran!

—Tampoco nos va mal donde estamos ahora —terció Lars Bundgaard—. Es fácil olvidar lo dura que era la vida muchas veces.

Pero la brisa salada los acariciaba como un viejo conocido, y los chillidos de las aves y el bramido del oleaje en la playa sonaban familiares.

—Desde luego, el mar es bien diferente a ese pedazo de fiordo —aseguró Jens Røn.

—Pero el fiordo nos da de comer —replicó Thomas Jensen—. El mar nos lo negaba.

—En eso tienes razón —reconoció Jens Røn—. Tampoco es por hablar mal del fiordo; pero nacimos y crecimos junto al mar.

Era la hora de comer, y se sentaron en una duna, al abrigo del viento. Thomas Jensen bendijo la mesa, y destaparon las canastas. A Anton Knopper le tocó sentarse junto a Andrea, y aquello fue motivo de preocupación para Tea. Daba la impresión de que Anton se había convertido en un donjuán que no dejaba en paz a las mujeres. Pero aquel día Anton estaba de un humor excelente y hablaba sin cesar con Andrea: ¿Había estado alguna vez frente al mar? Andrea le contestó que muchos años antes, justo después de la confirmación, y que tenía muchas ganas de bañarse. Tea y Malene se miraron. No sonaba adecuado que una chica estuviera rodeada de hombres y hablara de bañarse. En cualquier momento podía despojarse de la ropa y mostrar su desvergonzada desnudez. Sin duda, no era ninguna casualidad que la hija de Andrea fuera fruto del pecado.

No habían planeado volver hasta el anochecer, y pasaron la tarde en la playa. Thomas Jensen y Lars Bundgaard se habían dirigido hacia un poblado de pescadores tras las dunas. De pronto, Lars Bundgaard se quedó quieto y escuchó.

—Me parece que oigo cantar salmos —dijo.

Subieron a una duna y divisaron un pequeño grupo de personas sentadas en una hondonada entre dunas.

—Debe de ser una reunión —aventuró Thomas Jensen. Era magnífico oír la palabra de Dios.

Cuando se acercaron un poco, el predicador arrancó a hablar. Thomas Jensen asió del brazo a Lars Bundgaard.

—Si no estoy muy equivocado, ese de ahí es Peder Hygum —dijo, sorprendido.

Era el vendedor ambulante. Parecía más flaco y desgreñado que de costumbre, y su ropa estaba vieja y andrajosa, pero seguía luchando por la causa del Señor. Los pescadores se sentaron a escuchar. Peder Hygum hablaba con entusiasmo, y sus palabras comunicaban intensidad y pasión. Cuando terminó de hablar, se acercó a saludarlos.

—Os he visto enseguida —dijo con una sonrisa amable—. He reunido a algunos de mis amigos para edificarlos un poco. Viven muy lejos de la iglesia y de la sede de la Misión, pero es un grupito de fieles que desea escuchar la Palabra.

—¿Cómo te va, Peder? —preguntó Thomas Jensen.

—Bueno, en sentido material no me va muy bien —respondió Peder Hygum con tristeza—. Pedaleo con la bicicleta, lejos de mi esposa e hija, y me gano la vida vendiendo publicaciones, y, cuando hace falta, también puedo propagar la palabra del Señor, como habéis visto. Pero en sentido espiritual, puedo deciros en verdad que he tenido experiencias dichosas.

—¡No me digas! —exclamó Thomas Jensen.

—He conseguido la paz y el perdón —explicó Peder Hygum—. Pero sentémonos, llevo mucho tiempo de pie. Sí, la última vez que me visteis me encontraba en un estado deplorable. Llegaron tiempos difíciles, en los que llamé una y otra vez a las puertas de la misericordia, aunque no conseguía entrar. ¡Pero no cejé! Y ahora puedo recitar las palabras del salmo:

Alabado sean Dios y su gracia,
que tal vigor me dan
que me atrevo a caminar,
sin miedo ni pesar.
Por eso a diario tañiré
la amorosa arpa del Señor,
y, esté alegre o triste,
alegre el aleluya cantaré.

—Tiene un mensaje magnífico —dijo Thomas Jensen, conmovido—. He rezado mucho por ti.

Peder Hygum le dio la mano con una mirada humilde.

—Buena falta me hacía —confesó—. Creedme, sé bien cuán pavoroso es el cenagal del pecado. Si no sonara arrogante, quizá podría decir que soy un ejemplo de la eterna misericordia de Jesús. Si yo he conseguido el perdón, entonces hay salvación para todas las personas, siempre que la deseen.

Thomas Jensen pidió al vendedor ambulante que les hiciera compañía el resto del día. Tea dio un respingo cuando vio con quién se acercaban los dos hombres. Peder Hygum saludó y se sentó junto a Tea. Contó entre susurros lo que le había sucedido desde que los dejó.

—Me dijiste palabras provechosas —comenzó—. Depositaste una buena semilla en mi pecho, y te lo agradezco. Me reprendiste por haberme propasado con una chica en la posada de Voldum. Para mí fue duro oír que había caído tan bajo. Pero ahora debo decirte que he estado en Voldum y he hablado con la chica, y es cierto que no me porté como debía, aunque nadie sufriera daños. Pero ella me ha perdonado. Era una chica buena y decente, a pesar de servir en una posada; y ahora quiero pedirte a ti también que me perdones como hermana en el Señor.

A Tea se le hinchó el corazón: aquello era el remordimiento de un alma cristiana. Pero Tea deseaba saber qué había ocurrido en la posada de Voldum. Ya que Peder Hygum le mostraba confianza, pecaría de soberbia si lo rechazaba.

—¿Qué fue lo que ocurrió con la chica? —preguntó.

Lleno de remordimiento, Peder Hygum miró al suelo.

—No voy a ocultar lo que hice en mi estado de depravación —confesó—. Me contó que la empujé contra la pared y la agarré de los pechos con cierta violencia. Parece ser que eso fue todo. Y puedo decir en mi favor que la chica no era nada atractiva. De manera que debió de ser la embriaguez, y no la lujuria, lo que me impulsó.

—Normalmente suelen ir juntas —dijo Tea con voz sombría.

—Sí, es cierto —reconoció Peder Hygum—. Pero creo que fue sobre todo la embriaguez, porque siempre he sido hombre de moral. ¿Me perdonas, Tea, que haya provocado el escándalo?

—Sí. —Tea asintió con la cabeza—. Estás perdonado.

—Y cuenta a otros cómo me pesa la culpa —dijo el vendedor ambulante—. No me gustaría que nadie me guardase rencor.

Anton Knopper y Andrea pasearon por la playa. Llegaron hasta la orilla, donde la arena estaba dura, y Andrea tuvo que hacerse a un lado varias veces para que las olitas de la orilla no mojaran sus zapatos. Empujó sin querer a Anton Knopper, que notó la calidez del cuerpo de ella contra el suyo. Andrea era también una mujer de carne y hueso. Pero Anton no sentía el impulso voluptuoso que se apoderaba de él cuando veía a Katrine. No, Andrea era sosegada y virtuosa, y no despertaba pensamientos pecaminosos. Debía de ser porque era una niña de Dios.

—Hay una cosa que me gustaría decirte, Andrea —medio balbuceó—. Me gustas mucho, cada vez más. Tal vez pienses que soy inconstante porque ya he estado prometido con otra chica. Pero estoy convencido de que esta vez va en serio. Y por eso quiero preguntarte si querrías casarte conmigo.

Andrea se detuvo, y no se dio cuenta de que una ola bañaba sus pies.

—Soy una chica a la que sedujeron, Anton —dijo—. Ya lo sabes.

—Sí —repuso Anton—. Pero creo que no deberíamos preocuparnos por lo que no podemos cambiar. Al fin y al cabo, has encontrado el camino.

Andrea se echó a llorar, y Anton Knopper se quedó perplejo. No había quien entendiera los mecanismos de la mente femenina. Pero Andrea se repuso al momento.

—Con mucho gusto —aceptó—. Pero el día que te arrepientas, no tienes más que decirlo. Es que no nos conocemos todavía lo suficiente.

Anton Knopper la tomó de la mano, y sintió una profunda paz mental.

Andrea caminaba, tierna y dulce a su lado. De pronto, se paró.

—Pero ¿y Karen? —preguntó, y su rostro se crispó.

—Quiero mucho a tu hijita —declaró Anton Knopper—. E intentaré ser un buen padre para ella.

Andrea dio a Anton un pequeño apretón de agradecimiento en la mano.

—Pero he de confesarte algo —tartamudeó Anton Knopper—. Ya sabes que estuve prometido con una chica y que no la traté como es debido. Me temo que soy una persona sensual, y si alguna vez llego a ofenderte cuando nos casemos, te pido que seas indulgente conmigo.

—Tampoco creas que yo soy mejor —repuso Andrea.

—Tú eras joven cuando pecaste —explicó Anton Knopper—. Pero yo debería haber sido más sensato a mi edad, siendo como soy creyente. He estado a punto de perderme para siempre, y el pecado aún me tiene atrapado. No creo que pueda liberarme del todo hasta que nos casemos.

Habían regresado adonde estaban los demás. Las mujeres estaban sacando la cena, y los niños, que llevaban todo el día jugando en la orilla, se pusieron los calcetines y zapatos. Peder Hygum hablaba confiado con Lars Bundgaard, y había sido perdonado. Anton y Andrea se sentaron con los demás y escucharon las palabras de Peder Hygum. Pero Tea no podía contenerse: Andrea se merecía una indirecta.

—Os habéis dado un buen paseo —comentó.

—Pues sí —replicó Anton Knopper—. Y me parece que va a ser más largo aún. Porque Andrea me ha prometido casarse conmigo.

Era típico de Anton Knopper soltar de un tirón lo que debería prepararse y decirse con calma. Las mujeres estaban sorprendidas, pero Mariane se puso a vocear:

—Así que vamos a tener boda dentro de poco. No tenéis que esperar a nada.

—Creo que va a ser algo íntimo —dijo Andrea, cohibida.

—¡Venga, no seáis tan modosos! —gritó Mariane—. ¿Por qué ha de ser tan discreto? Todas las chicas del pueblo han estado acechando a Anton, así que puedes estar orgullosa de él. Y es un mozo grande, no se perderá entre la paja de la cama.

Algunas de las mujeres sonrieron, pero los semblantes de las demás permanecieron cerrados y serios. Peder Hygum tomó la mano de Anton Knopper. Dijo que aquello era una buena noticia. Dos cristianos que deseaban transitar el mismo camino.

—Sí, los demás os deseamos también todo lo mejor —dijo Thomas Jensen.

Peder Hygum se marchó al poco tiempo.

—Si pasas por el pueblo, serás bien recibido —dijo Thomas Jensen, y le estrechó la mano con fuerza.

—Gracias —dijo el vendedor ambulante—, pero todavía no ha llegado la hora. Os he causado una grave ofensa, aunque sois buenas personas y me habéis perdonado.

La oscuridad avanzaba en el cálido atardecer, y se hizo hora de volver a casa. Pasaron por pueblos en los que la luz brillaba en las ventanas. Los niños estaban cansados y dormían tranquilos.

Tea había respondido a un anuncio del periódico, y Tabita iba a ir a la ciudad a trabajar como sirvienta en la casa de un comerciante de ropa que era creyente. Tabita se marchó del nido y voló a playas desconocidas. Tea le explicó con voz seria los peligros que acechaban. La única salvación era cerrar los ojos y mantenerse en su fe. Así no pasaba nada malo. Pero Tabita se puso terca y dijo que no había nada que no pudiera hacer.

De todas formas, la última noche Tabita habló con ternura. Parecía humilde y tranquila, vestida con una ropa de adulto que le venía grande, mientras escuchaba las palabras de sus padres. Por la tarde se había despedido de amigos y conocidos. El ambiente de la pequeña sala era de solemnidad. En la habitación contigua, los niños más pequeños estaban acostados. Ahora Tabita iba a dejar de ser la vigilante de Pequeño Niels. A la hora de acostarse, Jens Røn tomó la Biblia y leyó el pasaje de Marta y María. «Solo una cosa es necesaria», esas fueron las palabras que Tabita llevó consigo de casa. Después juntó las manos y pidió con humildad a Dios que ayudara a la pequeña, que iba a vivir entre extraños. Entonces Tabita se vino abajo: olvidó que ya era mayor y lloró como una chiquilla. Tea la tomó en brazos y la consoló. Era duro tener que separarse de los hijos.

—Oh, Jesús, mantenla en el sendero recto —rezó Jens Røn—. Y asegúrate de que podamos un día reunirnos en Tu gloria.

Tabita debía partir por la mañana. Jens Røn había pedido prestada la motora a Povl Vrist para llevarla hasta la ciudad. Tea quiso ir también, era razonable que viera a las personas a quienes confiaba su carne y su sangre. Durante el viaje, Tea hablaba todo el tiempo, para olvidar la pena, pero la ciudad estaba sumida en el ruido y el tráfico, llena de veloces coches y mucha gente, y había que andar con cuidado. Al final, encontraron la casa del comerciante. «P. L. Fabian», ponía, escrito con grandes caracteres dorados en la fachada. Tea vaciló un poco y miró las amplias ventanas de cristal laminado. Era bastante extraño que un comerciante que era creyente exhibiera tales figuras medio desnudas. Una larga pierna de seda sobresalía en un rincón.

Entraron en la tienda. Un hombrecillo calvo de rasgos fofos y pálidos estaba tras el mostrador. Era Fabian.

—¿En qué puedo servirlos? —preguntó, y extendió la mano con gesto afable.

Tea explicó la razón de su presencia, y el rostro del comerciante se tensó un poco. Ah, era la nueva sirvienta. Con paso enérgico, los condujo escaleras arriba hasta la vivienda. La señora Fabian estaba en la sala, sentada junto al espejito para espiar la calle. Era una mujer gruesa de manos blancas y elegantes. Inspeccionó a los extraños de un vistazo rápido y los saludó con una sonrisa condescendiente.

Ofreció asiento a Jens Røn y a su familia, y Tea miró en derredor. De la pared colgaban estampas edificantes enmarcadas en negro, y en un rincón había una figura de Jesucristo con los brazos extendidos. Tocó a escondidas la tapicería de la silla, que era suave como la seda. La señora Fabian preguntó qué sabía hacer Tabita. Dirigió a Tea una mirada evaluadora que se detuvo en sus botas, y Tea escondió por instinto los pies bajo la silla. Llevaba unas viejas botas de Jens Røn que le quedaban algo grandes, pero las suyas no estaban en condiciones para usarlas en la calle. Sofocada, explicó que Tabita solía limpiar la casa y que sabía cocinar, y Tea estaba segura de que podría ocupar el puesto. Se encontraba a punto de llorar: le daba vergüenza que la elegante señora le hubiera visto las botas. Debía de pensar que eran unos desharrapados. Claro que esas cosas no contaban para los niños de Dios.

—También somos creyentes —añadió.

—Sí —suspiró la señora—; por eso mismo he escogido a su hija entre las numerosas candidatas. Muchas querrían servir aquí: no tenemos niños, y el sueldo es elevado. Pero solo quiero sirvientas en quienes pueda confiar, que no salgan por la noche ni tengan novio.

Miró a Tabita con sus saltones ojos azules, y Tabita se ruborizó.

—Creo que puede confiar en Tabita —dijo Jens Røn con calma.

—Será mejor que te tutee —dijo la señora Fabian—. Eres tan joven…

Se hizo un breve silencio, y Tea comprendió que debían despedirse, y se pusieron en pie.

—Están pintando el cuarto de la sirvienta —dijo la señora—, así que en este momento no está presentable.

Extendió la mano. En sus dedos había dos anillos de diamantes. ¡Qué *arrogancia*!

—Será mejor que te quedes ya —dijo la señora Fabian, y el rostro de Tabita se contrajo un poco.

—Adiós, Tabita —se despidió Tea, y no se vio capaz de besarla mientras la señora desconocida las miraba.

—Adiós, mi querida Tabita —susurró Jens Røn con voz un poco ronca—, y no olvides…

Los hombros de Tabita temblaron, pero ni una palabra salió de sus labios.

Cuando bajaron a la calle, Tea no pudo contenerse.

—Entremos en un portal, es solo un momento —dijo, llorando—. No puedo evitarlo.

En la penumbra del portal Jens Røn la consoló lo mejor que pudo.

—No se va para siempre —susurró—. Y seguro que es buena gente. Entra en razón, Tea.

Tea se dio cuenta de que se lo tomaba demasiado a pecho. Al fin y al cabo, Tabita tenía que salir al mundo como las demás. Se secó las lágrimas.

—Podían haberla dejado acompañarnos hasta el embarcadero —se quejó.

Sus mandíbulas temblaron de nuevo, y Jens Røn se quedó sin saber qué hacer. Era como si le hubiera sucedido algo malo a Tabita. Su hija estaba ahora a disposición de otra gente, con lo delgada y resuelta que era, pero podía quebrarse como una paja. A Tea le entraron ganas de sentarse a llorar en una esquina. Un hombre se adentró en el portal y los miró, sorprendido.

—Vamos, querida Tea —dijo Jens Røn—. No podemos quedarnos aquí. Pasa mucha gente, y no deberían verte llorando.

Salieron a la calle bañada por el sol. Los viandantes pasaban presurosos a su lado, en los escaparates se veían todo tipo de artículos, los carros traqueteaban y los coches circulaban tocando la bocina. Tea no veía nada de eso. Se sentía vieja y abandonada. Jens Røn le tocó la mano a hurtadillas.

—Recemos juntos por ella —susurró.

Tea asintió con el rostro redondo empapado de lágrimas. Jesús iba a ayudar a Tabita. Tea lo había olvidado. Su fe era tan débil que el dolor la había superado. Y al instante la calidez y la ternura regresaron a su corazón.

—Gracias, Jens —susurró.

Jens Røn pensó que, ya que estaban en la ciudad, debían tomar café en un hotel, pero que no fuera un sitio demasiado elegante. Al final encontraron un café anticuado junto al puerto. Al otro lado de la barra había un camarero gordo, y en un rincón, unos trabajadores portuarios sentados con sus almuerzos de casa. Jens Røn pidió café y pan de trigo. Tomaron el café sin hablar. De una sala contigua llegaban voces estridentes.

Tea miró en aquella dirección, y vio a Peder Hygum salir con su paquete de libros bajo el brazo. Cuando los vio, su semblante se tensó un momento por la sorpresa.

—Vaya, gente conocida —dijo, y se acercó a su mesa—. Habéis venido a la ciudad. ¿Cómo os va?

Tenía el rostro sonrojado, y Tea pensó que Peder Hygum se había descarriado una vez más. Pero él tenía la explicación preparada: estaba haciendo una buena acción, llevando la palabra del Señor a los marineros que ocupaban la sala adjunta.

—Pero en vano —suspiró—. Casi me han echado fuera, y no puede decirse que estén del todo sobrios.

Jens Røn le ofreció café, y Peder Hygum se sentó y le contaron por qué estaban en la ciudad. Conocía a Fabian, y dijo que tenía buena reputación entre los piadosos.

—Me alegro de oírlo —dijo Tea—. Empezaba a tener mis dudas cuando he visto que ella llevaba joyas en los dedos.

—Eso es una costumbre entre la gente de la ciudad —explicó Peder Hygum—. Pero Fabian da el diezmo de sus ganancias.

—¿En serio? —exclamó Jens Røn.

—Así es —dijo Peder Hygum—. Dios recibe su parte de cada corona que gana Fabian en su negocio. Así tiene a Nuestro Señor como socio y se asegura el beneficio material. Pero nosotros, gente humilde, no podemos hacerlo, por mucho que lo deseemos.

Al cabo de un rato, Peder Hygum se levantó y dio las gracias por el café. Le quedaba todavía mucho por hacer. Fuera del establecimiento, Tea le preguntó si visitaba a Fabian a menudo. Peder Hygum dijo que no, que, comparado con Fabian, él era un hombre pobre. Pero si veía a Tabita, desde luego que iba a saludarla.

En el camino de vuelta, Tea se puso de nuevo melancólica. Todos sus hijos iban a dejarla cuando llegara la hora. La sala parecía vacía sin Tabita. ¿Cómo le iría en aquel momento? ¿Estaría en su cuarto solitario, llena de añoranza? Tea se prometió a sí misma que Tabita siempre podría volver a casa, le fuera como le fuese en el mundo.

A los pocos días, llegó una carta de Tabita: echaba de menos su casa, y esperaba con ilusión el domingo de verano en el que iban a darle fiesta. La señora Fabian exigía un trabajo concienzudo, y Tabita no conocía a nadie con quien salir la tarde que tenía libre. Tea le escribió de vuelta que obedeciera los menores deseos de la señora, como era su deber, y que se mantuviera en guardia ante los peligros que acechaban en la gran ciudad. Nada bueno podía aprenderse en la calle.

Katrine volvió a conseguir empleo en la posada, y se volvía incontrolable cuando la máquina de música estaba en marcha. Dejaba lo que tuviera en las manos y se ponía a bailar. Pero cuando se encontraba con Anton Knopper miraba a otra parte y no lo saludaba. Un día él la detuvo en la carretera.

—Katrine, ¿estás enfadada conmigo? —preguntó.

—¡¿Enfadada?! —replicó Katrine, mirándolo de arriba abajo—. ¿Por qué había de estar enfadada?

—No lo sé, la verdad —contestó Anton Knopper—. Pero me parece que no quieres saludarme.

—Si la gente ve que te saludo, va a pensar que quiero que hagamos las paces —dijo Katrine—. Nunca debiste comprometerte conmigo.

Anton Knopper se quedó sin saber qué responder. Era verdad que había hecho que la chica fuera la comidilla del pueblo, pero aquello no tenía remedio.

—Me daría mucha pena que tuvieras que oír cosas desagradables por mi culpa, Katrine —declaró.

—Enfadada… —Katrine levantó la cerviz—. Me alegro de que haya terminado. Estar prometida a ti es peor que estar prometida a un poste de teléfono.

Anton Knopper no entendía la comparación. Al fin y al cabo, no le había roto el corazón a la chica. También había que tener en cuenta que era un hombre de mediana edad que no conocía a las mujeres. Menos mal que Andrea era una niña de Dios.

Anton Knopper y Andrea se casaron nada más terminar la campaña del arenque. Al padre de Andrea, Martinus, le costó un poco enterarse de lo que iba a ocurrir. La vejez se le estaba haciendo dura. Un día se lo explicaron Anton Knopper y Andrea. Se quedó mirando a uno y luego al otro con una mirada turbia, y asintió en silencio un par de veces.

—Vaya —dijo con su voz cavernosa—, así que al final vas a casarte con ella, semental.

—¿Qué? —repuso Anton Knopper, horrorizado.

—Así que al final vas a casarte con ella —murmuró Martinus—. ¡Menudo granuja, seduciendo a chicas decentes!

Avanzado el verano, Tea recibió una carta que decía que su hermano Kjeld quería ir a vivir allí con su familia. Tea juntó las manos. ¿Cómo iban a subsistir?

—¿No tienen nada? —preguntó Mariane.

—Que yo sepa, no —contestó Tea—. Él trabajaba de peón agrícola en la comarca de donde era ella, y se conocieron allí. El padre de ella tiene una pequeña granja tierra adentro, pero es una persona horrible. Dicen que la hacía trabajar de peona en la granja. Siento decirlo, pero ella tenía dos hijos cuando se casaron. Por lo visto, estaba prometida al hijo del dueño de una gran hacienda, pero no pudo ser...

—Vaya, ¡qué mala suerte! —dijo Mariane, riendo—. Al menos, podían tener hijos.

—Sí, tú ríete —dijo Tea, ofendida—. Pero, por lo demás, has de saber que es una buena chica.

—No te pongas así, mujer —replicó Mariane—. No lo dudo ni por un momento.

—Se ha convertido —explicó Tea—. Aunque no me gusta la gente de la Misión Libre[10] que abunda por allí.

Jens Røn se puso a buscar una vivienda para Kjeld, y encontró dos pequeños cuartos en una granja destartalada cerca del pueblo. De hecho, las habitaciones eran para granjeros retirados, y no eran muy espaciosas.

Kjeld llegó un día con sus muebles, su esposa y sus hijos. Era un hombrecillo compacto de ojos parpadeantes y revoltoso pelo rizado. Había perdido un dedo de la mano con

[10] *Frimission:* movimiento cristiano alternativo que rechaza algunos de los dogmas de la Misión Interior, pero impone otros.

una máquina. Su esposa, Thora, era grande y fornida, pelirroja, y lucía una dentadura blanca y regular. Los rasgos de su rostro estaban como tallados a cuchillo. Sus hijos, un chico y una chica, se le parecían.

—Bueno —dijo Kjeld cuando se sentaron en la sala de Jens Røn—. Parece que aquí puede uno ganarse la vida. Hay tanto tierra como agua para buscarse un sustento.

—No creas que es tan fácil —respondió Jens Røn—. Nosotros sufrimos mucho para ganarnos el pan. Pero siempre puedes trabajar de ayudante en un pesquero.

—No conozco ese trabajo —explicó Kjeld—. Pero puedo aprender.

Tea se mezcló en la conversación:

—Me alegro de que estéis aquí —dijo—. Pero creo que tal vez hubiera sido más sensato quedaros donde estabais.

—Pero aquello no funcionaba —repuso Kjeld—. El viejo era insoportable, pero también era el dueño de la casa. Thora lo había acostumbrado mal, porque durante muchos años trabajó de peona para él sin sueldo a cambio. Cada vez que debíamos gastar un céntimo, refunfuñaba, y terminábamos discutiendo.

—Es que está viejo —dijo Jens Røn, en tono de disculpa.

—Sí que lo está —reconoció Kjeld—. Pero no es razón para arrancarnos la piel a tiras a los demás. Así que le dije: «O nos cedes la propiedad o nos marchamos».

—Fuiste duro con él —murmuró Jens Røn.

—Kjeld tiene razón —dijo Thora, sonriendo y mostrando los dientes—. Aquello no podía seguir así.

Kjeld contó que Thora solía manejar el arado, con las enaguas recogidas, o trillar centeno como un peón.

—Así era antes de aparecer yo— explicó—. Yo trabajaba en la granja vecina, y solía ir a visitarla.

Tea miró a hurtadillas a la fornida mujerona. Era de pecho generoso y brazos firmes, y su piel blanca tenía abundantes pecas. Tea sintió desazón: aquella mujer había sufrido mucho.

—Bien —dijo—. Esperemos que ahora os vaya mejor.

De momento, Kjeld consiguió trabajo con Anton Knopper, y le ayudaba a colocar las trampas. Se afanaba en el trabajo, pero a sus manos les faltaba práctica. Anton Knopper lo disculpaba, y pasaba el día charlando con él. Kjeld había vivido en una zona remota, y tenía mucho que contar sobre cómo era la vida allí. Además, se había convertido a la Misión Libre, como su esposa.

—A mí me parece que hay algo raro ahí —dijo un día Anton Knopper—. En esas lecturas que hacéis de la Biblia. ¿Qué puede tener el Señor en contra de que fumemos tabaco? Contra el aguardiente, es comprensible, pero ¿el tabaco? Sobre todo con moderación, como en todas las cosas.

Kjeld tenía la explicación preparada. No estaba bien contaminar el cuerpo, que es la morada del alma.

Anton Knopper asintió con la cabeza: quizá la cosa tuviera su lógica, después de todo. Pero añadió:

—Ya me había dado cuenta de que te has aficionado a mascar tabaco.

Kjeld explicó que mascar tabaco era más inocente, y que no se extendía por todo el cuerpo como el humo. De hecho, eran una especie de caramelos. Y a Thora no le gustaba que fumase tabaco, de modo que acordaron hacerlo así.

Anton Knopper era ahora un recién casado, y en su hogar reinaba la felicidad. Pensaba con pavor y asombro en lo cerca que había estado de la perdición. No cabía duda de que el diablo andaba entre la gente, trastornaba sus mentes y causaba su hundimiento. Anton Knopper juntaba las manos y agradecía la ayuda que Dios le había dado. Su misericordia era eterna.

Las mejillas de Andrea habían adquirido cierto color, y se desplazaba dulce y silenciosa por la casa. Karen seguía a Anton Knopper a todas partes. Cuando regresaba del fiordo, la niña salía al camino a recibirlo, y Anton Knopper disfrutaba con su compañía. Los mayores problemas los daba el viejo Martinus, que pasaba el día en el cuartito junto a la sala. Anton Knopper pensó muchas veces si no sería su deber hablar con el anciano sobre la muerte, que acechaba al otro lado de la puerta. Pero cada vez que se le acercaba, el anciano lo miraba, enfadado.

—Has tenido que quedarte con ella, cabrito —murmuraba.

Anton Knopper trataba de explicar que era inocente, pero Martinus no se dejaba convencer. Miraba a su yerno con aire de guasa y asía con fuerza su bastón.

—¡Digo que has tenido que quedarte con ella, cabrito!

El anciano no entendía nada, y Anton Knopper se consolaba pensando que, aunque Dios le había nublado la mente, tampoco le planteaba exigencias.

La cosecha había terminado, y era el final del verano. Ya no había que calafatear los barcos ni prepararse para sacar las trampas del agua. Y, por aquella época, un día Alma se metió en la cama sin hacerse notar, como una gata que va a tener crías, y dio a luz a un hijo de Thomas Jensen. Un chico grande y fuerte, de cuerpo sano y sin defectos. Una vida más en el mundo, un alma más que cuidar. Thomas Jensen, envuelto en el calor de la olla de la brea, sintió que el corazón se le henchía de agradecimiento.

A Tabita le dieron tres días de fiesta, y se presentó en su casa de forma inesperada. Tea no se creía lo que veían sus ojos cuando Tabita corrió a su encuentro y la abrazó.

—Ha sido todo un detalle de tu señora —dijo Tea—. Se ve que también piensa en los demás. Nunca lo olvidaré.

Tabita estaba un poco pálida, y su piel era fina y delicada; debía de ser el aire de la ciudad. La chica contó cómo le iba. Era un trabajo estricto. La señora Fabian cuidaba de que no saliera por la noche, y siempre tenía guardado algo para mantenerla ocupada. A Tabita le parecía injusto, pero Tea pensaba que así debía ser.

—Pero ellos te sacan a pasear, ¿verdad? —preguntó.

—Sí —contestó Tabita. Cuando tenían alguna velada con gente fina, no; pero la señora solía exigir que los acompañara a las reuniones religiosas.

—Debe de ser hermoso escuchar a tantos predicadores y misioneros —dijo Tea—. Es mejor vida que andar por la calle, donde una solo aprende cosas malas. Estoy muy contenta porque cuida de ti y vigila para que nada malo te ocurra.

Tabita frunció un poco los labios. Pero una noche no pudo contenerse y soltó lo que pensaba.

—¡No lo soporto! —dijo, llorando a voz en grito—. La señora es malvada, y todo lo que hago está mal hecho. No me deja un segundo en paz. ¿No puedo buscar otro trabajo?

—¡Pero Tabita! —exclamó Tea, horrorizada—. ¡Qué cosas dices! La gente va a decir que no tienes aguante, y va a pensar que has tenido una mala educación. No puedes avergonzarnos, prométeme que no lo harás.

Tabita lloró, pero Tea la consoló con palabras amables.

—Las personas debemos soportar el mal por nuestro bien, para aprender a someternos a la ley.

La voz de Tea adquirió un tono severo: era una pena que Tabita no sacara más provecho de las reuniones a las que la llevaba la señora de la casa. Porque si no se creía con humildad de corazón, no era fácil resistirse al mundo. Recordó su propia juventud: esperaba que Tabita se librara de las cosas contra las que tuvo que luchar ella.

Cuando Mariane oyó que Tabita no estaba a gusto en su trabajo, la apoyó decidida, sin pensar en el daño que pudieran causar sus palabras.

—¿Para qué quieres seguir con ese trabajo? —preguntó—. Al fin y al cabo, no aprendes nada, y un mercachifle como ese... ¿Para qué? No, deberías ir a una granja grande, donde hay vida.

—Eso no me gustaría —dijo Tea.

—Oh, tonterías —dijo Mariane sin rodeos—. ¿Qué se le ha perdido a una niña en la ciudad? No, tiene que ir a una granja grande, donde haya peones y aprendices, para encontrar novio.

Tabita sonrió con timidez y se ruborizó. Pero Tea no dio su brazo a torcer: Tabita debía seguir con su empleo. Y Jens Røn se puso de su lado.

El pastor Brink organizó una fiesta de la cosecha en el centro cívico, que se llenó a rebosar. El público se componía de jóvenes. A guisa de introducción, dio una charla que trataba de la cosecha, de cuando el grano se almacenaba en el granero. Del grano, de la paja estéril y de los afilados cardos, que crecen también en los prados y creen que solo ellos son nutritivos.

—¿Habrán captado el sentido? —preguntó a su esposa.

—Estoy convencida de que sí —replicó la señora—. Me he fijado en que todos seguían tus palabras.

—Es un auténtico reto —dijo el pastor—, ahora que digan lo que quieran.

Después hubo un ilusionista que hizo unos extraños juegos de manos; los jóvenes habían acudido más que nada por verlo a él.

Los piadosos sacudían la cabeza, impasibles. Las payasadas y la religión no casaban bien, tampoco los sermones y los juegos de manos. En una reunión del consejo parroquial, Thomas Jensen hizo un comentario. El pastor se enfadó: conocía sus responsabilidades, y solo debía rendir cuentas ante el deán y el obispo.

—Yo pensaba más bien en Jesús —dijo Thomas Jensen con calma.

—Conozco a Jesús tan bien como usted —se defendió el pastor, furioso—. Y no voy a tolerar ninguna interferencia en mi libertad espiritual. Tengo una actitud abierta respecto a mi conducta, y si quiere saber de qué tema hablé, se refería a los ásperos cardos de los campos sembrados de grano, que no dan semillas aprovechables para las personas.

—Debía de ser una parábola —apuntó Thomas Jensen—. La próxima vez, el pastor puede mencionar la flor a la que la gente llama botón de oro, que no produce ningún oro. Hay muchos entre nosotros que no responden al nombre que se les ha dado. No creía que un clérigo fuera a llevar a la juventud por la senda de la frivolidad.

—Está yendo demasiado lejos —dijo el pastor, disgustado.

—Lo que digo no lo digo por decir —explicó Thomas Jensen—. Recordará que una vez que hablamos, usted nos aconsejó a los piadosos que rompiéramos los lazos con la parroquia. Pues yo voy a ser igual de sincero con usted: creo que debería buscar otra parroquia.

—Usted no es quién para destituirme —respondió, conciso, el pastor.

Aunque los mayores lo abandonaban, crecía a su alrededor una juventud vigorosa. Él debía custodiarla contra las fuerzas de la oscuridad como un clérigo alegre y luminoso. Eso era lo que pensaba. Y ahora, antes de que el verano pasara del todo, iba a organizar una excursión con la asociación de jóvenes a uno de los pueblos del fiordo.

Una mañana de agosto, desde granjas lejanas pedalearon mozos y mozas, con los bocadillos colgados del manillar y llenos de expectativas.

El pesquero a motor estaba amarrado en el embarcadero, y el pastor se encontraba de pie en la borda, saludando con sonrisas y apretones de manos a los que iban llegando. Hacía buen tiempo, aunque soplaba un poco de viento. A la hora convenida habían llegado treinta personas, y el pastor dio la señal de partida. Cuando la embarcación estaba a punto de zarpar, llegó en bici un mozo a toda velocidad. Tenía la cara enrojecida por el esfuerzo y se inclinaba sobre el manillar para ir más rápido. Cerca del embarcadero, lanzó la bicicleta a un lado, tomó carrerilla y dio un salto. Cayó rodando entre un grupo de chicas vociferantes por la emoción.

—Así debe ser —dijo el pastor, sonriendo—. Esta es una juventud sana.

En la orilla había gente observando la partida. El pastor divisó entre ellos a varios piadosos.

—¡Cantemos! —gritó—. Quiero oír cómo usáis los pulmones.

Y se puso a cantar:

Me encantan las arboledas…

La embarcación se alejó de la costa. El pueblo se convirtió en un grupo de casitas dispersas. El barco se balanceaba un poco, pero en proa iba un mozo tocando el acordeón. Los mozos más audaces se separaron del grupo, tomaron a las chicas del talle y se pusieron a bailar en cubierta. El sol daba de lleno, los mozos se habían despojado de chaquetas y chalecos y bailaban en mangas de camisa.

—Es un hermoso espectáculo —dijo el pastor a su esposa—. La orilla verde a un lado y el cielo azul sobre nosotros. Y el barco lleno de juventud que baila. Es casi una especie de símbolo de todo lo que creo y deseo. Un símbolo, sí: el barco de la juventud, como quien dice.

Su esposa asintió con una pequeña sonrisa. El pastor Brink la tomó del brazo.

—Creo que deberíamos bailar —propuso, jovial.

—¿Crees que es apropiado? —preguntó su esposa, inquieta.

—Por supuesto —contestó el pastor—. Que cunda la alegría. No creo que a nadie le parezca inapropiado que un pastor baile con su esposa. Todavía somos jóvenes, Sofie.

Bailaron sobre la cubierta, y las demás parejas dejaron de bailar una a una y se pusieron a mirarlos.

—¡Seguid bailando! —gritó el pastor Brink—. ¡Venga, que no decaiga!

Cuando cesó la música, se secó el sudor del rostro acalorado y se quitó la chaqueta. Llevaba un chaleco blanco y una delgada cadena de oro colgada del cuello. Poco después le pidió un baile a Katrine. La chica se puso roja como un tomate y bajó la mirada. Una no bailaba con un clérigo todos los días. Pero el pastor la tomó del talle y la puso a dar vueltas, mientras zapateaba la cubierta como un mozo. La cruz de plata saltaba en el pecho de la chica.

—Te estás divirtiendo —dijo su esposa, sonriendo—. ¿Quién es la chica?

—Una joven magnífica —repuso el pastor—. Sirve en el hotel y es una hija del pueblo, de raíces sanas. Mira, lleva una crucecita de plata en el pecho. Un poeta casi podría hablar de la cruz de la fe sobre las colinas de la carne.

—¡Pero Henrik! —exclamó su esposa—. Eso sí que me parece blasfemo.

—No en boca de un Brorson o un Grundtvig —dijo el pastor.

—Pues me parece una vulgaridad —replicó su esposa, enfadada—. Y esa chica grande y gorda parece una vaca. Creo que no deberías bailar más.

El sol apretaba, y la cubierta embreada reflejaba el calor. Apestaba a gasoil, y la bodega despedía un extraño olor a moho. Algunos mozos charlaron con el patrón. ¿Se podía conseguir cerveza?

—Claro —respondió el patrón—. Siempre llevo un par de cajas. Es que a la gente le suele entrar sed cuando ve tanta agua.

Los mozos brindaron con los cuellos de las botellas, y luego volvieron a enlazarse con las chicas. El motor traqueteaba, y la embarcación avanzaba veloz sobre el agua azul.

Tras varias horas de navegación, arribaron al muelle del puerto. Con el pastor y su esposa al frente, subieron hasta el pabellón de la plaza. Anders Kjøng caminaba junto a Katrine. No se habían hablado desde la noche que ella lo engañó con malicia. Pero no había dicho nada y no lo había dejado en ridículo, que era lo que más temía él. Había que reconocérselo a Katrine.

—Vaya, ¿has venido tú también, Katrine?

—Ya ves —repuso Katrine, y Anders Kjøng no supo qué más decir. Caminaron un rato en silencio. Katrine no dejaba de mirar los escaparates de las tiendas. Anders Kjøng la miraba de reojo. Lucía hermosa y atractiva con aquel vestido ligero de verano que realzaba sus curvas.

—Parece que al final lo tuyo con Anton Knopper ha quedado en nada —dijo Anders Kjøng con tono burlón.

Katrine alzó la barbilla, enfadada.

—Y a ti qué te importa —replicó.

—No, claro —replicó Anders Kjøng—. Pero menudos aires de grandeza tienes desde que el pastor ha bailado contigo.

Katrine no contestó, y siguieron a los demás hasta el pabellón, donde había ya actividad. Los mozos jugaban a la pídola, saltando unos por encima de los otros, cantaban y armaban jaleo. Pronto desenvolvieron los bocadillos, y algunos fueron en busca de cerveza. Después hubo baile sobre una tarima, pero cuando el pastor entró en el pabellón vio a siete u ocho mozos sentados a una mesa, tomando café y coñac. Aquello lo inquietó, pero le pareció que no valía la pena intervenir. Al fin y al cabo, eran adultos y no iban a descontrolarse.

Hacía calor incluso bajo el follaje de las hayas, y los jóvenes se cansaron pronto de bailar. Se alejaban en parejas o pequeños grupos. Anders Kjøng había bailado con Katrine, y no la soltaba. Entraron en el bosque y se sentaron sobre la hierba en un lugar soleado. Katrine se puso a hurgar con un palo en un hormiguero mientras Anders Kjøng seguía sus movimientos. ¡Menudo calor hacía! Cuando Katrine se inclinó hacia delante, su vestido de verano se deslizó a un lado, y él tuvo una visión fugaz de su blanco pecho. Dio un pequeño respingo. Se movió con sigilo para tomar su brazo redondo y acariciarlo. No parecía que a la chica le causara desagrado. ¿Por qué había de causárselo?, pensó, y se armó de valor. Caminaba tan erguido como cualquier otro mozo, y era de buen ver. Se ofuscó, perdió la cabeza, y su mano se deslizó al pecho de la chica. Katrine le pegó, y rodaron jadeantes sobre la hierba. La chica era fuerte, se lo quitó de encima y se levantó rápido.

—¿No puedes controlarte, calzonazos? —le espetó, furiosa—. ¡Quiero que me dejen en paz! Mira, me has destrozado el vestido.

—No era mi intención —dijo Anders Kjøng con mala conciencia—. En el pabellón ya te dejarán aguja e hilo.

Cuando llevaban un trecho caminando en silencio, el mozo le preguntó:

—¿Quieres ser mi novia, Katrine? Eres la chica más guapa que conozco.

—No —dijo Katrine, huraña—. No tengo la menor confianza en que vayas a casarte conmigo. Y no me interesa si no me das un anillo de prometida.

Anders Kjøng suspiró. Katrine era una chica seria, y seguramente no iba a conseguir nada de ella.

A la hora convenida, los mozos y mozas llegaron paseando al puerto. La esposa del pastor asió a su marido del hombro, horrorizada.

—Pero si están borrachos —susurró.

—Santo cielo —repuso el pastor, estupefacto—. ¿Qué va a pasar ahora?

Era evidente que algunos de los mozos habían bebido más de la cuenta y estaban de buen humor. Los hizo subir a bordo con rapidez y los contó. Estaban todos, y la embarcación zarpó enseguida.

—Dejémoslos bailar todo el tiempo —dijo el pastor Brink—. Es la única posibilidad de que los vapores etílicos se evaporen antes de que lleguemos a tierra.

Se dirigió raudo al mozo del acordeón, y le ordenó que tocara sin parar. Al mismo tiempo, recordó con un gemido que había pensado reunir el grupo a su alrededor y leerles un poco. Llevaba en el bolsillo del abrigo *Un chaval alegre*, de Bjørnstjerne Bjørnson.

Empezó el baile, pero las chicas se cansaron enseguida y, en grupos y con cara de enfado, se sentaron en la proa del barco. Los mozos estaban demasiado exaltados. Se revolcaban sobre la cubierta entre rugidos y cánticos. Pero fueron desapareciendo uno a uno, y cuando el pastor fue a ver qué hacían, estaban en la bodega, bebiendo. El patrón se había ocupado de comprar más cerveza, y al pastor Brink le pareció entrever en la penumbra un par de botellas de coñac. Temblando de ira, se dirigió al patrón.

—¿Qué está pasando aquí? —soltó, iracundo—. En la bodega hay siete u ocho mozos bebiendo. ¿Quién le ha dado permiso para vender alcohol?

—Los jóvenes quieren divertirse —se defendió el patrón—. Y siempre llevo a bordo un par de cajas de cerveza, por si a alguien le entra la sed.

—Lo hago responsable de lo que ocurra —repuso el pastor, amenazante.

—Ya son mayorcitos —dijo el patrón con calma.

El pastor se dirigió a la escotilla de la bodega y gritó:

—¡Subid a cubierta de inmediato!

Nadie respondió. Pero el pastor Brink oyó cómo se divertían. Era poco probable que se movieran de allí hasta haber agotado las bebidas.

Se dirigió a su esposa.

—Es terrible —dijo mientras se secaba el sudor de la frente—. Están en la bodega, bebiendo. ¿Qué diantres voy a hacer?

No esperó la respuesta de su esposa, y se puso a patear la cubierta con semblante sombrío. Las chicas lo miraban de soslayo, temerosas. Una vez más, se acercó a la escotilla y gritó. Pero los mozos cantaban y no oían nada.

Volvieron a avistar tierra firme; había calma chicha, y en el tibio atardecer veraniego se oía mugir a las vacas en los prados. Las campanas de su iglesia repicaron la puesta de sol. Pero el pastor sabía que nada bueno lo esperaba en la orilla. Era un hombre derrotado el que volvía de la excursión por el fiordo.

—Al fin y al cabo, no has podido evitarlo —dijo la señora Brink. Sus ojos estaban enrojecidos por el llanto.

—Pero me echarán la culpa —replicó el pastor Brink—. Bueno, tengo la conciencia limpia, solo quería lo mejor. Espero que lo entiendan. Y, pase lo que pase, debo enfrentarme a mi destino con la cabeza alta, como un hombre honrado.

El barco atracó en el embarcadero, y los mozos salieron de la bodega. Los más excitados desembarcaron entre voces y gritos. Las chicas se mantenían a una distancia prudencial.

—Cantemos —dijo el pastor—. Vamos, cantad todos a una:

¡Alza la cabeza, chaval!

Las chicas cantaron con toda su alma, algunos mozos se unieron, y el canto ahogó los rugidos de los borrachos. Atravesaron el pueblo, con el pastor y su esposa al frente, cantando a voz en cuello, y, en cuanto acababa una canción, la encadenaban con la siguiente. Los tambaleantes borrachos avanzaban como podían. La gente salió a las puertas y miraba el desfile con extrañeza. Tanta atención tuvo su efecto: las chicas se fueron callando una a una, por un momento solo se oyó la voz atronadora del pastor, y luego también él dejó de cantar. Todos vieron lo que ocurría: que los jóvenes habían vuelto borrachos de la excursión.

En un abrir y cerrar de ojos, la carretera cobró vida: la gente salía de sus casas, niños, ancianos, amas de casa, campesinos y pescadores miraban boquiabiertos o sacudían la cabeza. Después estallaban en carcajadas: aquello era una broma a gran escala. El pastor regresaba a casa al frente de los mozos borrachos. Seguro que se habían divertido. Pero los piadosos callaban, sombríos. Quedaba claro para cualquiera que tuviera ojos y algo de seso que el pastor estaba llevando la juventud a la depravación y a la desdicha.

El pastor Brink estaba pálido y exaltado, todo su cuerpo temblaba, y solo quería escaparse, echar a correr hasta su casa. Pero mantenía alta la cerviz y miraba al frente mientras movía las piernas de forma mecánica. Sin despedirse, tomó la desviación que llevaba a su casa, y cuando entró en la sala no hizo más que caminar enfadado de un lado para otro, mientras su esposa sollozaba en su sillón.

—¡Qué bestias! —exclamó con voz ronca—. Eran como animales salvajes. Y yo que me fiaba de la juventud…

—¡Pero no ha sido por tu culpa! —dijo su esposa, llorando—. Oh, ha sido horrible atravesar el pueblo. ¡Cómo nos miraban!

El pastor se detuvo ante ella y le puso las manos en sus delgados hombros.

—Pobre Sofie —dijo—. ¿Sabes que ahora estoy solo?

—No digas eso —exclamó la señora Brink entre sollozos.

—Es la verdad —repuso el pastor, y reanudó su agitado deambular—. Había depositado mi confianza en la juventud pura y lozana, y me han fallado. ¿Recuerdas lo que decía? ¿Que era el barco de la juventud? Pues no, no era la expresión adecuada: ¡hemos navegado con un cadáver en la bodega![11]

—¿Cómo se les habrá ocurrido beber alcohol a bordo? —se preguntó la señora.

—¡Eso ha sido una locura! —respondió el pastor, enfadado—. Pero no debemos regañar a los demás. La culpa ha sido mía. Si hubiera ejercido la autoridad, nunca se habrían atrevido. Mi posición ha sido socavada, he luchado mi batalla y la he perdido. Puedes estar segura de que los piadosos no van a olvidarlo.

---

[11] Referencia al último verso del poema-carta a Georg Brandes, «Et rimbrev» (Una carta en verso), de Henrik Ibsen.

—¿No puedes hablar con ellos? —sollozó la señora—. Explícales cómo ha sido todo. Tal vez puedas hacer las paces otra vez con esa gente. Es una pena que te rechacen, a ti, que estás hecho para el ministerio.

El pastor sacudió la cabeza, afligido.

En casa de Anton Knopper se acercaban grandes acontecimientos. Al viejo Martinus iban a darle la Cruz de la Orden de Dannebrog. La gente recordó que Martinus había participado en la guerra del 64,[12] y merecía un reconocimiento. Iba a ser un día especial, acudirían el gobernador y el jefe de Policía, y Andrea trajinaba limpiando la casa; después de todo, eran unos invitados ilustres para gente llana como ellos.

Martinus estaba sentado en su rincón, retorcido como el tronco de un árbol cubierto de verde, dejando al mundo pasar a su lado. Tendrían que acicalarlo un poco, tampoco era cosa de que no estuviera presentable en una ocasión como aquella. Anton Knopper habló con Andrea y examinaron al anciano. No quedaba otro remedio: había que cortarle el pelo y la barba. Anton Knopper se le acercó con buenas palabras y las manos armadas de unas tijeras. Pero Martinus opuso resistencia, no iba a tolerar ninguna tontería. Rugía como un toro furioso, y no quedó otra alternativa: Anton Knopper tuvo que sujetarle las manos mientras Andrea blandía las tijeras. Era como esquilar una oveja obstinada. Llevaron a cabo la tarea. El anciano se llevó un par de cortes en las orejas, pero el pelo cayó, y Martinus se quedó limpio y aseado; incluso parecía una persona. Anton Knopper pasó todo el día tratando de explicarle lo que iba a suceder. Martinus no entendía nada. Si hubiera sido posible, meterle medio litro de aguardiente habría facilitado las cosas. Pero Anton Knopper no era de los que recurren a esa clase de remedios.

---

[12] Guerra de 1864 entre Dinamarca y Prusia cuyo resultado fue la pérdida del norte de Schleswig para Dinamarca. La Orden de Dannebrog o de la Bandera es equivalente a la Legión de Honor francesa.

Todo estaba ordenado y reluciente desde mucho antes. Anton Knopper encaló la casa y pintó puertas y ventanas. Las autoridades iban a ver que todo estaba en orden en la medida de lo posible. Ahora la cuestión era a quién iban a invitar a presenciar el acontecimiento. Si el gobernador y el jefe de Policía habían anunciado su presencia, habría que honrarlos invitando a gente distinguida. Anton Knopper invitó al presidente del consejo parroquial, al alguacil y al maestro Aaby; al fin y al cabo, también eran funcionarios. Pero ¿el pastor? Anton Knopper no tenía ninguna gana de acogerlo en su casa. Habló de la cuestión con Thomas Jensen.

—No —dijo Thomas Jensen—; después de lo ocurrido, creo que deberíamos hacer como si no existiera.

—Pero es nuestro pastor —alegó Anton Knopper—. Además, al gobernador se le podría ocurrir preguntar por él.

—Entonces habrá que explicarle lo que pensamos del pastor —sentenció Thomas Jensen—. Para mí es una persona impía, y punto.

Luego Anton Knopper decidió invitar a los amigos más cercanos, la gente llegada del oeste: Jens Røn, Thomas Jensen, Lars Bundgaard y Povl Vrist con sus señoras. Pero ¿qué iba a servir a los invitados? Lo consultaron con Alma, que era de la ciudad y sabía más de las costumbres de la gente fina. Sí, en esas ocasiones se solía ofrecer una copa de vino. Anton Knopper se estremeció. ¿Iban a obligarlo a servir bebida pecaminosa en su casa?

Alma lo tranquilizó diciendo que no podían obligarlo y que bastaría con ofrecer chocolate a la taza, del mejor que pudiera conseguirse, y repostería hecha en casa, y después café. Alma fue a ayudar a Andrea con los preparativos, y también llamaron a Mariane. Amasaron y hornearon sin escatimar esfuerzos.

El día de la celebración, los invitados se presentaron antes de la hora, vestidos con sus mejores galas. Pusieron a un guardia para que anunciara la llegada en coche de la gente distinguida;

un enjambre de chicos bajó corriendo la colina de la iglesia: en aquel momento estaban cruzando los prados. Al rato, el coche había llegado. Era un carruaje cerrado, el mayor que habían visto nunca, y en su interior había flores, a saber para qué. El alguacil abrió la puerta del coche y dio la bienvenida a los recién llegados. La gente se apelotonaba en puertas y ventanas. El gobernador vestía un abrigo largo, pero el jefe de Policía iba de uniforme, con sable y casco. Flaco y corto de vista, no parecía muy belicoso. El gobernador, por el contrario, era un hombre impresionante, grueso y serio, de rostro solemne y colorado. Se notaba que era la segunda autoridad de la provincia, después del rey; no cabía duda de que era un hombre poderoso.

Los dos funcionarios entraron y saludaron a los presentes. El gobernador dio un fuerte apretón de manos a cada uno, saltaba a la vista que no era nada arrogante. Martinus estaba sentado en su sillón en medio de la sala. Sus curtidas manos huesudas sostenían el bastón.

—Buenos días, Martinus Povlsen —dijo el gobernador, y extendió la mano.

—Buenos días —correspondió el anciano como desde un pozo profundo, sin mirar a la mano extendida. Estaba casi ciego, sus ojos se mostraban lechosos y sin brillo, y la piel de su rostro colgaba en pliegues marrones. Con el tiempo, la ropa le había quedado grande, y estaba verdosa de puro vieja. Pero comprar ropa nueva para alguien con tan poca vida por delante suponía un desembolso. Anton Knopper se avergonzó: era una pena que Martinus no hubiera estrechado la mano del gobernador. Pero este hizo como si nada.

—Debe de andar mal de la vista —dijo—. Sí, sucede con la edad; nadie es eterno.

El gobernador se aclaró la garganta y se volvió hacia los reunidos. Iba a pronunciar un discurso. Era como si exhibiese a Martinus y describiera sus virtudes y características. Allí estaba Martinus, un viejo guerrero que sirvió al rey y a la patria cuando esta estuvo en peligro. El gobernador habló de la bandera y de la patria, de la reencontrada provincia hermana del sur,[13] del soldado rural y del espíritu guerrero. Tea, que se había colado por la puerta con las demás mujeres, se emocionó. Qué labia tenía aquel señor, hablaba como un obispo. Aquel era un día glorioso para Martinus, ojalá Dios le hubiera concedido el don de comprender tan bellas palabras. Pero no era el caso. Tea miró al jefe de Policía, que estaba algo retirado, con las manos juntas a la espalda. Parecía aburrirse. Su semblante se contrajo como si estuviera reprimiendo un bostezo. Seguro que era un avinagrado, aunque no debería decir eso de la persona que portaba la espada de la autoridad.

El viejo Martinus se mostró apático, inmóvil, mirando al frente, mientras el gobernador hablaba de la virtud, que encontraba en sí misma su recompensa, y de las ocupaciones pacíficas, que también sirven a la madre patria. Los hombres escuchaban a una distancia respetuosa. Anton Knopper asentía, pensativo. Era comprensible que un hombre así pudiera llegar lejos y tuviera influencia en el Consejo Real. Las palabras surgían sin esfuerzo, como si se vistiera de negro y dijera grandes cosas a diario.

El gobernador se volvió hacia Martinus, que estaba sentado con paciencia, dejando que las cosas fueran a su ritmo.

—Usted fue uno de los hombres que lucharon por nuestra anciana madre, nuestra querida Dinamarca, cuando se encontró en peligro —manifestó—. Es usted uno de los últimos de aquella generación que todos honramos y admiramos. Por eso le impongo ahora la Cruz de la Bandera.

Se puso a hurgar en los bolsillos, pero no encontraba la cruz. Todos contuvieron la respiración, ansiosos. ¿Se le habría olvidado al gobernador traerla? Se palpó el bolsillo del pantalón y el chaleco. El jefe de Policía avanzó hacia él.

---

[13] Referencia al norte de Schleswig, ahora *land* alemán, recuperado por Prusia y Austria tras la Guerra de los Ducados en 1864. Las actuales fronteras se establecieron tras un plebiscito en 1920.

—El señor gobernador la ha metido en el abrigo —susurró—. Voy a buscarlo.

El jefe de Policía volvió con un pequeño paquete, el gobernador se aclaró la garganta con aire serio y prendió la cruz en el ojal de la chaqueta del anciano.

—Y le transmito un saludo de Su Majestad el Rey —hizo saber.

El rostro envejecido cobró vida de repente, como si una mosca caminase por él. Después Martinus habló entre dientes con voz cavernosa:

—¡Fuimos nosotros quienes matamos al rey Canuto!

El gobernador se irguió, algo desconcertado, sin saber qué decir. Anton Knopper sintió vergüenza y se ruborizó. Era una indignidad que ocurriera algo así en un momento de tal solemnidad, pero es que el anciano estaba trastornado y no sabía lo que decía. El gobernador sonrió, amable, y dio a Martinus una palmada en el hombro.

—En efecto —dijo—. Tiene toda la razón del mundo, apreciado Martinus Povlsen. Eso ocurrió hace mucho, hace muchos siglos, de hecho; pero debo transmitirle el saludo del rey que tenemos ahora en Dinamarca.

Martinus no movió un músculo, volvió a la dura placidez de sentarse algo inclinado hacia delante, con la reluciente cruz colgando de la solapa de la chaqueta. Anton Knopper se apresuró a decir que la mesa estaba servida en el comedor, si las autoridades tenían la amabilidad.

Entraron en el comedor, y Andrea sirvió el chocolate. En torno a la mesa solo había hombres. El gobernador y el jefe de Policía tomaron dos tazas, y después, café. El gobernador era un hombre sencillo, del pueblo. Hablaba por los codos, y quería saberlo todo sobre agricultura y pesca. Elogió los pasteles y pidió la receta de uno de ellos para su esposa. Tea enrojeció detrás de la puerta, donde estaba escuchando: era un honor que correspondía a Andrea. Al rato, el gobernador se había olvidado del pastel y hablaba de política con el presidente del consejo parroquial. Pero el presidente del consejo parroquial era un hombre creyente y tenía la cabeza bien amueblada. El gobernador había sido ministro por un breve período, y seguramente deseaba volver a la política. El presidente del consejo parroquial estuvo pensativo y lento al responder, y no dijo gran cosa. Al fin y al cabo, en aquel pueblo elegían a gente buena y creyente.

De hecho, el jefe de Policía presentaba un aspecto más digno. El gobernador sabía disertar, pero hablaba demasiado; allí, tomando café, no era el hombre que creías que era. ¿Era apropiado que gente de su posición mostrase interés por los pasteles? Tal vez fuera el gobernador uno de esos que endiosan su barriga. El jefe de Policía, en cambio, tomaba el chocolate con calma, erguido, con el sable entre las piernas. Era comprensible, estaba protegido por la espada de la ley y tenía cosas importantes en las que pensar. No quedaba sitio para recetas de pasteles ni políticas parroquiales.

Los dos caballeros se levantaron y entraron adonde estaba Martinus para despedirse.

—Adiós, Martinus Povlsen —dijo el gobernador, y, tras dirigir la mirada a los hombres al fondo de la estancia, añadió con voz grave—: Que Dios lo bendiga.

Cuando las autoridades se marcharon, entraron las mujeres a tomar chocolate.

—Ha sido un discurso bonito el que le han dedicado a padre —dijo Andrea, conmovida—. Lástima que no entendiera lo que le decían.

—Pero lo que ha dicho al final no ha sido honesto —dijo Thomas Jensen, algo irritado—. No creo que lo dijera en serio. Esa gente fina tiene siempre al Señor en los labios, pero no es de fiar.

Habían evaluado al gobernador y lo habían descartado. Aun así, fue una experiencia que les proporcionó más temas de conversación. ¿Sería verdad que el rey había enviado un saludo a Martinus? Era difícil de creer que supiera los nombres de los que participaron en la guerra. No, en opinión de Anton Knopper no era probable que lo supiera. Y ahora, después de haber visto tanto del poder y la gloria mundanos, parecía natural recordar que solo había un rey que nos conociera por el nombre y conociera los recovecos de nuestras almas, y ese era Jesús. El gobernador podría haber aprendido entre personas sencillas algo más que recetas de pasteles. Escucharon unas palabras edificantes, y antes de irse cantaron un salmo. Cuando Thomas Jensen atravesó la sala donde estaba Martinus, cruzó unas palabras con él.

—¡Bonita ceremonia, Martinus! —gritó—. Ahora tienes una cruz, pero hay otra cruz con la que serías más feliz.

—¿Qué? —preguntó el anciano, parpadeando.

—¡Te digo que deberías tratar de ganar la cruz de la *misericordia*! —gritó Thomas Jensen—. Porque ya sabrás que vas a morir pronto.

El anciano lo miró, amenazante. Después dijo con desgana:

—Como me ponga enfermo, ¡me ahorco!

Durante el húmedo y oscuro otoño, el pueblo quedó aislado del mundo. No ocurría nada. Los extensos prados tierra adentro se inundaban, el fiordo lucía negro y frío, y el viento helado azotaba los árboles desnudos. Los caminos se embarraban, los días eran grises y lluviosos, había semanas en las que el sol apenas se dejaba ver. Solo en la sede de la Misión encontraba el alma calor.

El pastor Brink se alzaba el cuello del abrigo hasta las orejas cuando salía a pasear. Había perdido peso, parecía cansado, y ahora tenía la costumbre de hablar en voz alta consigo mismo. Un día se encontró con Thomas Jensen. No habían hablado desde la excursión. El pastor se detuvo. Tenía el rostro mojado, y de su sombrero goteaba el agua de lluvia.

—¿Dispone de tiempo? —preguntó—. Me gustaría hablar un rato con usted.

Thomas Jensen accedió de inmediato y acompañó al pastor a su casa. Depositó los zuecos en la entrada y avanzó con cuidado. Sus pies dejaban marcas mojadas en la tarima. La esposa del pastor apareció un momento en la puerta de la sala de estar, y una sombra de preocupación cubrió su semblante cuando vio quién era el invitado. Pero el pastor se apresuró a cerrar la puerta de la sala y correr el guardapuertas. Thomas Jensen se quedó un momento mirando el enorme patio desierto. Detrás del viejo granero, el viento azotaba unos álamos altos llenos de nidos de cornejas. La puerta del establo golpeteaba triste sobre sus bisagras.

El pastor se sentó en su silla e invitó al pescador a tomar asiento.

—Creo que esa es la silla más cómoda —indicó.

—Gracias —repuso Thomas Jensen—. La verdad es que me da igual.

—Bueno, llegó el otoño —dijo el pastor Brink—. Es una época difícil para las personas, pero, por otra parte, quizá también un tiempo de reflexión en el que se sopesa la cosecha que ha deparado el año. Hay muchas cosas de las que me gustaría hablar con usted. No voy a referirme a la desgraciada excursión. Confié demasiado en la salud y fuerza moral de la juventud, y me equivoqué. Pero hay otros temas sobre los que he reflexionado, y que observo con preocupación. Yo ya no pinto nada aquí. La parroquia se transforma cada día que pasa, y me doy cuenta de que usted y los suyos van a ganar la batalla. Pero déjeme preguntarle una cosa: ¿Es consciente de la responsabilidad que ha adquirido?

—Sí —repuso Thomas Jensen con firmeza.

—No es tan sencillo —dijo el pastor, irritado—. Es fácil asumir una responsabilidad, pero cuesta cargar con ella. Usted es un cristiano sincero y diligente; pero el alma es una planta delicada, y un pastor de almas es como un jardinero que las cuida, las poda y les da el alimento que necesitan. Estoy convencido de que lo primero que hay que preguntar a un clérigo es si tiene humanidad. Porque si no hay humanidad, el trabajo habrá sido en vano. *Usted* me ha quitado el trabajo en la parroquia donde debía desempeñarlo, y ahora le pregunto: ¿Conoce su responsabilidad? ¿Tiene usted humanidad?

—Hago cuanto puedo por desprenderme de ella —respondió el pescador.

—¿¿Qué es lo que hace?? —preguntó el pastor.

—Seguramente vemos esa cuestión, como muchas otras, con ojos muy diferentes. Para mí existe en la condición humana una maldad que procede del pecado original.

—Entonces, ¿no ve nada de valor en la persona?

—No. Estoy seguro de que la bondad que podemos albergar se la debemos a la gracia de Dios. Y aunque haya algo bueno en los no arrepentidos, ¿de qué sirve? Se pierde en la naturaleza pecadora. Creo que Jesús ya dio su parecer cuando dijo que hay más alegría en el cielo cuando un pecador se arrepiente que cuando diez justos no necesitan arrepentirse.

Las palabras brotaban sosegadas y bien pensadas, pero el rostro del pastor se contrajo, y se puso en pie.

—Estoy cansado de riñas y discordias —dijo—. Si era su intención expulsarme, lo ha conseguido. No debe decírselo a nadie, pero tengo pensado pedir un cambio de parroquia. Empleemos el tiempo que queda de la manera más llevadera posible.

Thomas Jensen no pudo ocultar su asombro.

—¿Está contento? —preguntó el pastor.

—Estaría más contento si hubiera encontrado otro camino —repuso el pescador—. En honor a la verdad, nos habría gustado tenerlo de párroco si hubiera sido un hombre creyente.

En el camino de vuelta a casa, Thomas Jensen pasó por la iglesia, se detuvo un rato y observó el interior por una ventana empapada por la lluvia. Su mano se deslizó con cuidado por la pared enmohecida por la humedad. Se acercaban tiempos mejores. La palabra iba a escucharse en la casa de Dios.

En la sede de la Misión, los cánticos adquirieron un tono más profundo, pero la puerta del centro cívico estaba cerrada a cal y canto. El pastor hacía tiempo que había dejado la presidencia de la asociación de jóvenes, y ahora Kock no estaba tan reticente a cargar con la presidencia y su correspondiente responsabilidad. Kock era un agitador. Su idea era que la asociación funcionara como un foro de debate en el que se enfrentasen todas las tendencias espirituales. Pero debía haber sitio también para los piadosos. A Kock le pareció que lo mejor sería hablar con Anton Knopper y tantear el terreno. Se recostó en la silla y sacó un papel del bolsillo. Era el programa que había elaborado.

—Verá, la primera cuestión que creo que deberíamos debatir es la de los judíos —propuso.

—¿Los judíos? ¿Qué pasa con ellos? —preguntó Anton Knopper, extrañado—. Bueno, ya sé que mataron al Redentor. ¿Es de eso de lo que tenemos que hablar?

—No, de los judíos de hoy en día —repuso Kock—. Verá, los judíos representan uno de los mayores problemas de la sociedad. No lo digo por alardear, pero he estudiado la cuestión en gran detalle, y he leído varios libros. Los hechos demuestran que los judíos han sido los causantes de las mayores desgracias que han afligido al mundo, y la situación no va a mejorar hasta que nos rindamos ante los resultados de las ciencias raciales. Esa es la cuestión.

—Yo no sé nada de eso —dijo Anton Knopper—. Solo he oído que existen dos clases de judíos: los que rezan y los que vociferan; pero no sé si es verdad.

—Eso no tiene ninguna base científica —sentenció el funcionario de aduanas—. Pero estaría muy bien difundir información sobre lo que pasa con los judíos. Después vendrían otros temas, como, por ejemplo, eso del socialismo de lo que tanto se habla, y que me gustaría refutar.

Kock estaba como una mosca encerrada en una botella: ahora iba a poner la vida espiritual en primer término. Convocó una reunión de la asociación de jóvenes para poder nombrar a un presidente. Solo acudió una veintena, y Kock tomó la palabra para explicar cómo se imaginaba el futuro. Dichoso en la tribuna, de sus labios brotaron palabras foráneas y extrañas. Cuando bajó a su asiento estaba satisfecho de sí mismo.

La única iluminación de la estancia era una humeante lámpara de petróleo, y el maestro Aaby surgió de la oscuridad del rincón más lejano. Mientras se dirigía a la tribuna, su sombra daba extraños saltos en la pared encalada. Su ropa colgaba floja, y la chaqueta parecía escorada a un lado por el peso de la

Biblia que llevaba en el bolsillo. Se quedó un rato escuchando la lluvia que azotaba las ventanas. Después habló.

—Para cuando te das cuenta, eres un anciano y la muerte llama a tu puerta, de modo que la cuestión es adónde nos dirigimos. Es algo que nunca debemos olvidar.

El anciano maestro habló con voz dulce: no se fiaba de la erudición de los libros y prevenía contra los que traen una sabiduría a medio digerir.

—¿Se refiere a mí? —gritó Kock desde su asiento.

—Sí, a usted —contestó Aaby, parpadeando.

—Usted para mí no cuenta —dijo Kock—. Se opone a toda libertad intelectual, y cree que seguimos sentados en el banco de la escuela. Dicho con otras palabras, está senil.

—Pronto seré un anciano —repuso Aaby con calma—. Y es posible que pronto esté acabado y ya no pueda más. Pero una cosa sé de usted, y es que es un erudito de medio pelo. Más le habría valido no aprender nunca a leer.

Kock se puso en pie de un salto, pero la agitación le impedía hablar. ¿No era acaso un hombre con una bien fundada visión de la vida, con muchas visiones de la vida, que le permitían observar la existencia desde todos los ángulos?

—Me postulo como presidente —dijo Aaby—, y creo que debemos pasar a la votación sin más debate. Los que estén a mi favor, que levanten la mano.

El funcionario de aduanas miró a su alrededor, enfadado. Las dos terceras partes de los asistentes habían levantado la mano.

—Pues muy bien —dijo, y se levantó—. Solo quiero proponer que convirtamos la asociación de jóvenes en un fondo para entierros.

Aaby dio un respingo.

—Fondo para entierros —masculló.

—Exactamente —dijo Kock, y se dirigió hacia la puerta—. Porque aquí no va a haber vida intelectual mientras usted sea presidente.

Una corriente fría barrió la estancia cuando abrió la puerta, y la llama humeante de la lámpara de petróleo se reavivó.

—Entonemos un cántico antes de marcharnos —dijo Aaby, que echó a cantar con su seca voz de anciano:

¡Nuestro Señor es un baluarte seguro!

Las tormentas de otoño bramaron por toda la comarca, arrancando tejados y árboles. El viento sacudía las casas y hacía traquetear las puertas, la gente le hacía frente como podía en la calle, aquel clima no era para personas. Hacía semanas que habían retirado las trampas del fiordo espumoso, y la campaña de la anguila había terminado. Había resultado bastante provechosa para la mayoría, y extraordinaria para Povl Vrist, que empezaba a destacar sobre el resto y tenía casi el doble de redes que los demás.

Kjeld llevaba trabajando varios meses con Anton Knopper. Era aplicado, pero testarudo por naturaleza. Anton Knopper lo trataba con guantes de seda y cuidaba lo que decía. Pero aun así terminó mal, solo porque un día le dijo con voz suave que no había remendado bien una red.

—Si no hago bien mi trabajo, será mejor que me vaya —dijo Kjeld, y arrojó la red en la que trabajaba.

—Venga, no te enfades —dijo Anton Knopper—. Ya sabes que contigo no tengo motivo de queja. No lo he dicho por eso.

Pero Kjeld no se dejó convencer: se mantuvo en sus trece y se marchó. Anton Knopper se sentía mal; era como si fuera responsabilidad suya si Kjeld pasaba el invierno sin comida. Un día que vio por allí a Thora, le dijo que entrara, que quería hablar con ella.

—La verdad es que no sé qué hacer. ¿Podrías darme algún consejo?

Thora sacudió la cabeza.

—Quiere lo que quiere, de nada sirve entrometerse.

De momento, Kjeld consiguió trabajo en la cooperativa de consumo. Estaba escolarizado y podía trabajar como dependiente; hacía las cuentas y escribía, y también empaquetaba las compras. La Navidad se acercaba, y había mucho trabajo en la tienda. El género llegaba en cajas grandes: naranjas, manzanas y ciruelas pasas, y racimos de uva envueltos en serrín para los que podían permitírselo. Kjeld estaba como pez en el agua, moviendo cajas de un sitio a otro y arrastrando sacos de la bodega. Pero su testarudez no era razonable. Un día tuvo una disputa con el encargado a cuenta de una naranja mohosa. Kjeld la había comprado el sábado por la tarde, y el lunes por la mañana se la enseñó al encargado y le pidió otra en su lugar.

—¿Qué le pasa a la naranja? —preguntó el encargado.

—Ya ves que está mohosa —respondió Kjeld—. Y me parece que deberías reemplazar la mercancía estropeada.

—Por supuesto —dijo el encargado—: si el género está defectuoso, lo cambiamos, pero hay que entregarlo en el estado en el que se compró; y, por lo que veo, esa naranja está pelada, y le faltan tres gajos.

Kjeld estaba exaltado, y dio un paso adelante.

—No juegues conmigo, que no eres lo bastante hombre. ¿Cómo puedo saber si la naranja está mala sin haberla probado?

—Eso no es asunto mío —dijo el encargado, testarudo—. No es por el dinero, es un principio de la casa, y debes cargar con la pérdida.

Se giró para irse, pero Kjeld lo asió del hombro y le restregó la naranja por la cara. El encargado tosió, y el jugo ácido le entró por ojos y boca. Se liberó con un rugido, y Kjeld arrojó la naranja estropeada contra la pared.

La esposa del encargado apareció en la puerta.

—Pero ¿qué pasa? —preguntó.

—Pues que este insensato no respeta ni vida ni propiedad —dijo el encargado mientras se secaba la cara—. Ha estado a punto de ahogarme con una naranja. ¡Pues ya puedes marcharte! —Pateó el suelo, imperativo—. No te quiero más en la tienda.

—Quiero el sueldo de hoy —dijo Kjeld, agresivo.

—¿Por qué tienes que ser diferente en todo? Si no llevas ni una hora aquí. Claro que a lo mejor quieres emplear la violencia, porque eres de los que no se avergüenzan de hacerlo.

—No empleo la violencia a menos que me provoquen. Pero quiero el sueldo de hoy, y no voy a irme hasta que me pagues.

El encargado entró en la oficina y se tomó su tiempo, pero cuando volvió Kjeld lo esperaba sentado en un saco. Empezaron a entrar clientes, que miraban de soslayo a Kjeld, pero este estaba a lo suyo y cambiaba la bola de tabaco cada hora.

Pasado el mediodía, hubo un par de horas tranquilas, durante las que el encargado estuvo dormitando oculto por el periódico tras el mostrador. No era divertido para Kjeld, pero nadie iba a decir que había cedido cuando tenía razón. Había en torno a él un círculo negro de escupitajos. El encargado no abrió la boca hasta la hora de cerrar.

—Es la hora de cerrar, de manera que tienes que marcharte.

—Antes quiero que me pagues —repuso Kjeld.

—Entonces tendré que llamar al alguacil para que te saque —dijo el encargado—. Lo que haces no es legal.

Kjeld se dirigió con calma hacia la pared, donde colgaba una serie de bastones de roble, y escogió el más grueso. El encargado lo miró, inquieto, pero Kjeld volvió a su saco y sopesó el bastón. Lo de llamar al alguacil no lo había dicho en serio. Siendo cristiano y respetado en la Misión, debía proceder con cuidado.

El encargado abrió de un tirón la caja del dinero y arrojó unas monedas sobre el mostrador. Un brillo malicioso asomó a sus ojos, pero habló con voz suave:

—Eres duro de corazón. Ahora puedes irte con el dinero que me has sacado con tus amenazas, pero verás lo que voy a hacer: voy a rezar por ti. Porque si hay una persona mezquina que necesita intercesión, esa eres tú.

Kjeld le dio la espalda y se marchó a casa.

Thora no se quejó, al contrario: se limitó a sonreír, mostrando sus vigorosos dientes blancos. Se acercaba la Navidad, y por la noche caían fuertes heladas, se formaban flores de escarcha en los cristales de las ventanas, y el hielo pinchaba como agujas. Kjeld fue al fiordo en cuanto se heló, armado de su tridente para anguilas. Pero pasaban apuros.

La Navidad quedó atrás y empezó el deshielo. Una mañana que Thomas Jensen pasaba junto al hotel, vio a Mogensen, calzado con zuecos, armado de una tabla y con un martillo en la mano. Se detuvo en el lateral de la casa y se puso a clavar la tabla sobre el cartel de madera donde ponía «Hotel para abstemios». Thomas Jensen no podía creer lo que veía. En la tabla había escrito en mayúsculas: «CERRADO».

—Pero ¿qué diablos significa eso? —preguntó.

Mogensen giró la cabeza hacia él.

—Significa que ya he cumplido con mi deber y no se me puede exigir más —respondió—. Lo he intentado con el hotel, las excursiones y el baile, pero siempre me ha ido mal; y ahora los acreedores me han desahuciado.

—Pues vaya… —dijo Thomas Jensen—. Entonces, ¿se cierra?

—De eso no tengo ni idea —repuso Mogensen—. Me he gastado hasta el último céntimo; ahora que lo abran ellos. Me alegro de haberme librado de tantos problemas.

Mogensen clavó el último clavo, dio un paso atrás y contempló su obra.

—Que lo hagan ellos —dijo—. Todo parece fácil cuando no lo has probado.

Hizo un gesto de aprobación y entró en el edificio.

Mogensen no había podido pagar los intereses, y el hotel se puso en venta. La familia de su esposa iba a ayudarles a abrir una lavandería en la ciudad. La iba a llevar su esposa, pero Mogensen creía que tendría cosas que hacer escribiendo facturas y supervisando el trabajo. Estaba al tanto de los precios de las lavadoras y del carbón. Era un negocio rentable.

Thomas Jensen le dirigió unas palabras antes de seguir:

—Ahora ya ve a qué conducen el baile y la frivolidad. No traen ninguna felicidad.

—No —reconoció Mogensen—. Pero tenía que pagar los intereses del capital, y en mi casa no pasaba nada reprochable. Pero he aprendido que llevar un hotel es un mal negocio: para empezar, no merece la pena, y, además, la gente no te aprecia. La lavandería, por el contrario, es algo socialmente útil.

—Pero hemos de tener presente a Jesús en nuestro quehacer terrenal.

—En efecto —repuso Mogensen—. Mi esposa es religiosa, aunque no sea de la Misión. Y en cuanto a mí, no crea que no confío en Dios. Si dejo el hotel, es porque también hay una intención en ello. Hay que ponerse a prueba, eso es lo que hay que hacer.

Thomas Jensen le dirigió una mirada penetrante.

—Espero que encuentre la gracia, Mogensen —dijo en voz queda.

Se acabó el baile de la posada, pero los jóvenes encontraron cobijo bajo otro techo. El tendero del este del pueblo montó un bar clandestino. La cooperativa de consumo lo había dejado casi sin trabajo, y ahora había baile por la noche en su tienda. Los gritos y la bulla se oían desde la carretera, cuando la gente decente pasaba por allí; los sones del acordeón y el pataleo en el suelo, y seguro que no faltaba el alcohol. Pero no se sabía nada con seguridad, y nadie quería denunciarlo sin tener pruebas a mano.

Cuando Mogensen cerró el hotel, Katrine entró a trabajar en la panadería.

La llegada del gaitero a las granjas solía marcar el final del invierno. Con el pie golpeaba un bombo, bom, bom, bom: era el hielo que se cuarteaba, y de la gaita surgía un sonido tenue, como el de los corderos recién nacidos y el croar de las ranas, y, allá a lo lejos, cantaba el cuco. El músico aporreaba el platillo de latón, que evocaba de forma extraña la brillante agua del deshielo en los pantanos y el canto de la avefría en su nido. Los niños se le arremolinaban alrededor y lo seguían de un lado a otro. Después continuaba su camino con la gaita a cuestas.

Las blancas nubes corrían por un cielo inmenso que parecía envolverte. El aire era cálido, a pesar de la helada nocturna y el viento del este, y bajaron al fiordo las embarcaciones recién calafateadas. Echaron las redes para arenques, y las gaviotas se lanzaban en picado a por los peces. Los prados rebosaban de vida, con los pájaros trinando en la verde hierba, pero en los hogares también surgía la vida: Andrea reveló a su marido que estaba embarazada. Anton Knopper dio gracias a Dios de corazón, y redobló el cariño por Karen. No debía sentirse menos querida por ello.

Cuando los niños llegaban de la escuela, jugaban junto al embarcadero, y, cuando se salían con la suya, se aventuraban con un bote e incluso llegaban a fijar un trozo de vela en un remo, aunque estaba prohibido. Pero en medio de aquella hermosa primavera se ahogaron dos de los chicos de Lars Bundgaard.

Brillaba en lo alto un sol pálido, y el viento agitado levantaba cabrillas en la superficie del agua. Una decena de chicos habían embarcado en una de las grandes lanchas de pesca y se encontraban lejos de la orilla. Ninguno de ellos tenía más de doce años. Un niño se inclinó sobre la borda e introdujo en el agua un pedazo de red atado a un palo. Era un aparejo que había hecho para pescar los pequeños espinosos. De pronto, perdió el equilibrio y cayó al agua. Vislumbraron su rostro antes de hundirse, y su hermano Teodor, que tenía once años y sabía nadar, se arrancó la camisa y saltó tras él. Los chicos se afanaron con los remos para virar la embarcación, pero la enorme lancha era ingobernable. Teodor salió a la superficie, un mechón de cabello rubio apareció un momento en la superficie, y luego volvió a sumergirse y desapareció en el agua helada.

Los demás se acurrucaron en el fondo de la lancha, muertos de miedo, sin atreverse a mirarse unos a otros. La corriente arrastró la embarcación.

Anton Knopper estaba en el fiordo y vio la lancha a merced de la corriente. No pensaba en ninguna desgracia, y por eso gritó a los chicos:

—¿Cuánto estáis dispuestos a dar por volver a tierra, pequeños?

Un chavalín respondió:

—Te daré mis ahorros, Anton Knopper, porque Karl y Teodor se han caído por la borda.

Anton Knopper enganchó la lancha y la remolcó rápido hasta la orilla. Lars Bundgaard estaba en la playa calafateando un barco, y Anton Knopper corrió hacia él tan rápido como lo llevaron sus piernas.

—Lars, ha pasado algo espantoso. Los chicos dicen que Karl y Teodor se han ahogado en el fiordo.

Lars Bundgaard lo miró un momento con ojos desorbitados, pero enseguida echó a correr por el embarcadero y soltó una barca. Llevaba la brocha embreada en la mano. La arrojó lejos y empujó la barca hacia el fiordo. Anton Knopper gritó a los hombres del embarcadero que pusieran en marcha un barco de motor. Pero Lars Bundgaard se adentró en el fiordo dando grandes paladas.

Anton Knopper no sabía qué hacer. ¿Quién debía notificar el accidente a Malene? No iba a tener más remedio que decírselo él. Acudió presto a la casa. Malene estaba haciendo la colada, y tenía agua jabonosa hasta los codos. Anton Knopper le explicó con cautela lo que había ocurrido. Malene no dijo nada, y empezó a secarse las manos en el delantal. Cuando Anton Knopper se marchó, ella andaba febril por las habitaciones, sin llorar. Lars Bundgaard volvió a casa y le hizo un gesto afirmativo sin buscar su mirada. Después subió al desván para estar solo. En el palomar sonaba el arrullo de las palomas, y las golondrinas atravesaban con sus trinos una trampilla abierta. Sus nidos estaban bajo las vigas. Dos vidas se habían extinguido, dos niños habían partido a la casa de Dios.

Se tumbó sobre un montón de trampas bajo las vigas del techo y giró la cabeza hacia la oscuridad. ¿Por qué le habían quitado a sus hijos? No tenía intención de pedirle cuentas al Señor ni de dudar de su sabiduría, pero, dando un repaso a su vida, ¿qué falta había cometido? ¿Había actuado con arrogancia, o confiado en sí mismo? Ay, nunca más iba a volver a sentir la suave mano de Karl en la suya.

Sonaron unos pasos pesados en la escalera. Era Malene. Se le acercó y le tocó el brazo.

—¿No podemos compartir la pena? —le preguntó, desvalida.

Lars Bundgaard se puso en pie.

—¿Entiendes por qué ha ocurrido, Malene?

—No —contestó su esposa—. Pero debemos confiar en la sabiduría y misericordia de Dios.

—Así es —dijo Lars Bundgaard en voz baja—. Pero me preguntaba si podría haber en ello algún aviso.

Cuando Lars Bundgaard y Anders Kjøng partieron a recoger las redes al amanecer, peinaron el fiordo en busca de los chicos. Lars Bundgaard iba tumbado en proa, observando el fondo.

Llevaba una mano delante de los ojos para que no lo cegara el sol. En la otra llevaba un bichero, y de vez en cuando sus dedos agarraban con fuerza el mango. Las algas eran de color verde oscuro a la luz del sol, con manchas de arenaamarillo verdoso intercaladas, todo destellaba y se difuminaba entre las olitas rizadas, y en la superficie se reflejaban las blancas nubes del cielo. Los pececillos se movían como sombras sobre las manchas claras del fondo y desaparecían entre las algas. Lars Bundgaard pestañeaba cada vez que ocurría. Inspeccionaron todos los fondos hasta las pequeñas calas. En alguna parte debían estar los niños mirando hacia arriba a través del agua verde.

Anders Kjøng remaba con pausa, mientras de los remos caían gotitas brillantes. No quería pensar en el momento en el que encontrasen a los niños. Dos chavales de piernas ágiles y lengua vivaz, dos críos inocentes. Lars Bundgaard los había advertido, reñido y castigado, los había llevado en brazos. Y ahora sus fríos cadáveres yacían en el fondo del fiordo.

Como llevaban comida a bordo, continuaron la búsqueda hasta bien entrada la noche. La luna llena se alzaba amarilla tras las colinas, y en las aguas poco profundas se divisaba un grupo de aves oscuras, inmóviles, con el pico hundido en el agua. Eran garzas. A la luz de la luna, gaviotas y avefrías volaban sobre la orilla de la playa describiendo amplios círculos, y el vaho de la niebla se extendía por los campos. Las luces estaban encendidas en el pueblo, y brillaban pálidas en la semipenumbra. La estela dibujaba delgadas estrías en el fiordo, ahora oscuro del todo.

Lars Bundgaard no encontró los cadáveres de sus hijos, a pesar de que los buscó a diestro y siniestro y recorrió muchas millas con el barco a motor. Lo más seguro era que la corriente los hubiera arrastrado hasta el mar. Malene andaba inquieta de un lado a otro, y no podía pensar en otra cosa que en los niños meciéndose solitarios en el agua fría. Ya sabía que sus almas habían llegado a buen puerto, pero no iba a estar tranquila hasta que sus cuerpecitos yacieran bajo tierra. Si yacían en una tumba del cementerio, era como si estuvieran en casa. Alma tenía que acudir todos los días a ayudarle con la casa. Malene ya no era capaz de hacer nada. A su alrededor alborotaban los pequeños, que no entendían qué ocurría. Los mayores estaban callados, llorosos. La nueva casa de Lars Bundgaard se había convertido en un lugar de duelo.

Por cada semana que pasaba, Lars Bundgaard caminaba más y más encorvado, y estaba cada vez más abatido. Los demás le ayudaban a buscar, pero nadie podía decirle una palabra de consuelo. Lars Bundgaard conocía el camino hacia su Salvador, pero la carga que debía acarrear no podían llevarla otros. El maestro Aaby fue de visita y habló con Malene.

—Debemos aceptar nuestras penas con humildad —dijo—. Porque sabemos que todo es por nuestro bien.

—Así es —repuso Malene.

—Habéis recibido muchas bendiciones —dijo Aaby—, todas las recompensas de la vida. Ahora Dios quiere poner a prueba vuestra fidelidad, es lo que debemos creer.

Aaby la tomó de la mano.

—La muerte golpea por igual a jóvenes y a ancianos, y es amarga para todas las edades.

Thomas Jensen estaba trabajando en una trampa un anochecer, y los niños mayores no se habían acostado aún, estaban sentados a la mesa, haciendo los deberes para el día siguiente. Alma zurcía una chaqueta vieja. Llamaron a la puerta. Era Lars Bundgaard. Tuvo que agacharse para pasar bajo el dintel de la puerta.

—Buenas noches, Lars —dijo Thomas Jensen con voz amable—. Me alegro de que vengas de visita. Adelante, siéntate.

Empujó la mesa a un lado, y Lars Bundgaard se sentó en el sofá de felpa verde. Alma se levantó rápido y apartó la labor.

—Voy a hacer café —anunció, e hizo un gesto a los niños para que la siguieran.

Cuando se cerró la puerta, se oyó a uno de los niños recitar salmos al otro lado con voz aguda y monótona.

Levántese todo lo creado por Dios
y cante en Su honor.
Su menor creación es grande,
buena prueba de Su poder.

—Lars, has estado en el fiordo —dijo Thomas Jensen.

—Sí —contestó Lars Bundgaard en voz baja—. Tampoco los he encontrado hoy. Se los debió de llevar la corriente. Pero es raro que no aparezcan, con tantos pescadores en la zona.

Se calló un rato y agachó la cabeza, hasta apoyarla en sus enormes manos.

—Hay una cosa que quiero preguntarte —dijo—. ¿Crees que es un designio de la Providencia?

—No podemos dudarlo —repuso Thomas Jensen—. Sabemos que tras todo cuanto ocurre hay una voluntad.

Lars Bundgaard alzó la mirada.

—Los hijos de Dios debemos hablarnos con sinceridad —dijo—. Y me temo que me ha sido negada la gracia.

—Nunca debes pensar eso, Lars —lo reconvino Thomas Jensen, asustado. Luego señaló un texto enmarcado de las Escrituras colgado de la pared—. Mira: «Dejad que los niños se acerquen a mí». Nunca debes olvidar esas palabras. Y nunca debes pedir cuentas a Dios. Es una acción horrible. Si nos pone a prueba con dolor y desgracias es porque nos quiere.

—No estoy riñendo al Señor —repuso Lars Bundgaard—. Y ya sé que debe tomar lo que es suyo. No es por los niños, aunque hay que decir que es lo peor que le puede tocar a uno. Pero tampoco eso puedo decir, porque podría suceder algo más triste aún.

Volvió a callarse.

—Los buscamos a diario. Y lo único que pido es sacarlos del fiordo para poder enterrarlos. Malene va de mal en peor, pasa los días y las noches pensando cómo estarán en el fiordo. ¿Te acuerdas de cuando murió tu hermano en la mar hace cuatro años?

—Claro, claro —murmuró Thomas Jensen, conmovido.

—Se habló mucho de lo preocupados que estabais por dónde habría terminado el cuerpo. Y yo pensé que no te habías rendido del todo a la voluntad de Dios. Porque lo que valía era el alma, y no me parecía adecuado estar apenado porque no lograbais encontrar el cadáver. Y te lo dije, porque creí que era mi obligación advertirte si tomabas el camino equivocado. ¿Crees que hice mal?

—La verdad es que no lo sé —respondió Thomas Jensen—. Como comprenderás, para mí fue duro oírlo en aquel momento. Pero es posible que tuvieras razón. Ejler murió como un ateo, y habría sido mejor que hubiéramos cuidado más de su alma mientras vivía, que de su cuerpo cuando murió.

Lars Bundgaard se balanceaba atrás y adelante, como atormentado.

—Si no puedo encontrar a mis hijos, será porque aquella vez juzgué a otros por lo mismo.

—Querido Lars, deberías hablar con Jesús —dijo Thomas Jensen.

—Ya lo he hecho. Día y noche le he rezado para que me perdone mi pecado. Pero es como si me hubiera dado la espalda. Está escrito: «Con la vara con la que midáis seréis medidos». Ahora cosecho lo que sembré lleno de soberbia.

Thomas Jensen se puso en pie.

—Recemos juntos —dijo con calma—. Lo único que sabemos es que Jesús nos va a ayudar, si así lo quiere. Y eso es lo único que necesitamos saber aquí en la tierra.

Agachó la cabeza y rezó. Lars Bundgaard movió los labios mientras miraba fijamente el círculo blanco de luz del techo envigado. Su rostro estaba extrañamente conmovido. Alma entró con las tazas de café, pero puso la bandeja sobre la mesa y se quedó de pie con las manos juntas. La voz de Thomas Jensen subió de tono para recitar un padrenuestro.

—Muchas gracias —susurró Lars Bundgaard.

Alma extendió el mantel sobre el hule de motivos florales, pero Lars Bundgaard se puso en pie.

—No lo tomes a mal, Alma —dijo—, pero no quiero tomar café.

Cuando volvió a casa, Malene estaba dormida en una silla de la cocina, a oscuras. Su cabeza se apoyaba en la pared, y en sus mejillas quedaban restos de lágrimas. Se despertó cuando su marido encendió la luz.

—¿Has hablado con Thomas? —le preguntó con la voz ronca por el frío nocturno.

—Sí —contestó Lars Bundgaard—. Y ahora ya sé que Thomas me ha perdonado. Verás, Malene, qué pronto los traemos a tierra.

Asió la lámpara y se dirigió al dormitorio por delante de su esposa.

Un día se presentó un hombre en casa de Tea. Llevaba una ropa pasada de moda, negra y solemne, y su rostro era duro y arrugado, con unos ojillos parpadeantes. Tea le ofreció asiento. Buscaba información sobre Kjeld y Thora.

—Pero ¿quién es usted? Su cara no se me hace conocida.

—Soy el padre de Thora —dijo el extraño—. Me llamo Mogens Koldkjær, y quería informarme un poco antes de visitarlos. Y claro, tú serás la hermana de Kjeld.

Tea se quedó sin aliento. ¿El anciano se habría arrepentido de su severidad y habría venido para entregar el título de propiedad a Kjeld?

—¿Qué tal les va? —preguntó Mogens Koldkjær.

—Bueno, han pasado un invierno malo. —Tea suspiró—. Kjeld ha estado sin trabajo, pero se las han arreglado. Ha pescado anguila con tridente y ha conseguido días sueltos de trabajo, y en este momento trabaja en la carretera para el Ayuntamiento.

El pequeño granjero parpadeó un par de veces; aquello no debía de ser de su agrado. Quizá esperase encontrarlos en tal estado de penuria que Kjeld estuviera a punto de sucumbir. ¿Podía Kjeld vivir entre la gente con el mal genio que tenía?

—Sí —dijo Tea con voz cortante—. Lo único que puedo decir es que aquí somos gente creyente y nos tratamos con amabilidad.

—Vaya —dijo el granjero—. Sí, es posible. Pero si he de ser sincero, no me gusta mucho la fe que tenéis por aquí.

Miró con fijeza la cómoda. Tea siguió su mirada. A Jens Røn se le había olvidado la pipa; Tea se enfadó, no había derecho a que Jens Røn fuera dejando las cosas olvidadas por todas partes. Mogens Koldkjær era miembro de la Misión Libre de tierra adentro, y para ellos fumar tabaco era pecado. Tea se sintió atrapada haciendo algo ilegal, pero se recompuso. Tampoco había que exagerar: ¿cómo podía dañar el alma fumar tabaco con moderación? El hombre seguía mirando con fijeza la pipa con su mirada mordaz, y Tea enrojeció y se enojó. No estaba acostumbrada a que la llamasen descreída.

—Escrito está que nada que entra de fuera puede ensuciar al hombre —respondió con voz humilde.

Mogens Koldkjær dirigió hacia ella su mirada dura.

—Ya veo que estás versada en las Escrituras —dijo—. Sí, ya sé que vosotros dais mucha importancia a citar la Biblia.

Tea dio un grito ahogado, y las lágrimas asomaron a sus ojos: ¿iban a tomarla por hipócrita, a ella, que portaba en lo más hondo de su alma la dulce luz de la gracia? Pero recordó que no debía acalorarse, que no era adecuado discutir con un anciano que había viajado desde lejos. Ahora comprendía que para Kjeld fuera difícil estar a buenas con él. Era un santurrón hipócrita.

—¿Quieres tomar un café? —ofreció con tono amable.

—No, gracias —contestó el anciano—. Gracias, por lo demás. Será mejor que vea dónde viven. Si eres tan amable de enseñarme el camino.

Tea lo acompañó al exterior y le explicó cómo ir a la casa. El hombre partió con paso cansado, paticorto y encorvado como un ser de otro mundo. Incluso su bastón tenía un aspecto amenazante. Era grueso y amarillento, y tenía nudos y estrías como un árbol retorcido.

Cuando Kjeld volvió del trabajo, el anciano estaba sentado en la sala. Se saludaron con hostilidad.

—Vaya, has venido —dijo Kjeld, breve.

—He venido a pesar de no ser bien recibido —respondió Mogens Koldkjær—. Más que nada para ver a los niños. No debería importarte, ya veo que están bien.

Dio una palmada en la cabeza a uno de los hijos del granjero hacendado con una mano ancha y encorvada por la artrosis.

—Sí, los criamos bien —dijo Kjeld con voz arisca.

Thora se desplazaba con calma de un lado a otro mientras los hombres refunfuñaban. Cuando Kjeld salió a lavarse, se volvió hacia su padre.

—Ya te digo que Kjeld es un hombre bueno.

—Ya lo sé —respondió su padre, irritado—. Lo conozco bien. Pero ¿no habéis pensado volver a casa? Es duro llevar la granja solo; y contratar peones sale caro: es terrible cuánto piden por trabajar, y la comida que hay que darles. No merece la pena.

Thora sacudió la cabeza. Kjeld no iba a volver a menos que él se retirara y le traspasara la propiedad. El anciano gruñó que nada de eso iba a suceder mientras él viviera. Thora sentenció que entonces iban a seguir allí.

El granjero miró a los niños, que jugaban en un rincón.

—Al menos, podré hablar con los niños —dijo—. No son obra de él, por muy grande que sea.

Thora mostró su dentadura blanca.

—Cuidado con lo que dices.

Mogens Koldkjær pasó allí la noche, y los hombres conversaron con forzada cortesía, vigilando cada palabra que decían. A la mañana siguiente, antes de partir, encontró en el bolsillo de su abrigo una bolsa de golosinas, que se habían convertido en una masa informe.

—Ahora repartidlo y disfrutad —dijo a los niños—. Y obedeced siempre a vuestra madre.

—Y a vuestro padre —añadió Thora.

—Y quiero que os convirtáis en personas bien educadas —continuó, insensible a la advertencia—. Para que se vea que venís de una familia decente.

Mogens Koldkjær volvió a su granja.

Un domingo de finales de primavera a Tabita le dieron fiesta y fue a casa de visita. Lo primero que dijo fue que había dejado el empleo.

—Pero, Tabita —la reconvino su madre—, ¿has dejado el empleo sin hablar con nadie de ello?

—No me costará encontrar otro —dijo Tabita—. Pero la señora me entregó una carta. Seguro que no dice nada bueno de mí.

Tea leyó la carta:

> ¡Esposa del pescador Røn!
>
> Su hija Tabita me dijo ayer que deja su empleo, cosa que ya les habrá contado, Col 3, 20. No puedo darle ninguna recomendación. Aunque procede de un hogar creyente, Ro 2, 28, le cuesta mucho plegarse a la voluntad de otros. Sé que la he tratado como si fuera mi propia hija, Jn 3, 21, y solo he intentado protegerla de los peligros que acechan en el camino de una joven, Mat 7, 13, Sant 1, 14-15.
>
> Saludos en el Señor,
> Sra. Buncheflod de Fabian

—Pero, hijita —se lamentó Tea—, ¿qué va a ser de ti? Debes de haberte rebelado contra tu señora. Tienes que mirar en tu interior y pedirle perdón. ¿Qué va a decir la gente cuando se corra la voz de que no podías estar con personas buenas y creyentes? Estoy segura de que solo ha cumplido con su deber para contigo. No creí que fueras a darnos este disgusto, Tabita.

Los pechos de Tabita se habían desarrollado, y parecía una joven madura. Pero entonces su rostro se crispó, y estuvo a punto de llorar.

—No aguanto más —se quejó—. Si la señora me ve hablando con el resto del servicio, se enfada y me dice que debo cuidarme de las habladurías. Tengo que limpiar la casa, y ella me ayuda solo un poco con la comida, y si se me rompe un platillo, no me regaña, solo suspira, como si lo hubiera hecho a propósito para mortificarla. No tengo a nadie con quien hablar, ni siquiera hay nadie que me riña. Y no me deja salir de casa.

Jens Røn había escuchado la conversación en silencio.

—Pero es por tu propio bien, Tabita —dijo para consolarla—. En la ciudad hay mucho pecado del que no sabes nada.

Tabita levantó la cabeza, altiva.

—Deberíais conocerla tal como es en realidad. Es malvada; y prefiero morir antes que pasar allí un año más.

—Puede que tampoco tú seas como deberías ser —dijo Jens Røn—. Es muy fácil ver fallos en los demás. Y no debemos olvidar que tanto él como ella son piadosos.

—¿Piadosos? —repuso Tabita—. Me parece que no. Porque la señora es novia del dependiente.

—¿Qué estás diciendo? —gritó Tea, horrorizada.

—Es la verdad —dijo Tabita—. Ella cree que no lo sé, pero la chica de la casa de al lado me lo ha contado. La señora lo visita en el cuarto que tiene en la buhardilla. Los vecinos no hablan de otra cosa.

—Por Dios, no me lo puedo creer —dijo Tea, juntando las manos—. Me parecía una mujer decente, aunque sus manos enjoyadas me daban qué pensar. Desde luego, está claro: si ella es de esas, debes marcharte de su casa enseguida.

Jens Røn apartó su pipa.

—No te precipites —la advirtió—. A la gente le gusta decir maldades de los niños de Dios. Y lo más seguro es que no sea más que hablar por hablar.

Pero Tea estaba casi segura de que Tabita tenía razón. Leyó la carta una vez más y no le gustó.

—Creo que insiste demasiado en lo piadosa que es —dijo—, y de nada vale que diga que Tabita es rebelde, porque nunca lo ha sido.

—No puedes ver los defectos de tus propios hijos —sentenció Jens Røn.

—Ya lo creo que puedo —se encendió Tea—. Nunca los defenderé si hacen algo malo. Pero a Tabita la conozco bien. Tampoco es de recibo que esa señora nos muestre tan poco respeto. A mí me llama esposa del pescador Røn, pero se llama a sí misma señora. Si eso no es soberbia, que venga Dios y lo vea. Desde luego, su religión no me gusta nada.

Una semana más tarde, Tea fue a la ciudad a aclarar el asunto. Había decidido visitar a los Mogensen. Tal vez supieran algo de Fabian y de su casa. La lavandería estaba en una calleja estrecha. Hacía un calor húmedo en el pequeño local donde la señora Mogensen y una joven ayudante planchaban cuando entró Tea. Le ofrecieron café en la trastienda, pero la señora Mogensen salía cada dos por tres al taller de planchado.

—Hay que andar con cuidado —explicó Mogensen—. Si se estropea una camisa, debemos restituirla, para mantener la reputación.

Tea asintió en silencio. Era razonable que las cosas finas se trataran con cuidado.

Mogensen no se había puesto el cuello, y calzaba zapatillas. Había engordado un poco. La mesa estaba cubierta de papeles, cuentas y facturas.

—¿Puedes ganarte la vida con la lavandería? —preguntó Tea.

—Sí, sí —contestó Mogensen—. Hay que reconocer que el negocio va como la seda. Ja, ja, qué divertido: *como la seda*. Puede decirse también que no nos hemos tirado ninguna plancha.

Mogensen rio entre dientes.

—Pero hay que atender a muchas cosas: cálculos, contabilidad, compra de jabón, almidón y leña. Y eso lo debo hacer yo.

Tea contó por qué había ido a la ciudad. ¿Sabían los Mogensen si la señora Fabian era virtuosa? La señora Mogensen no había oído nada en uno ni en otro sentido.

—Se cuentan cosas sobre ella —dijo Mogensen—. Pero no me fío de habladurías y no les hago caso. No obstante, pronto lo sabremos. No tengo más que preguntar a la vecina: su marido es agente de Policía y se entera de todas esas cosas.

Mogensen salió a investigar el asunto, y mientras tanto su esposa le contó a Tea sus preocupaciones. No era fácil tratar con las empleadas, muchas de las cuales eran unas holgazanas y unas insoportables.

—Hace poco tuve que despedir a una de ellas —dijo la señora Mogensen—. Desde luego, una no puede fiarse de esa gente; ¿sabe qué hizo? Un día entro en el taller y la veo planchando unos pantalones de caballero.

—¡En la vida he oído cosa parecida! —exclamó Tea, escandalizada.

—¡Unos pantalones de caballero! —repitió la señora Mogensen, moviendo la cabeza arriba y abajo—. Le digo: «Pero Karla, ¿qué está haciendo?». Y la chica va y me dice: «Son de mi novio, que me ha pedido que les marque la raya; él está en la lavandería, esperando a que los termine. Es que esta noche vamos al baile». ¿Qué podía decirle? Me parecía que no podía prohibírselo, habría quedado como una quisquillosa. Pero la pillo varias veces planchando pantalones de caballero, y siempre me dice que son de su novio. Entonces abrigo sospechas y me pongo a vigilarla, y Mogensen también, mire, mire, incluso hizo un agujerito en la puerta. Y resulta que en la semana anterior a Semana Santa planchó diez pares de pantalones. «Karla», le digo, «me ha mentido. No querrá que me crea que su novio tiene diez pares de pantalones». Entonces se sinceró y reconoció que le daban treinta y cinco céntimos por cada pantalón planchado; es decir, que era su novio el que ganaba el dinero, y que los dueños de los pantalones eran sus amigos. Esos jovencitos creídos tienen que llevar raya en el pantalón.

—Menuda barrabasada —dijo Tea.

—Yo quiero chicas decentes —explicó la señora Mogensen—. Y si Tabita piensa cambiar de empleo, creo que no sería mala idea que viniera de aprendiza conmigo. Puede vivir aquí, hay un cuarto junto a la cocina, y puede ayudar a preparar la comida y limpiar la casa, y cuando aprenda a planchar tendrá un buen sueldo.

—Muchas gracias por la oferta —respondió Tea—. Pero no me atrevo a decir nada de momento.

Mogensen volvió.

—Bueno, ya me he enterado —dijo—. La señora Fabian no tiene buena fama. Dicen que tiene amantes, y que los jóvenes que trabajan en la tienda no saben cómo escaparse de ella.

—¿No es una mujer creyente? —preguntó Tea, y bajó la mirada.

—De boquilla, sí —repuso Mogensen—. Y va a reuniones y hace donativos para la Misión; pero, para decirlo sin rodeos, es una mujer lasciva, sin duda.

—Entonces Tabita no debe estar en su casa —sostuvo Tea, enfadada—. Siempre me ha parecido que había algo malo en ella.

Tea miró alrededor cuando, al salir, atravesó el taller de planchado blanco y resplandeciente. Olía a limpio, y una empleada vestida con delantal pasaba el hierro caliente con movimientos pausados.

—No olvide lo de su hija —le recordó la señora Mogensen.

Tea se dirigió a la casa de los Fabian y llamó a la puerta trasera. Tabita estaba sola en la cocina y abrió la puerta. Una sonrisa iluminó su semblante, y las lágrimas acudieron a los ojos de Tea.

—¿Vienes de visita, madre? —gritó de alegría, pero luego se puso seria y preguntó—: No ha pasado nada grave en casa, ¿verdad?

—No, no —dijo Tea, y besó a su hija—. Es que pensaba hablar con los señores de la casa. Creo que no debes seguir aquí.

El cuarto de Tabita era pequeño, había manchas de humedad en las paredes, y las cortinas estaban rasgadas. Sobre la cabecera de la cama había un cartel enmarcado donde ponía: «Dios lo ve todo». Más le valdría a la señora colgarlo sobre su cama, pensó Tea. Los muebles eran dos sillas de madera y una cómoda, pero sobre la cómoda había una foto de Jens Røn y de ella en un marco dorado que Tabita había comprado con su sueldo. Había al lado un pedazo de ámbar que encontró de niña en la playa, unas piedras de la orilla y un costurero cubierto de pequeñas conchas brillantes, regalo de Anton Knopper.

—¿Se portan mal contigo? —preguntó Tea.

El rostro de Tabita se contrajo.

—Echo mucho de menos nuestra casa —dijo—. Paso el día pensando cómo estaréis todos. Por la noche, muchas veces sueño que a padre le ha pasado algo malo en el fiordo; ya sé que solo es un sueño, pero aun así me da miedo que pueda ser un aviso.

Tabita se arrojó sobre la cama entre sollozos, y Tea se sentó junto a ella y le acarició el cabello con suavidad.

—Tienes que salir al mundo, querida Tabita —la animó.

—Pero aquí, no —dijo Tabita, llorando—. No me importa ir a ningún otro sitio, no me quejaré, pero dejad que me vaya de aquí.

Tea la puso en pie y le secó las lágrimas con el pañuelo. Era duro ver a tus hijos desconsolados. Tea se sintió pobre y miserable. Porque no podía tener a Tabita siempre en casa. Iba a dar mala impresión que una familia pobre tuviera una hija crecida en casa sin hacer nada.

—No llores, Tabita —la consoló—. Voy a entrar en la sala a presentar tu renuncia. En noviembre vas entrar a trabajar en otro sitio donde te sentirás a gusto.

Tabita siguió a su madre, atravesaron el comedor y llamaron a la puerta de la habitación de la señora, pero Tea entró sola al interior. La señora Fabian estaba tumbada en un diván, leyendo. Miró extrañada a Tea, y al principio no la reconoció.

—Soy la madre de Tabita —dijo Tea.

—Ah, es usted, ya me parecía a mí. —La señora Fabian saludó con la cabeza y se levantó—. Estaba esperando a que viniera. La chica quiere dejar el empleo, porque se siente muy sola; y, tal como le escribí, por desgracia Tabita es una persona difícil y le cuesta trabajo obedecer. Pero siéntese, por favor, siéntese. A decir verdad, creo que usted debería dejarle quedarse aquí. He intentado hacer llevadera su estancia en esta casa y protegerla, como si fuera mi deber caritativo para con una niña atolondrada.

Tea se calló, cohibida, y miró las manos de la señora, cubiertas de anillos. No comprendía cómo había confiado en ella y había puesto a Tabita bajo su autoridad. Miró la figura del Cristo. Debería estar prohibido poner estatuas sagradas en una casa mancillada.

—Creemos que es mejor colocarla en casa de gente que conozcamos a fondo —dijo.

—Le advierto que es una chica difícil —repuso la señora, irritada—. Es terca e intratable, y no tiene ni idea de lo que es la limpieza.

Tea dio un respingo: aquello era demasiado. Si le estaba diciendo que no había enseñado a Tabita a ser limpia, aquello era la gota que colmaba el vaso. Y se lo decía una mujer que llevaba a los jóvenes empleados de su marido a la fornicación.

—No querría decir nada malo —dijo con una voz de lo más suave—. Pero no es bueno que una niña lo sepa todo, sobre todo cuando está con personas que se llaman a sí mismas piadosas y niñas de Dios.

La señora se puso en pie de un salto.

—¿A qué se refiere? —preguntó con voz acerada.

—Me refiero a que lleva usted una vida de lujuria —respondió Tea.

La señora Fabian agarró un cojín, y parecía que iba a arrojárselo a Tea. Pero de pronto se dejó caer sobre el diván, chillando. Sus piernas se agitaron, convulsas, y de su boca surgieron espumarajos. Tea la miraba, asustada. Fabian y Tabita entraron a la vez, corriendo.

—¡Agua! —gritó el comerciante, agitando los brazos, febril—. ¡Agua fría!

Se arrodilló junto a su esposa y le aflojó el corpiño del vestido. Tabita llegó corriendo con un jarro de agua, y él le humedeció el rostro y el cuello. Poco a poco, los chillidos se convirtieron en un llanto convulso que recordaba los gimoteos de un perro.

—Gatita —dijo Fabian—. Vamos, cálmate. Gatita, gatita…

Con el pelo ralo desordenado como si hiciera viento, le dio unas palmadas tranquilizadoras en el brazo. Tea estaba abatida, sin saber qué hacer. No podía marcharse y dejar a Tabita sola allí. El llanto de la señora Fabian fue remitiendo, y terminó en un sorber de lágrimas.

—¿Qué pasa, gatita? —preguntó Fabian—. Ha debido de suceder algo que tus nervios no podían soportar.

La señora Fabian alzó la cabeza de los cojines del diván y señaló a Tea.

—Échala de aquí —gimió—. Que se marche enseguida. ¡Y que se lleve a su hija! No quiero verlas nunca más. ¡Oh, échalas, Fabian!

El comerciante se volvió hacia Tea.

—Deben marcharse —dijo. Y al ver que Tea dudaba—: ¿No lo comprende? Deben irse de aquí. ¿Me oye? ¡Mi esposa no puede soportarlo!

En el cuarto de la criada Tea ayudó a su hija a hacer la maleta. Tabita observaba a su madre con extrañeza.

—¿Qué le has dicho? —preguntó.

—Le he dicho la verdad, nada más —repuso Tea—. Es una persona horrible, y me alegro de que no tengas que estar más tiempo aquí.

—¿No van a darme el salario que he ganado? —preguntó Tabita.

Tea soltó lo que tenía en las manos. Había olvidado por completo mencionarlo.

—Llevan tres meses sin pagarme —continuó Tabita.

—Por supuesto que cobrarás lo que te deben —dijo Tea—. Pues no faltaba más. Esa gente rica no puede quitarte eso. No creo que su mezquindad llegue a tanto.

Bajaron con sigilo las escaleras de la cocina, y Tabita se quedó en la calle con la maleta mientras Tea entraba en la tienda. Explicó al dependiente que tenía que hablar con Fabian. El empleado pulsó un botón, y pasado un momento Fabian bajó por la escalera del rincón.

—¡Cómo! —dijo hecho una furia—. ¿Otra vez aquí? ¿Qué es lo que quiere, señora? ¿Qué quiere? ¿No ha causado suficientes desgracias por hoy?

Pisó el suelo con fuerza, acalorado.

—Quiero hablar con usted del dinero que Tabita no ha cobrado —dijo Tea, algo asustada.

—¡Dinero! —exclamó el comerciante—. ¿Es que encima tiene que cobrar? ¿Después de que usted y su hija hayan ofendido a mi esposa con insultos que se niega a reproducir? Lo que debería hacer yo ahora es acudir a la Policía.

Tea se enfadó.

—No puedo hablar más de esa cuestión con usted —dijo—. Pero la chica debe cobrar por el tiempo que ha servido aquí. No voy a exigir nada más. Lo tomaba a usted por un hombre recto, pero ya estoy viendo que ni usted ni su esposa son lo que pretenden ser.

—¿Qué es lo que no somos? ¿De qué me está acusando? —preguntó Fabian, temblando de rabia—. Pero usted, *usted* es una persona devota y piadosa que se cuela en una casa con pérfidas calumnias, ¿y encima quiere dinero? ¡Jamás! ¡No va a recibir ni un céntimo! ¡Ni hablar! ¡Ni un céntimo!

Fabian dio un puñetazo en el mostrador, pero enseguida se giró a escuchar hacia la escalera.

—¡Fabian! —se oyó una voz quejumbrosa—. ¡Fabian! Sube un momento.

—¡Ahora voy, gatita! —gritó, y subió raudo la escalera.

Al rato, volvió sin aliento.

—Recibirá el salario de los tres meses —aseguró—. Mi esposa desea corresponder a su maldad con bondad, aunque no la merece. Pero tendrá que llevárselo en especie. No pierda el tiempo protestando, es la única solución.

Tea lo estuvo pensando, pero cedió de mala gana. No había manera de hablar con aquel hombre, y ella no quería revelar lo sucedido con la señora Fabian.

—Puede escoger el artículo que desee —dijo Fabian—. Yo subo otra vez. Pero antes voy a recordarle las palabras de Pablo: ¡«No digáis palabras groseras! ¡Que vuestro lenguaje sea bueno, edificante y oportuno, para que hagáis bien a quienes os escuchan»! Que le sirva de lección.

Fabian se puso en marcha dando unos pasitos dignos, y el dependiente se puso a bajar género de las estanterías. Tea quería lona y ropa de algodón. Allí la tenían de buena calidad. El empleado tomó el material en sus manos y se puso a alabarlo. Pero Tea no era tonta.

—Me gustaría llevarme el género que tienen en el escaparate —dijo—. Llevan etiqueta con el precio. Creo que lo de las estanterías lleva mucho tiempo ahí.

Tea y Tabita bajaron con la maleta y los pesados paquetes hasta el puerto.

—¡Te has atrevido! —dijo Tabita—. He estado a punto de echar a correr cuando ella se ha puesto a gritar.

—Te diré una cosa, Tabita —repuso Tea—. Me parecía que debía decirlo; además, es posible que mi advertencia la conduzca hacia el camino recto. Nunca confíes en quienes se llenan la boca con palabras piadosas y llevan a escondidas una vida escandalosa. Son mucho peores que los pecadores declarados.

Tea había dado testimonio de la verdad, y cosechaba honores por su franqueza. Hasta Mariane estaba impresionada.

—¿Se lo dijiste a la cara? —preguntó.

—No tuve pelos en la lengua —le aseguró Tea—. Le dije que llevaba una vida de lujuria, y a ella le dio un patatús y se cayó redonda; debió de ser su conciencia. Pero los niños de Dios tenemos que decir siempre la verdad, sin fijarnos con quién estamos hablando.

—Espero que lo hagáis siempre —dijo Mariane.

—Bueno, solo somos personas —dijo Tea—. Y hay mucho hipócrita suelto. Pero sí que se lo dije: lleva usted una vida de lujuria.

Jens Røn escuchó el relato de Tea en silencio. En su fuero interno estaba orgulloso de ella, aunque él nunca se había atrevido a oponerse al pecado con tanto rigor. Pero dijo:

—De todas formas, le has hablado con dureza. Y no debemos juzgar.

Tea tenía la respuesta preparada.

—No la he juzgado —aseguró—. Solo he dicho la verdad sin medias tintas. Pero si la gente que se llama a sí misma creyente vive una vida así, creo que es mejor que Tabita vaya a aprender a casa de los Mogensen.

—Puede que tengas razón —repuso Jens Røn—. Porque no podemos tenerla en casa sin hacer nada.

Jens Røn pensó mucho sobre la cuestión: era como si lo de enviar a Tabita a trabajar no corriera prisa. Tabita se había vuelto muy amable y obediente, ayudaba a Tea en la casa y cocinaba; así, Tea tenía tiempo para salir y hacer vida social.

Povl Vrist iba a construir una casa. El solar estaba cavado ya, y parecía espacioso.

—Habéis tenido suerte —decía Tea—. Claro que Povl Vrist es un pescador diestro.

—La verdad es que no podemos quejarnos —admitió Mariane—. Pero también hemos trabajado duro. Recuerdo que, recién casados, muchas veces iba con Povl al fiordo a echarle una mano en el trabajo, aunque la gente murmuraba. No teníamos ningún peón y éramos nuevos en la comarca, así que no podíamos esperar ayuda. Y he reparado tantas redes como otras esposas han tejido calcetines.

Tea suspiró algo apurada. Nunca iba a ser una esposa tan capaz como Mariane, y seguramente nunca iba a tener su propia casa.

La prosperidad de Povl Vrist era increíble, a pesar de ser casi un infiel. Povl y Mariane tenían suerte en todo. Incluso sus hijos eran más espabilados que los de los demás. Aaby hablaba a menudo del mayor de los chicos; era listo, y Povl Vrist debía hacer que estudiara cuando llegara el momento.

Povl Vrist sacudía la cabeza con una pequeña sonrisa: ¿a qué podría dedicarse, entonces?

—Pues, por ejemplo, podría estudiar Magisterio y pasar el examen de maestro —respondía Aaby.

—Maestro —rumiaba Povl Vrist—. Me parece que debe de ser duro eso de pasar el día leyendo con los niños; al fin y al cabo, el chico está sano y puede ayudar. Sí, ya sé que es una buena ocupación, pero creo que deberíamos olvidarlo.

Aaby no dijo nada, pero sacudió la cabeza. Ya no hablaba mucho, y apenas podía controlar a los niños en la escuela. Pronto iba a tener que dejar su puesto. No se implicaba en la asociación de jóvenes ni buscaba oradores para charlas, pese a ser el presidente de la asociación. Debía de pensar que el remedio era peor que la enfermedad. Pero todos los días daba largos paseos con la Biblia en el bolsillo, se sentaba en una roca para leer al sol, caminaba un poco más, se detenía y golpeaba el suelo con el bastón. Había empezado a salir de casa también al anochecer, incapaz de sosegarse. Muchas veces se encontraba con Malene en el fiordo; ella apenas lo miraba, y no hablaban.

Malene había cambiado, no parecía la misma. Cuando alguien le hablaba, respondía con aire ausente, y en su casa las cosas iban como era de esperar. Pensaba en los chicos que yacían en el fiordo. Muchas veces se levantaba por la noche y se dirigía al embarcadero y fijaba la mirada en el agua con el corazón encogido de pavor. Yacían en alguna parte con sus pálidos rostros vueltos hacia la luna amarilla. Lars Bundgaard y ella no hablaban mucho entre ellos, y evitaban mirarse. Caminaban más encorvados y tenían poco contacto con la gente.

Encontraron los cadáveres de los niños en el extremo oeste del fiordo. El alguacil se presentó y lo relató midiendo las palabras; también dijo que Lars Bundgaard debía ir allí a hacerse cargo de los cadáveres. Lars Bundgaard entró en la cocina.

—Los han encontrado, Malene —anunció.

Malene se apoyó en la pared con la respiración agitada, pero un tenue destello de alegría recorrió su rostro devastado.

—Oh, gracias a Dios —dijo—. Ahora Ahora los tendremos con nosotros.

Lars Bundgaard zarpó temprano por la mañana, y al día siguiente volvió con los dos ataúdes de niño en la motora. Enterraron a los chicos. Malene iba al cementerio y pasaba horas allí, pero volvió a ser ella misma. Los niños estaban ya bajo tierra, ahora tenía una tumba que atender y podía ocuparse del resto de existencias que se le habían encomendado.

Un día, mientras almorzaban, Andrea empezó a sufrir contracciones y le pareció que podía dar a luz en cualquier momento. Anton Knopper salió corriendo en busca de la comadrona, y la gente se quedaba mirando, porque iba descalzo: no había tenido tiempo de calzarse los zuecos. Llamó a la puerta sin aliento: la comadrona no estaba, y atravesó la casa como una exhalación. Tenía la frente perlada de sudor, todo se estaba torciendo. Salió al patio trasero, vio una llave en una puerta y tiró de la puerta. La mujer estaba sentada allí, y se quedó mirándolo.

—¡Tiene que venir enseguida! —exclamó Anton Knopper—. No hay tiempo que perder, todo está saliendo mal.

—¡Cierre la puerta, hombre! —gritó la comadrona, furiosa—. ¿Es que ha perdido la cabeza?

Anton Knopper iba de un lado para otro en la sala, mientras los alaridos del parto resonaban por la casa. Si no salía bien, iba a cargar para siempre con la responsabilidad. Al final, Andrea dio a luz. Cuando Anton Knopper entró en el dormitorio, ella yacía en la cama, exhausta, mientras la comadrona fajaba al recién nacido. Era un chico grande.

—¡Vaya, ha sido chico! —dijo Anton Knopper, y parecía tranquilo.

—Tampoco es difícil de ver si sabes en qué consiste la diferencia —dijo la comadrona.

—¿Está sano y bien proporcionado? —preguntó Anton Knopper.

—Yo misma no lo habría hecho mejor —respondió la comadrona.

—Bien, bien —dijo Anton Knopper—. El caso es que es bienvenido, sin duda.

Anton Knopper se volvió tranquilo y sereno. Había empezado a tener hijos a una edad avanzada, pero aquello pasó en un santiamén y no fue tan difícil como había creído. Cada momento que sustraía al trabajo, se sentaba junto a la cuna a observar al niño.

—Creo que empieza a conocerme —decía—; es asombroso cómo me mira.

Anton Knopper estaba recién casado y aún quedaba sitio en el nido.

Pasado el vencimiento del pago de la deuda, el hotel volvió a abrir. Kock lo había comprado barato y quería ser posadero. Estaba de pie en la escalera de entrada, informando a todo el que preguntaba. ¿Creía que podría ganarse la vida? Kock decía que sí, que no tenía que pagar intereses, y que, además, tenía su sueldo de agente de aduanas. Tenía que funcionar tan bien como poner medias suelas a los zapatos.

—Entonces, ¿va a haber baile? —preguntó Anton Knopper.

—Yo no bailo —dijo Kock—. Tampoco entiendo para qué sirve, pero nunca estaré en contra de que otros lo hagan. Aunque sí que me gustaría organizar reuniones con coloquio posterior en otoño.

—¿Tratarán sobre los judíos? —preguntó Anton Knopper.

—De momento vamos a dejar en paz a los judíos —contestó Kock—. Hay otros problemas más acuciantes: por ejemplo, la cuestión de la limitación de nacimientos.

—¿Es que ya no van a nacer niños? —preguntó Anton Knopper, asustado—. ¿Qué va a pasar, entonces?

—Sí, hombre —lo tranquilizó Kock—. Hacen falta niños, claro, pero deben nacer con moderación, según un plan fijado de antemano. Soy de la opinión de que al mundo le hace falta más sensatez y reflexión.

—Usted no está casado —repuso Anton Knopper—. Si lo estuviera, no diría esas cosas.

Kock contrató a Katrine, que volvió así a la posada. Se había puesto más regordeta, y su pecho estaba a punto de reventar el corpiño. Los mozos se la comían con los ojos. Cuando había baile, Katrine no abandonaba la pista, corría de brazo en brazo, y la cruz de plata saltaba sobre su pecho. Anders Kjøng se sentía triste, porque no conseguía obtener sus favores. Estaba amargado, y decidió no prestar atención a la chica. Muchos la solicitaban, podía tener los novios que quisiera, pero era una chica sensata y quería un anillo de prometida.

El grano llegó a los graneros. Las tormentas y chaparrones se abatieron sobre el fiordo, y en el horizonte se veía el fulgor de incendios lejanos. En la profundidad del fiordo las algas desplegaban sus colores como si fueran macizos de flores. Pronto iba a terminar el verano. Tabita fue a la ciudad y entró a servir en casa de los Mogensen, y el viejo Martinus murió y le dieron sepultura. Dejó un poco de dinero, y Anton Knopper entregó la décima parte a la Misión. Dios le había dado, y ahora había que corresponder. A veces llegaban cartas de la familia y amigos, pero el pueblo de la costa quedaba cada vez más lejos. Ahora se habían integrado en otro lugar donde ya no los consideraban extraños.

El pastor Brink buscaba un nuevo puesto, y enviados de parroquias lejanas acudían a la iglesia para escuchar sus sermones. Estaba algo reservado, incluso huraño, y cuando reparaba en alguna cara nueva en la iglesia, perdía aplomo y se atascaba con facilidad. Al anochecer paseaba por la sala de estar de su casa, pisando una y otra vez los motivos floreados de la alfombra, cuidando de pisar siempre en los mismos lugares. Se convirtió en una manía. Incluso cuando avanzaba por el pasillo de la iglesia, se esmeraba en poner los pies justo donde se unían las baldosas. Soltaba largas parrafadas a su esposa mientras caminaba de un lado a otro, el pie derecho aquí, el izquierdo ahí.

—Estoy deshecho, ni más ni menos, aniquilado por una resistencia tenaz e invisible. Es el gran Boyg —decía—, el gran Boyg,[14] no puedo evitarlo. Se sientan en la iglesia, rígidos y fríos, a escucharme, pero me controlan con sus miradas acechantes. Y yo no puedo existir sin calor humano, *necesito* confianza y autoridad espiritual. No quiero que me pongan una camisa de fuerza, Sofie, no lo quiero.

Su esposa seguía con ojos llorosos sus interminables paseos. Cuando lo trasladasen, las cosas iban a mejorar.

---

[14] *Boyg:* gigantesco ser mítico popular noruego con forma de serpiente que se enrosca en torno a su víctima y le impide moverse. Henrik Ibsen se inspiró en la leyenda para su drama en verso *Peer Gynt.*

—Así lo espero —respondía él—, y que sea cuanto antes: necesito ir a un lugar donde pueda mantener mi libertad intelectual.

El pie derecho aquí, el izquierdo ahí.

—No puedo hablar con esta gente; en realidad, viven en la Edad Media, persiguiendo herejes y quemando brujas en la hoguera. ¿Qué saben ellos de humanismo?

Por fin lo enviaron a una parroquia grundtvigiana de fuera de Jutlandia. Transcurrieron varios meses hasta que llegó el nuevo pastor. Era joven y diligente, y los piadosos lo encontraban de su gusto.

Cuando llegó el momento de colocar las trampas para anguilas, los pescadores de la costa oeste estaban preocupados, sin saber qué les depararía el destino. Los pescadores de la parte sur del fiordo habían vuelto a amenazarlos con echar las redes en sus caladeros. Aquello podía llevar a encontronazos y litigios cuyo resultado nadie podía prever. Pero no sucedió nada, embrearon las redes y las colocaron. El embarcadero estaba rebosante, la gente formaba grupos, los pescadores andaban de un lado para otro, los granjeros y jornaleros llegaban con carros cargados de trampas. Pero cuando terminaba el trabajo al atardecer, empezaba la tertulia, y Anton Knopper era objeto de consultas burlonas y recibía extraños consejos. Se lo tomaba con calma y no se dejaba arrastrar a discusiones ni perdía la cabeza; no, era otro hombre.

—¿El chaval va a aprender pronto a leer? —le preguntó una vez Povl Vrist.

—No —contestó Anton Knopper—, sería demasiado pedir; pero es listo, sin duda, y creo que pronto va a empezar a hablar.

—Seguro que se le da bien mamar —bromeó Jens Røn.

—Se ocupa de lo que debe ocuparse, y no puede pedirse más —dijo Anton Knopper, algo ofendido—. Los demás deberíamos hacer lo mismo.

En la parte sur del fiordo, los campos verdes y amarillos de las colinas brillaban al sol de la tarde. Corría un poco de viento, y los barcos del embarcadero se mecían en sus amarras: se alejaban un poco, se detenían con un tirón y describían un semicírculo al volver.

La gente iba y venía; un día hacía buen tiempo, al siguiente se levantaba un vendaval. Pero las hileras de estacas crecían y crecían bajo el sonido sordo de los mazos. Kock llegaba paseando cuando la gente se reunía en grupos: le gustaba la compañía, pero no exigía que la gente acudiera a su hotel. Estaba abierto para todo el mundo, pero era voluntario, y Kock era un amante de la libertad. Se convirtió en posadero por razones idealistas, y porque la posada le costó cuatro perras.

—Vaya, estáis de tertulia —decía, y saludaba llevándose el dedo al sombrero—. Como decía el otro, en algo hay que pasar el tiempo. No os molestaré. Pero veo que habláis de las migraciones de la anguila. Es un problema curioso que trae de cabeza a los científicos.

Y empezaba a exponer la opinión de la ciencia al respecto, así como su propia teoría: que la anguila se desarrolla en lo profundo del fango, igual que las lombrices en las entrañas de la tierra.

—Pero nunca hemos visto una anguila con crías o huevas —dijo Povl Vrist.

—Esa es una buena objeción —indicó Kock—. Pero ¿ha visto alguna vez un gusano de la col con huevos? Podría pensarse que la anguila sufre una metamorfosis, al igual que la mariposa. Tal vez se hunda en el fango, y sea ahí donde se produce la fecundación, por llamar a las cosas por su nombre. La anguila hembra se queda en el fondo del fango hasta que nacen las crías; y las crías pasan al estadio de crisálida o se quedan como lombrices de arena en el fango y no salen de ahí hasta ser anguilas adultas.

—Ya he oído a gente ilustrada decir algo parecido —dijo Anton Knopper.

—¿Quizá no me considera ilustrado, Anton Knopper? —preguntó Kock con ironía.

—Claro que sí, hombre —respondió Anton Knopper, asustado—. No vaya a interpretarme mal. Solo quería decir que otros han pensado lo mismo, aunque no hayan sabido expresarse con palabras cultas.

—Faltan pruebas —dijo Povl Vrist—. He leído algo sobre eso, y…

—Sí, es una hipótesis científica —lo interrumpió Kock.

—En otros tiempos había muchos que pensaban que los peces fraile eran crías de anguila, pero no puede ser cierto, ¿verdad? —preguntó Anton Knopper.

—No —contestó Kock—. Eso es pura superstición.

—Ya me parecía a mí que no podía ser verdad —sentenció Anton Knopper.

Un día apareció en el embarcadero el nuevo pastor, acompañado de su esposa e hija. Era un hombre flaco y desgarbado que cojeaba un poco. Sus rasgos faciales eran fláccidos, pero cuando alguien le hablaba se tensaban, como si tirasen de una cuerda. La esposa y la hija eran pálidas como los brotes de la patata mal almacenada.

—Buenos días —saludó el pastor Terndrup—. Vaya, nunca estáis quietos.

—Qué remedio —contestó Thomas Jensen—. Si el tiempo lo permite, por lo menos echaremos las redes.

—Claro. —El pastor asintió en silencio—. Por cierto, acabo de recibir una carta de un pastor que desea darnos una charla en la sede de la Misión, Dios mediante.

—Qué bien —repuso Thomas Jensen—. Las buenas palabras nunca vienen mal.

—Desde luego —dijo el pastor—. Bueno, bendito sea vuestro trabajo, hermanos y amigos.

Las trampas para anguilas estaban colocadas, y el fiordo rugía, frío, al acercarse el invierno. El verano había terminado. Las aves de paso se juntaban en bandadas por huertas y descampados. Los cánticos de salmos resonaban desde la sede de la Misión, y el pastor proclamaba la palabra de Dios desde el púlpito de la iglesia. Era un hombre creyente, un alma intrépida. Allí estaba, pálido y tranquilo, con un brillo frío en la mirada, pinchando a la gente con alfileres al rojo vivo. Tú eres así y así. Sisas en la tienda, y comer tanto va a ser tu perdición. Luchaba sin miedo contra el mal, y llamaba a las cosas por su nombre. A la gente mayor le hablaba del infierno. Y a las chicas lascivas les echaba en cara su modo de vida cuando iban a la iglesia para bautizar a sus hijos. La voz del pastor tenía garra y mordacidad.

La casa nueva de Povl Vrist era una de las mayores del pueblo. Tenía estancias espaciosas y una galería con cristales de colores, y, en la cocina, la pared junto a la económica estaba cubierta de azulejos brillantes.

—En la vida he visto nada parecido —dijo Tea, impresionada—. Cualquiera diría que es un palacio.

Mariane se sintió adulada.

—No te burles, somos bastante pobres. Pero así es fácil de lavar la pared.

—Ojalá os sintáis dichosos en vuestra nueva casa —dijo Tea, y pensó con tristeza que ella nunca iba a conocer tal esplendor. Ya era algo grande que a ella y a los suyos no les faltara el pan diario. Pero había otros a quienes les iba peor. Tea emitió un suspiro: Kjeld y su familia lo estaban pasando mal.

Kjeld había tenido trabajo durante el verano, pero al llegar el otoño se quedó sin empleo. Se las arreglaba como podía, conseguía una jornada de trabajo de vez en cuando, y pescaba anguilas con anzuelo o con salabre. Las arrugas de sus comisuras eran más acentuadas, y su temperamento se había vuelto más arisco todavía. Cuando descubría que alguien había llegado con regalos, pescado o artículos de ultramarinos, se enfadaba, y Thora tenía problemas para explicarle que no era ninguna vergüenza aceptarlos. Cuando no estaba trabajando, se pasaba la mayor parte del tiempo tumbado en el sofá, mirando sombrío el techo. Andrea venía de visita a menudo, y cuchicheaba con Thora en la cocina. Las dos mujeres congeniaban, y Anton Knopper veía con buenos ojos que Andrea prestara toda la ayuda que podía. Le daba pena el hombre, que era incapaz de llevarse bien con la gente.

El día de Nochebuena, Tabita regresó a casa. Tea juntó las manos cuando la vio. Tabita iba vestida a la moda de la ciudad, con vestido corto y medias de seda, y llevaba el pelo más corto que nunca.

—Pero Tabita... —dijo Tea, dejando caer las manos.

—Tengo que vestirme como el resto de la gente —alegó la chica, y se le saltaron las lágrimas por aquel recibimiento.

—Me ha parecido que decías «tengo» —dijo Jens Røn, incapaz de creer lo que estaba oyendo.

—Eso he dicho —declaró Tabita—. Cuando estoy en la ciudad tengo que hablar como ellos, y no decir «Una tiene que vestirse».

Jens Røn no respondió. Tabita tenía razón, en cierto modo. Pero era como si se hubiera convertido en una extraña. La miró de reojo. ¿Aquella chica, elegante como una dama de la ciudad y que hablaba un idioma extraño, era su niña? Tea, por su parte, no estaba tranquila.

—Mientras no te ocurra nada malo... —dijo—. Cuídate de los mozos, que solo piensan en una cosa.

Tabita se ruborizó y dijo que no había ningún peligro.

—Bueno, pues anda con tiento —la advirtió Tea—. Sé algo de esas cosas. El peligro acecha sin que una se dé cuenta. Y te lo digo sin rodeos, Tabita: no te costaba nada alargar un poco el vestido.

Pero en su interior Tea estaba orgullosa. Tabita estaba más guapa, delgada y vivaz, y tenía rasgos finos y regulares. Su cabello castaño rojizo lucía unos bonitos tirabuzones en la nuca, y su piel era blanca y delicada. Tea se inventó una excusa para visitar a Mariane y se llevó consigo a Tabita. Tea nunca tendría nada parecido a la casa que tenía Mariane, pero tenía a sus hijos, que eran dignos de mostrar. Mariane estaba asombrada por el espléndido aspecto de Tabita, y a Tea le pareció adecuado llevarle un poco la contraria.

—Supongo que nunca irás a bailar —dijo.

—No —respondió Tabita, y se ruborizó.

—Porque si así fuera, no tendría ni un minuto de sosiego —dijo Tea—. Creo que lo peor que puede ocurrir es que los hijos se burlen de lo que es verdadero y recto. Nunca olvides, Tabita, lo que te hemos enseñado en casa.

Tea era como una gallina, siempre debía tener a los polluelos bajo el ala. De todas formas, era magnífico que su hija tuviera un plumaje tan vistoso.

Tabita estaba contenta de estar en casa de los Mogensen.

—¿Qué tal te trata la señora? —preguntó Tea.

—Bueno, a veces se enfada —repuso Tabita—, pero no es nada, a los diez minutos ya lo ha olvidado.

—¿Y Mogensen? ¿Le van bien las cosas en la ciudad? —preguntó Jens Røn.

Tabita contó que a Mogensen no le iba tan bien. Bebía un poco, y frecuentaba la posada. Pero no había maldad en él; solo decía tonterías y presumía de sus logros, aunque era su esposa la que procuraba la comida.

El día de Año Nuevo, Jens Røn y Tea fueron a la iglesia, y, mientras cantaban, Tea miró alrededor a escondidas. En uno de los bancos más traseros divisó a Kjeld y a Thora. Se sobresaltó, porque también estaba el padre de Thora. Dio un codazo en el costado a Jens Røn y susurró:

—Ha venido Mogens Koldkjær.

Por la tarde, Tea se dirigió a la casa de Kjeld y encontró a Thora sola en la cocina.

—¿Ha venido tu padre? —preguntó, sin aliento.

—Sí —contestó Thora con una sonrisa—. Al final se ha rendido, y pensamos mudarnos a casa enseguida. Pero entra, entra en la sala.

Tea se resistía, pero Thora la tomó del brazo y la introdujo en la estancia. Mogens Koldkjær estaba sentado en el sofá entre los niños, y Kjeld y él parecían satisfechos en su mutua compañía.

—Vaya, es ella —dijo Mogens Koldkjær—. Buenos días, parece que somos familia. Eres la hermana de Kjeld, ¿verdad?

—Sí —respondió Tea—. Viniste de visita en Navidad.

—Así es —dijo el granjero—. Y no voy a ocultar que he venido para llevarme a casa a estos insensatos.

—Ah, es por eso —dijo Tea con dulzura. A Mogens Koldkjær no le gustó el tono, y la miró irritado.

—Si se me permite, estoy tentado de decir que las mujeres son la peor gentuza que conozco.

—Pero ¿qué dices? —exclamó Tea, asustada.

—Lo que he dicho lo mantengo —dijo Mogens Koldkjær con el ceño fruncido—. ¡Las mujeres son gentuza de la peor! ¡No puedo alejarlas de mi cama!

—Pero ¿qué mujeres son esas? —preguntó Tea, escandalizada.

—Las sirvientas —explicó Mogens Koldkjær—. Casi me echan de mi propia casa. Primero tuve una, alta y flaca, era puro hueso. Estuvo una temporada echándome los tejos, pero yo hacía como si nada y no la animaba de ninguna manera. Así que una noche, voy a acostarme, y me la encuentro en la cama.

—¡En la vida he oído nada igual! —exclamó Tea—. ¿Cómo puede alguien hacer tal cosa?

—Le dije: no te tomes la molestia, me basto para estar caliente. Y le pedí que se marchara tan pronto como pudiera. La siguiente que tuve, por cierto, era una mujerona guapa, gordinflona y hábil en su trabajo. Y, si no fuera porque los años no perdonan, aquello podría haber terminado mal. Yo estaba a gusto con ella. Pero una noche me la encontré también en la cama. La saqué a empujones, mientras pensaba que es duro tratar con Kjeld, pero que de todas formas las mujeres son peores. No saben contenerse cuando están a solas con un hombre, por muy viejo que sea.

—No es necesario que los niños oigan eso —dijo Tea en voz baja.

—Venga, no les vendrá mal que los avisemos a tiempo —repuso Mogens Koldkjær—. Recuerda, pequeña Kristiane: no dejes que te engañen con palabras, porque entonces las cosas se tuercen. Y tú, pequeño Mogens, mantente tan lejos de las mujeres como puedas. Uno se queda pegado a ellas como la abeja a la miel.

—Vaya lecciones que les das —objetó Tea.

—Son lecciones sabias —dijo el granjero, mientras daba a los niños unas palmadas en la cabeza—. No lo olvidéis, si queréis que las cosas os vayan bien en el mundo.

A Tea le entraron ganas de decir que Mogens Koldkjær debería haber aconsejado a Thora a tiempo. Pero habría sido descortés por su parte.

—Entonces, ¿Kjeld va a encargarse de tu granja, tal vez?

El anciano puso cara de haber tragado un bocado desagradable.

—Debes de ser de las que quieren saber dónde compra el diablo las herraduras para sus pezuñas —dijo, irritado—. Pero voy a darte cumplida información. Verás, la vez que Kjeld quiso presionarme, me enfrenté a él, porque sus exigencias no eran razonables. Pero nadie puede echarme en cara que sea tozudo. Y por eso he decidido por mi propia voluntad que Kjeld se quede con la granja, porque quiero retirarme. Eso es lo que quiero.

Tea suspiró, aliviada. Ahora Kjeld podría ser su propio patrón y salir de la miseria. Preguntó varias veces a Mogens Koldkjær si los iba a visitar mientras estuviera allí. Pero el granjero sacudió la cabeza.

—Gracias —dijo—. Pero debemos marcharnos tan pronto como podamos. No puedo dejar la granja sin atender. Pero quizá vengas tú alguna vez a visitar a Kjeld. Serás bienvenida.

Unos días más tarde, Kjeld y su familia partieron con sus pertenencias. Tea lo vivió como una liberación. No había mucho dinero hasta empezar la campaña de primavera, y no había sido fácil ofrecer ayuda a su hermano. Hacía un frío polar, el fiordo estaba congelado, y Jens Røn caminaba sobre el hielo con su tridente para anguilas. Cuando volvía tarde a casa, oyó la algarabía del hotel.

—Ya están bailando —anunció con voz lúgubre.

—Nunca creí que fuera a mejorar cuando lo compró Kock —respondió Tea—. Es una mala persona; y tampoco me fío de Katrine. Lleva una cruz al cuello, pero me parece una ofensa ver la cruz del Señor en una chica de vida tan disipada.

La máquina de música estaba reparada, hacía un ruido de mil demonios, el payaso aparecía, hacía una reverencia y abría los brazos, mientras el baile hacía retumbar la sala. Katrine corría de brazo en brazo. Anders Kjøng volvía a cortejarla. Alguna vez se daría por vencida.

—¿Puedo acostarme contigo esta noche? —preguntó en voz tan alta que los que lo oyeron pensaron que era un fresco.

—Vete a casa a que te dé pecho tu madre —respondió Katrine con desdén, y depositó la bandeja frente a él.

El baile continuó, copas y vasos se entrechocaban en la estantería tras el mostrador, y la lámpara verde de pantalla ancha tintineaba bajo el techo. Los mozos pisoteaban el suelo y cantaban, daban palmadas y silbaban la melodía, o simplemente rugían con toda la fuerza de sus pulmones. Las chicas chillaban y reían. La luz vacilaba sobre sus cabezas, y las sombras se desplazaban arremolinadas por la pared blanca. La primavera se acercaba, y la juventud tenía ganas de divertirse. Anders Kjøng intentaba seducir a Katrine con dulces palabras, y su voz sonaba profunda y gutural; la tomaba del talle con ternura y recibía un duro codazo en las costillas. Kock los vigilaba desde su puesto, aunque simulaba estar leyendo. Tenía las mejillas encendidas.

—¡Anders Kjøng! —gritó—. Venga un momento.

Anders Kjøng soltó a Katrine y se dirigió al mostrador.

—¿Quiere decirme algo, Kock? —preguntó.

—Ya lo creo —dijo Kock, y cerró con fuerza el libro—. Quiero decirle unas palabras desde mi experiencia. Me parece que se está poniendo impertinente con Katrine. No voy a permitirlo.

—No creo estar causando ningún daño —se defendió Anders Kjøng—. Y parece que Katrine puede cuidar de sí misma.

—Es una observación juiciosa —dijo Kock con calma—. Pero la cuestión no es esa. En mi hotel la gente puede divertirse cuanto quiera, pero hay que dejar a la camarera en paz mientras trabaja. Si usted no está de acuerdo, será mejor que no entre aquí.

Anders Kjøng se enfadó y contestó:

—No soy su empleado.

—Claro que no —dijo Kock con tranquilidad—. Lo comprendo. Es usted joven, de jóvenes todos hemos hecho barrabasadas y abrazado a las chicas. Sí, la pasión ocupa su debido lugar, lo sé mejor que nadie.

Anders Kjøng notó que Kock le hablaba casi como a un amigo, y estaba dispuesto a reconocer que tal vez se hubiera propasado. Para disculparse, dijo:

—¡Esa Katrine está para comérsela!

—En efecto —repuso Kock, y le entraron ganas de mostrar que era capaz de expresarse en libertad, aunque de modo educado, sobre las relaciones íntimas—. Pero el erotismo tiene sus propias leyes, y usted lo está haciendo mal. Verá, se trata de encontrar la forma de actuar adecuada en cada caso particular, y Katrine no es de las que responden a halagos. Hay que tomarla de golpe.

—¿Lo dice en serio? —preguntó Anders Kjøng.

—Créame: sí. —Kock hizo un gesto afirmativo.

—También he probado a hacerlo de ese modo —dijo Anders Kjøng, vacilante—. Pero no me ha valido de nada.

—Eso es porque le ha faltado decisión a la hora de actuar —repuso Kock—. Si usted, Anders Kjøng, se hubiera ocupado de la filosofía denominada ética, o de la doctrina moral, sabría que hay una cosa llamada imperativo categórico; un imperativo que es gramatical, como por ejemplo cuando yo le digo: «¡Tiene que hacerlo!». Mire, a Katrine hay que tratarla con un imperativo categórico, ella es así.

Kock se sumergió de nuevo en la lectura de su libro, pero miraba a la chica a hurtadillas. Katrine no era guapa, pero había en ella algo que no lo dejaba en paz. Encendió un cigarro y miró el humo, pensativo. ¡El imperativo categórico!

Cuando cerró y apagó las luces, Kock subió sigiloso, en calcetines, a la buhardilla. Estuvo un rato frente a la puerta de Katrine, mientras escuchaba la respiración serena de la chica. Esta se removió, pesada, en la cama, y Kock tamborileó en la puerta.

—¡Katrine! —la llamó a media voz.

—¿Quién es? —preguntó la chica, somnolienta. Kock estuvo a punto de abrir la puerta, pero le entró miedo y volvió a bajar las escaleras con sigilo.

Al día siguiente, Katrine lo miró, confusa. Kock se atusó el bigote e hizo como si nada. Pero estaba cada vez más distraído y pasó el día fumando cigarros.

Una noche, cuando los parroquianos se habían marchado, llamó a la chica, que recogía vasos y tazas en una bandeja.

—Me parece que los mozos están de lo más impertinentes —dijo—. Pero si la cosa va a más, no tiene más que decírmelo.

—Tonterías —respondió Katrine—. Yo no le doy importancia.

Kock tomó una botella de la estantería y se sirvió un líquido rojo brillante.

—Creo que deberíamos tomar una copita —dijo, algo cohibido—. No es alcohol, sino un sabroso aguardiente de fruta.

Katrine lo miró, extrañada.

—Gracias, no quiero beber nada.

—De acuerdo —dijo Kock, y le dio una palmada en el brazo bronceado—. Siéntese, hay una cosa de la que me gustaría hablarle. Verá, Katrine: el matrimonio tiene muchas ventajas, y llevo tiempo queriendo realizar un cambio. En realidad, el matrimonio es la unión más racional entre los sexos, y yo soy un hombre tolerante que no se preocupa por las cosas externas en las que se fija tanto la gente, que son la posición y la riqueza. Para mí la cuestión es que el erotismo debe seguir sus propias leyes, y no hay más. Katrine, ¿comprende ahora adónde quiero llegar?

—No —susurró la chica.

Kock se levantó.

—Quiero preguntarle si siente alguna inclinación… Katrine, ¿quiere casarse conmigo?

—¡Casarme! —exclamó la chica, estupefacta.

—Eso es —confirmó Kock.

—Sí —dijo Katrine, bajando la mirada—. Con mucho gusto.

Pasados unos días, Kock y Katrine fueron a la ciudad a comprar los anillos. Todo el mundo veía lo que ocurría, y no era fácil mirar a Katrine a los ojos.

—Ya sabrás que estoy prometida —le dijo a Anders Kjøng, y le enseñó el anillo de oro—. Así que las manos para comer.

Anders Kjøng se sintió una vez más vergonzosamente abandonado por el destino.

—Desde luego, te llevas a un hombre capaz —comentó con ironía.

—Estoy mejor con él que con diez como tú —respondió Katrine—. Y a propósito, para hablar espera a que te pregunten.

El padre de Katrine, Esben, llegó paseando de los prados, saludó a Kock y le deseó mucha felicidad y bendiciones.

—Ha sido una buena noticia —sonrió con humildad—. ¡Tener a tu hija prometida a un hombre asentado! ¿Y puede saberse cuándo va a ser la boda?

—¿Boda? —dijo Kock—. No vamos a hacer una boda de esas.

—¿Qué? —preguntó Esben, espantado.

—No; iremos adonde el alguacil —explicó Kock— y nos casaremos en lo que se llama una ceremonia civil. Solo voy a la iglesia cuando hay funeral.

Esben removió los pies, inquieto.

—Pero esa ceremonia civil, o como se llame, es válida, ¿verdad? —preguntó.

—Sí que lo es —contestó Kock—. Es una ceremonia de matrimonio plenamente válida que se introdujo en consideración a la gente ilustrada que no pertenece a ninguna fe, sino que utiliza su intelecto. De eso se trata.

—De acuerdo. —Esben asintió con la cabeza—. Uno no puede saber todas esas cosas que inventan. Pero si es válido, claro que no tengo nada que objetar. Una vez más, recibe mi enhorabuena y mi bendición. No he podido dar estudios a Katrine, pero es una chica lista y trabajadora.

Esben se mostraba respetuoso con su hija y la trataba como si fuera ya una dama de alto copete.

—El hotel tiene tres chimeneas. Vas a ser una señora, Katrine.

Antes de marcharse, Kock y Katrine tuvieron que prometerle que iban a ir a visitarlo.

—Y gracias por el café —dijo Esben—. Uno se da cuenta de que hay cosas más finas que las que conoce.

Un día frío y lluvioso de primavera, Martin volvió a casa de la granja donde servía. Tea vio su rostro mojado contra el cristal de la ventana de la sala, y dejó el plato que llevaba en la mano. Abrió la puerta y lo llamó con voz queda:

—¡Martin!

Jens Røn siguió comiendo, y no se dio cuenta de nada hasta que vio al chico en medio de la sala con la ropa empapada goteando.

—¿Te han dado el día libre? —preguntó Tea con voz inquieta.

—Me he escapado —dijo el chico, y se arrojó llorando sobre la mesa—. No quiero volver con los granjeros.

Jens Røn al final se enteró de lo que ocurría. Se enderezó en la silla.

—¡Cómo! ¿Has dejado el trabajo? —preguntó.

Tea se desplomó en el banco junto al chico, que lloraba.

—¿Qué te han hecho, querido Martin? —preguntó.

—¿No puedo ir a navegar? —se quejó, llorando—. No soporto estar con esa gente.

Tea le acarició el pelo y lo consoló.

—Vamos, tranquilízate —le dijo—. Ya verás cómo encontramos una solución si lo pensamos bien.

Jens Røn se puso en pie.

—Está visto que te pones de su lado —dijo.

—No, no —protestó Tea—. En absoluto, bien lo sabes, Jens; pero no puedo echarlo de casa con lo que llueve.

—Pues tiene que volver al trabajo, y ahora mismo —dijo Jens Røn—. No hay razón para escaparse.

—Siéntate y come un bocado, Martin —lo consoló Tea—. Luego tu padre te acompañará y hablará con tu patrón. No quieres avergonzarnos, ¿verdad, hijo? No lo creo.

El chico se tragó las lágrimas, y Tea fue en busca de comida para él, mientras Jens Røn iba a afeitarse. Media hora más tarde, padre e hijo salieron del pueblo. El camino estaba embarrado, los campos anegados y llenos de charcos. La lluvia caía lenta, pero sin descanso.

Jens Røn no habló mientras atravesaban el pueblo. Pero cuando salieron al camino dijo:

—Ahora debemos pedir perdón al dueño. No ha estado bien por tu parte marcharte, aunque no te gustara estar ahí.

—No —dijo el chico, y se encogió aún más dentro de la ropa mojada.

—Y recuerda en adelante que debes respetar y obedecer a tu patrón —lo amonestó su padre—. Las personas debemos ser humildes; de lo contrario, las cosas se nos tuercen. No lo olvides nunca, querido Martin: cuando creas que han cometido una injusticia contigo, no debes protestar, sino dejarlo en manos del Señor. Y recuerda también que eres un niño pobre, y lo único que tenemos los pobres es la reputación; por eso debemos andar con cautela en este mundo.

Jens Røn llevaba al chico de la mano, ahora que nadie los veía. Caminaba un poco cabizbajo y hablaba en voz baja.

—No olvides que también los ricos son sirvientes, y no sabemos cómo son las cosas en la otra vida. Es posible que el que, en su pequeñez, ha sido fiel, se siente más cerca de Jesús que mucha gente importante.

—Entra conmigo, padre —pidió Martin cuando llegaron a la granja—. No me atrevo a entrar solo.

El dueño de la granja era un hombre alto y desgarbado de expresión arisca.

—No estamos acostumbrados a que los peones se escapen, y no me parece que el chico tenga ningún motivo de queja.

—No volverá a ocurrir, Martin me lo ha prometido —respondió Jens Røn—. Y quiere pedirle disculpas de todo corazón.

—No seré yo quien lo retenga si quiere marcharse —dijo el granjero con voz áspera—. Así que será mejor que se marche en noviembre. Pero creo que habría estado bien por vuestra parte enseñar a vuestros hijos a vivir con desconocidos.

Jens Røn agachó la cabeza y se calló. Cuando llegó a casa, dijo a Tea:

—Parece que no hemos disciplinado lo suficiente a nuestros hijos. La gente va a decir que Martin es incapaz de mantener un empleo.

—Si va a navegar, no voy a pasar una hora tranquila —aseguró Tea, llorando—. Pero a lo mejor no debo pensar en mí misma. Porque también sé que en la mar ocurre lo que Dios quiere.

Las redes para arenques llevaban tiempo echadas, y el aire estaba tibio. Las ovejas tuvieron corderos y los pájaros tuvieron polluelos en sus nidos. Los días eran cada vez más largos, el sol calentaba, y, para cuando la gente se dio cuenta, ya era el momento de recoger las redes de cerco y estaban en pleno verano. Un día llegó un hombre montado en una bicicleta traqueteante, que dejó frente a la casa de Thomas Jensen. Era Peder Hygum, vestido con un elegante traje azul y el pelo mojado y repeinado.

—Espero no molestar —se presentó, sonriendo.

—No, hombre —contestó Thomas Jensen—. Entra, Peder Hygum, y descansa un rato.

Peder Hygum había tenido éxito: estaba tranquilo y confiado, y de su boca salían bellas palabras.

—¿Cómo te va? —preguntó Thomas Jensen—. ¿La mujer y la niña están bien?

El vendedor ambulante de libros respondió que sí, que seguían viviendo en casa de su suegro, pero ahora parecía que pronto iba a poder establecer su propio hogar.

—Gracias a Dios —añadió, y dirigió la mirada al techo encalado de blanco.

—¿Y todavía vendes libros? —preguntó Thomas Jensen.

—En cierta medida —contestó Peder Hygum—. Pero tengo expectativas de un negocio más rentable en el viñedo.

Thomas Jensen se calló y no quiso preguntar más, pero se alegraba de que Peder prosperase.

Peder Hygum no tenía ninguna prisa por continuar su camino. Lo tenían bien considerado en los sitios que visitaba. Aquellos días de calor resultaba refrescante recibir a extraños que podían hablar del mundo exterior. Conversó muchas horas con Anton Knopper en su cobertizo, mientras reparaba trampas. Bajo el saúco, justo a la entrada, estaba Pequeño Martinus durmiendo en su coche de niño, y Anton Knopper bajaba la voz por instinto, para no despertarlo.

—Es un chico soberbio —aseguró Peder Hygum—, grande y proporcionado, nunca he visto nada igual.

—Estoy muy satisfecho con él —dijo Anton Knopper con orgullo—. Pero los niños dan muchos problemas; además, lo peor viene cuando crecen.

Anton Knopper se calló un momento, y después dijo:

—Muchas veces pienso en lo espantoso que debe de ser que un niño pequeño e inocente se convierta en un pecador y termine en el infierno. Es terrible pensar que uno puede estar posiblemente en el cielo, mientras él arde en el suplicio eterno.

—Las personas no debemos pensar en esas cosas —sostuvo Peder Hygum—. Pero esperemos que Dios nos permita olvidar a los familiares que han terminado mal, para que no recordemos que han existido.

—Creo que eso sería mucho peor —dijo Anton Knopper—. ¿Debería olvidar a las personas que he amado aquí en la tierra? No, yo creo que no.

—Desde luego, sería duro —repuso Peder Hygum—. Pero sabemos de la infinita misericordia de Dios, y en ella debemos confiar, y guardarnos de tentaciones y dudas.

Anton Knopper lo admitía: a fin de cuentas, las personas no sabemos nada de los designios de Dios para con nosotros. Debemos rendirnos ante la fe. Es preciso.

Peder Hygum tomó café varias veces en casa de Tea, y no ocultaba lo importante que ella había sido para su salvación.

—Me diste unos buenos consejos para el camino —dijo él, y sonrió triste—. Me han sido de mucha ayuda.

—En cualquier caso, los di con la mejor intención —respondió Tea con orgullo—. Quizá el Señor me haya utilizado como instrumento, aunque no le habría costado encontrar a alguien más adecuado.

Los últimos días los pasó hablando con los pescadores sobre el asunto que lo había llevado allí. Quería pedir un crédito en el banco para poner en marcha un pequeño negocio con libros y papeles. Otros amigos intentaban ayudarle, pero era absolutamente necesario que consiguiera quinientas coronas si quería salir adelante. Quería pedirles que fueran avalistas del crédito. A Thomas Jensen le parecía mucho dinero.

—Sí —suspiró Peder Hygum—. Y os pido este favor de amigo lleno de temor y humildad. Ya sé que no tenéis muchos motivos para fiaros de mí.

No era fácil negarse, y cuando Peder Hygum se marchó, su documento estaba lleno de firmas.

Era un día tranquilo y apacible de verano. La actividad de las granjas era la habitual; de vez en cuando llegaban coches de la ciudad con gente que iba de excursión al fiordo. O un velero de la ciudad amarraba en el embarcadero y sus ocupantes tomaban café en el jardín de la posada. Katrine servía las mesas, pero con dignidad, y no dejaba pasar ni una, ni a los pobres ni a los ricos. Pero tampoco daba portazos como hacía antes ni empleaba un lenguaje chabacano. Estaba más mansa que un cordero, y pasaba las veladas leyendo libros. Era lo que deseaba Kock, y ella se plegaba a su voluntad. Por la noche, Kock subía descalzo y con sigilo a la buhardilla, y se detenía cada vez que crujía una tabla del piso.

Tea no sabía qué pensar. ¿Kock era un hombre honesto y quería casarse con la chica, o se valía de artimañas para seducirla? La gobernanta de Kock no era amiga de secretos, y dejaba a Tea sin aire cuando le contaba qué ocurría en el cuarto de Katrine. Las mujeres hablaban de ello a escondidas, y se quedaban calladas y enrojecían cada vez que un hombre entraba en la sala.

Mariane se tomó el asunto a la ligera.

—Se acuestan juntos, sí, ¿y qué? —dijo—. Ya hemos visto antes a una chica preñada en la iglesia.

—¿Cómo puedes tomártelo así? —dijo Tea, escandalizada.

Malene y Alma se pusieron del lado de Tea y lo condenaron.

—No deberíamos hacerlo por el placer —dijo Malene—. Lo importante es traer niños al mundo de manera decente.

Mariane rio y se pasó la mano por el cabello.

—No hagamos como que somos mejores de lo que somos —dijo—. Nadie piensa en los niños hasta después.

Kock y Katrine no habían visitado a Esben.

—No soy hombre de familia —dijo Kock—, pero si te parece podemos visitarlo el domingo.

Katrine asintió con la cabeza, y el domingo fueron paseando a la Casa del Muerto. Hacía un calor sofocante, y Kock se arrepintió antes de haber recorrido la mitad del camino. La Casa del Muerto estaba rodeada de álamos azotados por el viento, cuyas hojas habían amarilleado ya por el calor del sol. En la pequeña huerta crecían los arbustos de grosella roja con sus bayas, y los senderos estaban bien rastrillados. En el tejado de la casa en ruinas crecía la hierba, verde y exuberante. Esben salió corriendo del establo.

—¡Alabado sea Dios! —gritó—. ¡Qué huéspedes más distinguidos! Entrad, entrad en la sala. Hola, Kock. Hola, Katrine.

Su rostro irradiaba gentileza y felicidad. Raras veces tenía compañía.

La sala lucía bien con sus viejos muebles pintados de marrón. Pero era evidente que Esben se limitaba como mucho a barrer el suelo. Kock abrió una ventana.

—Es que hace un calor terrible —se disculpó.

—Así es —replicó Esben—. Menudo bochorno. ¡Pero bueno! Falta el café, no os estoy atendiendo como es debido.

—Ya lo hago yo —se adelantó Katrine y se metió en la cocina.

Esben la observó. Era un asunto delicado estar a solas en la sala con un hombre como Kock.

—¡Espero que no sea manicorta con el café! —exclamó.

—No creo. Sabe hacer el café como es debido.

—Ha sido muy amable por vuestra parte venir de visita —dijo Esben cuando Katrine entró con el café—. Aquí no vienen extraños más que de vez en cuando. ¿Cómo van las cosas en el pueblo?

—¿Que cómo van las cosas? —repitió Kock, y ofreció un cigarro para el café—. Los piadosos van a la sede de la Misión a cantar salmos. Así pasa el tiempo.

—Sí, en eso llevas razón —dijo Esben—. Los piadosos son buena gente, yo también me he convertido, como lo llaman, porque uno es pecador, qué duda cabe. Siempre que voy a la sede de la Misión me tratan con amabilidad. Hace ya tiempo que lo dijo el viejo maestro Aaby: «Graznas como un ganso, querido Esben». Lo dijo con una sonrisa amable, y seguro que es verdad. Ese Aaby tiene cabeza, no hay discusión. Uno habla demasiado, es verdad, cuando se le presenta la ocasión, pero es que uno tampoco ve a tanta gente.

—Claro —dijo Kock—. Como vives aquí solo…

—Así es —repuso Esben—. Katrine ha trabajado fuera desde que se confirmó. No debería decirlo, pero es una chica dispuesta. Le viene de su madre, porque yo nunca he valido para gran cosa. Desde luego, uno tiene que estar contento por poder seguir con la granja. Pero para llevar una posada hay que tener cabeza.

Esben continuó parloteando como un viejo pájaro amable, y no podía estarse quieto en la silla; de vez en cuando tenía que ponerse en pie y agitar los brazos. Pero cada vez que Kock abría la boca, se callaba y escuchaba con atención.

—Parece que viene tormenta —avisó Katrine.

Hacia el oeste se cernía la amenaza de oscuras nubes borrascosas. Los pájaros de la huerta habían dejado de cantar, y los árboles de ramas colgantes esperaban. Se oyó el tronar lejano, y pálidos relámpagos brillaron en el horizonte.

—La lluvia nos vendrá bien —dijo Esben—. Pronto los pescadores tendrán que colocar sus trampas. Son gente diestra, y ganan mucho dinero. La última vez que estuve en la sede de la Misión, hablé con Lars Bundgaard, un hombre muy sabio. «Vaya, Esben, vienes a la reunión de hoy», dijo, y me dio la mano. Sí, es un hombre con el que da gusto hablar.

—Malene va a tener otro hijo —informó Katrine.

—Esa mujer es una auténtica fábrica —dijo Kock.

—¡Pero hombre! —Rio Esben—. ¿Cómo la has llamado? ¡Una auténtica fábrica! Eres terrible cuando te pones a bromear. Pero, por lo demás, tengo entendido que es buena trabajadora y lleva la casa como es debido. ¡Una auténtica fábrica!

Y Esben se retorcía de la risa.

Era un alma cándida, pero no era la compañía más adecuada para un hombre inteligente como Kock. No tenían mucho de lo que hablar entre ellos, y Kock estaba sentado en silencio, fumando su cigarro.

La tormenta estaba justo sobre sus cabezas. Los rayos relucían de este a oeste contra el cielo negro, como si la bóveda celeste fuera a resquebrajarse, y la lluvia golpeaba contra los cristales de las ventanas. Katrine apenas se atrevía a mirar afuera.

—Este debe de haber tocado tierra —anunció Esben después del retumbar de un trueno.

—Es posible —dijo Kock—. Pero hoy en día la gente está asegurada.

Salieron al fresco y claro atardecer. El fiordo era una raya azul oscuro, y, por encima de las colinas del sur, un arco iris extendía su delicado puente. A lo lejos se veía un hilo de humo que se retorcía, apenas perceptible, hacia el cielo. Era una granja que ardía. En la huerta, las amarillas manzanas de verano relucían con un brillo firme, y los racimos de grosella roja destellaban entre las hojas verdes de los arbustos.

—Ha sido una bendición —dijo Esben—. Esa lluvia ha hecho mucho bien. Esperemos que no haya causado desgracias en otras partes.

Mientras Kock y Katrine volvían paseando a casa, el funcionario de aduanas caminaba en silencio. Miraba de reojo a Katrine. Sí, era grande y bien proporcionada, pero no estaba seguro del alcance de sus facultades intelectuales. Su padre, desde luego, era un hombre de muy poco talento.

Caminaban por el sendero que atravesaba un descampado, y Kock iba delante. Se volvió.

—¡Ya podrías quitarte esa cruz!

—¿Por qué? —preguntó Katrine.

—Por qué, por qué... —dijo Kock, irritado—. Creo que más bien deberías preguntarte por qué la llevas puesta. Desvela una terrible falta de fantasía que la hayas llevado colgando sobre tu pecho desde que te confirmaste. Por Dios, ya sabes que la cruz es un signo, un símbolo cristiano. Y no me gustaría que la llevaras encima cuando nos casemos. Más vale que te quites la cruz y la guardes en el cajón de tu cómoda.

La chica aflojó la cinta de terciopelo y, obediente, se guardó la cruz en el bolsillo.

Kock se casó con Katrine sin pastor y sin ceremonia eclesiástica. El alguacil se encargó de legalizar el vínculo, y los novios estamparon sus firmas en un libro.

—Entonces ¿todo está en orden? —preguntó Esben, que había escuchado con atención.

—Sí, es firme —dijo el alguacil—. Un clérigo no lo habría hecho mejor.

Esben sacó una libreta de ahorros del bolsillo del abrigo y se la dio a Kock.

—Hay quinientas coronas que he ahorrado durante años para el momento en el que se casara Katrine. Cuando me muera, heredaréis la granja, que no vale gran cosa. Y, una vez más, os deseo felicidad y bendiciones diarias durante muchos años.

Jens Røn y Anton Knopper trabajaban embreando redes en el hoyo del arenal cuando llegó Tea corriendo. Tenía las mejillas encendidas por el calor y la excitación, y le costó un rato recuperar el aliento.

—Tenéis que venir enseguida a casa de Povl Vrist —dijo—. Por lo que he entendido, pasa algo con los derechos de pesca.

—¡Los derechos de pesca! —exclamó Anton Knopper, espantado.

—Sí —dijo Tea—. Aunque no lo he oído todo. Había que darse prisa. Vamos, apresuraos, los demás están esperando.

Jens Røn sacó la última trampa de la olla, y extendieron rápido la red para que se secara sobre la hierba.

—Hala, vamos —dijo Jens Røn—. Y no digas nada, Tea, no merece la pena dar a otros tema de conversación.

Atravesaron deprisa el pueblo, donde solo los niños jugaban al sol. Hacía tiempo que se decía que los pescadores de la orilla sur del fiordo veían con malos ojos los derechos de pesca que habían adquirido, y no querían respetar su derecho exclusivo para la pesca de anguila. Ahora las cosas se habían descontrolado, y tal vez surgiera el conflicto y hubiera juicio, nadie podía saberlo.

En la sala de Povl Vrist estaban ya Thomas Jensen y Lars Bundgaard.

—Menos mal que habéis venido —los saludó Povl Vrist—. Será mejor que explique las cosas desde el principio. Sentaos, por favor; Mariane viene enseguida con café.

Veréis, esta mañana he estado en el fiordo fijando unas estacas para las trampas. Mientras trabajaba, se ha acercado un pequeño bote a remos. Era un hombre al que quizá conozcáis: se llama Jørgen Spliid y vive en la otra orilla…

—Ya lo conozco —interrumpió Thomas Jensen—. Que yo sepa, es un creyente.

—Había salido a vaciar una trampa para bacalao —continuó Povl Vrist—. Ha colocado su bote al lado del mío y me ha pedido tabaco para la pipa, que a él se le había terminado. Y va y me dice: «Tenéis buenas aguas para la pesca, muchos deben de haberles echado el ojo». Le he respondido que seguramente, pero que tendrían que fastidiarse, porque las hemos comprado y pagado. «Así será», me ha dicho, «pero habría que ver qué límites tienen esos derechos». Le he respondido que nunca había habido discusión al respecto, pero me he quedado con la mosca detrás de la oreja.

«Así es», me ha respondido, «pero a algunos les parece que solo tenéis derecho a la pesca de cerco, y no a los caladeros de anguila».

Povl Vrist hizo una breve pausa mientras los demás esperaban, desalentados. Había mucho en juego.

—Me ha parecido que sería interesante tener más información —dijo Povl Vrist—. Y le he preguntado directamente: «¿También te lo parece a ti?». «Ya que me lo preguntas», me ha dicho el muy taimado, «te diré sin rodeos lo que pienso: es difícil hacerse una idea del asunto. Además, a mí ni me va ni me viene, en el fiordo tengo suficiente espacio para echar mis redes. Pero hay gente que está segura de lo que dice». ¿Y quiénes son?, le he preguntado. Pero no ha querido darme nombres, y no he podido sonsacarlo más. Y cuando volvía a casa me he dado cuenta de que han puesto señales en la Parcela Azul.

—¡Qué dices! —exclamó Anton Knopper.

—Habían marcado los sitios de pesca, pero he quitado las señales.

—No sé yo si eso es legal —observó Jens Røn, nervioso.

—No veo razón para que no lo sea —repuso Povl Vrist con calma—. El derecho es nuestro, según las escrituras de propiedad. Y si llegamos a juicio, soy yo el responsable de la acción. Pero, a no ser que os lo pregunten directamente, no habléis de ello en voz alta. Entre una cosa y la otra, ya me doy cuenta de que tienen la intención de pescar en nuestras aguas.

—No vamos a admitirlo —dijo Anton Knopper—. Cuando compramos los derechos, se rieron de nosotros y creían que estábamos pagando demasiado. Ahora sienten envidia porque creen que pescamos demasiado. Porque la mayoría de los pescadores del fiordo están mal equipados. Pero os voy a decir una cosa: si entran en mis aguas, arrancaré sus estacas.

—¡No, no, Anton! —exclamó Thomas Jensen, horrorizado—. Actuemos con calma, al fin y al cabo somos creyentes.

—Tienes razón —reconoció Anton Knopper—. Ya sé que a veces me cuesta controlarme.

Povl Vrist sacó las escrituras y se puso a leer en voz alta. Las palabras eran antiguas y extrañas, y no era fácil comprender su significado.

—¿No sería mejor recurrir a un abogado? —preguntó Lars Bundgaard. Pero a los demás no les pareció buena solución. Cuando te ponías en manos de esa gente, el resultado podía ser peor que sin ellos. No, era mejor mantenerse a distancia de los abogados.

—¿Veis? Tenemos derecho a redes de cerco, eso no nos lo pueden quitar —aseguró Povl Vrist—, por lo que leo en este papel. Cuando compramos los derechos, se dijo que teníamos también derecho a pescar anguila. Pero voy a contaros lo que he oído.

»En el oeste del fiordo ha habido un proceso acerca de unos derechos de pesca de las granjas, y han dado la razón a la gente que decía que los derechos solo se aplicaban a la pesca al cerco. Debemos tener presente que no es seguro que ganemos el caso si la gente de la otra orilla se empeña en su reclamación. Entonces, si la gente que nos vendió los derechos nos engañó, nunca podremos sacar nada en limpio, porque no tenemos nada por escrito.

—Pero entonces ¿qué vamos a hacer? —preguntó Anton Knopper—. No podemos estar de brazos cruzados mientras ellos colocan sus redes en nuestras aguas.

Los cuatro miraron a Thomas Jensen, que no se había pronunciado.

—Creo que deberíamos dar largas —dijo—. Tengo muchas dudas, como Povl Vrist, de que vayamos a ganar el juicio. Creo que lo más sensato que podemos hacer es hablar del caso con la gente del otro lado del fiordo. Tal vez podamos evitar disputas y líos por este año, y es tiempo que habremos ganado.

—Entonces ¿vas a ir a hablar con ellos? —preguntó Lars Bundgaard.

—Sí —contestó Thomas Jensen—. Pero me gustaría que Povl Vrist viniera conmigo. En esos asuntos, es mejor ser dos que uno.

Acordaron que los dos pescadores iban a atravesar el fiordo al día siguiente.

—Debe de haber creyentes entre ellos que vean lo que es justo —opinó Anton Knopper.

—Los habrá —asintió Thomas Jensen—; tampoco queremos hacer mal a nadie. Lo mejor es que lleguemos a un acuerdo.

Por la mañana temprano, los dos pescadores partieron en la motora de Povl Vrist. El agua reflejaba todavía los colores del amanecer, y el aire era fresco y limpio. Povl Vrist iba al timón, fumándose una pipa.

—A ver si tenemos suerte —dijo Thomas Jensen cuando se adentraron un poco en el fiordo—. Conozco a uno de los mayores pescadores de ahí; es piadoso, y he pensado que debemos dirigirnos a él: debe de tener influencia en los demás.

—Me parece extraño que tengamos que buscar un acuerdo. Recuerdo lo que me contaba mi padre sobre los pescadores de la costa oeste en los viejos tiempos. Era una gente incontrolable. En la parte oeste del fiordo había una granja sobre un promontorio, y cuando los pescadores iban de expedición al fiordo, muchas veces ocurría que desembarcaban allí y sacaban a la gente de la cama para acostarse ellos. De nada valía que se quejaran, porque vivían aislados. Mi abuelo paterno lo hizo unas cuantas veces.

—Sí, eran tiempos duros —respondió Thomas Jensen—. Fue el aguardiente lo que los llevó a la desgracia. Se convertían en bestias salvajes cuando bebían.

—Así es —corroboró Povl Vrist—. Mi tío materno tomaba medio litro al día todos los días del año. Y ni tan siquiera lo consideraban alcohólico. Pero es curioso que aquella gente viviera tanto. Porque los abstemios demuestran con estadísticas que la gente que bebe no vive tantos años como los sobrios; y él vivió noventa y tres años.

—Creo que esa gente piensa demasiado en *cuánto tiempo* van a vivir —dijo Thomas Jensen—. Mucho mejor sería que pensaran en *cómo* viven.

La embarcación había llegado a la parte más ancha del fiordo, y el sol empezaba a apretar. Las palas de los molinos de viento de las granjas brillaban como flores relucientes en la verde tierra llana del norte. Una goleta se deslizaba hacia ellos a velas desplegadas. Allí la corriente profunda era intensa, y el barco avanzaba entre balanceos. A veces, una ola superaba la borda.

—Escucha —dijo Thomas Jensen.

De ambas orillas del fiordo, las campanas repicaban por el nuevo día.

—Qué hermosura de sonido —dijo.

El poblado de pescadores estaba situado en una vaguada rodeada de colinas, y amarraron el barco a una estaca, y después remaron a tierra en el bote auxiliar. Había dos pescadores en la playa calafateando el vivero para el cebo. Thomas Jensen se dirigió a ellos.

—¿Podéis decirme dónde está la casa de Karl Povlsen? —preguntó.

Los hombres lo informaron al detalle, y atravesaron el pueblecito. Era una casita de techo de paja y paredes entramadas junto a las que crecían las malvarrosas. No había nadie en la sala, pero desde la cocina llegaba una voz quejumbrosa.

—Será como digo yo —retumbó por la casa—; no quiero oír tus tonterías. Cuando digo que no quiero mujeres tomando café a todas horas, lo digo en serio.

Una profunda voz de mujer gruñó algo como respuesta.

—Parece que esta gente está teniendo una disputa —dijo Povl Vrist con una sonrisa—. Será mejor que anunciemos nuestra llegada.

Llamó a la puerta de la cocina, se hizo el silencio, y después un hombrecillo de nariz afilada asomó la cabeza.

—Vaya, hay desconocidos en la sala —dijo, y salió de la cocina—. Creo que he visto antes a este hombre. Sentaos, por favor. ¡Pero si es Thomas Jensen, de la orilla norte! Nos conocemos por las reuniones. ¿Y quién te acompaña? No conozco a ese hombre.

Povl Vrist se presentó, y Karl Povlsen lo saludó con una serie de sonrisitas, que cruzaban su rostro como destellos.

—Sentaos, sentaos —dijo—. Más vale que lo diga sin rodeos: gobierno mi casa tal como mandan las Escrituras, probablemente lo habéis oído; y así debe ser, sí; así debe ser. Bueno, veo que habéis cruzado el fiordo.

Su voz salía como un canto monótono de sus labios, y no daba tiempo a los demás de meter baza. Había en él algo soporífero, como el zumbar de un moscardón que arremete contra el cristal de una ventana con pequeños golpes secos. Pero de pronto corrió a la puerta de la cocina y pidió café a gritos. Povl Vrist miró a Thomas Jensen: ¿aquel hombre estaba bien de la cabeza? Thomas Jensen le contestó con un parpadeo que significaba que no le pasaba nada en la cabeza. Karl Povlsen se giró rápido y continuó hablando; si el buen tiempo continuaba hasta colocar las trampas, lo mejor era que después el tiempo empeorase un poco. Sí, era lo mejor, era lo mejor.

Finalmente entró la señora de la casa con café en una bandeja. Sus piernas deformes sostenían un cuerpo enorme, y su rostro estaba hinchado y apático. Padecía elefantiasis.

—Adelante, tomad café —dijo Karl Povlsen—. Servíos. Es la mujer. ¿Puedes saludarlos? Diles hola, diles hola; dales la mano a los invitados.

La mujer extendió la mano, apática. Estaba esponjosa, y era desagradable al tacto, como si no tuviera huesos. Mientras tomaban el café, el anfitrión hablaba sin parar. Pero a Thomas Jensen le pareció que había llegado el momento de discutir el asunto que les preocupaba. Tan pronto como abrió la boca, el rostro de Karl Povlsen se puso rígido e inmóvil, y sus ojos se convirtieron en dos estrechas ranuras bajo las cejas descoloridas.

—Acudimos a ti porque eres el que más conozco —dijo Thomas Jensen—. Ya sé que eres un hombre creyente y un pescador hábil, y me gustaría pedirte que nos des consejo. Tenemos unos derechos de pesca en el fiordo, y hemos oído que los pescadores de esta orilla creéis que nuestros derechos se limitan a la pesca de cerco. Me gustaría conocer tu opinión.

Karl Povlsen se balanceó un poco atrás y adelante en su silla.

—¿Conocer mi opinión? —dijo—. Creo que estaría bien, estaría bien, que todas las personas pudiéramos vivir en paz y tolerancia con los demás. Así lo consideramos los niños de Dios, los niños de Dios.

—Eso no lo negaré nunca —dijo Thomas Jensen con cierta impaciencia—. Pero para nosotros es grave que no se nos deje gozar de los derechos que hemos adquirido.

—Es verdad, es verdad —entonó Karl Povlsen—. Pero podríamos decir que la gente de esta orilla también pasamos penurias, no es fácil dar a cada cual lo suyo, como debemos hacer, como debemos hacer. Pero tenéis que quedaros a almorzar; luego llamaré a los demás.

Se levantó de un brinco y corrió a la cocina, donde gritó unas órdenes a su esposa. Mientras la mujer preparaba la comida, pasaron una hora hablando de otras cosas. Se oían los pasos pesados, arrastrando los pies, de la mujer, y cada cierto tiempo rezongaba para sí.

Por fin llegó el almuerzo a la mesa: sopa dulce de tapioca y panceta frita, y Karl Povlsen dio un largo discurso para bendecir la mesa.

—Servíos, amigos —dijo cuando terminó—. Buen provecho, sí, buen provecho.

Pero tan pronto como metió la cuchara en la sopa dulce, saltó de la silla.

—¡Las pasas! —gritó—. Las pasas. ¡Te las has comido todas, cerda!

Su esposa se giró, abotargada, en la puerta de la cocina.

—A nosotros no nos importa —declaró Thomas Jensen con ademán tranquilizador—. No debes hacer que tu esposa se sienta mal; ya sabemos que con esa enfermedad no pueden dejar de comer.

—Gracias, gracias —dijo Karl Povlsen—. Sí, hay que ser indulgente, pero es una cruz; creedme, es una cruz.

Después de comer, Karl Povlsen dio las gracias con todo lujo de detalles y salió en busca de un par de pescadores que sabían algo del asunto de los derechos de pesca de las granjas.

—Me estoy volviendo loco en esta casa —dijo Povl Vrist en cuanto salió de la sala—. ¿Crees que está bien de la cabeza?

—La verdad es que ya no sé qué pensar —respondió Thomas Jensen, indeciso—. Lo oí hablar en una gran reunión colectiva, y allí habló que era una delicia oírlo. Pero aquí, en su casa, se comporta de manera extraña.

—Pobre mujer, lo que debe de sufrir —se compadeció Povl Vrist—. Pero seguramente no se da cuenta de gran cosa, en su estado.

Karl Povlsen volvió con dos pescadores. Uno era un hombre alto y fornido, de gesto huraño y hablar lento y monótono. Se llamaba Lars Toft. El otro, Jens Kolby, era un joven mozo sonriente que se movía como una flecha.

—Nos gustaría llegar a un acuerdo con vosotros sobre los derechos de pesca que hemos comprado —dijo Thomas Jensen.

—Vaya, ¿por fin os habéis dado cuenta de que no tenéis derechos sobre los caladeros de anguila? —dijo Jens Kolby sin rodeos.

Thomas Jensen se sobresaltó, y su semblante se acaloró.

—Si nos hubiéramos dado cuenta de eso, no habría nada de lo que hablar —argumentó—. Nosotros creemos que tenemos el derecho, que nunca se nos ha discutido. Queríamos hablar con vosotros y explicaros nuestro punto de vista, para evitar conflictos y tribunales, pero no creíamos que fuerais a tomarlo de este modo.

—No, no —dijo Karl Povlsen—. Debes ser tolerante, querido Jens, debes ser tolerante y no acalorarte; hablemos sobre el asunto como buenos amigos e hijos de Dios, sí, hijos de Dios.

Lars Toft empezó un largo discurso acerca de lo que sabía sobre cómo había evolucionado la situación. Al principio el agua pertenecía a una u otra granja, y en aquella época a la gente le interesaba sobre todo el arenque. Era lo que daba dinero. Y sí, los pescadores ganaban mucho entonces: se decía que bebían cerveza de jarras de plata, y que sus mujeres se vestían de seda y llevaban cadenas de oro al cuello…

Jens Kolby interrumpió irritado el largo discurso.

—Voy a hablar claro —dijo—. No me importa cómo era antes, pero creo que no tenéis derecho a los caladeros de anguila, y este otoño tengo la intención de colocar mis trampas ahí.

—De modo que eso es lo que quieres —dijo Thomas Jensen con calma—. Pues has de saber que si el tribunal decide que los derechos son nuestros, va a salirte caro. Te aviso de antemano que, si acudimos a la justicia, vamos a seguir hasta el Tribunal Supremo, aunque tengamos que vender nuestras casas. Estate seguro.

—Ya veremos qué ocurre —dijo Jens Kolby—. He pensado colocar las redes en la Parcela Azul. No me parece justo ocultároslo cuando habéis venido hasta aquí en busca de información.

—Te agradecemos que no quieras engañarnos —repuso Thomas Jensen—. Pero tal vez puedas decirnos si hay otros que tienen la misma intención.

—Eso no lo sé —dijo el pescador, sonriendo—. Pero bien podría ocurrir que haya más que se animen después de que empiece yo.

Así que no había nada más que hablar, y Thomas Jensen y Povl Vrist volvieron a la motora. No tenían buenas noticias que contar.

Había cosas importantes en juego. Se trataba de llegar los primeros y echar las redes, pero no todas las trampas estaban embreadas. Anton Knopper opinaba que tendrían que ayudarse unos a otros y mantener la olla de brea hirviendo durante la noche. Si al día siguiente hacía bueno, podrían empezar a colocar las trampas.

—Tenemos que ayudarnos entre nosotros —propuso Anton Knopper—. Si no estamos unidos, nos vencerán. Y no me gustaría que la gente empezara a decir que los de la otra orilla nos han tomado el pelo.

La luna se alzaba en el cielo como un cuerno amarillo rodeado de puntitos blancos de las estrellas. La olla de cemento brillaba con una lengua roja de fuego, y las sombras bailaban en las empinadas paredes del agujero abierto en la arena. Los hombres acarreaban las redes y se gritaban entre sí con voz ronca, medio ahogados por el humo y el tufo de la brea, empapados por el rocío de la noche y el sudor, y aturdidos por el calor del horno. Los insectos revoloteaban en la luz, a veces un pájaro chillaba en el sembrado. De cuando en cuando aparecía una de las mujeres con café y les servía en tazas desechadas, sin asa. Después se permitían un momento de descanso y tomaban el café ante la olla de cemento, mientras la oscuridad se cerraba como un muro en torno a ellos. Y una vez más volvían al trabajo tambaleándose. Povl Vrist y Thomas Jensen sumergían las trampas en la brea y las sacaban con el aparejo chirriante. Lars Bundgaard y Anders Kjøng tenían faroles y se ocupaban de extender bien las redes sobre la hierba. Estaban embadurnados de brea de arriba abajo. Jens Røn, Anton Knopper y el peón de Povl Vrist,

Laurids, llevaron en una carreta más redes para la olla. Las ruedas traqueteaban contra la calzada, y el hierro levantaba chispas. Anton Knopper les gritó que se dieran prisa. Los paseantes nocturnos se detenían, se quedaban mirando y sacudían la cabeza: aquellos hombres estaban locos.

El cielo empezó a iluminarse, y el sol asomó entre las nubes rojizas del este. Todo aparecía marcado por tintes irreales, el rocío hacía que la verde hierba brillase con intensidad, las telarañas se extendían por los tallos, el ganado joven berreaba en los establos, los árboles y casas surgían de la niebla matinal. Las últimas redes estaban secándose, y los hombres se quedaron un rato mirándose unos a otros.

—Y ahora ¿qué? —preguntó Lars Bundgaard—. ¿Podemos permitirnos un par de horas de descanso?

—¡Descanso! —exclamó Anton Knopper—. No vamos a estar tranquilos hasta colocar las trampas, aunque tengamos que pasar días sin dormir.

Anton Knopper daba bandazos por el cansancio, pero estaba en su elemento. Cerró su mano negra en un puño. ¡Aquellos majaderos de la otra orilla iban a ver con quién se las gastaban! ¡Con pescadores acostumbrados a navegar mar adentro! ¡Con hombres del inmenso mar!

—Una cosa es que seamos piadosos —dijo—. Pero que no se crean que vamos a aceptar cualquier cosa. Están muy equivocados si es lo que piensan.

Su belicosidad se contagió. Los demás hicieron gestos decididos hacia las trampas, que yacían en hileras, recién embreadas, y Jens Røn agachó la cabeza como un toro dispuesto a embestir.

—No, dejémoslos venir —propuso—; así les enseñaremos un par de cosas. No creen que vayamos a actuar tan rápido.

—Venid a casa —dijo Povl Vrist—. Mariane debe de tenerlo todo preparado. Las mujeres van a venir también, ellas tampoco han pasado una noche tranquila. Así podremos hablar de lo que hay que hacer para que todo termine bien.

Mariane estaba fresca como una brizna de hierba al sol de la mañana, a pesar de que no había parado quieta en toda la noche.

—Adelante —los saludó—, no os preocupéis por la brea, de todas formas no os la podéis quitar; se irá con el tiempo.

Malene, Tea, Alma y Andrea llegaron al rato, y, después de que Thomas Jensen bendijera la mesa, Mariane sirvió el café. Había rebanadas de pan integral recién hecho, con todo tipo de manjares para poner encima. Después, Povl Vrist ofreció cigarros.

—Vaya, la casa por la ventana —comentó Jens Røn, casi desaprobador.

—Bueno, es que tengo por casualidad toda una caja —respondió Povl Vrist—. Me la endosó un vendedor ambulante. Ni siquiera sé si es tabaco como Dios manda. Pero se dejan fumar.

Hablaron de lo que debían hacer. Había que cargar las lanchas con estacas y trampas tan pronto como las redes se secaran, y después llevarlas a los caladeros.

—Propongo que llevemos las que ya está secas y empecemos a colocarlas enseguida —dijo Thomas Jensen—. No podemos fijarnos en dónde van las redes de cada cual. Ya arreglaremos eso después. Y aunque algunas de las trampas no están tan secas como deberían, da igual: habrá tiempo para vaciarlas antes de que anochezca. La cuestión es terminar antes de que lleguen ellos.

—Entonces, ¿quién va a salir al fiordo? —preguntó Lars Bundgaard.

—El trabajo más importante es llevar los utensilios allí —dijo Povl Vrist—. Creo que dos de nosotros deberían ponerse a clavar estacas, y los demás, a cargar las trampas en las lanchas y llevarlas a cada zona de pesca. Pero yo tengo que ir con el primer equipo, porque es importante colocar las trampas donde estaban las marcas cuando las retiré.

—¿Y si vienen los del sur? —preguntó Anton Knopper.

—Entonces tendremos que volver a tratar de hacerlos entrar en razón —dijo Thomas Jensen—. Pero me he fijado en muchas cosas mientras estábamos allí. O mucho me equivoco, o no están preparados.

Mariane se removía inquieta; tenía una propuesta que hacer.

—Creo que deberíais salir todos al fiordo —dijo.

—Pero ¿quién va a encargarse de todo lo demás? —preguntó Thomas Jensen.

—Eso no es nada —contestó Mariane—. Ya nos las arreglaremos las mujeres. ¿Creéis que no somos lo bastante listas?

Tea la miró escandalizada, con los ojos muy abiertos; vaya manera de darse aires y pensar que era muy lista. Incluso a Povl Vrist le pareció que Mariane debería andar con más tiento y no tomarse las cosas tan a la ligera. Pero Anton Knopper exclamó:

—¡Así me gusta, Mariane! ¡Con coraje!

Decidieron hacer lo que proponía Mariane. Malene iba a reunir a todos los niños en su casa y ocuparse de ellos, mientras las otras cuatro mujeres ayudaban a Anders Kjøng y a Laurids.

—Será mejor que empecemos cuanto antes —dijo Thomas Jensen—. Pero recemos juntos antes de zarpar. Al fin y al cabo, se trata del pan nuestro de cada día.

Agacharon la cabeza y Thomas Jensen rezó con fervor para pedir ayuda en aquella difícil empresa.

Los hombres cargaron dos lanchas con estacas y redes, y las colocaron a remolque de las motoras. Se desplazaron con lentitud hacia el centro del fiordo, pero pronto no eran más que manchas negras en el agua. Después las mujeres se pusieron a trabajar.

Mariane, deslenguada y con el pelo recogido en un moño improvisado, se puso al mando. Pidió prestados unos caballos a uno de los granjeros y se sentó al pescante. Se puso en pie, tomó las riendas y gritó a los caballos con tal fuerza que resonó en la calle:

—¡Estate quieto, jamelgo inútil!

La gente salía adormilada a la puerta y se preguntaba qué podía estar pasando.

Tea no tenía ganas de presenciar aquello.

—Espero que no hagamos el ridículo —susurró a Alma.

Pero Alma contestó:

—Haremos más el ridículo si nuestros hombres no colocan las trampas en sus sitios antes que los otros.

No estaban acostumbradas a aquel trabajo, pero lo hicieron en un visto y no visto. Las mujeres llevaban red tras red al carro, y los mozos arrojaban estacas a los barcos entre gritos. Desde fiordo adentro se oían ya el golpear de los mazos y los gritos de los hombres. Todo el pueblo estaba despierto, y la gente echaba una mano. Un anciano pescador apareció renqueante y recordó los tiempos en los que las mujeres ayudaban a los hombres en el fiordo.

—Sí, vosotros, los de la costa oeste, podéis hacerlo —afirmó.

Las esposas de los granjeros miraban, atónitas. Tea debió de darse cuenta, y sintió vergüenza. Porque estaban vestidas con su ropa más gastada. Mariane hacía retumbar el embarcadero, tirando del carro.

—Se ve que no es la primera vez que llevas un par de caballos —dijo el anciano.

—Pues claro que no es la primera vez —contestó Mariane.

—Si hubiera muchas como tú, la mayoría de los mozos podrían retirarse.

Era un día caluroso. El sol parecía una bola de fuego en lo alto, y las redes embreadas expandían el calor. Las mujeres estaban a punto de desmayarse por el esfuerzo. Pero para el atardecer ya habían terminado el trabajo. Solo quedaron sobre la hierba las últimas trampas puestas a secar.

Los barcos tardaron en volver a la orilla, y, cuando por fin se acercaron, la gente los esperaba formando grupitos en el embarcadero.

—¿Habéis visto a alguno del sur? —gritó uno.

—¡No, se han quedado en casa! —respondió a gritos Anton Knopper.

Tan pronto como desembarcaron, se vieron rodeados de pescadores que buscaban información. Pero no había nada que contar.

—Vendrán mañana —dijo uno—. Seguro que se han dado cuenta de que habéis empezado a colocar trampas.

—A ver si les zurráis bien —dijo otro pescador—. Siempre estamos reñidos con ellos. Son gente pendenciera que quiere mandar en todo el fiordo.

Los demás estuvieron de acuerdo: los pescadores de la orilla sur eran duros de pelar, y no les vendría mal un escarmiento.

Pero Lars Bundgaard se balanceaba atrás y adelante por el cansancio, y apenas podía mantenerse erguido.

—Tendremos que volver mañana temprano —dijo—. Lo mejor será que vayamos a casa a dormir todo lo que podamos.

Caminaron tambaleantes hasta sus casas, con los miembros agarrotados y los ojos escocidos. Después de cenar algo, se arrojaron sobre la cama sin desvestirse.

Con las primeras luces del alba, Povl Vrist fue llamando a los demás. Era hora de volver a empezar. Somnolientos, bajaron al embarcadero, y mientras navegaban fiordo adentro echaron una cabezada. El trabajo comenzó, clavaron las estacas y colocaron las trampas. El sol brillaba en el agua y hería los ojos como un cuchillo. Empuñaban los pesados mazos a turnos, pero de vez en cuando se detenían y oteaban la parte sur del fiordo.

—Van a reírse de nosotros —aseguró Anton Knopper. Pero Thomas Jensen era de otro opinión: Jens Kolby era un hombre que no se andaba con bromas.

A primera hora de la tarde, Povl Vrist gritó:

—¡Ahí los tenemos!

Tres o cuatro motoras llegaron del sur con varias lanchas a remolque. Era el enemigo.

—¡Vamos a seguir trabajando, haciendo como si nada! —le respondió Thomas Jensen. Los pescadores blandían los mazos, pero se mantenían vigilantes. Cuando la pequeña flota estuvo cerca, una motora se adelantó. Iban en ella Jens Kolby y otro hombre.

—¡¿Qué estáis haciendo en la Parcela Azul?! —gritó Jens Kolby—. ¿No habéis visto nuestras marcas, o qué?

—No hay ninguna razón para que respetemos esas marcas en nuestras aguas —respondió Thomas Jensen.

—Como comprenderéis, esto es ilegal —amenazó Jens Kolby—. Y ahora debéis aceptar que nos tomemos la justicia por nuestra mano.

Tenía la cara roja de excitación, y le fallaba la voz. Giró el timón de repente, y la motora volvió adonde esperaban las lanchas.

—¿Crees que van a marcharse? —preguntó Anton Knopper a Thomas Jensen. Pero este sacudió la cabeza.

—Me parece que esto va a terminar mal —contestó.

Los otros pescadores largaron las amarras y fondearon las lanchas. Eran tres motoras con dos tripulantes por embarcación. Thomas Jensen conocía a uno, era Karl Povlsen. Tenía una sensación extraña: no era agradable comprobar que un niño de Dios pudiera actuar de manera tan desleal. Jens Kolby volvió a acercarse con la motora.

—¡Primero queremos saber si vais a retirar vuestros aparejos de los sitios que habíamos señalado! —gritó.

—¡No! —contestó a gritos Thomas Jensen—. Esas marcas no eran legales.

La motora giró de nuevo, y las otras dos se le unieron. Pusieron rumbo a la parte sur de la Parcela Azul, donde había colocadas varias trampas.

—¡Ahora van a arrancar nuestras trampas! —gritó Anton Knopper.

—Espero que no —repuso Thomas Jensen, aunque tenía sus dudas.

Pero Anton Knopper tenía razón. Jens Kolby colocó la motora junto a una trampa y se puso a desatar el cabo de la estaca principal. Estaba claro que tenía pensado destruir su trabajo.

—Vamos allá —dijo Anton Knopper, y saltó rápido de la lancha al pesquero azul. Los demás pescadores habían seguido a distancia lo que ocurría, y mientras Anton Knopper luchaba con el motor para ponerlo en marcha, la motora de Povl Vrist pasó junto a ellos a toda máquina. Detrás iban Jens Røn y Anders Kjøng remando con todas sus fuerzas. Al final, el motor obedeció. El barco se puso en marcha de un tirón: Anton Knopper había acelerado al máximo.

—¡Estaos quietos, malditos! —les espetó Anton Knopper. Se arrepintió al instante, y se golpeó la boca con fuerza; pero Thomas Jensen no oyó el juramento. Puso rumbo a la embarcación de Jens Kolby y se colocó a la altura de la motora de Povl Vrist, que llevaba a Lars Bundgaard a bordo. Los pescadores del sur del fiordo ya habían volcado dos trampas.

—¡Si no os estáis quietos, os abordamos! —gritó Thomas Jensen, fuera de sí.

—¡Venid si os atrevéis! —rugió alguien de la embarcación enemiga.

Thomas Jensen palideció y apretó los dientes.

—¡Prepara el bichero, Anton! —gritó.

Anton Knopper saltó a proa y se preparó para la colisión. El barco se deslizó hasta la borda de la otra embarcación, y Anton Knopper se plantó allí de un salto. Derribó de un puñetazo a Karl Povlsen, que cayó de espaldas sobre la bancada. Entonces Jens Kolby se le echó encima. Rodaron de un lado a otro, en continuo riesgo de caer al agua. El resto de las embarcaciones se acercaron; aquello era un caos total. Los hombres se abalanzaban unos contra otros. Thomas Jensen blandía una tabla de la cubierta y la estrelló contra la cabeza de un hombre, que cayó fulminado. Povl Vrist se defendía con la caña del timón; había saltado a uno de los barcos enemigos, y dos hombres trataban de reducirlo. Lars Bundgaard usaba un bichero como lanza, y, en una violenta arremetida, consiguió arrojar por la borda a su oponente y corrió a ayudar a Povl Vrist. El hombre se agarraba a la borda, solo se veía su pálido rostro asustado. En el fiordo resonaban los gritos y el alboroto, el traqueteo de los motores y ruido en general. Jens Røn y Anders Kjøng llegaron remando con tal fuerza que los trallazos de los remos levantaban cortinas de agua.

Lars Bundgaard arrojó a cubierta a uno de los hombres con los que se las veía Povl Vrist, y al otro le asestó tal golpe en la cabeza que cayó redondo, medio inconsciente, agarrado a su oponente. Pero la batalla había terminado, los pescadores de la costa oeste habían tomado el control para cuando Jens Røn y Anders Kjøng abordaron el barco. Se oyó un rugido de Anton Knopper, que seguía luchando contra Jens Kolby.

—¡Tiene un cuchillo!

Los demás saltaron rápido a ayudarles, pero Anton Knopper se desplomó sobre la bancada, y el cuchillo de Jens Kolby relució siniestro en el aire. Tres hombres se le echaron encima, le quitaron el cuchillo y lo derribaron, mientras Thomas Jensen le ataba las manos con un cabo. Jens Røn arrancó decidido el jersey de Anton Knopper.

—Me ha pinchado —dijo este—. He sentido la cuchillada.

Su camisa estaba empapada de sangre, pero la herida no era más que un largo corte superficial en el pecho. Lars pasó tambaleándose al barco; estaba pálido, pero no había sufrido grandes daños. Ambos bandos estaban molidos, y un hombre, empapado y exhausto.

—Vaya, así que eres de esos —dijo Thomas Jensen mientras se giraba hacia Jens Kolby—. Eres un rufián que quiere matar a la gente. Tampoco esperaba encontrarme contigo de esta manera, Karl Povlsen.

—No, no. —Karl Povlsen emitió un suspiro y se limpió la sangre de la boca—. Qué puedo decir, qué puedo decir. Es espantoso que nos hayamos comportado así. Me han saltado dos dientes de la nueva dentadura postiza. Va a salir caro, va a salir caro.

—Hay otra cosa que va a salir más cara —dijo Thomas Jensen, e hizo un gesto hacia Jens Kolby, que estaba sentado mirando al frente—. Bueno, ahora más vale que volváis a vuestras casas.

—¡Y gracias por la visita! —gritó Anton Knopper—. Volved cuando queráis.

—¡Cierra el pico, maldito larguirucho! —bramó uno del otro bando. Pero ya habían puesto en marcha el motor y se dirigían a las lanchas.

—Habrá que estar atentos, a ver qué hacen —opinó Lars Bundgaard—. Si no, van a volver a volcar las trampas.

Los alborotadores empezaron a izar las piedras con las que habían fondeado sus lanchas, y al poco tiempo partieron.

—Regresemos a casa —dijo Thomas Jensen—. Se nos ha echado la tarde encima, y después de esta escaramuza no nos vendrá mal un poco de descanso. Tengo la cabeza como un bombo.

Cuando llegaron a tierra, parecían salvajes. Anton Knopper tenía la camisa manchada de sangre, y no podía ponerse el jersey sin irritar la herida. Lars Bundgaard tenía un corte en la cabeza, y la sangre había corrido por su rostro y se había coagulado junto con las manchas de brea. Daba miedo mirarlos. Llenos de arañazos y manchados de sangre, brea y barro, se tambaleaban camino de casa, calzados con sus pesadas botas de marino. Tea acudió corriendo en cuanto los vio.

—¡Pero por el amor de Dios! ¿Qué ha pasado? —gritó.

La gente se acercaba corriendo. Mujeres y niños miraban a los combatientes con ojos como platos. ¡Habían sucedido cosas terribles! Los niños de Dios se habían peleado. Anton Knopper daba explicaciones a diestro y siniestro mientras caminaba con dificultad.

—¡Hemos luchado por nuestros derechos de pesca! —gritaba. Reía, gritaba y bramaba como un toro. Había corrido la sangre a raudales, ¡un montón de sangre y mamporros! Anton Knopper pronunció *sangre* con un tono que venía de lo más profundo de su garganta. Estaba descontrolado. Jens Røn gimoteaba en voz alta.

—¡Qué gente! Llevaban cuchillos, y ha estado a punto de terminar de mala manera. Es horrible que exista esa clase de gente.

Lars Bundgaard se había ido a casa a escondidas, para que Malene no oyera rumores exagerados y fuera a darle un patatús.

—¡Pero les hemos ganado! —gritó Anton Knopper—. Les hemos zurrado bien, y creo que se mantendrán lejos de nuestras aguas, porque si no, les daremos más. ¡Y ha corrido la sangre!

Anton Knopper puso los ojos en blanco en medio de su rostro ennegrecido; parecía un hombre peligroso.

Entonces llegó Andrea corriendo.

—¡Anton! ¿Te ha pasado algo?

Y, sin prestar atención a la gente que lo rodeaba, se arrojó llorosa a su cuello. Allí estaba Anton Knopper abrazado a una mujer en público.

La paz del fiordo se había roto. ¿Y por culpa de quién? Povl Vrist había retirado las señales de Jens Kolby, cierto; era algo ilegal, pero las aguas les pertenecían, las habían adquirido de forma legal. La mayoría apoyaban a Thomas Jensen y a su gente. Volcar las trampas había sido una empresa imprudente.

Al día siguiente colocaron las últimas trampas sin que ocurriera nada. Por lo visto, Jens Kolby y sus compañeros se habían desplazado hacia el oeste del fiordo. No hablaron mucho mientras trabajaban, y parecía que evitasen mirarse entre ellos.

Cuando volvían a tierra, Thomas Jensen habló.

—Aún me quedan dudas. ¿No actuamos con cierta violencia?

—No sé qué pensar —contestó Anton Knopper.

—No es bueno que los niños de Dios nos peleemos —opinó Thomas Jensen—. Escrito está: «Al que te abofetea en una mejilla, ofrécele también la otra». Me temo que nos dejamos llevar por el mal genio. Y no dimos un buen ejemplo a los demás.

—Pero ¿qué podíamos hacer? —exclamó Anton Knopper—. Tampoco podíamos permitir que nos robaran lo que es nuestro.

—De todas formas, es lo que deberíamos haber hecho si estuviéramos realmente salvados —respondió Thomas Jensen.

—Si hemos cometido una falta, nos será perdonada —aseguró Anton Knopper—. Solo somos gente sencilla.

Thomas Jensen calló; tampoco él sabía cuál era su deber. A Lars Bundgaard le ocurría lo mismo.

—Todos los jóvenes descreídos nos respetan por nuestra acción —dijo—. Y no es ninguna buena señal que los niños mundanos muestren respeto. Me da la sensación de que no actuamos como debíamos. Pero si nos pasamos de la raya, ya nos enteraremos.

Una semana más tarde, con todas las trampas colocadas en el fiordo, atracó en el embarcadero gente del sur. Eran Jens Kolby y Karl Povlsen. Encontraron a Thomas Jensen en casa, y mandaron a alguien en busca de Povl Vrist.

Karl Povlsen tomó la palabra. Lloroso, pidió perdón y dijo que quería hacer las paces.

—Hemos venido, hemos venido —comenzó— para reconciliarnos con vosotros. Lo que ocurrió en el fiordo fue algo espantoso. No entiendo cómo pudo pasar.

—Queríais volcar nuestras trampas —repuso Povl Vrist—. De eso ya te acordarás.

—Eso queríamos, eso queríamos —dijo Karl Povlsen con voz llorosa—. Es que, cuando nos dimos cuenta de que no habíais respetado nuestras señales, nos pusimos como unos basiliscos. Pero he rezado y hablado con Jesús, con Jesús misericordioso. Y ahora queremos decir: tengamos paz entre hermanos.

—Así que queréis hacer las paces —dijo Thomas Jensen, y reflexionó sobre lo que podría haber detrás de aquella frase. Karl Povlsen era un hipócrita, ya se daba cuenta. Pero Jens Kolby dijo sin pelos en la lengua qué era lo que lo atormentaba.

—Lo del cuchillo en el fiordo fue un error. Me parece incomprensible que pudiera suceder. A veces me pongo tan furioso que pierdo la cabeza. Pero no quiero tener la mala fama de que me dedico a matar gente. ¿Lo habéis denunciado a las autoridades?

—Pensamos que también podría haber errores por nuestra parte, así que no lo hemos denunciado —repuso Thomas Jensen.

—¿De verdad? —gritó Jens Kolby, y se puso erguido en la silla, mientras Karl Povlsen gimoteaba:

—Ay, de verdad, de verdad.

—Por lo que oigo, no lo herí de gravedad —declaró Jens Kolby—. Pero no fue por mi culpa. Si olvidáis el asunto y no habláis demasiado de ello, no os discutiré el derecho a pescar en los caladeros de anguilas, aunque no lo veo nada claro. Y no creo que ninguno de nosotros quiera pillarse los dedos.

—No —aseguró Karl Povlsen—. Podéis estar tranquilos, guardaremos las distancias, para siempre, para siempre.

—Me alegro de que no te dé miedo admitir la gravedad de lo que pasó —dijo Thomas Jensen—. También debemos pediros a ti y a la gente de la otra orilla que perdonéis nuestras ofensas. Y ahora, quedaos a tomar un bocado.

Los forasteros almorzaron en casa de Thomas Jensen. Después, Karl Povlsen quiso ver la sede de la Misión, y Thomas Jensen lo acompañó. Povl Vrist y Jens Kolby caminaron hacia el embarcadero. De repente, apareció Anton Knopper.

—Quería saludarte —dijo, y extendió la mano—. Tienes que venir a mi casa a tomar café. Y tú también, Povl Vrist. No creas que te guardo rencor, no; el arañazo que me hiciste lo tenía merecido.

Anton Knopper se había convertido en un hombre franco y nada tímido. Dio una palmada en el hombro a Jens Kolby y dijo:

—¡Hagamos las paces, amigo!

Aquel otoño no hubo suerte con la campaña de la anguila. Una noche de tormenta, la mitad de las trampas volcaron, y muchas redes se rompieron. Y cuando por fin repararon los daños, las anguilas no entraban en las trampas. Hasta Anton Knopper estaba perdiendo el buen humor, y Mariane decía que Povl Vrist se ponía inaguantable en casa. Que no soportaba que la suerte le diera la espalda.

Pero ¿era mala suerte, o había alguna intención oculta? A excepción de Povl Vrist, que no era niño de Dios, todos reflexionaban sobre eso. Los demás pescadores del lugar hacían buenas capturas y no tenían motivo de queja. Era extraño que justo aquel año pescaran tan poca anguila. Una vez que estaban de tertulia en casa de Povl Vrist, surgió el tema.

—Desde luego, no se puede saber adónde va a ir la anguila —dijo Povl—. Puede haber sitios adonde no va, mientras las trampas de al lado están repletas a diario. Y al año siguiente puede ser lo contrario. Todo depende del fondo.

—Así es —corroboró Anton Knopper—. Lo que más le gusta a la anguila son los sitios donde hay unas algas especiales. Pero sabemos que había buenas algas donde plantamos las trampas.

—Pues entonces tiene que haber alguna otra razón para que la anguila pase de largo —repuso Povl Vrist—. La corriente puede ser también importante. Ya hemos visto antes que la corriente destrozara las trampas; por ejemplo, cuando dragaron el cauce del fiordo.

—Pero no han dragado el fiordo —dijo Anton Knopper—. Y no creo que se deba a ninguna causa natural.

Povl Vrist sacudió la cabeza con impaciencia, pero los demás callaban y evitaban mirarse entre ellos. Nadie dudaba que Anton Knopper tuviera razón. Y una noche, de vuelta a casa de la sede de la Misión, Lars Bundgaard dijo:

—Llevo mucho tiempo dándole vueltas, y lo único que se me ocurre es que es el castigo por haber actuado de manera precipitada con nuestros enemigos. No estuvo bien que fuéramos tan intransigentes defendiendo nuestro derecho y causáramos daño a otras personas.

—Así es, nos acaloramos y nos portamos como camorristas —dijo Thomas Jensen—. Me di cuenta cuando ocurrió. Pero cuando vinieron a reconciliarse, pensé que el Señor había reblandecido sus corazones y nos había perdonado.

—Pero ¿qué crees que deberíamos hacer? —quiso saber Lars Bundgaard.

—¿A ti qué te parece, Lars? ¿Deberíamos permitir a los del sur colocar sus trampas en nuestras aguas el otoño que viene?

Lars Bundgaard se quedó pensativo, y pasaron un rato en silencio, mientras oían los cuchicheos de las mujeres tras ellos.

—No creo que Jesús nos pida tanto —respondió al final Lars Bundgaard—. Al fin y al cabo, conoce nuestra situación y ya sabe que estamos lejos de ser gente adinerada. Y si quisiera pedirnos eso, nos habría dado alguna señal clara de ello. Creo que deberíamos actuar con humildad, dar cuenta a la comunidad de lo ocurrido y confesar en una reunión que hemos pecado.

—Estoy de acuerdo contigo —dijo Thomas Jensen.

En la siguiente reunión en la Misión, Thomas Jensen dio un paso al frente y pidió sincero perdón por su ofensa. Lars Bundgaard, Anton Knopper y Jens Røn se levantaron y se quedaron con la cabeza baja.

Había llegado el momento de recoger las trampas. A Jens Røn y a Tea no les había ido nada bien. La campaña de la anguila apenas había dejado dinero, y una vez más iban a tener que pedir préstamos y contraer deudas. Con un suspiro, Tea renunció a su sueño secreto de poder tener alguna vez su propia casa; no como las espaciosas casas de Povl Vrist y Lars Bundgaard, sino tan solo una casita humilde. No iba a poder ser. Tendrían que estar agradecidos si conseguían cumplir con sus obligaciones.

En noviembre, Martin volvió de la granja a casa. Tenía ya dieciséis años y era un joven chaparro y fornido que se parecía a Jens Røn en su forma de ser. Su intención era ir a la mar, y Jens Røn le había conseguido un puesto de cocinero en una pequeña goleta que hacía la ruta del Báltico y se quedaba amarrada durante el invierno. Pero Martin tenía grandes planes, quería ser timonel y capitán.

Tea le enseñó a guisar y Anton Knopper le regaló un libro de cocina.

—Va a ser un buen cocinero —dijo Anton Knopper—. Creo que mejor que la mayoría; claro que le viene de ti, Tea, porque siempre has sido una buena ama de casa.

—No, nunca he sido como debía —dijo Tea, encantada por las amables palabras—. Pero espero que nuestros hijos lo tengan más fácil que nosotros.

Martin se tomó con calma las alabanzas hacia su cocina, y prefirió mostrar cómo se hacían nudos con un cabo. Así y así; hizo varios nudos en un pedazo de cordel, y Anton Knopper asintió con la cabeza para mostrar su conformidad. Estaban hechos a la perfección.

—Tienes talento para eso —dijo, y Tea escuchaba a medias, pero no podía ignorar que sus hijos eran inteligentes. No le extrañaría que Martin llegara a ser algún día una persona de posición. Y era un consuelo pensar en ello ahora que la indigencia volvía a llamar a la puerta.

En otoño llovió a cántaros, y el viento embestía contra las casas bajas. Cada noche se tomaban la Biblia y el libro de salmos y resonaba la Palabra. La gente acudía seria y vestida de negro a las reuniones de la Misión, cuyas paredes estaban verdes por la humedad. Misioneros y pastores recorrían la comarca como aves de paso.

Malene se puso de parto y dio a luz a una niña. El pastor Terndrup acudió a visitarla mientras Tea y Mariane estaban sentadas junto a la cama. Acarició a la recién nacida con un dedo largo y delgado.

—Habíais perdido dos hijos —consoló a la madre—. Y ahora Dios, en su misericordia, os da una niña.

Malene yacía con el edredón subido hasta el cuello.

—Sí —contestó—. Y le estamos muy agradecidos.

—Es una niña guapa —dijo el pastor con aquella voz un poco chirriante—. Por lo que veo, se parece al padre. Sí, una criatura tan pequeña va a tener muchas tentaciones.

»Pero esta pequeña tiene la ventaja de haber nacido en un hogar donde habita el espíritu de Dios —continuó el pastor—. Y es que a veces puede ser muy triste. Hace tres días visité a una chica en Vesterkær que acababa de dar a luz mellizos, y reconoció que no estaba segura de quién era el padre. Podían ser dos —¡dos!— mozos diferentes.

—¿Y qué? Así había un padre para cada uno —brotó de los labios de Mariane, y Tea dio un grito ahogado por el susto.

El pastor Terndrup la miró con cierta confusión, y Mariane se ruborizó. Aquella vez había ido demasiado lejos.

—Quiero decir que cada padre podrá pagar por uno de ellos —dijo, y puso cara de simplona.

—No me refiero al acuerdo económico, sino a la responsabilidad moral —explicó el pastor—. A uno le dan escalofríos cuando piensa en la vida que ha llevado una chica así. Arrojándose a los brazos de todos los hombres que se le acercaban.

—Sí, es espantoso —se quejó Tea, sofocada—. Creo que habría que azotar a esa clase de mujeres, porque son ellas las que arrastran a los mozos por el mal camino.

El pastor sacudió la cabeza.

—En eso me parece que anda usted errada. Según mi experiencia, los hombres son los peores. Yo iría más lejos aún: exigiría de las autoridades civiles que cualquier hombre que seduzca a una doncella sea encerrado en la cárcel.

—Eso sería muy severo —dijo Mariane, espantada.

—Pero nunca demasiado severo —repuso el pastor.

—Yo creo que al menos deberían obligar a la chica a confesar su pecado —opinó Tea.

—Tal vez —dijo el pastor—. Tal vez. Desde luego, la lujuria es un peligro terrible. Es como las malas hierbas: crees que las has controlado y arrancado de raíz, y al cabo de un mes han vuelto a crecer.

Tea miró a Mariane con aire de triunfo. Ahora comprendería que sus opiniones eran correctas y contaban con el respaldo de las más altas instancias. Pero Mariane puso su rostro más severo y permaneció impasible.

—Y luego está el hotel —avanzó Tea con cautela.

—En eso lleva razón —dijo el pastor Terndrup—. Pero ¿cree que valdrá la pena hablar con el dueño?

—Es tozudo, sí que lo es; pero creo que la mujer es peor —repuso Tea—. Para decirlo sin rodeos, la considero una mujer sensual. Aun así, creo que a mucha gente se le abrirían los ojos respecto al baile si el pastor hablara con Kock.

—Tal vez pueda intentarlo —dijo el pastor.

Kock había despedido a su gobernanta, y Katrine se ocupaba de dirigir el hotel. Habían contratado a otra joven para que sirviera las mesas. Esben, el Muerto, acudía a visitarlos de vez en cuando, y le daba una palmada en la mejilla a Katrine.

—Veo que te va muy bien, Katrine. Uno ya no tiene preocupaciones, y puede pensar en su salvación. Sí, uno debe cuidar de la granja mientras viva.

Pero cuando Katrine estaba detrás del mostrador, joven y pechugona, y veía a las parejas que bailaban, se le encogía el corazón. Cuando no había clientes, Kock leía alguno de sus libros en voz alta para ella. Katrine cabeceaba sobre su labor.

—No estás dormida, ¿verdad? —preguntaba Kock, malhumorado.

—No, no —lo tranquilizaba Katrine—, es que se me había escapado un punto.

Kock viajaba a menudo, porque había empezado a interesarse por muchas cuestiones de actualidad. Se adhirió a un movimiento llamado Gobierno Colectivo, y solía acudir a todos los mítines. Hablaba y la gente escuchaba con interés. Se trataba de una asociación que pretendía organizar la sociedad sobre una base espiritual y liberal, para así resolver cualquier tipo de dificultad política.

Cuando Katrine y él se acostaban por la noche, Kock hablaba de sus ideas hasta que ella se adormecía.

—Hay que suprimir el Parlamento —decía—, y todos debemos participar en las negociaciones públicas que nos interesen.

—¿Tú crees? —contestaba Katrine desde su cama—. Pero eso debe de ser algo complicado.

—De ninguna manera —aseguraba Kock—; el problema técnico está solucionado. En la última reunión se mostraron imágenes de una máquina para votar recién inventada, de manera que podemos empezar mañana mismo.

—Bueno, mañana —murmuraba Katrine, amodorrada, y caía dormida.

Kock empezó a caminar más erguido y a retorcerse las puntas del bigote. Cuando hicieran una revista, tenía grandes probabilidades de ser nombrado editor. Ya no lo molestaba que Aaby se hubiera adueñado de la asociación de jóvenes y la hubiera convertido en su propio círculo bíblico. Observaba su entorno con indulgente ironía y hacía cuanto podía por educar a su esposa.

—No hay que comer el pescado con cuchillo —la regañaba—; no se hace en ningún sitio que se precie.

Y Katrine, obediente, lo apartaba.

—Y no estaría mal que evitases ese deje pueblerino cuando hablas.

—No, eso nunca podría hacerlo —respondía Katrine.

Katrine tenía ganas de bailar, y siempre que podía servía las mesas. Anders Kjøng hablaba con aspereza y malicia, y se dirigía a ella con traviesa cortesía.

—Señora —declamaba, mientras hacía una reverencia—. Siento no haberme afeitado hoy.

Y se frotaba la barba crecida.

—Eres un idiota —decía Katrine, enfadada.

—Es porque no leo libros —respondía Anders Kjøng—. Y eso de imperativo, o como se diga, no sé qué es. Pero pregúntale a Kock. ¿Qué puede hacer el gallo, sino cacarear? Menudo gallito que te has agenciado, Katrine.[15]

—Ojo con lo que dices —dijo Katrine, y se marchó.

Kock había oído una palabra de la conversación desde donde estaba, y poco después entró en la cocina y preguntó qué había dicho Anders Kjøng.

—Nada —dijo Katrine, huraña.

—Nada —dijo Kock con tono doctoral—. No se puede decir nada.

Katrine se ruborizó, sus ojos brillaron de enfado y le dio a Kock una bofetada que lo hizo ver las estrellas.

—¡Para que aprendas! —gritó.

Kock retrocedió, tambaleante, con la mano en la mejilla.

—Pero, Katrine, ¿has perdido el juicio? —le reprochó.

—El juicio —dijo Katrine, sollozando, y se sentó en la silla de la cocina—. Yo no tengo juicio, y tampoco me lo exigiste cuando nos conocimos.

Kock dio la vuelta y se marchó. Katrine se quedó sola, y estaba llorando rodeada de tazas y vasos sin lavar cuando

---

[15] Anders Kjøng hace un juego de palabras con el apellido del marido de Katrine.

se abrió la puerta. Era Laurids Toft, el peón de Povl Vrist. La miró extrañado y se le acercó.

—¿Qué haces llorando? —le dijo.

Laurids era un mozo delgado de tupido pelo rubio y un hermoso rostro bronceado. Se acercó a Katrine, la tomó del mentón y alzó su rostro hacia la luz.

—Deberías secarte las lágrimas y entrar a menearte un poco —dijo—. Verás como se te pasan las preocupaciones.

—Pero no puedo bailar. —Katrine se sorbió las lágrimas—. Soy una mujer casada.

—Claro que puedes bailar, Katrine —respondió Laurids—. ¿Quién va a prohibírtelo? Kock no es tan tonto. Yo prefiero bailar contigo que con cualquiera de las chicas.

—¿De verdad? —preguntó Katrine, y sonrió un poco.

—Pues claro que sí —le aseguró el mozo—. Ven conmigo y verás; voy a hacerte bailar hasta quitarte de la cabeza esa tristeza que te tiene atada a la silla.

Katrine se puso en pie, indecisa.

—Van a darse cuenta de que he llorado.

Laurids buscó un paño de cocina, lo humedeció debajo del grifo y le limpió con suavidad la cara llorosa. Katrine lo dejó hacer, y, cuando terminó, Laurids se agachó y le dio un beso.

—No debes hacer eso —susurró Katrine.

—Pues la próxima vez no lo haré —dijo el mozo—. Bueno, no estoy seguro de eso.

Aquella noche Katrine bailó y bailó. Kock no dijo nada.

El pastor Terndrup se había tomado en serio su idea, y fue a comunicar la palabra de Dios a la gente de la posada. Kock se extrañó cuando vio al clérigo entrar por la puerta; pero bueno, la posada estaba abierta a todos. El pastor estuvo un rato mirando alrededor, y después se acercó al mostrador.

—Usted debe de ser el dueño. No lo conozco de vista, señor Kock. No lo veo a menudo en la iglesia.

—No —contestó Kock con calma—. No me ve porque nunca voy a la iglesia. Esa es la razón.

—Ah, bueno —dijo el pastor Terndrup—. Pasaba por aquí y he echado un vistazo. Quisiera hablar con usted de varias cosas, si no le parece inoportuno.

—En absoluto —respondió Kock—. En absoluto. Haga el favor de acompañarme a mi despacho.

Kock se adelantó con dignidad y entró en el pequeño cuarto en el que tenía su escritorio y sus libros. Ofreció una silla al pastor, se sentó y extendió la mano con cortesía.

—¿Qué desea el pastor? —preguntó.

El pastor lo miró fijamente, algo confuso. Kock, por su parte, tenía el gesto serio y disfrutaba la situación: se avecinaba lucha y debate. Habían pasado los tiempos en los que se sentía honrado por la compañía de pastores, y no tenía intención de andarse con contemplaciones.

—Antes ha mencionado que nunca va a la iglesia —dijo el pastor—. Espero no excederme si le pregunto si pertenece a alguna comunidad religiosa.

—No pertenezco a ninguna —informó Kock—. En todo caso, pertenecería a la doctrina agnóstica. ¿El pastor desea fumar?

Kock se puso en pie para ir en busca de cigarros, pero el pastor Terndrup levantó las manos en un gesto de rechazo.

—No, gracias: nunca fumo tabaco. Verá, como no puedo apelar a su instinto religioso, la cosa se complica un poco. Pero tal vez podamos hablar sobre ello apoyándonos en una base humana general. Vivimos en una pequeña comunidad en la que se aplican una serie de reglas morales fijas e inamovibles basadas en lo que seguro que también usted llamaría una visión seria de la vida. Pero esas leyes morales, cuya importancia, al menos para la mayoría de los habitantes de la parroquia, es innegable, se ven violadas una y otra vez por cosas que ocurren aquí, en el hotel para abstemios.

—¿Qué ocurre aquí, pues? —preguntó Kock.

—La juventud acude y gasta su dinero en distracciones pecaminosas. Aquí se baila, y como consecuencia del baile surgen el libertinaje y la vida depravada. A ver, señor Kock: usted me parece un hombre serio y honesto. ¿No le parece que, partiendo de sus puntos de vista cívicos y morales, es su deber evitar actividades que sin duda reprueban la mayoría de los miembros de la comunidad?

—Es una cuestión que puede considerarse desde diversos ángulos —dijo Kock, recostándose en la silla—. Voy a ponerle un ejemplo al pastor. Supongamos que los caníbales de África apresan a un misionero cristiano, y la moral que impera allí exige que se haga una sopa con él. ¿Estoy moralmente obligado a no prestarle ayuda, solo porque soy el único del lugar que tiene otra opinión sobre la cuestión del disfrute de carne humana?

—Eso es algo del todo diferente, señor Kock —adujo el pastor, irritado.

—De ninguna manera —repuso Kock—. Considero el cristianismo de esta región puro canibalismo, intelectualmente hablando. Soy partidario de la máxima libertad intelectual y siempre lucharé contra la intolerancia, dondequiera que se produzca. Pero si usted puede aportar evidencias científicas e irrefutables de que la juventud resulta perjudicada por beber café y limonada y bailar un par de noches a la semana hasta las diez y media, retiraré de inmediato el cartel.

—Como usted no es cristiano, tenemos visiones muy diferentes acerca de qué conviene a las personas —adujo el pastor—. Para mí la cuestión es que hasta la transgresión más insignificante puede conducir al pecado y a la perdición. A los humanos no se nos permite olvidar que tenemos un alma divina.

—Hablando en términos científicos, es dudoso que se pueda hablar en absoluto de la existencia del alma —insistió Kock—. Desde luego, solo puede emplearse la función psíquica del concepto. Y, como darwinista que soy, voy a…

—¡Darwinista! —El pastor se levantó de un salto—. Permítame preguntarle: ¿Es usted partidario de la teoría del mono?

—Lo soy —contestó Kock—. Estoy convencido de que…

—¡Basta! —gritó el clérigo—. ¡No diga una palabra más! Que niegue la divinidad es pecaminoso, pero usted quiere convertir el ser humano en mono… ¡En mono! El animal más feo y repulsivo. ¡Ahí termina la discusión!

El pastor asió el sombrero y cruzó rápido el local, mientras Kock lo acompañaba a la puerta con exquisita cortesía.

El invierno fue largo y cruel. El hielo se incrustó en la profundidad de la tierra y se negaba a soltar su presa, y el fiordo estuvo helado hasta el mes de marzo. El hielo se retorcía y formaba montículos en la orilla, y el sol no tenía ningún vigor. Pero una noche comenzó el deshielo en medio de un estruendo ensordecedor. Y de repente llegó la primavera. Los últimos montículos de nieve sucia se derritieron, llovió con fuerza y los campos empezaron a reverdecer.

El viejo maestro Aaby salía a pasear al mediodía, cuando el sol templaba un poco. Había llegado un nuevo maestro. Aaby estaba jubilado y vivía en un piso de dos habitaciones cerca de la iglesia.

—He llegado a mis años postreros —dijo una vez mientras arañaba con su bastón la tierra mojada por la primavera—. Mis últimos años. Sí, pronto tendré que emprender el viaje.

—Usted todavía es joven —lo consoló Anton Knopper—. Qué son para usted setenta años, Aaby, si se conserva de maravilla. ¡Nunca está enfermo!

—Así es. —Aaby suspiró—. Pero enfermo o no enfermo, la muerte va a llamarme pronto. Podría llegar en este mismo momento, mientras hablo con usted. Tengo el corazón débil, lo he notado varias veces, y cualquier día me caeré redondo, y se acabó.

Anton Knopper se aclaró la garganta.

—Pero va a resucitar en la gloria.

—Sí, al otro lado de la tumba —dijo Aaby—. Pero primero viene la tumba.

Siguió caminando con la cabeza hundida.

Jens Røn y Tea habían pasado un invierno difícil. Una vez más, tuvieron que comprar a crédito en la cooperativa y pedir prestado a los amigos. Tea debía hacer economías, y muchas veces se apoderaba de ella el desánimo. Pero esta vez la desgracia no los golpeó solo a ellos. Povl Vrist era un hombre adinerado y no le afectaba que una o dos campañas de pesca se fueran al garete; y Anton Knopper había ganado algo de dinero gracias a Andrea y no sufría estrecheces. Él también se las arreglaría hasta que vinieran tiempos mejores. Pero a Thomas Jensen y Lars Bundgaard no les resultó fácil dar de comer a todos sus hijos.

Thomas Jensen se había vuelto más reservado aún. Siempre había sido un hombre taciturno. No se quejaba.

—Ya veremos —solía decir.

—¿A ti qué te parece, Thomas? —preguntó un día Lars Bundgaard.

—Lo único que sé es que si hay buena pesca en la primavera, nuestra insensatez habrá sido perdonada —respondió Thomas Jensen—. Pero si no contamos con esa bendición, será porque debemos conceder también a otros el derecho a pescar en nuestras aguas.

—Sí, debe de ser así. —Lars Bundgaard asintió en silencio—. Sería una gran pérdida, pero si es lo que debemos hacer, tendremos que ceder.

Povl Vrist había conseguido dos grandes redes de cerco nuevas, y frunció el entrecejo cuando Mariane le contó cómo veían la cuestión los demás.

—Yo no voy a dar mis derechos a nadie —dijo, breve—. Uno se convertiría en juguete de esos pordioseros del sur.

—Nunca creí que fueras a hacerlo —contestó Mariane—. Pero los demás creen que, con ayuda de Nuestro Señor, pueden plantar trampas para pescar en el tejado y atrapar alondras.

—Qué barbaridades dices, Mariane —dijo Povl Vrist.

Para Tea fue un consuelo que también otros pasaran estrecheces. Podía hablar con Alma y Malene sobre los precios excesivos del encargado de la cooperativa. Debía de ser porque le pagaban un porcentaje sobre las ventas. Y Tea podía mostrar los ingeniosos remiendos que cosía en la ropa de los niños y recibir merecidos elogios por su habilidad.

Tabita enviaba a casa la parte de su salario de la que podía prescindir. Cada vez que iba a casa de visita, estaba cambiada, y un día Tea reparó en que llevaba anillo.

—Pero, Tabita —dijo, consternada—. ¿Qué es lo que llevas en el dedo?

—Ah, solo es un anillo —respondió Tabita, ruborizada y cohibida.

—¿De dónde lo has sacado? —preguntó Tea con severidad—. Espero que lo hayas comprado con tu dinero. Pero ándate con cuidado y no te dejes llevar por la vanidad.

—Es lo que hago —dijo Tabita, y corrió a la cocina. El puchero de la comida estaba a punto de desbordarse.

Durante el día, Tea dirigió miradas al delgado anillo de oro entorchado que llevaba su hija. Aquella noche Jens Røn se acostó temprano, y Tabita se quedó en la sala con su madre. Estaba cosiendo, y el brillante anillo volvió a acaparar la atención de Tea.

—No te habrá dado el anillo un mozo, ¿verdad? —preguntó—. No debes ocultar nada, Tabita.

La joven no respondió, y se concentró en la labor.

—Ya entiendo que no tengas la conciencia tranquila —dijo Tea, a punto de llorar—. Pero ¿adónde vamos a parar si ya a tu edad empiezas a tontear con hombres en la calle?

—No hago eso —susurró Tabita.

—El caso es que llevas un anillo, y que no lo has comprado tú —dijo Tea—. Y la única explicación es que andes encaprichada con alguien. Creo que te he prevenido día sí y día también contra la frivolidad. ¿Es que nunca piensas en eso?

Tabita apartó de golpe la labor.

—Si tuviera que ser como queréis que sea, mejor sería para mí no haber nacido.

—Pero, hija mía —dijo Tea, espantada—. ¿Cómo puedes decir esas cosas? Deberías saber que tu padre y yo solo pensamos en tu bien; y estate segura de que llegará el día en el que nos agradecerás que te hayamos prevenido contra las tentaciones. Claro que, para entonces, estaré en la tumba.

Los ojos de Tea se llenaron de lágrimas, y tomó la mano de Tabita.

—Tabita, ya sabes que somos piadosos; y es nuestro deber hacer cuanto podamos para que nuestros hijos logren también la salvación. Y créeme: para nosotros es triste ver cómo te alejas de Jesús. Siempre he confiado en tu buena disposición. Y ahora me parece que estás metida en líos.

Tabita echó a llorar y ocultó su rostro con los brazos.

—No lo estoy —se defendió la chica—. Pero no entendéis nada. Ahí fuera, el mundo es muy diferente a como lo imagináis.

—Pero ¿cómo puedes decir algo así, Tabita? —repuso Tea, enfadada—. Créeme, ya sé qué vida pecaminosa lleva la gente de la ciudad; también yo he sido joven y sé que una chica debe cuidar bien de sí misma. No diré nada a tu padre sobre el anillo, pero tienes que decirme de dónde lo has sacado.

—Me lo han dado; es un anillo de amistad —dijo Tabita.

—Pero ¿quién te lo ha dado? —preguntó Tea—. Soy tu madre y debo preguntártelo. ¿Qué mozo te lo ha dado?

—Es herrero —contestó Tabita—. Y vamos a casarnos en cuanto hayamos ahorrado.

—Pero, querida hija —exclamó Tea, consternada—. ¿Te has prometido sin preguntar a nadie? Eres tan joven… ¿Es una persona creyente?

—No —contestó Tabita.

—Entonces, no te fíes nunca de él —dijo Tea—. Ojalá no hubieras empezado nunca a servir con los Mogensen. Nos produjeron una buena impresión, pero debería haber tenido en cuenta la vida que llevaban cuando dirigían el hotel. Debes devolver el anillo tan pronto como regreses a la ciudad.

—No pienso hacerlo —dijo Tabita, testaruda—. Ya tengo edad para decidir sobre mi vida.

Tea emitió un suspiro. Se dio cuenta de que Tabita se había convertido en una mujer.

—Pero voy a pedirte que te quites el anillo cuando estés en esta casa —dijo, casi con humildad—. No me gustaría oír habladurías sobre ti.

Tabita se quitó el anillo del dedo y lo metió en el bolso. Tea no volvió a mencionar el asunto, pero, cuando Tabita ya se había ido, pensó que tal vez debiera haber sido más severa con ella. ¿Era demasiado benevolente con sus hijos? Pero, por otra parte, Tabita era una chica lista y nunca había sido frívola. Y, muy importante: había recibido una buena educación, y en su casa solo había oído palabras piadosas. Era una buena base sobre la que construir, cuando le llegara la hora.

Ahora era Martin quien iba a salir al mundo: Jens Røn recibió una carta del capitán, diciendo que la goleta iba a zarpar en breve. Lo habían aprovisionado de ropa y todo lo necesario. Anton Knopper le regaló un viejo baúl de marino que había comprado en una subasta. Martin escribió en la tapa su nombre en mayúsculas.

—Es sólido —dijo Anton Knopper—. Te durará muchos años. Y cuando seas piloto, ya encontrarás algo más elegante.

Pero Martin no tenía grandes pretensiones.

—¿No es lo bastante bueno? —objetó—. Deja, ya habrá otras cosas en las que emplear el dinero. Tampoco hay que malgastar sin necesidad.

—Sabias palabras —dijo Anton Knopper—. No las olvides cuando arribes a puerto. Y acuérdate de poner el dinero y la cartilla de navegación arriba del todo, para poder recuperarlos si naufragas.

—No digas esas cosas —se quejó Tea, asustada—. No soporto pensar que nada vaya a salir mal.

—No, mujer —dijo Anton Knopper—. Estaba bromeando. Hoy en día no hay el menor peligro en la mar. En invierno, sí, cuando hay tormenta. Además, la goleta lleva una carga de madera, así que es imposible que se hunda.

—No voy a estar tranquila hasta que Martin vuelva en otoño —dijo Tea, a punto de llorar—. Espero que tu hijo nunca quiera ir a la mar, Anton. Lo peor que hay en el mundo es estar en casa siempre angustiada. Llegué a pensar que me había librado de eso cuando nos alejamos de la costa. He pasado muchas noches despierta escuchando el ruido del mar cuando Jens estaba navegando. Y ahora tendré que volver a hacerlo.

Martin permaneció impávido. Fue de casa en casa con su zamarra nueva de pescador para despedirse.

—Vaya, Martin, te marchas —dijo Mariane—. Desde luego, pareces ya un pequeño marino. Créeme, las chicas se te van a echar encima cuando llegues a puerto.

Martin sonrió, cohibido, y Povl Vrist sacó de la cartera un billete de diez coronas.

—Guarda esto por si en un momento dado tienes necesidad de dinero —dijo.

La mañana del día que Martin debía zarpar, Tea se levantó temprano y lo despertó. A la luz de la lámpara, que se mezclaba con el gris amanecer, Jens Røn rezó la oración de la mañana. Tea depositó una Biblia en la parte superior del baúl.

—Lee un poco cada día —dijo Jens Røn con voz grave—. Así no te meterás en líos.

Tea lo tomó de la mano y lo miró con lágrimas en los ojos.

—Y antes de que nos dejes, querido Martin, tienes que prometer que nunca irás al baile ni tomarás el nombre de Dios en vano ni jugarás a cartas. ¿Nos lo prometes?

—Sí —susurró Martin.

—Toda tu vida has sido un buen chico —dijo Tea—. Y si te mantienes fiel a Jesús, nada malo te pasará.

Tomaron café en silencio, mientras los niños miraban con devoción a su hermano, vestido con la ropa de los domingos, que se marchaba.

—Llegó la hora —anunció Jens Røn.

Entre él y Martin asieron el baúl y lo sacaron a la carretera, adonde iba a llegar el autobús comarcal.

—Ten cuidado cuando arribes a puerto —le advirtió su padre—. Hay en ellos malas mujeres y gente ingrata que te arrastrará a la desgracia. Y recuerda siempre cumplir las órdenes de tus superiores.

—Sí —dijo Martin con la voz rota por el llanto.

—¡Adiós, hijo mío! —Tea lo besó, llorando. El autobús se acercaba.

Sus hermanos le dieron la mano de uno en uno.

—¡Adiós, Martin! —susurraron.

El cabello de Martin ondeaba al viento. Iba un poco acurrucado en un rincón del vehículo, y miró atrás. Después, salió a recorrer mundo.

Tea sentía a aquel chico más cerca de su corazón, aunque eso resultaba injusto para con los demás, y si le ocurría algo a Martin iba a ser insoportable. Todos los días estaba atenta a la llegada del correo, por si había carta. Y por fin llegó una postal con saludos. Martin había encontrado el barco y empezaba a cocinar. «Estoy bien», escribía. «Recuerdos cariñosos de vuestro hijo Martin Røn».

Cuando iba de visita, Tea solía llevar consigo las cartas de Martin. Era maravilloso hablar con otros sobre el chico, y encontraba consuelo, sobre todo con Mariane.

—¡Vaya hijos tienes! —decía Mariane—. Son muy listos, eso nadie puede negarlo.

—Vamos, no exageres —decía Tea, adulada—. Tus hijos tampoco se quedan mancos; Aaby quiere que estudien.

—Bueno, bueno —dijo Mariane—. Eso no significa nada. Solo piensan en la pesca, y se pasan todo el santo día enredando en el fiordo. Pero los tuyos saldrán adelante, estoy segura. Martin es un chico formal, y llegará a ser alguien. Y Tabita, qué guapa y habilidosa es.

—Sí, Tabita —dijo Tea, inquieta—. Mariane, ya puedes estar contenta de tener a los tuyos en casa.

—Creo que Jens Røn y tú habéis tenido muy mala suerte —continuó Mariane, infatigable—. Pero tenéis unos hijos muy capaces, no puede pedirse más. Y los demás van a ser igual de listos, se les nota.

Pero si la conversación giraba en torno a otros temas, Mariane era tan mordaz como acostumbraba. Por ejemplo, con Laurids. Se rumoreaba que acudía a la posada cuando había baile, y que al parecer dedicaba a Katrine más tiempo del que aconsejaba la decencia.

—Bueno, ¿y qué? —dijo Mariane, como de costumbre—. Si estuvieras casada con Kock, seguro que también tú bailarías con los mozos. Dicen que pasa las tardes leyendo libros en voz alta para ella, y que por la noche se lleva un libro a la cama. Esa no es vida para una esposa.

—A Katrine ya la conocemos, y sabemos cómo es. Pero Laurids no debería rebajarse a eso —opinó Tea.

—Se le da bien eso de hacer bailar a las chicas —repuso Mariane—. Se le nota a la legua.

—¿Qué pasa? ¿Tal vez te gustaría que te sacara a bailar? —preguntó Tea, mordaz.

Estaban en la cocina, y el peón entró en busca de café. Mariane se volvió hacia él.

—Tea está encandilada contigo, Laurids —dijo—. Y le gustaría bailar con un mozo joven como tú. Además, dicen que te gustan las casadas.

Tea se puso roja como un tomate, y no supo qué decir. ¿Las malas lenguas iban a decir ahora que iba detrás de los mozos jóvenes? Estaba a punto de llorar. Mariane se dio cuenta de que la había tratado con demasiada dureza, y se arrepintió.

—A mí sí que me gustaría bailar contigo, si no te importa —dijo, riendo, y Laurids la tomó del talle con rapidez. Bailaron un vals en el suelo de la cocina. Mariane tarareaba la melodía, y el desvergonzado espectáculo hizo que Tea no se sintiera a gusto. Mariane tenía las mejillas coloradas, se comportaba como una jovencita y se apoyaba confiada en los brazos del peón. Pero era una mujer casada, y estaba bailando con un mozo que tenía mala fama.

Povl Vrist abrió la puerta, se quedó parado en el umbral, y de un vistazo se hizo cargo de la situación. Su semblante se endureció, pestañeó un par de veces, pero se tranquilizó.

—Vaya, parece que hay baile —dijo con calma.

Mariane se apartó rápido del mozo y rio algo sofocada.

—Tea creía que se me había olvidado bailar —dijo, y miró de soslayo a su marido—. Pero bien que me acuerdo, aunque pronto seré una anciana.

—Veníamos a tomar nuestro café —dijo Povl Vrist, evitando la mirada de ella.

Tomaron café, y Mariane parloteó como si no hubiera pasado nada.

—¿Para cuándo esperáis al chico de vuelta? —preguntó.

—Para el otoño —contestó Tea, y miró de reojo a Jens Røn, que estaba sentado con el ceño fruncido. Mariane iba a arrepentirse de aquel baile; y tal vez fuera por su propio bien.

—Así podéis tenerlo en casa durante el invierno —dijo Mariane.

—Eso esperamos. —Tea entristeció el tono de voz. Mariane debía saber que comprendía qué estaba en juego.

Povl Vrist se puso en pie.

—Gracias por el café —dijo, y los dos hombres volvieron a su trabajo.

Mariane recogió las tazas mientras continuaba charlando despreocupada. Tea estaba en su rincón, sombría, respondiendo siempre sí o no. Al poco tiempo se despidió.

—¿Hora de ir a casa? —preguntó Mariane.

—Sí —respondió Tea con una mirada seria—. Pero ya sabes, Mariane, que si necesitas ayuda, aquí me tienes a tu disposición.

—Muchas gracias, querida Tea —repuso Mariane, entre risas—. Pero no creo que necesite una comadrona de momento.

Las motoras surcaban el fiordo, trazando líneas en la brillante superficie del agua. El sol cobrizo se alzaba tras las oscuras nubes del este. Las tablas del embarcadero estaban mojadas de rocío cuando los pescadores desembarcaron.

La primera vez no entró pescado en las redes, y Thomas Jensen empezaba a pensar que el castigo seguía vigente. Pero una mañana hicieron tal captura que les costó izar las redes. El exportador pasó horas pesando y tomando apuntes en su libreta mientras cantaba salmos con voz resonante. Y, uno tras otro, los barcos fueron llegando, a punto de hundirse de lo cargados que iban.

—Ha pasado un gran banco por nuestras aguas —dijo Povl Vrist.

Los demás hicieron gestos de conformidad, reinaba un ambiente solemne. Los errores que pudieron cometer estaban perdonados.

—Debe de haber sido una prueba —dijo Lars Bundgaard.

—Lo más seguro —repuso Thomas Jensen.

Fue una buena primavera, y sus redes se llenaron como nunca de arenques. Jens Røn consiguió saldar su deuda, y Tea volvió a mirar la vida con alegría, e incluso hablaba de que quizá pudieran permitirse un sofá nuevo en lugar del viejo banco marrón junto a la ventana.

—Vamos a tomarlo con calma —contestó Jens Røn—, a ver si continúa la buena racha.

Pero al final Tea consiguió su sofá. Lo compraron en la ciudad, en una tienda de segunda mano, y parecía nuevo con su tapizado verde y sus flecos.

Y con la primavera llegó de visita un viejo conocido: Peder Hygum se apeó una vez más de su bicicleta junto a la puerta de la casa de Thomas Jensen. El vendedor ambulante estaba flaco y desgreñado, y cuando Thomas Jensen le preguntó cómo le iba, agachó la cabeza.

—Bastante mal —respondió—. No podría irme peor. Para decirlo sin rodeos, estoy arruinado, he tocado fondo y no tengo dónde apoyarme.

—Mala cosa —dijo Thomas Jensen, compasivo, y no se atrevió a preguntar qué iba a pasar con los avalistas.

Pero Peder Hygum le leyó el pensamiento.

—El dinero está perdido —declaró mientras suspiraba—. Y dentro de poco recibiréis una carta del banco para que paguéis. Es terrible que os haya traído esa desgracia.

Alma le sirvió algo de comida, y Peder Hygum la devoró como un lobo hambriento.

—¿Cómo te las vas a arreglar? —preguntó Thomas Jensen.

—Bueno —contestó Peder Hygum—, bueno…

Se calló. Parecía un perro apaleado. Pero cuando Alma salió de la sala, continuó:

—El Señor me ha enseñado una salida.

—¿Qué salida es esa? —quiso saber Thomas Jensen.

Peder Hygum se pasó la mano por la frente perlada de sudor y tosió una tos cavernosa.

—Será mejor que te lo cuente todo —dijo—. Has sido un hombre bondadoso conmigo y con los míos, y quiero hablarte con franqueza. Verás, el negocio no iba bien, no tenía tantos clientes como me habían asegurado. Entonces me asaltó la horrible idea de que Dios me había retirado su gracia; porque ya sé que no siempre he sido su fiel servidor. En mi desesperación, pensaba: mira el carnicero de al lado; él blasfema y bebe, y es el amante de una mujer casada. Y el zapatero de enfrente tiene tres hijos ilegítimos, uno de ellos con su sirvienta. Y ambos reciben regalos abundantes del cielo, aunque nunca dan las gracias por ellos. Y aquí estás tú,

Peder, con tu negocio de libros religiosos, luchando contra tus propios instintos pecaminosos, y, pese a ello, eres más pobre por cada día que pasa, y apenas puedes encontrar sustento para tu familia.

—Pero, Peder Hygum —dijo Thomas Jensen, espantado—. ¿Has intentado pedir perdón al Señor?

—Sí —dijo el vendedor ambulante, lloroso—. Todas las noches me arrodillaba y pedía ayuda contra las tentaciones, pero no podía resistirme. El demonio es astuto, se introduce a hurtadillas en tu corazón y te perturba los sentidos. Un día me marché de casa y me entregué a la bebida. Debes oír el relato de mi hundimiento. Gasté todo el dinero que tenía y pedí prestado a la gente que me consideraba una persona creyente. Cuando una noche volví a casa de esos lugares terribles donde el pecado se revuelca en la inmundicia, no había nadie en casa. Laura se había marchado a casa de su padre. Entonces lo vendí todo y pasé mucho tiempo sin ser dueño de mis actos. Me tambaleaba de un lado a otro, bebía y tenía trato con mujeres lujuriosas.

—¡Peder, Peder! —dijo Thomas Jensen.

—¡Ya lo sé! —se lamentó el vendedor ambulante—. Pero debía apurar el cáliz hasta las heces. Seguí tambaleándome por el camino de la perdición. Y terminé en la cárcel.

—¡En la cárcel! —Thomas Jensen se levantó de la silla de un salto.

—Sí, en la sección donde encierran a los borrachos que encuentran en la calle. Centro de detención, lo llaman. Me pusieron una multa y pasé varios días encerrado para pagarla. Pero en la cárcel Dios volvió a enseñarme su rostro compasivo. Un carcelero creyente vio mi miseria y me acomodó entre gente de bien, y ahora sé que el Señor tenía un designio para mí cuando me hizo pasar por todo eso. Ahora lo comprendo. He encontrado la auténtica doctrina. ¡Me he convertido en baptista!

—Pero, Peder Hygum —dijo Thomas Jensen—. Entonces te has convertido en apóstata.

—Así es como lo llamas tú, y merezco duras palabras porque malgasté vuestro dinero. Pero el Señor, por caminos intrincados, me ha llevado adonde quería llevarme. Dios me ha sumergido en la impura ciénaga del vicio para que yo comprendiera que, si quería salvarme, debía sumergirme de nuevo en la pila bautismal.

—Entonces has renunciado a nuestros principios —dijo Thomas Jensen con tristeza—. Jamás creí que pudieras hacer algo así.

—No, no he renunciado —respondió Peder Hygum—. De la mano de Dios he llegado a una verdadera sabiduría. Oh, daría cuanto tengo por que también vosotros encontrarais la fe auténtica.

—No hablemos más de eso —dijo Thomas Jensen—. No creo en la doctrina de los baptistas, y me apena oír dónde has terminado. Pero no voy a reprocharte nada.

Peder Hygum pasó varios días invitado en casa de Thomas Jensen, e iba de casa en casa para relatar su conversión a sus amigos. A Tea no le gustaba eso de que Dios lo había guiado entre pecados y confusión.

—Comprenderás, Peder Hygum, que Dios no desea llevarnos al mal, y tú revelas que has bebido y pecado de lujuria —dijo.

—Dios ha querido que llegase a la desdicha extrema —repuso Peder Hygum—. Pero ahora todo aquello ha terminado. Ya conoces este hermoso salmo:

Nunca más debe el pecado
con su poder y dominio
mi cuerpo doblegar,
así que debo rechazarlo a diario;
ahora que en el bautismo
la gracia de Dios he recibido,

y rechazado al demonio
y todas sus acciones.

Los baptistas no me parecen serios —dijo Tea—. Pero ¿qué quieres hacer?

—Bueno, han creado un empleo para mí —respondió Peder Hygum, vacilante—. Voy a dirigir la catequesis de los baptistas y, por lo demás, ayudar al pastor.

—¿Y van a pagarte por eso?

—Es un salario bastante humilde —contestó Peder Hygum—. Pero, siendo ahorrador, podré asegurar mi existencia y la de mi familia.

Tea se calló: también Judas vendió a su Salvador a cambio de unas monedas. Pero ella no debía juzgar. Cuando Peder Hygum partió, nadie le pidió que volviera.

Tea no se atrevía a hablar con los demás de sus sospechas; al fin y al cabo, la boca podía crearte problemas. Pero se había producido una transformación en Povl Vrist, que se hizo más patente con el paso del tiempo. Se volvió taciturno, y su semblante adquirió un tono huraño e inaccesible. ¿Había ocurrido algo entre Laurids y él?

Tea le daba vueltas al asunto, pero no lograba dar con una explicación. La gente ya sabía que Laurids iba al hotel todas las noches, se hablaba mucho de él y de Katrine. Pero ¿había también algo con Mariane? Tea habló de ello con Jens Røn.

—Ten cuidado con lo que dices, querida Tea —dijo, enfadado—. Es algo que ni te va ni te viene.

—Ya sabes que no soy curiosa —respondió Tea, ofendida—. Pero aprecio mucho a Mariane, y se me hace duro que se porte como una descarriada.

Cuando Tea habló con Mariane, lo hizo con voz dulce y gimoteante, pero no tuvo efecto visible en Mariane. Era difícil entender a aquella mujer.

Por la noche, cuando el hotel cerraba, los jóvenes ocupaban el embarcadero o el jardín de la posada. Un mozo tocaba el acordeón y se bailaba sobre la hierba. Entre los árboles se divisaba el fiordo, el aire era dulce y especiado, las chicas tarareaban mientras bailaban, y se apretaban contra los mozos.

Una noche se montó una trifulca entre Anders Kjøng y Laurids; se enfrentaron a empujones, se calentaron, rodaron sobre los macizos de flores y pisotearon la apelmazada tierra mojada. Pero Laurids agarró a Anders Kjøng, lo levantó y lo arrojó sobre un arbusto con tan fuerza que lo tronchó.

—Y ahora pórtate bien, payaso —dijo, resoplando.

Katrine llegó corriendo desde la cocina.

—¿Qué pasa aquí? —gritó.

Anders Kjøng se puso en pie a duras penas y quiso arremeter otra vez contra su oponente.

Katrine lo empujó. Estaba enfadada.

—No quiero más tonterías —los increpó—. A ver, Laurids, ¿en qué te ha ofendido Anders Kjøng?

—Ha empezado Anders —dijo uno de los mozos.

—Vaya, no sabes controlarte —lo riñó Katrine—. Pues no quiero estos barullos. Si no puedes estarte quieto, no vengas por aquí.

Anders Kjøng no dijo nada, y Katrine se giró y regresó a la posada.

Katrine se había vuelto más firme, y llevaba sola la posada. Kock tenía mucho trabajo, ahora que era editor de la revista del Gobierno Colectivo y ponía orden en el caos de la época. Escribía artículos y manejaba los hilos; también acudía con frecuencia a reuniones, y a veces pasaba varios días fuera.

Por lo demás, solía estar en su despacho leyendo o escribiendo; pero por la noche le gustaba ir a hablar con los parroquianos. Kock no era ningún excéntrico, intercambiaba ideas con gente sencilla y no miraba a nadie por encima del hombro.

—El nuevo artículo que he escrito —anunció una vez— trata de la fuerza racional y sus principios; aquí lo tenéis, si queréis leerlo.

—Va a ser demasiado elevado para nosotros —dijo Laurids.

—Qué va —repuso Kock—. Me he expresado en términos populares; ya sabe, para que todo el mundo entienda lo que pone.

—Pues me gustaría leerlo —declaró Laurids y tomó la revista—. Hay que aprender todo lo que se pueda.

Anders Kjøng se acercó al mostrador con las manos hundidas en los bolsillos. Sus ojos brillaban malévolos.

—Vaya, Laurids va a leer —anunció—. No parece que sea lo que mejor se le da.

—¿No cree que será más o menos como usted de despierto? —preguntó Kock con aire de suficiencia.

—Es posible —respondió Anders Kjøng—. Nunca he tenido muchas luces. Pero respeto a Laurids. Sé que hay una cosa de la que sabe más que usted.

—¿A qué se refiere? —quiso saber Kock, picado.

—Ahora voy a decirle a qué me refiero —contestó Anders Kjøng—. Se le va la fuerza por la boca, Kock: es usted un fantoche.

Katrine salió de la cocina y se puso al lado de Kock.

—Márchate por donde has venido, Anders Kjøng —dijo, enfadada—. Nadie te ha mandado llamar.

—No, por lo que veo has mandado llamar a otros —repuso Anders Kjøng mientras la miraba, desafiante.

Los demás mozos estaban callados, a la espera de lo que fuera a ocurrir. Pero Katrine lo miró a los ojos con insistencia, hasta que el joven bajó la vista. Laurids había asido una botella y la estrujaba en la mano.

—No me peleo con mujeres —indicó Anders, y se volvió para marcharse.

Tomó su sombrero, pero cuando estaba en el patio Laurids salió corriendo tras él.

—Ven aquí —cuchicheó; agarró a Anders Kjøng por el hombro y lo arrastró hasta el establo de la posada.

—Voy a decirte una cosa, granuja —dijo con voz ronca—. Ya te habrás dado cuenta de quién es el más fuerte de los dos. Y si no andas con cuidado voy a darte una tunda que no vas a olvidar en lo que te queda de vida.

—No eres hombre para eso —respondió Anders Kjøng y se sacudió la mano del hombro—. Pero ya veo lo que os traéis entre manos Katrine y tú.

Laurids le dio una bofetada que lo arrojó contra la pared.

—Estás advertido —lo increpó—. Como le hagas la menor mención a Kock o a algún otro, voy a machacarte. Lo digo en serio.

—Hay que ver cómo te pones. —Anders hablaba ahora con voz suave—. Solo estaba bromeando. Pero eres demasiado idiota para entenderlo.

—Llámalo como quieras —concedió Laurids, amenazante—. Pero te recomiendo que no bromees más si no quieres que te parta el morro.

Se dio la vuelta y se marchó. Anders Kjøng estaba a punto de llorar. Todos se reían de él, un pobre mozo que consentía que lo amenazasen y dejaba que le pegasen como si fuera un crío. Pero ya iba a ver la gente. Anders Kjøng estaba madurando un plan para ir a la ciudad, ganar mucho dinero y volver siendo un hombre rico que podía comprar el hotel y todas las granjas de la zona. Entonces seguro que iban a cambiar de actitud. Pero cuando fuera rico nunca iba a olvidar cómo lo habían tratado Laurids y Katrine.

Katrine florecía, grande y rubicunda, su pelo castaño era como un torbellino alrededor de su cabeza. Cuando había baile en la posada, pasaba poco tiempo fuera de la pista, y sonreía con gracia cada vez que un mozo le pedía un baile. Su temperamento se había dulcificado, y de sus labios nunca salían palabras airadas.

Kock hacía un gesto de aprobación: Katrine se había acostumbrado a la vida de casada. Observaba los bailes de su mujer con indiferencia. Se le hacía incomprensible para qué podía valer el baile, pero era tolerante y no le negaba a Katrine un poco de entretenimiento.

Los jóvenes peones pasaban horas en el mostrador hablando con Kock, que llevaba la voz cantante, desarrollaba sus puntos de vista sobre cualquier tema y presentaba sus teorías con pruebas concluyentes. Se animaba y daba puñetazos en el mostrador: así estaban las cosas en el estado actual de las ciencias. Los mozos apenas decían más que sí o no, pero recibían de buena gana la información que les llegaba. Y junto a Kock solía estar Katrine, exuberante y de pecho generoso, dirigiéndolo todo. Ocurriera lo que ocurriese en las tibias noches de verano, nadie debía olvidar que Kock era su marido, que la había convertido en ama de su casa.

Laurids y Povl Vrist no se llevaban bien. Cuando Povl Vrist le hablaba al peón, siempre lo hacía con un tono frío y cortante: haz esto o lo otro, Laurids, y nunca una palabra más de lo necesario. Laurids hacía como si nada, tenía otras cosas en las que pensar. Cuando entraba en la cocina para comer, Mariane le tomaba el pelo:

—Deberías trabajar en la posada, que es donde pasas todo el tiempo.

—Sí —respondía Laurids, pensativo—. Pero uno tiene que hacer algo para pasar el rato.

—Eso es verdad, por supuesto —decía Mariane—; además, así le ayudas también a Katrine a pasar el rato, que buena falta le hace.

Laurids sonreía con amabilidad y dejaba que Mariane pensara lo que quisiera. Cuando Povl Vrist entraba en la cocina se detenía la conversación: su semblante no invitaba a las bromas.

En otoño, a Mariane se le ocurrió que deseaba una radio. Ya la tenían en varias de las granjas, y la mujer estaba ansiosa, era un invento sin par. Mariane consiguió lo que deseaba, y mandó llamar a un mecánico para que instalara aquel prodigio. ¡Porque era un auténtico prodigio! Mariane estaba contenta a más no poder. Allí estaba ella, sentada en la sala de su casa y escuchando lo que llegaba del mundo. La mitad del pueblo fue a visitarlos y se puso los auriculares para escuchar.

—Es una cosa muy extraña —decía Tea, dudando—. No entiendo cómo funciona.

—Tampoco yo —respondía Mariane—. Pero es la cosa más ingeniosa que se ha inventado jamás: basta con girar un botón para oír cualquier cosa.

Tea escuchaba la música y las canciones, pero no acababa de convencerse.

—La música no está mal —decía, vacilante—. Pero por lo que yo oigo, cantan unas canciones extrañas.

—Ay, si te contara: hay veces que con esa música no puedo estarme quieta.

—Eso no puede ser bueno. Ahora hasta el aire va a llenarse de obscena música de baile —dijo Tea, irritada—. No, ese invento no está hecho para mí. No puede causar más que males a la gente que malgasta su tiempo escuchándola.

Pero un domingo Tea escuchó el sermón en el aparato y se quedó satisfecha.

—Oigo con nitidez cómo camina la gente por el suelo de la iglesia —susurró—. Alguien ha tosido. ¡Shh! Ahora empieza a hablar el pastor, oigo sus palabras.

Tea se entristeció mucho. Nunca iba a tener dinero para comprar una radio.

—También vosotros tendréis una —dijo Mariane.

—No. —Tea sacudió la cabeza con melancolía—. Eso no es para nosotros; pero Povl y tú pronto vais a convertiros en gente tan importante que los demás no seremos nada a vuestro lado.

Para Povl Vrist la radio no era ningún entretenimiento, no estaba de humor para eso. Debía de saber que no era tan listo como Mariane. Sin los consejos y ayuda de ella nunca se habría convertido en un hombre pudiente y el mayor pescador del entorno. En todas sus iniciativas le había pedido la opinión y se había atenido a ella sin hacer comentarios. Pero si Mariane se había enamorado de otro, el destino iba a tomar lo que había dado: los peces no entrarían en sus redes y la tormenta desbarataría sus aparejos. Y entonces sería un desgraciado.

La sospecha lo carcomía cada vez más. Se valía de sus ojos, captaba la menor sonrisa que enviaba Mariane a Laurids, retorcía todas las palabras hasta encontrar un significado oculto. Y es que parecía no haber duda alguna. Mariane miraba con buenos ojos a Laurids, que era un mozo joven y alegre; y tras los rumores que corrían sobre él y Katrine, la de la posada, no había nada, era solo para despistar a la gente.

Povl Vrist pasaba noche tras noche en vela, echando cuentas. Colocaba las trampas en el agua, blandía la maza, la dejaba caer sobre las estacas y apretaba los dientes. ¿Y si le rompiera la cabeza a Laurids de un mazazo? En la lancha, de vuelta a casa, iba en silencio, con la mirada fija en el agua. Los niños habían notado que le pasaba algo y no se atrevían a acercarse a él, y Mariane lo observaba en silencio y trataba de descubrir qué era lo que lo carcomía.

—¿Estás enfermo, Povl? —le preguntó un día.

—No —fue la breve respuesta de Povl Vrist.

—Me parece que estás cambiado —dijo Mariane.

—No podemos ser siempre los mismos —respondió Povl Vrist—. Tampoco soy tan joven ahora; eso ya lo sabes, ¿no, Mariane?

Una tarde estaban los dos hombres trabajando. Povl Vrist cortaba estacas a base de pequeños hachazos precisos. Las astillas volaban a su alrededor. Laurids estaba desenredando unos cabos que había amontonados en el suelo y los colgaba de un clavo de la pared. Tarareaba para sí.

Una mañana temprano
alegre y despreocupado
fui a los pantanos
a ver las rosas,
tan abundantes.

De pronto apareció
un granjero feliz.
Segaba el cereal
mientras su hijo
barría las pequeñas rosas.

Ahora escucha, querida,
lo que entonces vi:
surgió alegre,
y sí, muy lozana,
una violeta, azul.

—Deja de cantar —dijo Povl Vrist, seco.

Laurids se giró, asombrado, y miró a su patrón; después volvió a su trabajo. Ahora silbaba quedo la melodía. Povl Vrist se quedó mirando, irritado, las anchas y fuertes espaldas de su ayudante, y la rabia lo venció.

—¡Verás como te hago callar, granuja! —gritó, y dio un salto al frente.

Laurids giró sobre sus talones y se hizo a un lado con rapidez. El hacha pasó silbando a su lado hasta la pared de tablas, donde se quedó hincada en la madera. El peón lanzó un rugido, pero Povl Vrist se le había echado encima a la velocidad del rayo.

Los dos hombres se tambalearon, enlazados con fuerza y sintiendo el aliento del otro en la cara. Laurids era más alto y más ágil, pero la fuerza de Povl Vrist era nervuda y firme, y estaba fuera de sí. Intentó levantar a Laurids y arrojarlo al suelo, pero el mozo opuso resistencia con su cuerpo recio, y aguantó. Resoplando como sementales, giraban sobre el mismo punto, con presas lentas y tirones rápidos, con los brazos retorcidos en el cuerpo del oponente, sin que ninguno pudiera dominar al otro. Las venas de la frente se les hincharon, los nudillos de las presas estaban blancos. Laurids bufaba como un gato, y golpeó con la frente la cara de Povl Vrist. En aquel momento sintió que lo elevaban y lo arrojaban contra un montón de trampas.

Povl Vrist saltó sobre él y lo agarró del cuello. Lo único que sentía era un deseo de acabar con Laurids, y hundió los dedos en el cuello del hombre resollante. Pero Mariane llegó corriendo y le tiró del hombro. Había oído el alboroto desde la cocina.

—¡Povl! —gritó—. ¡Povl! Tranquilízate, hombre, que lo vas a matar.

Povl Vrist soltó al peón, y Laurids se puso en pie.

—Pero ¿por qué os pegáis? —preguntó Mariane. Vio el hacha en la pared y se quedó mirándola, espantada.

—No ha sido nada —dijo Povl Vrist, y salió del cobertizo. Mariane lo siguió sin decir nada.

En la cocina, Povl Vrist se sentó en una silla. Mariane le sirvió una taza de café. El semblante de su marido estaba vacío de expresión.

—¿Qué te ha hecho? —le preguntó—. Es una persona horrible.

—Verás, es que he perdido un poco la cabeza —contestó Povl Vrist, evitando la mirada de su esposa—. Se ha puesto impertinente y ha empezado a silbar cuando le he dicho que no cantara.

—Más vale que lo despidas —dijo Mariane—. Pero tómate tu café.

Povl Vrist salió al fiordo a vaciar las trampas. Era extraño que Mariane hubiera reaccionado con tanta calma. Pero no era tan listo como para poder sondear su mente. Cuando atracó en el embarcadero, Laurids lo esperaba.

El mozo lo acompañó a través del pueblo.

—¿Qué te he hecho yo? —preguntó.

—Lo sabes mejor que nadie —respondió Povl Vrist, mirándolo de lado.

—Nunca he oído que se intente matar a alguien porque silba —dijo Laurids—. Pero está claro que prefieres que busque otro empleo.

—Sí —repuso Povl Vrist con sequedad—. Puedes venir al atardecer a por tu salario.

—Puedo cobrarlo ahora mismo, ¿no? —dijo Laurids—. Y te prometo una cosa, aunque no lo mereces: no diré a la gente cómo me has tratado.

Laurids hizo la maleta y se marchó. Se instaló en el hotel, en un pequeño cuarto del establo, y se dedicaba a vender pescado. Tenía talento y salió adelante.

Povl Vrist observó cómo se lo tomaba Mariane. Pero su esposa no había cambiado, y pasó mucho tiempo sin hablar de lo que había ocurrido. Pero una noche que estaban solos en la sala, dijo:

—Te veo raro, Povl. ¿A qué le das tantas vueltas?

Povl Vrist alzó su rostro arisco del periódico.

—Uno siempre tiene cosas en las que pensar. Además, ¿estás segura de que no eres tú la que ha cambiado?

Mariane calló un momento, y luego dijo, desconcertada:

—Povl, voy a decirte con franqueza que lo que piensas de mí no es verdad.

—No irás a decirme que no te gusta, ¿verdad? —preguntó Povl Vrist en voz baja—. Os he visto bailar juntos, no consigo olvidarlo.

—Sí —respondió Mariane—, Laurids es un mozo listo y guapo, pero me parece que no estás en tus cabales.

Povl Vrist llenó su pipa y la encendió con dedos algo temblorosos.

—Cuando dices que no hay nada entre vosotros, te creo, porque sé que siempre dices la verdad. Pero la sospecha siempre está ahí.

Mariane tenía lágrimas en los ojos.

—Nunca creí que fuéramos a llegar a estos extremos —declaró—. Pero has de saber que nunca me he sentido atraída por Laurids ni por ningún otro mozo.

Se quedó un rato callada, y Povl Vrist dobló el periódico con parsimonia.

—No sé —comenzó—, pero a veces me parece que los demás tienen razón cuando dicen que nos resistimos a nuestra propia felicidad. ¿Crees que actuamos con intransigencia?

—¿A qué te refieres? —preguntó Mariane—. A mí no me parece que perjudiquemos a nadie.

Povl Vrist dudó un poco.

—No —dijo después—. Pero tal vez haya algo de verdad en lo que dicen los demás: que jugamos un juego peligroso. Nunca he tenido mucha fe en el estricto culto divino; pero si fuéramos piadosos seguro que nada de esto habría pasado.

—¿Y no habría bailado aquel día con Laurids? —preguntó Mariane con sequedad.

—No me refiero a eso —contestó Povl Vrist—. Pero muchas veces uno se pone a pensar si las cosas que nos ocurren no son señales de aviso.

Entonces Mariane entró en cólera.

—¿Crees que Nuestro Señor no tiene otra cosa que hacer que ponernos trampas para zorros? —preguntó con aire burlón—. Y has de saber, Povl, que si desconfías de mí cometes un acto vergonzoso. Pero, hagas lo que hagas, nunca conseguirás que cante salmos y confiese mis pecados en la sede de la Misión.

Mariane fue corriendo a la cocina y se puso a fregar. Povl Vrist se quedó sentado y tamborileó con los dedos sobre la mesa. Se sentía aliviado: nada malo había ocurrido. Cuando Mariane se ponía furiosa, la reconocía. Decía lo que pensaba sin dobleces.

—Te ruego que perdones lo que te he dicho antes —dijo cuando Mariane volvió a la sala.

—Eso ya te lo había perdonado —dijo Mariane con una sonrisa apacible—. Pero, pase lo que pase, no te hagas piadoso, Povl.

Martin regresó a casa en otoño, y pasó las Navidades allí. En marzo iba a volver a la mar. Había ahorrado la mayor parte de su salario, ingresó el dinero en la caja de ahorros, y se sentía como un hombre hacendado.

—¿Cómo te ha ido lo de cocinar? —preguntó Anton Knopper, y el chico explicó que no era tan difícil como parecía. Se trataba de tener siempre la cafetera caliente y de servir a la tripulación desde la mañana hasta la noche, pero, aparte de eso, no se le exigía gran cosa. Eso sí, Martin había vivido cosas grandiosas: en el fragor de la tormenta, se había encaramado al mástil principal, y el piloto lo había felicitado.

—Santo cielo —exclamó Tea, espantada—. No debes hacer esas cosas.

—Volveré a hacerlo la próxima vez —repuso Martin—. ¿Crees que voy a pasarme la vida encerrado en la cocina, sirviendo café?

Recogieron las trampas; hubo buenas capturas, y en todas las casas se conoció una modesta prosperidad. Llegó la Navidad con sus ventiscas de nieve y su viento helado, y en las tardes oscuras se oía el cántico de salmos en la Misión. Llegaron felicitaciones de Navidad y saludos de las familias que se habían quedado en la costa oeste, y era una maravilla oír cómo les iba a los amigos de tiempos pasados. Pero los pescadores de la costa oeste habían echado raíces en la tierra extraña.

La noche batía la tierra con fuerza, y el sol solo se veía de vez en cuando: todo estaba gris y desolado. Luego llegaron los días con heladas y las noches de luna llena y cielos estrellados sobre la tierra blanca. Y una mañana llegó la primavera, con el pálido brillo del sol y pausados cambios en todas las cosas.

Una noche Jens Røn estaba sentado leyendo el periódico cuando oyó ruido junto a la puerta.

—¿Quién anda ahí? —gritó. La puerta se entreabrió; al principio no supo quién era, pero enseguida vio a Tabita en la sala. Luego, asombrado, preguntó—: Pero ¿eres tú, Tabita?

Tabita no respondió, y se quedó de pie con la puerta entreabierta detrás. Su padre vislumbró por un instante el rostro de su hija a la luz amarilla de la lámpara. Estaba hundido y más delgado, y sus ojos estaban enrojecidos por el llanto. Su ropa goteaba por la lluvia, y el flequillo le caía en mechas mojadas sobre la frente.

—¡Tabita! —exclamó Jens Røn, asustado—. No pasa nada malo, ¿verdad?

La chica no contestó, y en su lugar se apoyó vacilante en la mesa. Jens Røn cayó en la cuenta entonces de que estaba embarazada.

—Pero criatura... —dijo—. ¡Tabita!

Tabita se arrojó sollozando sobre la mesa. Jens Røn se levantó, mareado, sin saber qué hacer. Lo había pillado por sorpresa. Avanzó hacia su hija y le acarició el brazo.

—¡Tabita! ¡Tabita!

Tea salió de la cocina y se quedó mirando con los ojos muy abiertos a la chica sollozante.

—¡En nombre del Señor! —dijo.

Se dirigió a la mesa y tomó a Tabita del brazo. La puso en pie con dureza y dirigió una mirada escrutadora a la figura de su hija. Después se hundió en el banco.

—Ojalá estuviera muerta y enterrada —gimió—. Jamás pensé que mis hijos fueran a hacerme pasar esta vergüenza.

Tabita sollozaba con movimientos convulsivos, y Jens Røn miraba confuso de una a la otra. Fuera, en la calle, sonaron pasos, y Tea levantó su rostro enrojecido para escuchar.

—No será una visita… —susurró—. Anda, ve a la cocina, Tabita.

Pero el ruido de pasos se alejó; debía de ser alguien que pasaba por allí.

—Nunca pensé que fuera a soportar tal vergüenza —sollozó Tea—. ¡Y has tenido que ser tú, Tabita, a quien he advertido desde que eras una niña! Nunca volveré a vivir un día feliz. ¿Qué va a pensar la gente de nosotros cuando nuestros hijos se hunden en el pecado y la lujuria?

—Pero ¿cómo has terminado así? —preguntó Jens Røn.

Tabita no respondió, pero Tea dijo:

—Deja que te lo cuente yo, Jens. Tabita siempre ha sido muy lista y no ha atendido a las advertencias que le he dado. No, era una sabelotodo, y ya iba a encontrar el camino. Lo peor es tener que vivir ese momento en el que una desea que sus hijos nunca hubieran nacido.

Tabita se levantó y se dirigió hacia la puerta con paso vacilante, pero Jens Røn la agarró y la obligó a sentarse en una silla.

—Voy a decirte una cosa, Tea —dijo, iracundo—. Anda con cuidado, no vayas a cometer un pecado peor que el de la chica. Porque cuando las cosas le van mal a Tabita, ¿adónde quieres que recurra, si no es a su propia casa?

Tea no respondió, pero las lágrimas resbalaron por sus mejillas.

—Soy una desdichada —susurró.

Jens Røn buscó la mano de Tabita, fría e inerme, y la tomó en la suya.

—¿Cómo has venido a estas horas? —preguntó.

—He venido en mi bici —repuso Tabita con voz monocorde—. Está fuera. La señora Mogensen ya no me quiere en su casa.

—Así que te han puesto en la calle —dijo Tea—. Oh, Tabita, ¿cómo has podido ir tan lejos? ¿No has pensado en ningún momento en el dolor que nos causabas? Es justo lo que podría esperarse de los Mogensen. Si fueran buenas personas, no te habrían arrojado así a la oscuridad y al aguanieve. Claro que tampoco podían saber que eras una chica así.

—¡Calla, Tea! —gritó Jens Røn, enfadado.

—Oh, no diré ni palabra —dijo Tea, alterada—. Pero la culpa me la van a echar a mí. Ya sé que muchos van a alegrarse por nuestra desgracia. Y la culpa es tuya, Tabita; claro que a ti te da igual. Durante toda mi vida he aborrecido la lujuria y he hecho lo que he podido para que no traspasara el umbral de esta casa. Pero ahora la gente va a tomarme por una persona indigna que no es capaz ni de educar a sus propios hijos. Mientras yo te hablaba y te daba advertencias, tú bailabas y tonteabas con los mozos, y ahora ves a qué conduce eso. Pero no querías creer a tu propia madre; y ahora van a tomarte por poco menos que una fulana.

—¡Tea! —gritó Jens Røn.

—Sí, es inútil —dijo Tea—. Nosotros los piadosos tenemos la obligación de castigar el pecado, incluso el de nuestros seres queridos. Y puedo perdonar a Tabita que haya ofendido a sus padres, pero nunca, que haya pecado contra Dios, a pesar de saber que la lujuria acecha en todas partes. ¿Quién te ha seducido, Tabita?

—No me ha seducido nadie —susurró Tabita—. Lo quise yo. Vamos a casarnos en cuanto podamos.

—¡Uf! No estés tan segura de eso —dijo Tea—. Créeme, los hombres son especialistas en desaparecer cuando han conseguido lo que querían. Y si hubiera sido una persona respetable nunca se habría portado así contigo.

—No es verdad —dijo Tabita, y por primera vez miró a su madre a los ojos—. Pero no podemos casarnos hasta que él consiga un empleo fijo.

Tea sollozaba en voz baja, y las lágrimas le corrían mejilla abajo; Tabita estaba sentada, temblando y mirando al frente. La lluvia la empapaba, y en el suelo se había formado un charco con el agua que le goteaba de la ropa. La puerta del pasillo daba portazos secos por el viento. Una ráfaga la abrió de golpe, y la corriente fría penetró en la sala. Tea escuchaba, asustada.

—No viene nadie por el pasillo, ¿verdad? —susurró.

—No, no; solo es el viento —dijo Jens Røn, y salió a cerrarla—. Pero Tea, espabila, ya ves que Tabita tiene que acostarse.

—Voy a preparar la habitación. —Tea dio un suspiro y se puso en pie—. Ven, Tabita, ya puedes empezar a desvestirte.

Jens Røn salió para meter la bici de su hija en casa. Soltó la maleta, que iba atada sobre la parrilla, y se quedó un rato expuesto al viento y a la lluvia nocturnos. Vislumbró entre las nubes la pálida luna. Los árboles desnudos susurraban, fríos. De una de las granjas llegaba el chirrido de un molino de viento que gemía ante el vendaval.

Volvió a la sala, se sentó a la mesa y se sujetó la cabeza con las manos. Tea aún no había terminado de acostar a su agotada hija: Jens Røn oía la voz quejumbrosa de Tea y las respuestas susurradas por su hija. ¡Mira que pasarle eso a Tabita!

Cuando al final Tea volvió a la sala, se quedó de pie en medio de la estancia, sumida en cavilaciones, y su marido se dio cuenta de que era una anciana. Tenía arrugas de cansancio en las comisuras, el pecho hundido, y una pequeña panza, como una bola, debajo del delantal blanco.

—¿Qué voy a decir a la gente cuando me pregunten por ella? —se lamentaba.

—Debes decir las cosas como son —opinó Jens Røn—. Pero creo que lo primero que tenemos que hacer es pedir perdón por Tabita; y por nosotros mismos, porque tenemos nuestra parte de responsabilidad. No hay otra salida: no la hemos educado como debimos.

—He hecho todo lo que estaba en mi mano —repuso Tea—. He hablado con ella infinidad de veces sobre la lujuria y las tentaciones, y nadie puede decir que le hayamos dado mal ejemplo en casa.

—Es un pecado grave —dijo Jens Røn—. Pero ahora vayamos a la cama. Porque ya sabemos que, por mucha ofensa que haya cometido la pobre chica, puede lograr la misericordia divina, si quiere.

A la mañana siguiente, después de que los niños se fueran a la escuela, Tea entró en el cuarto de Tabita, que levantó su rostro pálido de la almohada. Tea tenía los ojos rojos, llorosos, y habló con voz gimoteante.

—Más vale que te levantes —dijo a su hija—. Creo que lo mejor será que vaya a casa de Alma y se lo cuente. De todas formas, la gente va a darse cuenta en cuanto te vea.

Tabita se puso rápido el vestido arrugado, que le quedaba demasiado prieto.

—Hay que ver cómo os comportáis los jóvenes —dijo Tea, enojada—. Por lo menos podías haber tenido el seso de ensanchar el vestido, que vas como una desastrada.

Cuando Tabita estuvo vestida, Tea fue en busca del pañuelo negro que solo usaba para ir a la iglesia, y se lo puso en la cabeza.

—Voy a salir, Tabita. Espero que no venga nadie mientras esté fuera. De todas formas, has de saber que para una madre es una cruz confesar la vergüenza de su hija.

Alma estaba en la cocina, pelando patatas.

—Vaya, Tea —dijo—. Vamos a tomar una taza de café. Tengo el agua puesta a hervir.

Tea dio un suspiro, y Alma la miró, asustada.

—No ha pasado nada malo, ¿verdad? —preguntó.

—Sí —contestó Tea, y rompió a llorar—. No quiero ocultarte nada, Alma. Tabita volvió a casa anoche, la han despedido de su empleo, y va a tener familia.

Alma soltó la patata y el cuchillo y miró espantada a Tea.

—Pero ¿cómo ha ocurrido?

—Ha tomado el mal camino —dijo Tea, llorosa—. Tiene novio y quieren casarse. Por lo que ella dice, es un hombre decente. No quiero defender a mi hija, pero Tabita nunca ha sido una atolondrada.

—Es horrible, con lo joven que es —susurró Alma.

—No seré yo quien la defienda —dijo Tea—. Siempre he odiado la lujuria, y la odio más ahora, cuando la veo en mis propios hijos. Pero no me gustaría arrojar la primera piedra; y, ya que Tabita ha buscado ayuda en su casa, creo que se le debe dejar en paz.

—¿Y el novio? —preguntó Alma—. ¿Tiene trabajo?

Tea sacudió la cabeza, afligida.

—Debe de ser un hombre hábil, aunque en invierno va a quedarse sin trabajo. Pero van a casarse tan pronto como solucione eso. No debéis ser injustos con Tabita; sin duda, ha cometido un pecado horrible, pero debo decir que no ha sido una frívola. Hace tiempo que me dijo que estaba prometida.

Tea, sentada a la mesa de la cocina, hablaba con voz quejosa, solo interrumpida por exclamaciones compasivas de Alma.

No, suspiró, el hombre no era creyente, pero nadie podía asegurar que no fuera a salvarse. Y era de familia decente, tal vez no debiera mencionarse, pero podría apuntar a que se portaría como debía. Alma sirvió el café caliente. A Tea se le alegró el corazón, y preguntó sin rodeos:

—Entonces, ¿qué te parece, Alma?

—Creo que es muy triste para Jens Røn y para ti —contestó Alma—. Pero los padres no pueden responder de la forma en la que se comporten sus hijos en la vida. Sabemos que habéis dado a los vuestros una educación piadosa. Y, pase lo que pase, debemos soportarlo con humildad.

—Sí —susurró Tea.

—Y desde luego que no voy a juzgar a Tabita —continuó Alma—. Bastantes problemas va a tener sin necesidad de eso. ¿Para cuándo espera?

—Para dentro de dos meses —respondió Tea—. Muchas gracias, Alma, hablar contigo es siempre un consuelo.

Pero cuando Tea regresó a casa, la inquietud volvió a asaltarla. Sabía que ahora el rumor iba a correr de puerta en puerta, que iban a extenderse los susurros y el cotilleo; sí, esta vez iba a ser objeto de habladurías. No podía concentrarse en sus labores, iba de una cosa a otra y reñía a Tabita, que parecía un pobre gorrión desgreñado. Jens Røn trabajaba en el cobertizo, y los niños llegaron de la escuela. Miraron callados y cohibidos a Tabita, que había engordado e iba a tener un niño.

Tea contuvo el aliento cuando por la tarde oyó a alguien en el zaguán. Era Mariane. Saludó algo cohibida a Tabita, y Tea se dio cuenta de que ya había oído la noticia. Tabita se escabulló en la cocina.

—¿Ya sabes la desgracia que nos ha pasado? —preguntó Tea con voz grave.

—Sí. Creo que no deberíais tomarlo a la tremenda. En cuanto se casen, todo quedará olvidado.

—Yo no lo olvidaré nunca —gimió Tea—. Jamás pensé que eso fuera a pasarle a mi hija.

Mariane entró en la cocina, y al rato volvió con Tabita asida del talle.

—De nada vale llorar —observó—. Lo que ha pasado no tiene remedio, y ahora debemos pensar en el niño: tendrás que ponerte a coser y hacer preparativos. No va a faltarte trabajo, Tabita. Y tienes que pasar sin falta por mi casa, estoy segura de que tengo guardado un paño que irá muy bien para hacer ropa de niño.

—No me atrevo a salir —susurró Tabita.

—Tonterías —dijo Mariane—. ¿Crees que eres la primera chica que ven en ese estado? Nunca te preocupes por lo que vayan a decir.

—¿Qué dicen? —preguntó Tea, preocupada.

—Hablan —repuso Mariane—. Pero bueno, también hablan cuando una gata tiene crías. Que hablen, que hablen.

—Claro, para ti es fácil —dijo Tea, irritada—. No eres tú quien debe cargar con la vergüenza, no hablan mal de ti porque tu hija se ha portado como una furcia.

Tabita se puso roja y giró su menudo rostro lloroso hacia la pared.

—No te lo tomes tan a pecho —dijo Mariane, enfadada—. Claro que Tabita habría podido actuar con más tiento, pero nunca he oído que una chica sea una furcia porque se quede embarazada de su novio.

Tea no respondió, y Mariane añadió con sonrisa burlona:

—Querida Tea, no pareces muy contenta porque vayas a ser abuela.

—Me parece que no eres nada seria —contestó Tea—. No deberías burlarte de las desgracias de los demás.

—No, no —se defendió Mariane—. Tampoco es esa mi intención. Pero eso, lo que te he dicho: que tengo paño con el que no sé qué hacer, y que me gustaría quitarme de encima, porque no hace más que ocupar sitio. Así que ven a por él, Tabita, y ya te ayudaré a coser; si quieres, puedes venir por la noche, cuando nadie te vea.

Jens Røn terminó tarde de trabajar y cenó en silencio. Tabita le dirigía miradas furtivas, y su semblante estaba contraído. Su padre rumiaba algo, como si hubiera una idea que no pudiera quitarse de la cabeza. Después de cenar, no tomó el periódico como de costumbre, sino que se quedó escuchando la lluvia, que golpeaba los cristales. Tabita se encontraba en su rincón, cada vez más encogida. Jens Røn se puso en pie al fin y tomó la Biblia de la estantería. Leyó un capítulo y juntó las manos para rezar.

—Oh, Jesucristo Nuestro Señor —oró con voz quejumbrosa—. Te pedimos con devoción que seas misericordioso y perdones a Tabita el enorme pecado que ha cometido contra tu sagrado mandamiento. Y te pedimos que seas indulgente con nosotros por no haberle enseñado a evitar tentaciones y pecados, porque no le hemos inculcado el suficiente espíritu cristiano.

Se calló un rato; su frente estaba perlada de sudor. Al final susurró:

—Amado Jesús, por encima de todo te pedimos que tu ira no golpee al niño que pronto va a ver la luz del día. Escrito está que los pecados de los padres los heredan los hijos, pero tú puedes hacer que no sea así, Jesús, y te pedimos que lo hagas.

Tabita se puso en pie, mareada, y marchó sin hacer ruido a su húmedo cuartito.

Todas las mañanas, hacia la hora en la que solía llegar el correo, Tabita se ponía nerviosa y miraba por la ventana. Recibía una carta a la semana, la guardaba junto al pecho y la leía cuando estaba sola.

—Recibes cartas —le dijo un día Tea—. Creo que es razonable que me dejes leerlas. Créeme, voy a darme cuenta enseguida de si es de fiar.

Tabita sacudió la cabeza, no quería darle la carta, y Tea se enfadó.

—Bueno, da igual —dijo—. No puede ser que los hijos escondan nada a sus padres.

Pero Tabita se metió en su cuarto, y, cuando regresó, sus pálidas mejillas habían adquirido un poco de color.

Había llegado la primavera, y el arenque entraba en las redes, los árboles echaban brotes, y de la tierra negra de los campos subía el vaho al sol del mediodía. Una mañana, la alondra se puso a cantar, y la avefría, a incubar sus huevos. Pero para Jens Røn fue una primavera miserable, pese a hacer buenas capturas en el fiordo. Era un hombre sosegado, y se tomaba su tiempo para pensar; al fin y al cabo, no había ninguna salida, y de nada valía hablar con nadie.

Tabita tenía trato frecuente con Mariane, pero Tea apenas salía de casa. Ya no disfrutaba con la vida social. En cuanto abría la boca para decir alguna verdad, notaba que las demás se callaban. Lejos quedaban los tiempos en los que Tea podía prevenir a los pecadores contra la lujuria; ahora tenía una hija deshonrada en un cuarto de su casa, y no podía abrir la boca. Ni tan siquiera podía mencionar ya el juego sucio que se traían en la posada, donde Katrine tenía amantes y cometía adulterio a la luz del día.

Las únicas visitas eran de sus amigos más cercanos, que, cuando Tabita estaba en la sala, se quedaban con el rostro sombrío y sin saber qué decir. Anton Knopper trató de hablar con ella; su rostro afable estaba entristecido, y tartamudeó:

—Es terrible que las cosas te hayan ido así, Tabita. Pero sé por propia experiencia que no hay pecado que no pueda ser perdonado.

—Sí —susurró Tabita.

La voz de Anton Knopper sonó alegre.

—Nos teníamos que haber casado, tú y yo —dijo—, pero me parecía que eras demasiado pelirroja, y ahora te llevas a otro hombre. Pero si tienes una hija, tiene que casarse con Pequeño Martinus cuando llegue la hora.

Anton Knopper sonrió y se puso a hablar de la boda de Tabita, pero sonaba triste. Tea frunció las comisuras. Delante de otros, ya sabía cómo defender a Tabita y decir lo que hubiera que decir; pero no tenía ninguna confianza en aquella boda. Tabita bajó la mirada sin decir nada. Poco después, se marchó a casa de Mariane.

Cuando se fue, el rostro de Anton Knopper se entristeció, e hizo un gesto hacia la puerta.

—Es duro para ella —dijo—, con lo joven que es.

Tea hizo un gesto afirmativo.

—Se recoge lo que se siembra.

—Es verdad —repuso Anton Knopper—. Pero creo que uno no debería enfadarse con una chiquilla que ha caído en desgracia.

—No hay que ser demasiado indulgente con los de casa —respondió Tea.

—Mira, también Andrea se descarrió en su juventud —le recordó Anton Knopper—. Y a pesar de eso se salvó, y es una buena esposa, te lo aseguro. Creo que la mayor parte de la culpa la tienen los hombres, que no dejan a las chicas en paz.

—No, nunca lo admitiré —se empeñó Tea—. Se puede perdonar a Tabita, que es tan joven y ha confiado en su novio, pero, por lo demás, son las chicas…

—¿No crees que debe de haber un significado especial en la expresión de que las mujeres deben parir sus hijos con dolor? —preguntó Anton Knopper, pensativo—. Eso ya es suficiente castigo para ellas. Pero no hay excusa para los hombres: solo buscan el placer pecaminoso, y no piensan en nada más. Sé bien lo que digo, que también yo estuve cerca de la perdición; y debo dar las gracias al Señor, que me salvó.

Tea contuvo el aliento y esperó. ¿Iba a revelar Anton Knopper su sombrío secreto? El hombre se acarició la barba y asintió en silencio para sí.

—Te aseguro, Tea, que en mi vida han pasado muchas cosas que no me agrada recordar —declaró—. Pero conseguí controlarlas.

Se calló.

—También yo conocí las tentaciones de joven —dijo Tea con voz grave—. Muchas veces pensé que no podría resistirme a ellas; ya sé que soy una pecadora, y que solo debo mi salvación a Jesús. Pero prefiero no hablar de aquella época.

Anton Knopper se puso a cavilar.

—Todos somos pecadores —dijo—. Es bueno pensar que podemos conseguir el perdón.

Se acercaba el día del parto, y Tabita se mudó al dormitorio de su madre. Jens Røn tuvo que mudarse mientras tanto al pequeño cuarto de su hija. Había adquirido la costumbre de leer la Biblia por la noche. Los pequeños dormían en la sala.

Una noche, Tabita dio a luz. Fue un parto fácil, y, para cuando asomó el sol, dormía con su hijo al lado. Era un chico robusto. Tea caminaba descalza para no despertarlos. Cuando Tabita despertó, alzó la cabeza y miró la cuna con una sonrisa.

Jens Røn, vuelto del trabajo, se quedó callado a los pies de la cama. Tabita no se atrevía a mirarlo.

—Demos gracias a Dios, Tabita, porque no ha castigado al niño a causa de tu pecado —sentenció—. Y si Dios puede perdonar, nosotros también.

A Tabita se le humedecieron los ojos: en la voz de su padre había un tono redentor. Se había superado la desgracia.

—Creo que se parece a ti —dijo Tea con orgullo.

Las mujeres acudieron a visitarla, y Tabita yacía, pálida y sumisa, en la cama, mientras las oía hablar.

—Menuda hermosura de chico —dijo Malene—. ¿Cuándo vais a llevarlo a la iglesia?

—No lo hemos decidido todavía —respondió Tea, sofocada—. Será mejor esperar un poco, y ver si pueden casarse mientras tanto.

—¿No ha venido el pastor? —susurró Alma.

Tea sacudió la cabeza.

Era una preocupación más, una idea inquietante para Tea. Se había rodeado de clérigos y alzado la voz en su compañía, había hablado de pecado y redención, pero no había sido modesta.

Ahora era ella quien debía responder por la conducta de Tabita y ser juzgada. Pensaba con horror sobre la visita del pastor. Pasó cierto tiempo, Tabita se levantaba ya de la cama, pero el pastor no acudía. Tea le estaba agradecida por ello: así no la avergonzaría. Pero un buen día llegó el pastor Terndrup. Tabita lo divisó en el camino y se apresuró a la ventana de la cocina.

—Ya viene —anunció—. Me voy corriendo a casa de Povl Vrist.

Tabita salió por la parte trasera sin ser vista, y Tea, aturdida, recibió al pastor. Era espantoso que Tabita huyera de su hijo y de su responsabilidad y la dejara en la estacada. El pastor

Terndrup depositó sus chanclos en el zaguán y apretó la mano caliente de Tea.

—Cuando oí la triste noticia, sentí pena por usted y por su marido —empezó—. Me pareció que era mi deber hablar con su hija.

—No está en casa —repuso Tea, y ofreció al pastor una silla.

—Mire, usted y yo miramos la inmoralidad con los mismos ojos —dijo el pastor—. Es horrible que una chica que ha recibido una severa educación religiosa pueda descarriarse de esa manera. ¿Quién es el padre de la criatura?

Tea explicó cabizbaja que Tabita tenía novio.

—Eso no debe volvernos más clementes con su pecado —dijo el pastor Terndrup sin piedad—. Hoy en día los llamados compromisos son en realidad relaciones frívolas y depravadas. ¿Y sabe usted algo del padre?

—No —contestó Tea—. Pero Tabita recibe por lo menos una carta suya a la semana.

—Vaya —dijo el pastor—. Me parece una irresponsabilidad por su parte que lo permita. De esa manera no hace más que dar por buena la relación.

—No es esa mi intención —dijo Tea, y bajó la mirada con humildad—. Pero no podemos prohibirle que reciba las cartas.

—¿Por qué no? —preguntó el clérigo.

—Porque es una mujer adulta —repuso Tea—. Y no me parece que la imposición vaya a traer nada bueno.

—Ya ve a qué conduce una libertad exagerada —dijo el pastor con voz fría.

Los ojos de Tea se llenaron de lágrimas; era evidente que el pastor no tenía una opinión muy buena de ellos. Se quedó callada mientras luchaba contra el llanto.

—No lo digo por herirla —dijo el pastor Terndrup—. Pero tengo la obligación de hablar con sinceridad. Usted ostenta la autoridad en su casa, y la autoridad entraña responsabilidad.

No debe tomárselo a la ligera. Por eso le pregunto directamente: ¿está ocultando a su hija para que no la vea yo?

—No —respondió Tea, indignada—. Jamás haría algo así.

—Me da la impresión de que no considera usted lo bastante grave el pecado de su hija —continuó el clérigo—. He esperado su visita o la de su marido. Y últimamente no han estado en la iglesia ni en la Misión. Causa cierta inquietud que gente creyente abandone la comunidad de los piadosos, justo adonde deberían acudir en busca de consuelo y sosiego. Se lo repito: se lo toma demasiado a la ligera.

—No me lo tomo en absoluto a la ligera —protestó Tea—. Lo que le ha pasado a Tabita nos ha afectado mucho.

—«Lo que le ha pasado» —dijo el pastor—. Como si fuera un accidente, como si se hubiera caído y se hubiera roto la pierna. Era justo eso lo que me temía. Su hija ha estado viviendo como una fulana, y ahora vuelve a casa cargada de vergüenza, y a usted le parece un incidente fortuito. Sus hermanos van a poder aprender de ella. Sí, es un buen ejemplo para toda la parroquia. Pero esa manera de interpretar el deber y la responsabilidad es propia de falsos cristianos y gente no creyente.

Tea se quedó mirando boquiabierta al pastor. Todo le daba vueltas: así que el pastor creía que estaba protegiendo el pecado y la lujuria. Pero ella sabía en su fuero interno que jamás había pensado nada así y que trataba a Tabita con severidad. Nunca pensó que fuera a llegar el día en el que un pastor creyente iba a echarle en cara su falta de celo en su propia casa. Tea estaba enfadada.

—Gracias por hablar con tanta sinceridad —declaró, y ladeó la cabeza con mansedumbre—. Siempre es bueno oír la palabra del Señor, y a todos nos viene bien una reprimenda de vez en cuando. Pero no estoy de acuerdo con el pastor, y donde nací sabemos mucho de celo y de misericordia. Pero entiendo que nos tome por unos simples pescadores pobres.

—No hago diferencias entre pobres y ricos —comentó el clérigo, seco.

—Al fin y al cabo no somos más que porquería que cualquiera podría pisar si no hubiéramos encontrado a Jesús —continuó Tea, impasible—. Pero voy a decirle una cosa: he tratado con muchos pastores, y el pastor Thomsen, a quien usted conoce, me parece el mejor. Y sé muy bien qué pensaría de esta cuestión. Recuerdo que una vez dijo que la severidad y la compasión deben ir de la mano. Y ya que hablamos a solas como creyentes, hay gente que dice que usted piensa más en la condenación que en el amor cristiano.

—¿Yo? —dijo el pastor—. ¿Dicen eso de mí?

—Pues sí —aseguró Tea—. Siempre he dicho que eran palabras injustas, pero, ya que estamos hablando a solas, se lo cuento de todas formas. Ya sé que valgo poco a los ojos del mundo, que soy una pecadora y que tengo necesidad de piedad y salvación. Pero no tiene usted derecho a decir que no he sido severa con Tabita, porque de eso no sabe usted nada. Y tal vez haya mucho que objetar a mi persona, lo sé muy bien, no voy a defenderme; pero conozco el camino que lleva a Jesús, y hago lo que puedo para que mis hijos aprendan a recorrerlo.

—Nunca he dudado de su buena voluntad y fe sincera —repuso el pastor—. Lo único que me preocupa es que le permite recibir cartas de su… de su seductor.

—«No por el poder de las armas ni por la violencia, sino por mi espíritu», dijo el Señor sobre Zorobabel —respondió Tea con rapidez—. Lo que no se hace voluntariamente no tiene mucho valor.

—«Si tu mano derecha te pone en peligro de pecar, córtatela» —repuso el pastor Terndrup lleno de fervor. Pero Tea no cedió:

—También está escrito: «Misericordia quiero, y no sacrificio; pues no he venido a llamar a los justos, sino a los pecadores».

El pastor Terndrup se puso en pie, y Tea, con las mejillas ardiendo, se quedó esperando a que el hombre hablara, como el gato espera al ratón. Era un alma humilde, pero la injusticia estaba llegando demasiado lejos, y aquel pastor no era lo que ella había pensado.

—No pido al pastor que me consuele en mi desdicha, tampoco buenas palabras —reconoció—; ¡pero creo que debe actuar con justicia!

—Me esfuerzo en ello —contestó el pastor—. Bien lo sabe usted. Pero yo hablo en nombre de una ley superior. Usted ve errores en otros, pero no en sí misma.

—No; nadie puede acusarme de eso —repuso Tea, preparada una vez más para luchar—. Y le pido que pregunte a los otros, pastor Terndrup, si no es cierto que muchas veces he reconocido mis errores y extravíos. Y pregunte a Jens qué fue lo que le dije a Tabita cuando volvió a casa.

Al clérigo se lo veía inseguro, y Tea añadió una queja:

—Puede que usted no me considere una persona piadosa, pero Jesús sabe que hago lo que puedo por serlo.

—Tal vez esté equivocado —repuso el pastor—. Tampoco soy infalible, ni mucho menos. Pero lo que he dicho es fruto de mi sincera preocupación por su bienestar espiritual.

—Oh, no tengo la menor duda —dijo Tea, y se sintió vencedora—. Y se lo agradezco.

El clérigo dio la mano a Tea para despedirse. En la puerta se giró.

—Antes ha dicho que hay gente que me considera demasiado severo —dijo—. No voy a preguntarle sus nombres, pero ¿son creyentes?

Tea parpadeó.

—Prefiero no responder —dijo.

—Claro, claro —replicó el pastor—. Pero es un rumor injusto. Siempre sopeso mis palabras; y, si alguna vez me he excedido, siempre lo he hecho impulsado por el amor del reino de Dios. Eso lo digo y lo mantengo.

Tea lo acompañó a la puerta, y después se hundió en una silla, sin aliento. Nadie había sido testigo de cómo había defendido su causa. Cualquiera no podía preciarse de haber dicho cuatro verdades a un clérigo. No era su intención preciarse de nada, pero le había hablado con franqueza desde un corazón sincero.

Tabita regresó a casa y dio el pecho al bebé.

—¿Qué ha dicho? —preguntó, y miró con timidez a su madre.

Tea estaba pensativa, y respondió:

—Hemos hablado de ti, y al pastor no le ha parecido prudente por tu parte recibir cartas de tu novio.

—¿Qué daño puede hacer una carta? —preguntó Tabita.

Tea no dijo nada más, pero al rato añadió:

—No quiero volver a verlo en esta casa hasta que estéis casados como es debido. Tengo escasa confianza en él. Pero, Tabita, no puedo quitarme de la cabeza que habéis cometido un acto lamentable. Espero que al menos te encamine hacia Jesús.

Tabita agachó la cabeza y se calló.

Era verano, y Tabita seguía en casa. Ayudaba a su madre en las tareas domésticas y sacaba a pasear al niño en un coche que Mariane le había regalado. En otoño tenía que volver a la ciudad, y el niño iba a quedarse con sus abuelos. Un domingo bautizaron al chico. Tea no perdía palabra de lo que decía el pastor. Pero el pastor Terndrup no dijo nada cuando saludó a Tabita.

A Tabita le llegaban cartas, escritas con mano inexperta. Su novio tenía trabajo de momento, pero al parecer no iba a durarle mucho. Tabita pensó en secreto un plan, y se lo contó a Tea. Si ella conseguía empleo en una lavandería, podrían casarse y vivir juntos aunque el novio estuviera sin trabajo.

—Entonces tendrás que proveer por él —dijo Tea.

—Ya conseguirá un empleo fijo —repuso Tabita—. No es culpa suya quedarse sin trabajo. Te aseguro que es un buen herrero.

—Me temo que lo tienes endiosado —dijo Tea—. Su comportamiento ha sido imperdonable.

—Me importa un bledo lo que penséis los demás —respondió Tabita rápido. Y para Tea era un consuelo que se celebrara el matrimonio. Se conducía ya con más dignidad cuando estaba con extraños, y de vez en cuando dejaba caer algo sobre el futuro de Tabita. No había duda de que había sido una descarriada, pero su rehabilitación era posible.

Transcurrió una semana en la que Tabita no recibió carta, y se puso taciturna y reservada. Todas las mañanas esperaba al cartero, y, cuando solo dejaba el periódico, sus ojos se llenaban de lágrimas y no podía ocultar su frustración.

—No te lo tomes tan a pecho —le decía Tea, compasiva—. Créeme, aunque ahora estás triste, hay un lugar en el que puedes buscar consuelo.

Pero Tabita sacudía la cabeza con tristeza.

Por fin llegó carta, y Tabita subió corriendo a su cuarto a leerla. Cuando volvió, sus ojos brillaban.

—¿Qué te cuenta? —preguntó Tea, sin poder controlar su excitación.

—Nos casamos en otoño —respondió Tabita, sonriendo—. Y cree que va a poder quedarse en la herrería donde trabaja.

Tea juntó las manos.

—Alabado sea Jesús, Dios ha escuchado mis plegarias. Ahora empieza tu vida de verdad, Tabita, y no te olvides de dar las gracias a Jesús por su misericordia. Ahora ya sabes que, si nos separamos de su vera, todo nos sale mal.

Tabita no respondió. Una pequeña sonrisa se instaló en sus labios. Había en ella algo de travieso, como si estuviera guardando un secreto. El domingo, cuando los demás estaban en la iglesia, metió al niño en el coche y atravesó el pueblo silencioso. Siguió por el camino, y tomó un sendero que discurría entre prados y llevaba al fiordo. El coche traqueteaba sobre la pista irregular, y una avefría aleteó sobre su cabeza como un manojo de plumas. En la playa se sentó sobre las algas secas y amamantó al bebé.

Su novio le decía en la carta que iba a ir a visitarla a bordo de un barco que le habían prestado. Desde donde estaba sentada veía el embarcadero y tenía una amplia vista del fiordo.

Las vacas pastaban en los prados. El agua lanzaba destellos a la luz del sol. Pateaba la playa un correlimos de canto cálido y tierno. En una roca que sobresalía en el fiordo cerca de la orilla, una garza secaba sus plumas al sol: era un ejemplar viejo, pensativo, con la cabeza hundida contra su pecho. Las moscas zumbaban en torno a Tabita, y de vez en cuando pasaba volando una libélula.

Una anciana llegó caminando. Se desvistió a cierta distancia y estuvo chapoteando donde hacía pie. Se quedó quieta entre las algas y dejó que el agua la refrescara. Se había dejado puesta la camisa, que aleteaba en torno a ella cuando volvió hacia la orilla. Era una mujer gordísima de gruesas piernas y con unos brazos enormes.

En una de esas, Tabita divisó un barco de vela en la parte este del fiordo. Metió al niño en el coche y saludó hacia el barco con su pañuelo. Una nube tapó el sol, y la sombra se desplazó sobre el agua como un gran témpano azul oscuro.

Esta edición de *Los pescadores*, compuesta en tipos AGaramond 11,5/14 sobre papel offset Natural de Vilaseca de 90 g, se acabó de imprimir en Salamanca el día 17 de abril de 2021, aniversario del nacimiento de Karen Blixen